BRIGITTE PONS

Roman

dtv

Ausführliche Informationen über
unsere Autoren und Bücher
www.dtv.de

MIX
Papier aus verantwortungsvollen Quellen
FSC® C019821
FSC
www.fsc.org

Originalausgabe 2020

Dieses Werk wurde vermittelt
durch die Agentur Editio Dialog, Dr. Michael Wenzel
Umschlaggestaltung: www.buerosued.de
Satz: C.H.Beck.Media.Solutions, Nördlingen
Gesetzt aus der Minion pro 10,5/14˙
Druck und Bindung: Druckerei C.H.Beck, Nördlingen
Gedruckt auf säurefreiem, chlorfrei gebleichtem Papier
Printed in Germany · ISBN 978-3-423-21823-8

Für alle Verliebten, Träumer und Chaoten

»Komm schon, Miriam, lass mich nicht hängen!«

Wie oft hatte sie diesen Satz von ihm gehört? Mit dem gleichen flehenden Unterton, meist kombiniert mit einem unwiderstehlichen Augenaufschlag und kummervollen Falten auf der sonst so glatten Stirn.

»Bitte, Miri.«

Damit hatte er immer so ziemlich alles von ihr gekriegt. Die Mathehausaufgaben in der sechsten Klasse, später die Abschreiberlaubnis in Biologie, Geschichtsreferate, Kunstprojekte und Deutschaufsätze. Damals, dank seiner Zahnspange, noch mit süßem Lispeln erbettelt. Felix Dillinger, Klassenclown und geborener Anstifter, wenn es um Blödsinn ging. Süß, aber als potenzieller Freund indiskutabel – nicht zuletzt, weil sie ihn mit zwölf noch um einen guten halben Kopf überragt hatte. Mit dreizehn auch, aber da war es ihr dann egal gewesen. Achtzehn lange Jahre lag das nun zurück.

Miriam klemmte das Handy zwischen Ohr und Schulter und schloss die Wohnungstür auf. Ein Zimmer, Miniküche, Bad – perfekt für ihr wunderbares Singleleben. Mit dem Absatz kickte sie die Tür hinter sich zu und schälte sich aus der Jacke. Felix' Seufzen brachte Gletscher zum Schmelzen und wirkte leider auch dann, wenn sie den Augenaufschlag nicht sehen konnte.

»Fang von vorne an, Dilli. Was genau willst du von mir?« Spontan hatte sie einfach nein gesagt, als er etwas von Notfall ins Telefon gestammelt hatte. Nein, nicht schon wieder. Diesmal nicht. Vergiss es.

Sie zog den Reißverschluss ihrer Stiefel auf, stellte sie unter die Garderobe und ging auf Socken in die Küche. Ein Tee zum Feierabend musste sein. Gerade an einem Montag. Und wenn ihre Befürchtungen nur einigermaßen zutrafen, konnte der eine doppelte Rumeinlage vertragen.

»Ich habe es getan, Miriam! Endlich den Schritt in die Selbstständigkeit gewagt.«

Sie kippte den Inhalt ihrer Teedose aus und schob unschlüssig die Beutel hin und her. Früchtetee oder Kräuter? Oder schwarz? »Du brauchst also Geld.«

»Was? Nein! Der Laden läuft. Alles super. Es wäre nur toll, wenn du dort in den nächsten Tagen mal nach dem Rechten sehen könntest und dich ein bisschen kümmern …«

Ein bisschen kümmern konnte in seiner Welt alles Mögliche bedeuten.

»Es ist wirklich total easy. Du müsstest nur abends aufschließen und später wieder zu. Ach ja, und die Kasse übernehmen. Da will ich nicht einfach irgendjemanden ranlassen. Du bist meine Vertrauensperson Nummer eins!«

Es knisterte in der Leitung. Honig ums Maul schmieren, ja, das beherrschte er perfekt. Miriam wartete und packte ihr Abendessen aus. Ein Mettbrötchen und eins mit Spießbraten, fertig belegt aus der Metzgerei. Singlelebenluxus. Vorsorglich schnupperte sie daran. Nein, keine Spur von Knoblauch, genau wie es die Verkäuferin geschworen hatte. Knoblauch ging gar nicht.

»Bist du noch da?«

»Sicher bin ich noch da. Wie wäre es mit ein paar Basisinformationen? Was für ein Laden, wie viele Tage in Ziffern sind die nächsten Tage? Und warum kümmerst du dich nicht selbst?«

Der Wasserkocher blubberte und sie goss den Tee auf. Ihr Verdacht, dass sie härteren Stoff vertragen konnte, verdichtete sich.

»Ein Restaurant. Nichts Großes. Also ein Bistro, mit Koch und Servicekraft. Und ich kann nicht, weil ...« Hintergrundgeräusche störten die Verbindung. »Versprich, dass du dich nicht aufregst, ja?«

»Versprochen.« Drei Löffel Zucker rieselten in die Tasse. Sie nahm Telefon und Tee mit zu ihrem Sitzsack, schlug die Beine unter und kuschelte sich ein. Sich über Felix aufzuregen hatte sie längst aufgegeben. Obwohl die Worte Selbstständigkeit und Restaurant im Zusammenhang mit ihm alles andere als beruhigend wirkten. Der geborene Chef sah anders aus.

»Ich hatte einen Unfall«, platzte er heraus.

»Wie bitte?« Heißer Tee schwappte über Miriams Finger. Sie fluchte und wischte ihre Hand an der Jeans trocken. »Du verdammter Pfosten, wieso sagst du das nicht gleich? Und mit gleich meine ich sofort. Als Erstes, wenn du mich anrufst. Was ist passiert? Bist du okay? Soll ich dich irgendwo abholen?«

»Ach, Miriam«, seufzte Felix, »dafür werde ich dich ewig lieben, das weißt du hoffentlich?«

Ob er damit ihre Inkonsequenz in Sachen *nicht aufregen* meinte oder einfach nur die Tatsache, dass sie sich um ihn sorgte, ließ er offen. Sie pustete auf die verbrühte Stelle an ihrer Hand. »Ich dich nicht. Du Arsch.«

»Oh doch. Und das wissen wir beide.«

Felix lachte leise und Miriam spürte, wie sich auch auf ihrem Gesicht ein Lächeln ausbreitete. Dieser blöde Hund. Sie hatte keinen Schimmer, wie er das immer wieder schaffte.

»Weißt du, das war so: Ich hab eine spontane Spritztour unternommen, weil heute Ruhetag ist, und na ja, hatte eben einen kleinen Unfall. Nichts Dramatisches, wirklich.«

»Das heißt was genau?«

»Mein Bein ist gebrochen oder angebrochen. Keine Ahnung, jedenfalls geht es mir gut, ich bin im Krankenhaus und werde versorgt. Nur muss ich ein paar Tage bleiben. Ist nicht so einfach.«

Miriam atmete tief durch. Von hinten durch die Schulter ins Auge. Wenn man einen Sachverhalt auch kompliziert erklären konnte, kam für Felix nie der leichte Weg infrage. »Wo zum Teufel steckst du? Und was sind das für Ärzte, wenn du unsicher bist, ob du dir das Bein gebrochen hast oder nicht?«

Einen Moment lang blieb es still.

»Italien?«, sagte er dann, was allerdings eher wie eine Frage klang und ziemlich kleinlaut. »Lago Maggiore, jedenfalls in der Nähe. Die Sprache, der Papierkram, die Versicherung … Weißt du? Fakt ist: Ich sitze erst mal fest.«

Ganz schön weit für einen eintägigen Spontantrip. Miriam schluckte eine Verwünschung hinunter. Eine Schnapsidee wie diese sah ihm zwar durchaus ähnlich, aber für gewöhnlich war er dabei in Begleitung. Felix war selten und ungern allein.

»Italien«, wiederholte sie. Und ausgerechnet der Lago Maggiore. Ihr Blick wanderte zu dem gerahmten Foto auf dem Fensterbrett. Sonne, Sand und ein verliebtes Paar am Baggersee. »Hättest es schlechter treffen können, Dilli. Ist deine Freundin bei dir, um dich zu verhätscheln? Wie heißt sie noch – Melanie?«

»Du meinst Mareike. Nein, die ist nicht da.« Er druckste herum. »Was ist jetzt, Miriam – hilfst du mir?«

Es gab sicher gute Gründe, warum er den Job im Bistro nicht seiner neuen Flamme aufdrückte. Eine Yogalehrerin, extrem sportlich und gesundheitsbewusst, die vermutlich auch Tantramassagen beherrschte und noch vor dem Frühstück das Kamasutra mit ihm durchturnte. Nun ja, in nächster Zeit wohl eher nicht, wenn sie ihn in Italien in Gips legten. Miriam grinste in sich hinein und gönnte sich ein klitzekleines bisschen Schadenfreude. In Anbetracht der Umstände lag es nahe, dass Felix den Ausflug nicht nur ohne Mareike, sondern auch ohne ihr Wissen unternommen hatte.

Sie nahm einen Schluck Tee, der immer noch heiß war und sehr bitter – sie hatte nicht umgerührt. Erst ganz am Ende erwartete sie der konzentrierte Zuckerschock. »Ganz easy?«, fragte sie vorsichtig nach.

»Ja.«

»Schlüsselgewalt und Kasse?«

»Genau. Du bist die Chefin, den Rest erledigt das Personal.« Seine Atmung verriet große Erleichterung. »Du machst das schon. Vertrau mir.«

»Ich weiß nicht recht, Dilli. Gastronomie – da kenne ich mich so gar nicht aus. Erzähl mir erst mal noch mehr darüber. Wann muss ich aufmachen? Ich komme ja erst um 16:30 Uhr aus dem Büro und …«

»Das passt perfekt, du kannst einfach danach hinfahren.

Um fünf Uhr aufschließen reicht. Den Ersatzschlüssel bekommst du im Kiosk nebenan.«

»Wo genau ist nebenan und was …«

»Äh, sorry, Miriam – ich muss Schluss machen.« Felix senkte die Stimme. »Visite. Chefarzt, glaube ich. Der guckt schon ganz finster, weil hier Handyverbot herrscht.« Ehe sie noch einen Einwand anbringen konnte, rasselte er die Adresse herunter, schleuderte ein »Du bist die Beste!« hinterher und dann war das Gespräch auch schon beendet.

Völlig überrumpelt lehnte Miriam sich in ihrem Sitzsack zurück. Am besten war es sicher, das Telefonat sofort wieder zu vergessen und jeden weiteren Anruf von Felix zu ignorieren. Sie hätte auf ihren ersten Impuls hören und beim Nein bleiben sollen. Was auch immer sie in seinem Bistro erwartete, konnte sie nur in Schwierigkeiten bringen. »Blöder Hund«, sagte sie leise und wiederholte dann lauter. »Blöder, blöder Hund!« Nicht hinzugehen war keine Option. Sie wusste das und Felix wusste es leider auch.

Der Mann gegenüber beugte sich verschwörerisch nach vorn.

»Es geht mich ja nichts an, aber … Hat sie Ihnen geglaubt?«

Felix Dillinger nickte langsam. Es fühlte sich nicht gut an, Miriam zu belügen, aber es war wesentlich besser als die Alternative. Er strich sich durch den Bart und grinste leicht verlegen. Die feine Art war es nicht, aber es funktionierte. »Sie ist die tollste Frau der Welt.« Der skeptische Blick des Mannes erforderte eine Bekräftigung seiner Aussage. »Miriam hat mich noch nie im Stich gelassen. Sie ist die Frau, die jede Kuh vom Eis kriegt – und ernsthaft, ich hab schon ganze Rinderherden über den See getrieben.«

Miriam war so viel stärker als er. Sie war die Einzige, die ihn Dilli nennen durfte, und das machte sie ganz konsequent. Hatte sie ihn je mit seinem Vornamen angesprochen? Ihm fiel keine Gelegenheit ein.

»Sie ist also eine echte Powerfrau, diese Miriam. Und ich bin in Ihrer Geschichte demnach der Chefarzt?«

»Richtig, Herr Doktor.« Felix grinste noch breiter. »Ich bin wirklich gespannt auf Ihre Diagnose.«

Der Dienstag im Büro verlief ähnlich spannend wie jeder andere Tag auch. Größter Aufreger war ein falsch abgehefteter Vorgang, nach dem eine halbe Stunde lang gesucht werden musste. Miriam brauchte bei der Arbeit keine Uhr, sie konnte die Zeit am Verhalten der Kollegen ablesen, wer sich wann Kaffee holte, aufs Klo ging oder zum Rauchen auf den Balkon. Rituale mit großer Präzision, die jede Stunde bis auf wenige Minuten genau takteten. Im Lauf des Nachmittags erwischte sie sich bei dem Wunsch, die Intervalle schneller zu drehen. Überpünktlich schloss sie zum Feierabend die Schreibtischschublade ab, hatte den Computer schon vorher heruntergefahren und den Lamellenvorhang vors Fenster gezogen. Die beiden älteren Kolleginnen, mit denen sie das Büro teilte, wechselten missbilligende Blicke, sagten aber nichts. Miriam widerstand dem Impuls, eine Erklärung abzugeben, lächelte und winkte freundlich, dann rannte sie aus dem Gebäude. Seit sie ihre kleine Wohnung am Stadtrand bezogen hatte, nahm sie den Bus zur Arbeit. Das Bistro musste etwa auf halber Strecke liegen. Ungefähr dort, wo Altstadt und Studentenviertel aufeinandertrafen. Der Straßenname war ihr zwar bekannt, mehr aber nicht. Da sie das Internetdatenvolumen ihres Smartphones restlos aufgebraucht hatte, würde sie sich irgendwie anders zurechtfinden müssen. Sie erinnerte sich, an der Haltestelle eine Umgebungskarte gesehen zu haben, und ging schneller. Doch die Karte versteckte sich genau wie der Fahrplan unter einer bunten Variation frischer Graffitis, Entziffern unmöglich. So ein Mist. Obwohl sie ziemlich sicher war, morgens und abends an der passenden Station vorbeizuschaukeln, blieb ihr nichts anderes übrig, als sich im Bus danach zu erkundigen. Vorausgesetzt, der Busfahrer kannte seine Strecke, war der deutschen Sprache mächtig und gewillt zu kommunizieren. Eigentlich ein fieses Vorurteil, aber alle drei Faktoren trafen erfahrungsgemäß selten zusammen. Genau wie Pünktlichkeit und funktionierende Ansagen. Heute brauchte sie alles auf einmal – also nichts Geringeres als ein Wunder. Unglaublich, dass der Gedanke an das Bistro sie nun doch nervös machte. Was sollte schon schiefgehen? Sie trat unruhig von einem Fuß auf den anderen. Wenigstens musste sie sich keine Gedanken um ihr Abendessen machen. Hunger wirkte sich negativ auf ihre Geduld aus. Ihr Magen knurrte und zauberte ihr Bilder von Rührei und Pizza auf die Wunschliste fürs Probeessen. Oder sollte sie lieber einen Bistro-Klassiker testen? Flammkuchen mit Speck, Baguette mit Hackfleisch und Käse … Einmal die Speisekarte rauf und runter. Qualitätssicherung musste schließlich sein.

Endlich rollte der Bus heran. Sie reihte sich an vierter Stelle in die Warteschlange und beäugte den Mann hinter dem Lenkrad. Gestutzter Bart, buschige Augenbrauen, dunkle, sehr kurz rasierte Haare, goldene Panzerkette und im Hemdausschnitt festgeklemmt eine Sonnenbrille. Er war etwa in ihrem Alter, was die Chancen auf eine brauchbare Verständigung erhöhte. War es eigentlich rassistisch, dass sie sofort wieder über Sprachbarrieren nachdachte, nur weil der Typ einen deutlich sichtbaren Migrationshintergrund hatte? Grübelnd durchwühlte sie ihre Tasche. Beim Einsteigen hatte sie den Zettel mit der Adresse griffbereit in der einen Hand und mit der anderen hielt sie dem Fahrer die Monatskarte unter die Nase.

»Fahren Sie am Friedensplatz vorbei?«

»Nein.«

»Und an der Hartwigstraße?«

»Nein. Auch nicht.« Die Antwort kam schnell, gut gelaunt und akzentfrei. Hilfreich war sie nicht.

»Aber das hier ist doch die Linie drei?«

»Rischdisch.« Der Fahrer grinste.

Miriam runzelte die Stirn und schaute ihn verwirrt an. »Ich will in den Fliederweg, und soweit ich weiß, muss ich dann entweder am Friedensplatz oder in der Hartwigstraße raus. Wie komme ich denn dann dorthin?«

»Ich schlage vor, Sie setzen sich und drücken auf den Knopf, wenn es so weit ist.«

»Dann fahren Sie doch dort vorbei?«

»Nicht, wenn Sie drücken.« Mit einem Zwinkern winkte er sie näher und wisperte konspirativ, aber mit unverminderter Lautstärke. »Keine Sorge, wenn Sie es verpassen – irgendeiner drückt immer, darum halte ich auch immer an. Jetzt mal ehrlich: Wenn ich am Friedensplatz nur vorbeifahre, hätte Ihnen das doch nix genützt. Oder wollten Sie lieber bei voller Fahrt abspringen?«

Miriam blieb kurz der Mund offen stehen, dann rollte sie kommentarlos die Augen und suchte sich einen Sitzplatz. Um sie herum wurde unterdrückt gekichert. Na toll, die dämliche Unterhaltung hatten offenbar alle mitbekommen. Das hatte sie jetzt von ihrem herbeigesehnten Wunder. Im Rückspiegel sah sie den Fahrer die Lippen spitzen und fröhlich pfeifen. Rasch wandte sie sich dem Fenster zu. Wenige Minuten darauf knackte der Buslautsprecher.

»*Good evening, ladies and gentlemen.* Guten Abend sehr verehrte Damen und Herren. *Welcome on board of the* Linie drei. Herzlich willkommen in der Linie drei. *If you want to leave,* just: *push the button, let me know.*«

Du liebes bisschen, jetzt fing der auch noch an zu singen. Kopfschüttelnd beobachtete Miriam ihre Mitreisenden, die sich köstlich amüsierten.

»Wer aussteigen will, *please ring my be-e-ell – ring my bell!* Bitte das rote Knöpfchen drücken. Ist vollkommen ungefährlich, wir führen weder Kurz- noch Langstreckenwaffen mit uns. Ich halte auf Knopfdruck einfach nur an. Und nun eine spezielle Nachricht an Supergirl – damit meine ich die mutige Stuntfrau, die überlegt hat, ohne Stopp abzuspringen. Ihre Gelegenheit mir mit einem Fingertipp Einhalt zu gebieten ist genau: jetzt.«

Die Busgesellschaft grölte. Miriam biss sich auf die Zunge, drückte den Knopf und drängte sich mit hochrotem Kopf zum Ausstieg.

»Zum Fliederweg müssen Sie an der nächsten Ecke links abbiegen und dann gleich wieder rechts«, hörte sie den Mann noch sagen, als sie mit einem Fuß bereits auf dem Bürgersteig stand. Die Tür schloss sich hinter ihr und unter das Zischen der Druckluftverriegelung mischte sich Gelächter.

Miriam atmete tief durch und machte sich auf den Weg. Der Zettel mit der Adresse war verschwunden, doch den hätte sie ohnehin nur noch gebraucht, um ihn vor Wut zusammenzuknüllen. Das irritierende Gefühl, gerade grundlos und unverschuldet zum Affen gemacht worden zu sein, klebte ihr an den Hacken, bis sie den Kiosk entdeckte und zwei Häuser weiter das Bistro. Über dem Eingang baumelte ein Blechschild, auf dem genau dieses eine Wort stand: »Bistro«. Links und rechts davon stand je ein Topf mit einem Buchsbaum. Undeutlich erkannte sie auf der Fensterscheibe daneben aufgeklebte Buchstaben. Sie zuckte die Schultern. Wen interessierte es, ob Felix seinen neuen Spielplatz Melanie oder Mareike gewidmet hatte? Namen bedeuteten nichts. Nur im immer gleichen Anfangsbuchstaben bei der Auswahl seiner Freundinnen mochte eventuell ein Hinweis stecken. Aber sie war zum Glück nicht seine Psychotherapeutin.

Nun also erst der Ersatzschlüssel, dann wurde es ernst. Pragmatisch nannte ihre Mutter sie gern und Miriam war nie sicher, ob das als Lob gemeint war. Dabei konnte sie nichts Falsches daran finden, wenn man sich bei Entscheidungen an den Notwendigkeiten orientierte oder daran, was am dringendsten erledigt werden musste. Ein bisschen Logik erleichterte das Leben ungemein. Sie betrat den Kiosk und stellte sich der Inhaberin vor, die ihr ohne Umschweife den Schlüssel aushändigte. Logisch war es ihr trotz Felix' undurchsichtigen Aussagen auch erschienen, an den Einsatz im Bistro unvoreingenommen heranzugehen. Kein vorschnelles Urteil und keine unnötige Hektik. Alles ganz easy, hatte Dilli gesagt. Darum hatte sie am Vorabend weder im Internet nach weiteren Informationen noch nach Kommentaren zum Bistro gesucht, sondern lieber mit einer Freundin gechattet. Vorsicht ist die Mutter der Porzellankiste, aber Misstrauen der Vater aller Scherben.

Beschwingt legte sie die letzten Meter zurück und freute sich mit einem Mal darauf, das Bistro gleich in Augenschein nehmen zu können. Auch das hungrige Grummeln in ihrem Magen hatte daran einen gewissen Anteil.

Auf den Stufen vor der Tür, und ihrem Blick zuvor durch ein Buchsbäumchen verborgen, saß ein übergewichtiger Mann mit Ziegenbart. Am Fenster lehnte eine spindeldürre Frau, die mit fahrigen Gesten rauchte. Das war also Felix' Team.

Das einzig sichtbar verbindende Element zwischen den beiden war der übellaunige Gesichtsausdruck.

Ungerührt wedelte Miriam mit dem Schlüsselbund. Eingang, Hintertür zum Hof und Wohnungsschlüssel für die erste Etage. Über die Sache mit dem Wohnungsschlüssel hatte sie sich ein wenig gewundert, aber nicht nachgehakt, und auf ein Missverständnis getippt.

»Hi«, flötete sie und zog das kleine Wort zu einem großen Ha-ai in die Länge. Menschen mit schlechter Laune passten nicht zu Dillis Grundeinstellung, sicherlich ließen sich die zwei Muffköppe schnell aufheitern.

»Grüße von Felix. Er fällt vorübergehend aus, daher hat er mich …«

»Bist ganz schön spät«, fiel ihr der Mann ins Wort und wuchtete sich schnaufend hoch. Sofort sah er viel weniger dick aus, wenngleich immer noch etwas unförmig. Hinter ihm kam ein Einkaufskorb zum Vorschein, in dem ein Sammelsurium aus Gemüse, Pappschachteln und Papiertüten steckte.

Die Dürre aschte auf den Boden und rauchte stumm weiter. Einzeln betrachtet sahen die beiden total normal aus, nur die Kombination wirkte skurril.

»Mir hat er gesagt um fünf.« Miriam behielt ihr vorsätzliches Strahlen bei. Laut ihrer Uhr war sie sogar zehn Minuten zu früh dran.

»Um fünf, na klar …« Der Koch zwirbelte sich den Fusselbart. »Meinst du, wir haben nichts vorzubereiten in der Küche?«

Mit abfälligem Schnauben drückte seine Kollegin ihre Kippe an die Wand und versenkte den Stummel in einem der Blumenkübel.

Das war ja mal eine nette Begrüßung. Auf den Tonfall wollte sie sich ungern einlassen. Allerdings war das eine gute Vorlage, um ihre eigene Position klarzustellen. Sofort.

»Was ich meine, sage ich euch später. Ich bin übrigens Miriam Dillinger.« Verdammt, das klang selbst in ihren eigenen Ohren schnippisch, und geriet deutlich unfreundlicher als ursprünglich beabsichtigt. »Bis mein Mann wieder auf dem Damm ist, bin ich eure Chefin.« Damit schlängelte sie sich zwischen den beiden durch, an der Kiste vorbei zur Tür und drehte den Schlüssel im Schloss.

Die Ernüchterung ließ nach dem kleinen Triumph nicht lange auf sich warten. Ihre Positionierung als Chefin katapultierte Miriam vollends ins Abseits. Das hatte sie nun davon. Wortkarg verdrückte sich ihr Personal in die Küche. Auf freiwillige Auskünfte zu betrieblichen Details brauchte sie kaum zu hoffen, was sie ihnen nicht mal übel nehmen konnte. Bei einer Chefin durfte dieses Wissen und ein Mindestmaß an Fachkompetenz vorausgesetzt werden. Hätte sie im umgekehrten Fall genauso erwartet.

Leise fluchend sah sie sich um. Gut möglich, dass der Laden ursprünglich mal eine Bäckerei mit Café gewesen war oder eine Metzgerei mit Mittagstisch. Der Raum versprühte altertümlich rustikalen Charme, wenn man es positiv sehen wollte. Bunte Wandfarbe und uneinheitliche Möblierung gaben dem Ganzen einen provisorischen Touch. Mit etwas Fantasie konnte man darin ein avantgardistisches Konzept vermuten. Miriam wusste es besser. Was provisorisch aussah, war genau das und am aktuellen Zustand würde sich in Zukunft kaum etwas ändern. Was nicht sofort passierte, hatte sich erledigt. Und von dem Ansatz, Dinge sofort zu erledigen, hatte Felix noch nie viel gehalten. Miriam seufzte. Auf den Tischen stand Geschirr mit eingetrockneten Resten und auf der Theke Glas an Glas. Auch der Boden schrie nach Wasser und einem Schrubber. Der Ruhetag am Montag wurde offenbar sehr ernst genommen, seit Sonntagabend war alles völlig unberührt geblieben. Miriam drehte sich um die eigene Achse und ihr Blick streifte wieder die auf der Scheibe klebenden Buchstaben. Sie registrierte ein I, ein O und ein V. Gab es eine Spülmaschine, wo lagerte das Putzzeug?

Entschlossen stellte sie ihre Arbeitstasche auf eine umgedrehte Bierkiste, die einzig freie Stelle hinter der Theke, und zog die erste Schublade auf. Streichholzbriefchen, Feuerzeug, Kerzen. Die zweite Schublade war verschlossen und sie nahm sich vor, gleich nach dem Saubermachen den Schlüssel zu suchen. Im Schrank darunter wurde sie für ihr erstes Vorhaben fündig: Geschirrtücher, Spülmittel und eine in Nase und Augen beißende Flüssigkeit, die entweder Desinfektionsmittel oder ein selbst gebrannter Schnaps sein konnte. Sie krempelte die Ärmel hoch und legte los.

Mit jedem Zentimeter Sauberkeit verbesserte sich ihre

Laune. Eigentlich war der Laden ganz charmant und aus der Küche begann es zu duften und zu zischen. Ziegenbart konnte demnach nicht nur meckern, er wusste auch, wie man eine Pfanne benutzte. Sie spülte Gläser und die Dürre verfrachtete auf dem Rückweg von einer Rauchpause das restliche Geschirr in die Küche. Na bitte, das funktionierte sogar ohne Aufforderung. Miriam inspizierte die Regale und Schränke, fand Servietten und Besteck, große Mengen Spirituosen, sogar einen Cocktailshaker, einen Stapel Bierdeckel, einen Notizblock mit Bleistift und ein Reservierungsbuch. Eine Kapsel-Kaffeemaschine, ein Getränkekühlschrank, eine elektronische Kasse und ein Kartenlesegerät rundeten die Ausstattung ab. Inzwischen war es fast 18:30 Uhr, die ersten Gäste trudelten ein und die Dürre kümmerte sich sehr beflissen. Wunderbar. Ganz langsam machte sich so etwas wie Entspannung breit. Miriam schenkte Getränke aus und spähte auf die Teller, die die Küche verließen. Eine Suppe, ein Salat und ein undefinierbarer Auflauf. Ihr Magen knurrte wie ein Werwolf auf dem Weg zur Jagd. Sie drückte eine Hand auf ihren Bauch, aber er gab keine Ruhe.

»Sollen wir dir was zu essen machen, Chefin?« Die Dürre hielt vor der Schwingtür an und grinste verhalten.

»Das wäre super.« Miriam deutete die Frage als Friedensangebot und nahm sich vor, ihre beiden Helfer gedanklich nicht mehr *Ziegenbart* und *die Dürre* zu nennen. »Ein Königreich für ein Schnitzel mit Pommes.«

»Blumenkohl oder Aubergine?«

Miriam schnitt eine Grimasse. »Bitte nicht, nur die Basics, keine weiteren Beilagen.«

Samantha, die ihren Namen zur Hälfte englisch aussprach, legte die Stirn in Falten. »Das Schnitzel, meine ich: Blumenkohl oder Aubergine? Aus Zucchini kann Rolf das glaube ich auch machen. Oder such dir halt was von dem anderen Zeug auf der Karte aus. Pommes haben wir heute keine, die gibt es nur am Wochenende.«

»Ja, äh, klar, logisch, nur am Wochenende.« Miriam schlug sich an die Stirn, als hätte sie das nur gerade kurz vergessen, und vertiefte sich irritiert in die Speisekarte. In nostalgischen Schnörkeln zierte der Aufdruck »Bistro« die Vorderseite. Ganz unten standen die Adresse und eine Telefonnummer und dazwischen prangten drei merkwürdige Wörter, aus denen sich Einzelbuchstaben lösten, die jetzt vor ihren Augen tanzten. I und O und V, und V und I und O – wie auf der Fensterscheibe. Hatte sie das vorher wirklich nicht gesehen – oder einfach nicht sehen wollen? Eigentlich war Felix ja der Meister im Ausblenden unliebsamer Tatsachen – und nicht sie.

»Vollwertig, Bio, Vegan.« Ihre Lippen bewegten sich lautlos, ihr Finger rutschte Zeile um Zeile bis zum Ende der Karte. Von etwa der Hälfte aller aufgelisteten Speisen hatte sie nie gehört und um die andere Hälfte machte sie prinzipiell einen großen Bogen. Abwartend stand Samantha auf der Küchenschwelle.

»Und?«

»Brot«, stieß Miriam hervor. »Bring mir bitte einfach ein paar Scheiben Brot. Während der Arbeit ein Schnitzel zu essen wäre ja auch …« Sie lachte auf, hielt sich die Hand vor den Mund, ehe der Ton ins Schrille kippen konnte.

»Knobibrot, geht klar.«

»Nein!« Sie sah, wie die Gäste die Köpfe in ihre Richtung drehten. Miriam hob den Zeigefinger, atmete tief ein, lächelte, um dem Nein die Schärfe zu nehmen, und senkte die Stimme. »Nein. Kein Knoblauch.«

»Ohne ist nicht.«

»Ohne ist nicht«, wiederholte sie dumpf und nickte. Ihre gute Miene begann gewaltig zu bröckeln. »Dann nichts. Kein Brot. Gar nichts. Wenn du mich kurz entschuldigst? Ich muss mal eben telefonieren.« Sie schnappte sich ihr Handy und flitzte ins Freie. »Vollwertig, Bio, Vegan« – strahlte es ihr in poppigem Grün von der Fensterscheibe entgegen. Dahinter saßen Menschen im warmen Licht der funzeligen Tischlämpchen und gafften sie an, während sie sich Salatblätter in den Mund schoben oder vielleicht Okras – was auch immer das sein mochte. Sie hatte die Dinger immer für eine Muschelart gehalten oder einen besonderen Tintenfisch. Aber das konnte sie nun definitiv ausschließen.

Drei schnelle Schritte weiter war sie außer Sicht und wählte Felix' Nummer. Es tutete und knackte – der Anrufbeantworter. Miriam legte auf, trat gegen einen Laternenpfahl, wählte erneut, mit demselben Ergebnis. Beim dritten Versuch hörte sie sich die Ansage bis zum Ende an.

»Vegan, Dilli – vegan? Das kann nicht dein Ernst sein«, zischte sie empört. »Hallo? Wirst du wohl an dieses verdammte Telefon rangehen! Ich in einem Bistro für die Körnerfresserfraktion – was hast du dir dabei gedacht?« Die Frage war so überflüssig wie der nächste Satz, den sie seiner Mailbox entgegenschleuderte. »Du hättest mich wenigstens warnen können.« Nein, das hätte er nicht. Der Hinweis auf die spezielle – völlig fleischlose – Ausrichtung seines Bistros wäre das Aus für seinen Plan gewesen, sie einzuspannen. Die hilflose Laterne kassierte einen zweiten Tritt. Dieser nichtsnutzige, unmögliche Mistkerl.

Es hatte einen guten Grund gegeben, aus der gemeinsamen Wohnung auszuziehen und die Beziehung zu beenden. Ein sauberer Schlussstrich, solange sie noch nicht zerstritten waren. Freundschaftlich und dennoch unter Tränen beim letzten Sex, den sie gebraucht hatten, um sicher zu sein, dass es wirklich vorbei war. Vorbei. Obwohl der Sex gut gewesen war. Immer noch gut. Seit einem halben Jahr waren sie einvernehmlich getrennt und hielten sich nur mit einer wöchentlichen Mail auf dem Laufenden. Und nun stand sie da, guckte wie ein Schaf in den Mond und fragte sich, wie oft sie sich noch von ihm einwickeln lassen wollte. Natürlich hätte sie jetzt auch einfach den Schlüssel wieder im Kiosk abgeben können. Theoretisch. Praktisch konnte sie es nicht – und genau das hatte Felix einkalkuliert. Miriam machte keine halben Sachen. Eine Zusage blieb eine Zusage, auch wenn sie unter Vorspiegelung falscher Tatsachen gegeben worden war. Hatte sie ihn explizit nach der Speisekarte gefragt? Sie knirschte mit den Zähnen. Selbst schuld. *Ach, Miri, meine Miri – nicht böse sein.* Seine Stimme klang ihr noch im Ohr und sie verfing sich in Erinnerungen; sah seine grünen Augen betteln, spürte die störrischen roten Haare unter ihren Fingern, tauchte im endlosen Meer seiner Sommersprossen. Mit Tritt Nummer drei ging die Laterne aus. Das war jetzt endgültig vorbei! Vorbeier ging es gar nicht.

Miriam zwang sich, sich aufs Wesentliche zu konzentrieren. Es galt, diesen Abend mit Anstand zu überstehen. Morgen konnte sie weitersehen. Irgendwann musste Dilli ans Telefon gehen und in absehbarer Zeit aus dem Krankenhaus entlassen werden. Ein Beinbruch, wenn es denn einer war, ließ sich überleben. Und sie würde dafür sorgen, dass er sich zum Gesundwerden nicht mehr Zeit nahm als unbedingt notwendig.

Samantha wischte hinter der Theke an der Arbeitsfläche herum und machte schon wieder einen ungehaltenen Eindruck. Klar, eine Chefin, die spontan aus dem Laden rannte, ins Telefon plärrte und Laternen per Sidekick zum Verlöschen brachte, das war nicht jedermanns Sache. Andererseits, wer mit Felix klarkam, sollte einiges gewohnt sein.

»Die Gäste am Fenster wollen gehen«, wisperte Samantha.

Richtig, kassieren war Chefsache und somit ihr Job. Die Teller waren bereits abgeräumt und auf dem Tisch lag die Rechnung. Handschriftlich, weil das elektronische Buchungssystem ebenso wenig funktionierte wie das Lesegerät für die Kartenzahlung, wie sie bereits festgestellt hatte.

Miriam legte den Zeigefinger ans Kinn, eine blöde Angewohnheit, wenn sie nachdachte, und Samantha deutete auf die verschlossene Schublade. Verdammt, wenn da die Kasse drin war, hatte sie das nächste Problem.

»Können wir dann jetzt endlich zahlen?«, ungeduldig wedelte der Mann mit seiner Geldbörse.

»Sekunde. Komme sofort!« Miriam winkte zurück und überlegte angestrengt. Die Suche nach dem Schlüssel war ihr vor lauter Putzerei vollständig entfallen. Dafür erinnerte sie sich, in der anderen Schublade zwischen diversem Krimskrams eine Schere gesehen zu haben. Groß und robust.

»Bring ihnen zur Beruhigung einen Schnaps«, raunte sie Samantha zu. »Den anderen auch. Eine Runde für alle, geht aufs Haus.« Das verschaffte ihr mehr Zeit und machte hoffentlich einen guten Eindruck.

»Was für einen?«

»Ist mir egal. Gebrannten Tofu oder was auch immer hier gern getrunken wird.«

»Topinambur?«

»Auch gut.« Noch so ein unbekanntes Produkt. Vielleicht ein Verwandter der Okras?

Mit einem breiten Lächeln, als wäre es die selbstverständlichste Sache der Welt, klemmte sie die Schere in den Schlitz zwischen Schloss und Abdeckplatte, ruckelte darin herum, bis sie auf Widerstand stieß, und hebelte das Problem mit roher Gewalt aus dem Weg. Es knirschte, Lack und Spanplatte bröselten, Papier quoll ihr entgegen und ein großes schwarzes Portemonnaie kam zum Vorschein, in dem einige Scheine und Münzen steckten. Nicht gerade viele und unter einer Kasse hatte sie sich etwas anderes vorgestellt, aber damit konnte sie sich zumindest zu den Gästen wagen.

Der Schnaps erzielte die gewünschte Wirkung und ließ die Ungeduldigen ein wenig entspannter werden. Miriams Portemonnaie füllte sich in überschaubarem Maß, bis sich das Lokal um halb elf vollständig geleert hatte. Kurz darauf kam Rolf aus der Küche und verkündete seinen Feierabend, Samantha warf ein letztes Mal den Geschirrspüler an und zog dann ebenfalls die Jacke über. Im Vorbeigehen schaltete sie die Beleuchtung über den Tischen aus, nur noch die Lampe hinter der Bar verbreitete schummeriges Licht.

»Ja, dann vielen Dank.« Miriam konnte es kaum erwarten, endlich die Tür abzuschließen. »Hat doch super geklappt, fürs erste Mal. Wir sehen uns morgen Abend. Früher als heute werde ich es aber nicht schaffen. Ich wünsche euch einen guten Nachhauseweg.«

Die beiden brummten eine vage Zustimmung und schauten Miriam erwartungsvoll an.

Rolf räusperte sich. »Hast du nicht was vergessen?«

»Cash«, half Samantha nach.

»Cash?«

»Ja, cash. Felix bezahlt uns bar.« Samantha und Rolf tauschten genervte Blicke, die alles sagten. Die Möchtegernchefin hatte keinen Plan, weder vom Geschäft noch von den speziellen Arrangements. »Jeden Abend einen Fuffi auf die Hand.«

»Für jeden«, fügte Rolf sicherheitshalber hinzu. »Und ich krieg noch was extra für die Einkäufe.« Er klatschte eine Supermarktrechnung vor ihr auf den Tresen.

Wo gab es denn so was? Miriam schüttelte die Überraschung und den Ärger über die offensichtliche Geringschätzung ihrer Person ab und zückte die gewünschten Scheine, plus des Quittungsbetrags für Rolf. Den Subtext hatte sie auch ohne Übersetzungshilfe verstanden: *No cash, no work*. Wenn die Kasse immer so fröhlich klingelte wie an diesem Abend – sie hatte im Ganzen neun Gäste gezählt –, und das schwarze Portemonnaie tatsächlich den kompletten Barbestand des Bistros enthielt, konnte sie die Einstellung von Ziegenbart und der Dürren durchaus nachvollziehen. Und der Verdacht, dass die Bezeichnung *schwarzes* Portemonnaie noch in einem anderen als in rein farblichem Sinne zutraf, drängte sich ebenfalls geradezu auf.

»Ist aber schon ungewöhnlich, oder?«, fragte sie dennoch scheinbar arglos und hoffte auf eine angenehmere Erklärung.

»Nö.« Samantha packte ihre Zigaretten aus und stopfte den Fünfziger in die Hosentasche. »Ist eine ganz einfache Regel: kein Papierkram für Felix, keiner für uns.«

Miriam nickte benommen. Wunderbar. Diese einfache Regel konnte ihnen jederzeit um die Ohren fliegen. Ein Hinweis von irgendwem beim Ordnungsamt genügte.

Das Windspiel klimperte, als sich die Tür öffnete und hinter Rolf und Samantha wieder schloss.

Miriam warf den Kassenbeleg in die aufgebrochene Schublade, dort schien er ihr in guter Gesellschaft, und steckte das Restgeld in ihre Umhängetasche. Wenn sie es nicht einschließen konnte, musste sie es eben mitnehmen. Sie gähnte. Siebzehn Stunden auf den Beinen. Jetzt nur nicht der Versuchung erliegen, sich hinzusetzen und auszuruhen. Zuerst musste ein Kontrollgang durch Küche und Toiletten sein: Fenster checken, Licht, Elektrogeräte, Wasserhähne und zum Schluss die Türen verriegeln. Danach musste sie den Bus erwischen und dann – erst dann –, wenn sie endlich in ihrer kleinen Wohnung ankam, musste sie nichts mehr. Wenigstens für heute.

An der dunklen Laterne und dem Kiosk vorbei, der immer noch geöffnet hatte, ging sie zur Bushaltestelle. Felix hatte nicht zurückgerufen und auch keine Nachricht geschickt. Vielleicht hatten sie ihm im Krankenhaus tatsächlich das Telefon abgenommen. Angeblich störten die Signale ja die empfindlichen medizinischen Geräte. Angeblich … Wahrscheinlicher war es wohl, dass er sich schlicht vor ihrem Livekommentar zum Bistro drückte.

Ein Bus bog um die Ecke und seine gelbe Digitalanzeige

mit der Aufschrift »Linie drei« jagte Miriam einen geradezu wohligen Schauer über den Rücken. Fast geschafft. Direkt vor ihren Füßen kam der Bus zum Stehen und mit freundlichem Zischen glitt die Tür auf. Einladend und verlockend: Steig ein, ich bring dich nach Hause. Dorthin, wo dein Tee auf dich wartet, deine Kuschelsocken und dein Bett. Und endlich etwas Anständiges zu essen! Die Monatskarte in der ausgestreckten Hand und in Gedanken bereits angekommen, plumpste sie auf einen der Sitze in der vorderen Reihe.

»Haben Sie es gut gefunden?«

Der Bus fuhr los und Miriam gähnte schon wieder.

»Ich hoffe, meine Erklärung war verständlich? Nicht, dass Sie den ganzen Abend im Kreis herumgeirrt sind. Das wäre mir echt unangenehm.«

Moment mal, sprach der mit ihr? Miriam hielt im Gähnen inne. Die Stimme kam ihr bekannt vor.

»Links abbiegen und dann gleich wieder rechts – so kommt man doch in den Fliederweg, oder?« Der Fahrer sah sie über die Schulter an. In seinem ordentlich gestutzten Bart bildeten sich kleine Grübchen.

Der hatte ihr gerade noch gefehlt. Nur ein gesungener Ton oder ein falsches Wort von diesem Möchtegernkomiker, wie zum Beispiel »Supergirl«, und sie konnte für nichts garantieren. Miriam deutete auf ein Schild an der Stirnseite des Busses: »Während der Fahrt nicht mit dem Fahrer sprechen«, und legte demonstrativ einen Finger an die Lippen. »Pssst!«

Er wiederholte die Geste und nickte. »Pssst. Alles klar.«

An der nächsten Haltestelle drehte er sich wieder um, nachdem ein Fahrgast ein und ein anderer ausgestiegen war. »Sollte ich bei meiner Wegbeschreibung einen Fehler gemacht haben, lassen Sie es mich bitte wissen. Ich bemühe mich nur um Kundenzufriedenheit.« Ehe sie einen Einwand vorbringen konnte, deutete nun er hinauf zu dem Schild. »Das Schweigegelübde gilt übrigens nur während der Fahrt und noch stehen wir. Verraten Sie mir, wo ich Sie jetzt absetzen darf?«

Miriam biss sich auf die Zunge. Hartnäckig war er, dass musste sie ihm lassen. Aber ihr war nicht nach Smalltalk und schon gar nicht nach Witzchen, die sie viel zu sehr an Felix' Humor erinnerten.

»Ich drück den roten Knopf«, sagte sie und fügte süffisant hinzu: »Mit einem Finger.« Mit welchem, zeigte sie ihm nicht. Von solchen Gesten hielt sie wenig, aber sie war sicher, dass er sie trotzdem verstanden hatte.

Zehn Minuten später stieg sie aus, ohne noch einmal angesprochen worden zu sein. Auf der Schwelle überlegte sie einen Sekundenbruchteil, dem Mann einen schönen Abend zu wünschen, entschied sich aber dagegen. Höchstwahrscheinlich hätte das heute wie eine Verwünschung geklungen. Sie zuckte die Schultern, während der Bus mit leisem pneumatischem Seufzen verschwand. Wirklich wichtig war es ihr nicht, was dieser Busfahrer von ihr dachte. Andererseits entsprach es im Normalfall nicht ihrer Art, so unfreundlich zu sein. Langsam setzte sie sich in Bewegung. Ihre Absätze klackerten unrhythmisch über das Pflaster. Hörte sich an wie das Holzbein eines betrunkenen Piraten. In dieser Gegend herrschte nach der abendlichen Tagesschau meist fast völlige Leere auf den Straßen. Eher ein Schlafviertel als ein Wohnviertel, perfekt für Ruhebedürftige wie sie. Und … Mit einem Fuß im Rinnstein, blieb sie stehen, statt die Straße zu überqueren. Was war das überhaupt für ein Typ, der fremde Frauen Supergirl nannte? Unpassender ging es kaum. *Girl!* Sie war eindeutig erwachsen und ebenso eindeutig zu jung, um sich durch diese Bezeichnung schon wieder geschmeichelt zu fühlen. Sie breitete die Arme aus. Supergirls hatten Superkräfte, die flogen einfach. Und mussten ganz bestimmt nicht den Bus nehmen, so wie sie. Seufzend legte Miriam die Flügel an und schlurfte weiter. Ihre Füße schmerzten. Morgen würde sie für die Doppelschicht in Büro und Bistro keine Stiefel anziehen, sondern flache Schuhe. Oder sie musste es doch mal mit dem Fliegen versuchen.

Ein einsamer Vogel begrüßte den neuen Tag, zwitscherte ihn herbei, lange bevor die Nacht bereit war zu weichen. Seine Stimme erhob sich über die Dächer, schlüpfte durch Fenster in Wohnungen, schlich sich in die Köpfe der Schlafenden. Er vertrieb die Dunkelheit, zwang die Schatten in die Knie und riss Löcher für die ersten Sonnenstrahlen, die sich sachte über die kühle Erde tasteten und Feuchtigkeit in Schleiern aus den Wiesen lockten. Sein Trällern schraubte sich weiter empor, immer weiter, bis zum schier unerträglichen Tremolo ….

»Halt den Schnabel«, brummte Miriam und hielt sich die Ohren zu, bis ihr klar wurde, dass der schrille Ton nicht von draußen kam. Mit einem gezielten Hieb brachte sie den Wecker zum Schweigen. Besser, viel besser. In die eingetretene Stille mischte sich der echte Vogel, der täglich vor ihrem Fenster sang. Was für eine Leidenschaft. Miriam kroch auf Händen und Knien ans Fußende des Bettes und raffte den Vorhang hoch. Wo saß dieser eifrige Piepmatz? Sie blinzelte gegen die Helligkeit an, scannte den Garten und die daran anschließenden Häuser und sah ihn schließlich auf einer Hecke sitzen. Ein mächtiges Organ für einen solchen Winzling, das musste die Vogelweibchen doch beeindrucken. Warum erbarmte sich denn keine, ihn zu erhören? War er zu aufdringlich oder vorlaut oder hatte er ein schlechtes Timing? Sie ließ den Vorhang los und musste unwillkürlich grinsen. Wieso fiel ihr zu diesem Thema sofort dieser Busfahrer ein? Zwar hatte sie den singenden Fahrer nur hinter dem Lenkrad sitzend gesehen, aber wirklich groß konnte er nicht sein. Keinesfalls größer als sie selbst. Und die Kleinen hatten es immer schwer, mussten lauter schreien oder mit anderen Extras punkten. Das war im Tierreich nicht anders als bei den Menschen. Schillernde Federn, enthusiastisches Gezwitscher oder auffällige Frisuren und schnelle, teure Autos – das kam letztlich aufs Gleiche raus. Hauptsache viel Tamtam. Ob der Komiker wohl mit Retro-Sonnenbrille und Linienbus Erfolg hatte? Miriam bezweifelte es sehr, doch der Gedanke versüßte ihr den Start in den Tag, und das konnte sie wirklich gut gebrauchen.

Im Büro arbeitete Miriam still vor sich hin und genoss die Routine der immer gleichen Abläufe. Genau wie sie die Fahrt mit einem für die frühe Stunde angemessen maulfaulen und unfreundlichen Fahrer der Linie drei genossen hatte. Sie schätzte Verlässlichkeit und klare Strukturen. Vielleicht gerade wegen ihrer gescheiterten Ehe, die mit beidem in grundsätzlichem Widerspruch gestanden hatte.

Unter dem Schreibtisch schlüpfte Miriam aus den Schuhen und spreizte die Zehen. Welch eine Wohltat. Im internen Verwaltungsbereich der Versicherungsgesellschaft gab es keine Kleiderordnung, dennoch existierte so etwas wie ein inoffizieller Kodex, der stillschweigend eingehalten wurde. Am virtuellen schwarzen Brett gab es eine Stilberatung zum Nachlesen mit Tipps für den Alltag. Miriam hatte sich bei ihrem Eintritt den Kolleginnen angepasst und daran gewöhnt, Rock und Bluse oder einen Hosenanzug zu tragen. Das klassische Kostüm war ihr dann doch zu overdressed, und sie überließ es den beiden älteren Damen im Zimmer. Obligatorisch waren jedoch Pumps oder Stiefel. Für die gute Haltung und den eleganten Gang, behauptete das Merkblatt. Mit beidem war es heute bei Miriam nicht weit her, woran die Slipper, mit denen sie sich über die Empfehlung hinweggesetzt hatte, allerdings keine Schuld traf.

In der Mittagspause machte sie einen Abstecher in die Fußgängerzone. Das Kantinenessen verschmähte sie meistens. Zum Wohl der Mitarbeiter wurde streng auf ausgewogene Ernährung geachtet. Gut gemeint. Aber das war leider das einzig Gute daran. In der nahe gelegenen Dönerbude kannte man sie daher bestens.

»Wie immer?«

Ein angedeutetes Nicken genügte und eine doppelte Fleischportion landete im warmen Fladenbrot, Joghurtsoße aus dem knoblauchfreien Spezialtopf obendrauf und fertig. Einfach und gradlinig. Kein Schnickschnack. Kurzentschlossen ließ sie einen zweiten Döner einpacken, als Notration für den Abend. Gesund ging anders, das war ihr klar, und zur Beruhigung ihres Gewissens kaufte sie bei einem Straßenhändler einen Becher mit geschnittenen Früchten. Wenn schon Vitamine, dann bitte in süß und bequem. Sie platzierte den Becher vor sich auf dem Schreibtisch und verspeiste unter dem strengen Blick ihrer Kollegin planmäßig alle zehn Minuten einen Happen. Kein Tropfen entwischte und besudelte einen der anhängigen Versicherungsfälle, was sie ihrem Gegenüber am liebsten triumphierend unter die neugierige Nase gerieben hätte.

Komisch, dass die Dauerbeobachtung sie plötzlich so störte.

Je weiter der Nachmittag voranschritt, desto unruhiger wurde Miriam und der anstehende Bistro-Einsatz drängte zunehmend in ihr Bewusstsein. Eigentlich sollte es heute besser laufen als gestern. Sie fühlte sich auf das, was ihr bevorstand, vorbereitet und Samantha und Rolf wussten sowieso, was zu tun war. Auch der Döner in ihrer Tasche sollte zu ihrer Entspannung beitragen. Tat er aber leider nicht. Sie simulierte Gelassenheit und achtete darauf, eine gute Minute länger als nötig sitzen zu bleiben. Sechzehnuhreinunddreißig. Ausloggen, atmen, stillhalten, bis die erste Kollegin den Hintern hob. Und dann los, in würdevoller Langsamkeit, das gab der Zeitplan her. Schließlich hatte sie gestern an der Haltestelle sogar noch warten müssen.

Hinter der weißen Markierung bezog sie Stellung am Bordsteinrand.

»Sie haben ihr Ziel erreicht«, murmelte sie halblaut und schaute die Straße hinunter. »Perfekt.«

Die Linie drei schaukelte heran. Jetzt bitte nur nicht der Mann mit den Grübchen. Eine Gruppe Rentner überholte sie und stellte sich vorne an, worüber sie großzügig hinwegsah. Der Bus schnaubte zur Begrüßung. Das Ticket! Hatte sie das etwa unter dem Döner vergraben?

»Komm schon, wo versteckst du dich …?« Die Schlange schob sie vorwärts. Sie schielte nach oben. Natürlich saß *er* hinter dem Steuer und prompt stolperte sie am Einstieg, immer noch wühlend. Zu gern wäre sie mit dem Kopf komplett in ihrer Tasche verschwunden.

»Karte brauche ich nicht. Ihre gilt im gesamten Stadtgebiet bis Monatsende, das habe ich mir gemerkt.« Die Sonnenbrille mit den verspiegelten Gläsern verbarg den Ausdruck seiner Augen, doch seine Mundwinkel zuckten. »Fliederweg oder Siedlung?«

»Sie fahren doch gar nicht zum Fliederweg«, antwortete sie und ging an ihm vorbei. Obwohl sie es nicht sehen konnte, war Miriam sicher, dass sein Blick sie im Rückspiegel verfolgte, bis sie ganz hinten Platz genommen hatte.

Wie hatte sie sich einbilden können, Herrin der Lage zu sein? Bis acht Uhr hatten sich gerade mal zwei Gäste ins Bistro verirrt, die nur etwas trinken wollten. Es folgten drei weitere, denen das Angebot auf der Karte nur bedingt zusagte. Jedes Gericht wurde zunächst ausführlich diskutiert und Miriam wusste auf die wenigsten ihrer Fragen eine Antwort. Hilflos schickte sie Samantha vor, die kompetent Auskunft erteilte – zu biologischem Anbau, fairen Produktionsbedingungen, enthaltenen Allergenen, Ersatzstoffen, Nachhaltigkeit und schonender Zubereitung.

»Woher weißt du das alles?«, fragte Miriam beeindruckt und beschränkte sich wieder aufs Getränkeausschenken.

»Wissen?« Samantha hob die Augenbrauen und warf einen geringschätzigen Blick in Richtung der Gäste. »Ich hab mal ’nen Schauspielkurs gemacht. Improtheater. Du musst gar nichts wissen, nur bestätigen, was die hören wollen.«

»Aber das ist doch …« Miriam riss die Augen auf. »Du lügst sie einfach an?«

»Kann man so sehen, muss man aber nicht. Jeder hat das Recht auf seine eigene Wahrheit. Hab ich mal irgendwo gelesen. Und das Zeug, das Rolf einkauft, ist echt okay.«

Echt okay. Das war nun nicht, was Miriam erwartet hatte. Nachdenklich ging sie in die Küche. Auf dem Herd brutzelten Bratlinge in einer Pfanne und im Topf daneben schmorte Gemüse. Die helle Soße blubberte. Es roch leicht angebrannt. Rolf rührte ohne hinzugucken mit einem Holzlöffel im Saucentopf herum, in der anderen Hand sein Smartphone, auf dem er hektisch mit dem Daumen herumdrückte. Handhabung und Geräusche sprachen für ein einfaches Jump-and-run-Spiel. Miriam räusperte sich. »Rolf?«

»Sekunde. Hab's gleich.« Der Daumen hieb noch einmal zu. Eine blecherne Fanfare erklang. »Yes!«

»Sag mal. Kochst du immer so?« Die Frage rutschte ungewollt heraus und im ersten Moment war sie selbst nicht sicher, ob sie ihn für seine Lässigkeit bewundern oder kritisieren sollte. Im zweiten Moment schon.

Überrascht schaute er hoch. »Was dagegen?«

»Ja!« Gutes Essen und gute Arbeit hatten volle Aufmerksamkeit verdient. Vom hygienisch zweifelhaften Aspekt der Spielerei am Kochtopf mal ganz abgesehen. Gestern musste sie vollkommen blind gewesen sein. Oberflächlich, ignorant, dämlich. Ihr fielen sofort noch einige andere unschöne Begriffe ein, die hervorragend passten. Sich damit rauszureden, dass man einem Koch als Laie nicht ins Handwerk pfuschte, konnte sie nicht gelten lassen. Kein Fleisch. Das war die Information gewesen, die bei ihr jegliches Interesse an seinem Können ausgelöscht und eine genauere Inspektion der Küche verhindert hatte.

Samantha schubste die Schwingtür auf. »Und?«

»Neuer Rekord.«

»Cool!«

Rolf warf sich kurz in Siegerpose und wandte sich dann wieder an Miriam. »Dem Gemüse ist es egal. Hat sich jemand übers Essen beschwert?«

Miriam schüttelte den Kopf. Wie auch? Was da gerade köchelte, waren die ersten Bestellungen des Abends.

»Felix hat mitgezockt«, verkündete Samantha und machte damit unmissverständlich klar, was sie von Miriams Fragen und Einwänden hielt. Uncool, ganz anders als der echte Chef.

»Rolf, da stinkt was.«

»Quatsch.« Er zog den Soßentopf von der Platte. »Das ist der neuste Schrei: Röstaromen. Verbinden sich mit dem Gemüse zu einem ganz neuen Geschmackserlebnis. Wie diese Dingsdas beim Rotwein.« Rolf schnippte mit den Fingern. »Wie heißen die noch? Die dafür sorgen, dass es nach ollem Holzfass schmeckt.«

»Tannine?«, half Miriam aus, obwohl sie ihm nicht ganz folgen konnte. Mit Gerbstoffen aus Eichenfässern konnte man den Bodensatz im Topf nun wahrlich nicht vergleichen. Das war schlicht angebrannt.

»Genau. Tannine.« Mit einem Teelöffel nahm er eine Probe, roch, schlürfte, verzog die Lippen. »Bah. Köstlich. Ist ein Trend aus Frankreich, rauchig und bitter. Brauchst du was davon, Samantha?«

»Japp. Dreimal die Empfehlung der Küche – wie besprochen.«

»Gut gemacht.« Rolf richtete die Teller mit dem verkokelt riechenden Soßenspiegel an, streute gehakte Petersilie darauf und gab zur Krönung auch noch eine Prise Kaffeepulver dazu. »Verstärkt den Effekt«, behauptete er.

Miriam verfolgte das Schauspiel mit Unbehagen.

»Siehste, Chefin. So geht das.« Samantha reckte beide Daumen nach oben. »Kommt aus Paris, oder?«

Rolf winkte ab. »Nö. Paris ist so was von out und die Provence schon lange durch. Sag besser Marseille, von mir aus Lyon, oder nimm irgendein Kaff, das keine Sau kennt. Nur gut klingen muss es!«

Selim Gökay vertrat sich die vom langen Sitzen steif gewordenen Beine. Drei Minuten, dann musste er weiter. Er dehnte die Schultern und rollte den Kopf hin und her. Der Sonnenuntergang brachte eine Ahnung des Sommers mit. Zartrosa Streifen im Blau, die irgendwie anders aussahen als im Winter und verheißungsvoller leuchteten. Der Frühling war in vollem Gange. Noch wurde es abends früh dunkel. Er fröstelte in der kühler werdenden Luft. Beim nächsten Halt würde er die Lederjacke überziehen müssen.

Aus der Hemdtasche zupfte er einen gefalteten Zettel. Eine Quittung, die er gestern auf dem Boden gefunden und beinahe weggeworfen hätte. Doch dann war ihm die handschriftliche Notiz auf der Rückseite aufgefallen und er hatte sie eingesteckt.

Er drückte eine Kurzwahltaste auf seinem Telefon.

»Parakalo?«, meldete sich die Stimme seines Freundes Ioannis und Selim verzichtete ebenfalls darauf, seinen Namen zu nennen. Stattdessen raunzte er ihm die übliche Beleidigung entgegen.

»Hey, Maláka. Bist du in der Stadt?«

»Selber Maláka. Ja, bin ich. Was geht, Kollege?«

»Nix. Muss arbeiten. Tust du mir einen Gefallen?«

»Mal sehen.«

»Nur eine Adresse checken, wenn du heute Abend unterwegs bist. Du bist doch unterwegs, oder?«

»Klar. Was heißt checken?«

Selim stieß langsam die Luft aus. »Gucken, wer da wohnt. Oder ob dort was Besonderes ist.«

»Und wer oder was könnte da Besonderes sein?«

»Eine Frau«, sagte Selim langsam. »Eine, die mich nicht leiden kann.«

Ioannis lachte. »Den Weg kann ich mir sparen. Ich kenne genug Frauen persönlich, auf die das zutrifft. Klingt für mich eher normal als besonders.«

Selim warf einen letzten Blick auf die offenbar eilig hingeworfenen Worte, dann schob er den Zettel zurück in die Brusttasche und stieg in den Bus. Ioannis Sticheleien brachten ihn nicht aus dem Konzept. Der war viel zu neugierig, um nein zu sagen.

Mit der gleichen widerstrebenden Faszination, mit der sie am Fernsehschirm Katastrophenmeldungen verfolgte, beobachtete Miriam das Treiben der Bistro-Crew. Was Rolf den Gästen da auftischte und als Spezialität verkaufte, konnte nur als Zumutung bezeichnet werden. War das nun abgebrüht, geschäftstüchtig oder kriminell? Und musste sie davon ausgehen, dass Felix das genauso machte? Eigentlich konnte sie sich das nicht vorstellen. Allerdings zweifelte sie inzwischen auch erheblich an ihrer Menschenkenntnis.

Rolf und Samantha agierten als eingespieltes Team, das sie gnadenlos auflaufen ließ.

»Zahlen!«

Panik kam auf und begleitete Miriam zu den Gästen,

denen Samantha das »französische Trendgericht« aufgeschwatzt hatte. Die Begeisterung für Rolfs Gourmetküche hielt sich, wie zu erwarten, in Grenzen. Im tanninlastigen Gemüse hatten sie lediglich herumgestochert. Zu experimentell, lautete das Urteil, was Miriam in diesem Zusammenhang noch wie ein Kompliment erschien.

»Oh, das ist aber schade.« Sie rang sich ein hölzernes Lächeln ab. Ihre Gesichtsmuskeln verkrampften. »Darf ich Ihnen als Ausgleich ein Getränk anbieten?«

Sie durfte nicht.

Von der Küchentür aus beobachtete Samantha ihren Rettungsversuch und bewegte sich keinen Zentimeter. Verschämt legte Miriam die Rechnung auf den Tisch.

»Alles zusammen?«

Schweigend zählte einer der Männer den geforderten Betrag ab – auf den Cent genau. Dann erhoben sich alle unter lautem Stühlerücken.

»Danke schön. Herzlichen Dank. Ich wünsche Ihnen noch einen schönen Abend. Auf Wiedersehen!« Mühsam zog Miriam die Mundwinkel nach oben und ging schnell voraus, um den Gästen die Tür aufzuhalten. Glimpflich davongekommen. Trinkgeld war keines zu erwarten gewesen, eher eine Schmerzensgeldklage. Sie kniff die Augen zusammen, massierte sich die Schläfen – und schaute unvermittelt in ein Gesicht. Ein Mann spähte durch die Scheibe: schmale Züge, ein kantiges Kinn und schräg stehende Augen, lange glatte Haare. Er war sehr groß und sah ein bisschen aus wie Jesus, nur ohne Bart und mit ausgesprochen markanter Nase. Sie trat einen Schritt zurück, aber er kam nicht herein, zwinkerte nur und verschwand. Miriam blinzelte. Hatte sie Halluzinationen? Wenn ja, kamen diese entweder vom Hunger – bislang hatte sie keine Gelegenheit gefunden, ihren Notfalldöner zu verspeisen –, oder von den Dämpfen, die Rolf am Herd verbreitete. Apropos. Sie gab sich einen Ruck und drehte sich um. Samantha hatte sich verkrümelt und sie stand ganz allein in der leeren Gaststube. Na prächtig. Ein wütendes Bauchgrummeln trieb sie zurück zum Tisch, wo sie die Teller mit den verschmähten Resten aufeinanderstellte. Soße quatschte ihr über die Finger und ein Messer ging fliegen, als sie im Eilschritt in die Küche stürmte und den Stapel vor Rolf auf die Arbeitsplatte knallte.

»Hast du noch was da von deinem französischen Gemüse?«

»Logisch. Noch 'ne Bestellung? Oder willst du eine Portion für dich?«

Allein der Gedanke löste reflexartiges Würgen aus. Das Zeug war garantiert ein perfektes Brechmittel.

»Schmeiß das weg!«, fauchte sie. »Das ist ungenießbar, und das weißt du auch.«

»Bei mir hat sich niemand beschwert.« Samantha stand am Fenster und rauchte.

»Kein Wunder. Du warst ja auch nicht mehr am Tisch, nachdem sie angefangen hatten zu essen.« In Miriam brodelte es. »So geht das nicht. Wenn schon so wenige Gäste da sind, müssen wir denen doch besonders aufmerksamen Service und gutes Essen bieten.« Begeisterung führte zu Stammgästen, die beim nächsten Besuch Freunde mitbrachten. So was wusste man doch! Sie hatte auf Zustimmung gehofft oder zumindest auf ein kleines Zeichen der Einsicht. Doch keiner der beiden bewegte sich freiwillig, weder geistig noch körperlich.

Miriam machte sich daran, die Reste von den Tellern und den Bodensatz aus dem Topf zu kratzen, und kippte alles in den Müll. Dabei biss sie sich heftig auf die Zunge, um nicht sofort weiterzuschimpfen. Das war nicht ihre Aufgabe. Wieso machte sie das, während die zwei herumstanden und auch noch beleidigt guckten? Die Wut trieb ihr Tränen in die Augen. An ihrem Auftreten und ihrem Durchsetzungsvermögen musste sie dringend arbeiten.

Draußen klimperte das Windspiel. Miriam schaute auf ihre verschmierten Hände, dann zu Samantha, die erst noch einen weiteren Zug nahm und entspannt den Rauch aus dem Fenster pustete, ehe sie nachsehen ging. Noch ein Gast. Immerhin. Und einer, dem sie keine angebrannte Soße servieren würden.

Am Ende des Abends wechselten wieder zwei Fünfzig-Euro-Scheine den Besitzer, wobei Miriam aus ihrem eigenen Portemonnaie zuschießen musste. Auch ein weiterer Kassenbon wollte beglichen werden. Grünzeug aus dem Bioladen. Exotisch, einzeln abgewogen und extrateuer – was für eine Verschwendung. Aber das war nicht ihr Problem. Die Einkäufe würde sie fein säuberlich mit Felix abrechnen. Aus ihrem Büro hatte sie eine Klarsichthülle mitgebracht, in die sie alle Belege einsortierte, inklusive einer Liste für die Zahlungen an Samantha und Rolf. Um eine Quittung konnte sie schlecht bitten, ohne sich lächerlich zu machen. Wer bestätigte schon den Erhalt von Schwarzgeld?

Kaum war sie allein, machte sie sich in der Küche endlich heißhungrig über den eiskalten Döner her. Kein Teller, kein Besteck. Nein, sie verstand wirklich nicht das Allergeringste von Gourmetküche. Aber sie war fest davon überzeugt, dass Rolf heute schlicht das Essen verhunzt und die Gäste verarscht hatte. Das war indiskutabel, und wie sie es auch drehte und wendete, sie kam nicht umhin, das Thema nochmals aufgreifen zu müssen. In der Ecke neben dem Hinterausgang zum Innenhof lagerte ein kleiner Turm Verpackungsmüll und sie packte die Dönerbox obendrauf. Für einen winzigen Moment huschte ein Fragezeichen durch ihr Bewusstsein, das so rasch verschwand, wie das Antlitz des zwinkernden Jesus vor der Bistro-Tür.

Um den Müll durfte Samantha sich morgen kümmern.

»Nur für ein paar Tage«, seufzte Miriam und löschte das Licht im Gastraum. »Nur für ein paar Tage.« Eine tröstliche Beschwörungsformel, die sie auf dem Weg zur Bushaltestelle begleitete, während ihr Handy abermals ins Leere tutete. Auch dafür würde sie Felix eine Rechnung präsentieren. Sie wusste nur noch nicht wie.

Der Bus war gut gefüllt. Die Damen vom Skatclub Rot-Weiß saßen auf den einander gegenüberliegenden Viererbänken, die Spätschichtpendler dösten vor sich hin. Selim kannte sie alle. Jungs in Trainingsanzügen kamen im Pulk herein, begrüßten ihn mit Handschlag. Um elf Uhr schloss das Fitnesscenter, und wenn sie sich danach noch länger in der Stadt herumtrieben, machten ihre Mütter Ärger. Sie rochen nach Duschbad und Waschmittel und am Wochenende nach Rasierwasser, denn dann ging es auf die Piste. Selim kratzte sich den Nacken. War noch gar nicht so lange her, dass sein Leben ganz ähnlich ausgesehen hatte. Und was den Einfluss seiner Mutter anging, da hatte sich bis heute nichts Wesentliches geändert. Ihr Wort war Gesetz, Widerspruch meist zwecklos.

Am Friedensplatz war wieder die Frau eingestiegen, die er in Gedanken immer noch Supergirl nannte, hatte ihr Telefon in die Umhängetasche geworfen und seine Begrüßung so ruppig erwidert, dass es sich wie eine Beleidigung angehört hatte. Sie forderte ihn heraus. Und Herausforderungen machten ihm Spaß.

Undeutlich erkannte er im Rückspiegel, dass sie den Kopf ans Fenster lehnte. Er wollte sie zum Lachen bringen. Unbedingt. Zu einem gemeinsamen Lachen. Das Leben fühlte sich so viel leichter und besser an, wenn man den Menschen positiv begegnete. Auch wenn es manchmal trotzdem schwer war. Jeder hatte es doch irgendwie schwer, man musste nur hinhören und hinsehen. Er trommelte aufs Lenkrad. Sein Bus war ein eigener Kosmos, in dem sich Schicksale für einen Augenblick trafen, Lebenslinien kreuzten und wieder trennten. Er war der Mann am Steuer, Herrscher in seiner eigenen Welt. Ein klarer Fall von Selbstüberschätzung, wenn er den strengen Fahrplan bedachte, den er einzuhalten hatte, um nicht gefeuert zu werden.

An der Haltestelle »Siedlung« fuhr er rechts ran. Niemand wartete draußen und niemand hatte den Knopf gedrückt. Supergirl rührte sich nicht.

»Hallo?«, rief er halblaut nach hinten und alle drehten die Köpfe. Erst zu ihm, dann zu ihr. »Müssen Sie hier nicht raus?« Selim schaltete in den Leerlauf, klappte die Absperrung beiseite und ging den Gang entlang.

»Hey, Selim.« Einer der Jungs zupfte ihn im Vorbeigehen am Ärmel. »Küsst du sie jetzt wach?« Seine Kumpels kringelten sich vor Vergnügen. Die Skat-Damen kicherten.

»Ich bin ein Gentleman.« Selim verteilte eine Runde angedeuteter Kopfnüsse und ging weiter.

»Heißt das jetzt ja oder nein?«

»Dornröschen«, sagte Selim leise und glitt auf den freien Sitz neben der Schlafenden. Ein kleiner Seufzer rutschte über ihre Lippen und er stupste sie leicht an der Schulter an.

»Hm?«

»Dornröschen, der Prinz wartet.« Er stupste fester. »Bei Ihnen zu Hause, nehme ich an, werte Prinzessin. Und der Mann mit dem Gaul müsste mal weiter.«

»Hm? Was für'n Gaul?« Grummelnd kam Dornröschen zu sich – und saß augenblicklich senkrecht. Mit einer Hand schlug sie ihm auf die Finger, mit der anderen warf sie die Tasche auf ihrem Schoß um. Geistesgegenwärtig fing Selim den Inhalt auf. Ein Telefon und ein Stück Dönerfleisch.

»Ihre Haltestelle, Mylady. Ich bitte höflichst darum, die Kutsche nun zu verlassen. Es sei denn, Sie möchten noch eine Extrarunde weiterfahren, bis ich auf dem Rückweg wieder hier vorbeikomme. Ist natürlich im Preis inbegriffen.«

»Was? Nein … ich. Geben Sie das her!« Sie riss das Telefon an sich, sprang auf und pflückte tatsächlich auch das Dönerstückchen aus seinen Fingern.

Mit erhobenen Händen machte er Platz. Auf ihren Wangen leuchteten feuerrote Flecken. Sie sprang ins Freie und rannte mit gesenktem Kopf davon. So hatte er das nicht gewollt. Der ganze Bus bebte vor Heiterkeit. Nur sie hatte wieder nicht gelacht.

Felix schaute über den See und in die Sterne. Diese Weite, diese Stille. Traumhaft schön. Sogar die Einsamkeit erschien ihm hier erträglicher als irgendwo sonst und den Hauch von Wehmut blinzelte er weg, ehe der ihn mit der Wahrheit konfrontieren konnte. Die Nacht war zu schön, um sie von der Realität trüben zu lassen.

Der frühe Vogel weckte Miriam um vier Uhr und hinderte sie daran, wieder einzuschlafen. Hielt dieses Viech sich für eine Nachtigall? Kein vernünftiges Weibchen seiner Art holte um diese Zeit auch nur die Schnabelspitze unter dem aufgeplusterten Gefieder hervor. Über eine Tasse Tee gebeugt und gut eingewickelt in ihre Kuscheldecke, döste Miriam im Sitzsack dem Tag entgegen, den sie am liebsten gar nicht erst anfangen wollte. Schlafen, nur schlafen. Ihre Lider senkten sich. Hundert Jahre schlafen. *Dornröschen*, säuselte es in ihrem Kopf. Der Vogel trällerte und sie schreckte hoch. Was dieser Busfahrer nur gegen sie hatte? Erst Supergirl, dann Dornröschen. Eins missfiel ihr so sehr wie das andere. Vielleicht schaffte sie es heute, dem Mann aus dem Weg zu gehen, einen früheren Bus zu nehmen. Oder einen späteren, wie vor ihrer Zeit als Bistro-Chefin. Eine beruhigende Vorstellung, auch wenn er sicher nicht ihr größtes Problem darstellte. Sie trank den letzten Schluck Tee und schüttelte sich. Ausgekühlt und bitter. Neben der Zuckerdose lag der unbenutzte Löffel. Das fing ja großartig an.

Eine heiße Dusche später hatte Miriam einen Entschluss gefasst. Wenn sie mit Rolf und Samantha besser zurechtkommen und von ihnen akzeptiert werden wollte, musste sie entspannter sein und mehr Kompetenz zeigen. Das begann mit Kleinigkeiten. Sie brauchte einen Lageplan und eine Speisekarte. Noch vor Dienstbeginn. Der kleine Umweg über das Bistro war zeitlich problemlos drin. Auswendiglernen fiel ihr leicht und alles, was ein System hatte, konnte sie sich besonders gut merken.

Frau Schober beobachtete sie mit Argusaugen und wechselte vielsagende Blicke mit Frau Möller. Miriam spürte es in jeder Sekunde: Sie stand unter erhöhter Aufsicht. Die beiden misstrauten ihr, allein aufgrund der Tatsache, dass sie heute als Erste im Büro gewesen war. Eine Abweichung von der Norm. Und dann trank sie auch noch Kaffee! Den hatte die Schober als Erstes erschnüffelt, direkt beim Reinkommen. Doch Miriam hatte ihrem freundlichen Morgengruß keine Erklärung hinzugefügt. Und so sehr sich die beiden Damen bemühten, ihr unauffällig einen Hinweis zu entlocken, warum heute alles anders war, sie ging nicht darauf ein. Zwischen den Versicherungsakten steckten ihre Notizen aus dem Bistro, die sie immer wieder hervorzog, um sie sich einzuprägen. Das lief wie früher beim Vokabelpauken: je größer der Berg, desto größer ihr Ehrgeiz. Getränke und Preise hatte sie als Erstes drauf. Sie schämte sich ein wenig dafür, dass sie dem liebeskranken Vogelmännchen am Morgen eine Halsentzündung gewünscht hatte. Im Grunde verdankte sie ihm den Vorsatz, sich richtig auf das Bistro einzulassen. Und ebenfalls durch ihn hatte sie drei Extrastunden zur Vorbereitung gewonnen, war gut organisiert und sprühte nur so vor Elan. Sogar ihr Smartphone war bereits aufgeladen und das Datenvolumen aufgestockt. Der Suche nach einer alternativen Busroute stand also nichts mehr im Weg. Sie schickte die gefühlt tausendste Textnachricht an Felix und speicherte dann die Adressen sämtlicher Krankenhäuser rund um den Lago Maggiore ab. Eine Galgenfrist bis zum Abend gab sie ihm noch, sich endlich selbst zu melden, dann würde sie ihre spärlichen Italienischkenntnisse entstauben und eine Klinik nach der anderen abtelefonieren.

Sie schlürfte ihren Kaffee und tippte weiter auf dem Smartphone. Laut des allwissenden Internets waren Okras einfach nur Bohnen. Zumindest schmeckten sie wohl so ähnlich. Optisch wirkten sie eher unentschlossen zwischen Zucchini und Paprika. »Na so was«, entfuhr es ihr und Frau Möller reckte den Hals. Doch auch diese Erkenntnis wollte Miriam nicht mit der Kollegin teilen. Schwungvoll klappte sie einen Ordner zu, lärmte geschäftig mit Locher und Heftmaschine und legte vorsorglich das Handy weg, um nicht in Versuchung zu geraten, weiter die unbekannten Begriffe von der Speisekarte nachzuschlagen. Der Firmencomputer war für private Zwecke tabu.

Kurz vor der Mittagspause erreichte sie die launige Nachricht ihrer besten Freundin. *Hab heute kurzfristig kinderfrei und mich in die Stadt abgesetzt. Lust auf ein Minitreffen zum Essen?* Miriam zögerte keine Sekunde mit der Zusage, auch wenn das ihre Pläne gründlich durcheinanderwarf. Eine halbe Stunde mit Ronja war jeden Kopfstand wert. Es spielte keine Rolle, wie lange sie einander nicht gesehen hatten. Mit der ersten Umarmung drehten sie die Zeit zurück, gackerten und tuschelten wie mit dreizehn bei der ersten Sexbeichte. Sie hatten so ziemlich alles miteinander erlebt und besprochen. Fast alles. Und genau das machte Miriam heute nervös.

Ronja wählte zielsicher die passende Nummer am Straßenverkauf des Asia-Imbiss und zahlte für beide. Pappbox to go mit Reis und süßsaurem Fleisch.

»Für dich immer noch ohne Knoblauch nehme ich an?«

Miriam kreuzte die Finger zur Abwehr. »Der Tag, an dem du mich dieses Zeug essen siehst, wird der Tag sein, an dem du mich entmündigen lassen musst!«

Sie steuerten eine Bank unter einem Baum in der Fußgängerzone an. Um die Mittagszeit ein kleines Wunder, dass sie zwei Plätze nebeneinander ergattern konnten. Dank der Sonne quollen aus allen umliegenden Häusern Menschen ins Freie.

Ronja stellte die Box beiseite und zückte ihr iPad. »Note to myself. Betreff: Knoblauch«, sagte sie laut, während sie tippte. »Bei Verzehr Miriam sofort in die Klapse einliefern.« Sie grinste übers ganze Gesicht und piekte Miriam ein Essstäbchen in die Schulter. »Klär mich auf. Was ist los bei dir? Du hast vorhin so was angedeutet …«

Miriam runzelte die Stirn und schob einen Happen Fleisch in den Mund. Hatte sie? Eigentlich hatte sie in ihrer Nachricht nur Zeit und Ort bestätigt, ergänzt um ein »Ich freu mich« und ein halbes Dutzend Ausrufezeichen.

»Sehr knappe Antwort, Liebes. Falls du noch rätselst, was ich meine. Kein Emoticon, kein blöder Spruch. Komm mir nicht damit, dass du während der Arbeitszeit nicht länger schreiben kannst. Dann geht man eben mal aufs Klo. Das funktioniert sogar bei meinen Kindern zu Hause.«

»Ich hab Stress«, nuschelte Miriam, »aber nicht im Büro. Jedenfalls nicht mehr als üblich.« Mit dem nächsten Fleischstück verschaffte sie sich einen weiteren kleinen Aufschub, solange sie kaute. »Dilli hat ein Bistro eröffnet und sich das Bein gebrochen, darum muss ich abends einspringen«, fasste sie dann kurz zusammen.

»Wo ist der Haken?«

»Ich bin der Haken.« Miriam lachte halbherzig und gab scheibchenweise Einzelheiten preis. Über die als Letztes gebeichtete vegane Speisekarte lachten sie gemeinsam, dann wurde Ronja ernst.

»Und nun erzähl mir das, worüber du so angestrengt schweigst.«

»Ich weiß nicht, was du meinst.« Miriam schwitzte und schaute auf die Uhr, aber Ronja schüttelte den Kopf.

»Vergiss es. Zehn Minuten hast du noch. Felix und ein Bistro, das ist schräg. Du und vegan, das ist schräger. Dass er dich hängen lässt, ist nicht schön, aber leider nicht untypisch. Also, was toppt die ganze Angelegenheit, dass du glaubst, es ausgerechnet vor mir geheim halten zu müssen?«

Wo sollte sie da nur anfangen? Ronja lebte als Freiberuflerin mit Mann und drei Kindern im schmucken Eigenheim im Dorf ihrer gemeinsamen Kindheit. Und das nur dreihundert Meter entfernt von Miriams Eltern, die es nicht lassen konnten, die beste Freundin als leuchtendes Beispiel heranzuziehen. Vor allem wegen der Kinder. So süße Kinder und so eine glückliche Ehe und so ein fleißiger Mann, den seine Frau so wunderbar bei seiner Karriere unterstützt. So perfekt. Mit jedem »so« verband sich ein unterschwelliger Vorwurf gegen sie, und nur gegen sie. Felix traf nie die Schuld, wenn etwas schiefging. Der charmante Traumschwiegersohn, dem man leider keine passendere Tochter hatte bieten können. Miriam nagte am letzten Fleischstück.

Ronja nahm ihr das Stäbchen aus der geballten Faust, das bedenklich knackte. »So schlimm?«

Noch schlimmer. »Wir haben uns getrennt. Dilli und ich. Schon vor einem halben Jahr.«

»Was?« Ronja klappte das Kinn runter. »Niemals!«

Genau diese Reaktion hatte Miriam erwartet und sie ahnte auch den folgenden Text, bevor Ronja ihn aussprach.

»Ein halbes Jahr, das sind sechs Monate! Und in der ganzen Zeit sagst du mir kein Wort davon? Kein einziges Wort?«

»Wir haben es niemandem gesagt. Nicht mal unseren Eltern. Für die bricht die Welt zusammen, wenn sie das erfahren.« Zum Weihnachtsfest waren sie gemeinsam unterwegs gewesen. Hatten erst seine, dann ihre Eltern besucht. Und in einem Bett geschlafen. Gute Miene zu schönen Lügen.

»Das kann nicht sein, Miriam. Felix und du, das war doch, das ist doch – für immer. Für ewig.«

Miriams Gedanken drifteten zu der Party ab, bei der alles angefangen hatte. Dreizehnter Geburtstag irgendeines Klassenkameraden und das Flaschendrehlos wollte, dass sie Felix einen Knutschfleck verpasste.

»Ich weiß nicht, wie das geht«, hatte sie in sein Ohr geflüstert, das Gelächter und die Blicke der anderen im Nacken.

»Einfach saugen«, wisperte er zurück. »Stell dir vor, du trinkst einen Milchshake und der Strohhalm ist verstopft.«

Der Trick funktionierte prima. Nicht zuletzt, weil seine milchweiße Haut mit den tausend Sommersprossen sie tatsächlich an einen Milchshake erinnerte. *Stracciatella*. Noch heute bildete sie sich ein, dass er danach gerochen hatte. Felix war der Einzige, der seinen Knutschfleck am nächsten Schultag nicht versteckt hatte, sondern in der ersten großen Pause stolz herumzeigte. In der zweiten stellte er Miriam die Frage ihres Lebens. »Willst du mit mir gehen?« Ronja stand daneben und signalisierte heftig ihre Zustimmung. Sie hatte die Beziehung also wahrhaftig von der ersten Minute an miterlebt. Vom unschuldigen Händchenhalten über den ersten richtigen Kuss bis zur Hochzeit – selbstverständlich als Trauzeugin in der ersten Reihe. Jetzt schnäuzte Ronja sich in die Papierserviette und Miriam legte ihr den Arm um die Schultern. Seltsam und gleichermaßen bezeichnend, dass sie die Freundin trösten musste und nicht umgekehrt.

»Ich bin ausgezogen. Und ja, es war schwer und es hat wehgetan. Aber wir waren uns einig und sind immer noch Freunde, wie du siehst. Würde ich sonst diese Bistro-Nummer durchziehen?« Lachend schüttelte sie Ronja. »Vegan, Baby? Vegan!«

Ronja stimmte in das Lachen ein und schniefte wieder. »Was hat er angestellt? Hat er eine andere?«

Es war kein Geheimnis, dass Felix gerne flirtete. Er hatte etwas Rastloses an sich, das er nie loswurde. Suchend und getrieben. Aber er hatte sie nie betrogen. Was sie trennte war etwas anderes: Miriam hatte stets Bodenhaftung, doch Felix wollte fliegen. Ausgerechnet der Gedanke brachte sie schon wieder zum Lachen. Fliegen wie Supergirl. Sie stieß Ronja in die Rippen. »Sag mal, dass ich einen anderen haben könnte, kommt dir nicht in den Sinn, oder?«

»Du?«

Ronjas verblüffter Blick war fast schon beleidigend, aber Miriam nahm es ihr nicht übel. Für sie hatte es nie einen anderen als Felix gegeben.

»Ich meine – hast du?«

»Nö.« Sie stocherte in ihrem Reisrest herum und seufzte. »Es ist aus, weil es eben aus ist. Kein Ende mit Knalleffekt. Bitte, Ronja, behalt das unbedingt für dich. Wenn du meiner Mutter im Supermarkt begegnest, darfst du dich auf keinen Fall verplappern.«

»Irgendwann werdet ihr es aber offiziell machen müssen.«

»Wir tüfteln noch an einem Plan, wie wir ihnen das schonend beibringen«, sagte Miriam leichthin. Diesen Tag fürchteten sie beide. Für einen kleinen Moment vergaß sie zu atmen. Was, wenn Felix gar nicht vorhatte, das gemeinsam durchzustehen? Vom nahe gelegenen Kirchturm mahnte die Glocke zum Aufbruch und sie warfen die Pappschachteln in den Mülleimer. Eins nach dem anderen. Büro, Bistro, Beziehung. Der Tagesplan ließ wenig Spielraum für gedankliche Experimente.

»Es war schön, dich zu sehen, Ronja.«

»Versprich mir, nächstes Mal nicht so lange zu warten, wenn es etwas zu beichten gibt oder du Hilfe brauchst. Anruf genügt, dann parke ich meine Knirpse irgendwo und bin da. Verstanden?«

»Verstanden.« Sie drückte Ronja zum Abschied und war im Kopf schon wieder einen Schritt weiter. Die Kneipenvokabeln saßen noch nicht perfekt. Da musste sie gleich noch mal ran. Und sie brauchte Tee. Jede Menge schwarzen Tee.

Die netten Bürokolleginnen sorgten dafür, dass Miriam kurz vor Feierabend noch allerhand zu tun bekam. *Könnten Sie bitte. Würden Sie noch eben schnell?* Ein Computerproblem hier, eine Akte aus dem Oberschrank holen da.

Natürlich sagte sie nicht nein. Der Linie drei und dem nervigen Sonnenbrillenmann wollte sie ja ohnehin entgehen. Doch der folgende Bus war nicht nur unpünktlich, sondern ließ die Haltestelle Friedensplatz wegen einer Tagesbaustelle aus. Eine Durchsage dazu gab es nicht. Ihre Reklamation beim Aussteigen entlockte dem Fahrer nur einen irritierten Blick auf die Knöpfe seines Cockpits.

»Wie Durchsage?« Er klopfte gegen das Mikrofon, als sähe er es zum ersten Mal. »Mit dem Ding? Habe ich noch nie gemacht.«

Die zusätzliche Verzögerung und die längere Strecke zu Fuß konnte Miriam auch im Dauerlauf nicht mehr wettmachen. Erst um zehn nach fünf erreichte sie das Bistro, vor dem Samantha bereits ein ordentliches Häufchen Kippen zusammengeraucht hatte. Miriam traf das Schlüsselloch erst nach mehreren Versuchen, natürlich erst mit dem letzten der drei Schlüssel. Rolf blökte herum und nötigte sie in die Defensive. Obwohl er, nach eigener Aussage, durch ihr Zuspätkommen mächtig in Verzug geraten war, wollte er sie nicht bei den Vorbereitungen in der Küche helfen lassen.

»Weil du hier nichts verloren hast. Hast du überhaupt einen Schimmer von irgendwas? Vorschriften, Gesundheitszeugnis, Hygiene? Nur weil du die Frau von Felix bist, kannst du nicht den ganzen Laden umkrempeln.«

Die Bemerkung traf sie tief. Und obwohl sie gar nicht die Absicht gehabt hatte, irgendetwas umzukrempeln, musste sie Rolf zustimmen. Jeder hatte seine Zuständigkeit, und ihre lag nicht in der Küche. Folglich konzentrierte sie sich nun auf andere Dinge als die Essenszubereitung. Dabei gerieten ihr Rolfs Kassenzettel in die Finger. Nachdenklich ging sie die einzelnen Posten durch. »Wasserkastanien, Zuckerschoten, Frühlingszwiebeln, Quinoa, Bulgur, Seitan-Rohmasse?« Dank der Internetsuchmaschine schlossen sich weitere Wissenslücken und ihr Unmut kehrte zurück. Nichts von alledem hatte sie bei ihrer Inspektion am Morgen gesehen, als sie die Speisekarte geholt und sich Notizen gemacht hatte. Auch keine Töpfe mit frischen Kräutern. Zugegeben, sie hatte den Lebensmitteln keine allzu große Aufmerksamkeit geschenkt. Trotzdem musste ihr mindestens ein kompletter Vorratsschrank entgangen sein.

Respekt durch Kompetenz. Anerkennung durch Wissen. Begegnung auf Augenhöhe. Etwas in der Art hatte Miriam sich für den Abend vorgestellt. Und vor allem eine bessere und freundlichere Zusammenarbeit. Doch die Dinge hatten sich von Beginn an falsch entwickelt und schließlich musste Miriam sich das vollständige Scheitern ihres Vorhabens eingestehen. Liebend gern hätte sie Ronjas Angebot auf der Stelle angenommen und ihre Hilfe angefordert, um sich dann selbst irgendwo zu verkriechen. Aber das war nicht drin.

Samantha saß im offenen Fenster und qualmte. Rolf brüllte. Lauwarmes Essen rann Miriams Bein herunter, tropfte auf den Boden zwischen die Tellerscherben und Tränen flossen über ihr Gesicht. Heute hatten sich Gäste bei ihr beschwert, und das nahm der Küchenchef persönlich. Zu lasch, zu langweilig, zu kalt. Letzteres konnte Miriam nun definitiv bestätigen. Rolfs Zorn angesichts der Kritik hatte sich an ihr entladen, dabei war sie doch nur Überbringerin der Botschaft gewesen.

»Unterstellst du mir, dass ich nicht kochen kann, oder was? Wie wäre es, wenn du deinen Scheiß allein machst? Kannst du von mir aus gern. Felix hat sich nie beklagt und der hat sich auch nicht dauernd eingemischt.«

Vor ihrem inneren Auge flatterten die Quittungen vorbei, gefolgt von Bildern des Einkaufskorbes bei ihrer ersten Begegnung – dann schnellte ihr Kopf herum. Der Verpackungsmüllstapel! Ihr blieb die Spucke weg und sie fuchtelte wild mit der Hand, bis sie die Sprache wiederfand. »Weiß Felix eigentlich, dass du gar nicht richtig kochst?«

Für Samantha schien der Disput eine Show zu sein, die sie schweigend verfolgte, als ginge sie das alles nichts an.

»Was bildest du dir ein, was das auf dem Herd ist – Wäsche, Sprengstoff, Drogen oder nur Dekoration?« Rolf riss den Deckel vom Topf, klatschte den Teller voll und stieß einen spitzen Schrei aus. »Nein, sieh doch nur – Überraschung: Das ist ESSEN!«

Lecker sah es beim besten Willen nicht aus, aber das traute Miriam sich nicht zu sagen.

»Es ist nicht frisch«, reklamierte sie und deutete wieder auf die Pappschachteln. »Fertigprodukte aufwärmen kann jeder. Was hat das mit Kochen zu tun? Und das ganze teure Zeug, das du eingekauft hast, sehe ich nirgendwo.«

Das war der Satz zu viel gewesen und direkt im Anschluss hatte er den vollen Teller nach ihr geworfen, der dann vor ihren Füßen auf dem Boden zerschellt war. Der Schreck hatte Miriam sofort die Tränen in die Augen getrieben. Mit Geschrei und Gewalt konnte sie nur schwer umgehen.

»Willst du behaupten, dass ich betrüge? Das reicht. Ich bin weg!« Rolfs Schürze traf sie als zusammengeknüllter

Klumpen in den Bauch. Er machte einen großen Schritt über die Scherben und starrte sie wütend an. Sein Ziegenbart bebte. »Für dich arbeite ich nicht mehr. Falls Felix zurückkommt, kann er mich anrufen.« Mit der Schulter rempelte er sich den Weg frei und marschierte aus der Küche.

Samantha glitt vom Fensterbrett. »Du bist echt die Krönung, Miriam. Was glaubst du eigentlich, wieso der Laden noch offen hat?«

»Ich versteh nicht?«

»Ganz genau. Du verstehst nix.« Sie streckte Miriam die Hand hin. »Gib mir 'nen Zwanziger für den halben Abend. Dann verdrücke ich mich auch. Und ich geb dir gratis noch einen Tipp: Schließ die Bude nachher zu und lass es dabei.«

Überrumpelt übergab Miriam den Schein und sah Samantha zu, die ihre Sachen zusammensuchte und die unvermeidliche nächste Zigarette zwischen die Lippen steckte. »Ohne Rolf kannst du es vergessen. Du hast es nicht drauf. Den Scheiß geb ich mir nicht länger.«

Ein leiser Windhauch wehte durch Fenster und Eingangstür, das Windspiel klimperte. Dann wurde es still. Sehr still. Nur der Kühlschrank brummte.

Zeitlupenlangsam wischte Miriam sich mit Rolfs Schürze die Essensreste vom Hosenbein. Warum hatte er so aggressiv reagiert? Wozu kaufte er die extravaganten Lebensmittel, wenn er sie nicht auf den Tisch brachte? Mehr hatte sie doch gar nicht wissen wollen und anregen, dass er … Moment mal. Wieso hatte Rolf gleich von Betrug gesprochen? Sie stürzte zur Belegschublade und riss anschließend alle Schränke in der Küche auf, inklusive des Tiefkühlers. Die Bestandsaufnahme brachte ihren Kreislauf auf Touren. Dieser elende Mistkerl! Er hatte sie reingelegt und Geld von ihr verlangt, das er gar nicht ausgegeben hatte. Oder die Einkäufe für sich privat gemacht. Die Vorräte des Bistros bestanden jedenfalls in der Hauptsache aus Konserven und das wenige frische Gemüse war alles andere als die auf der Karte angepriesene Bioqualität. Und dann gab dieser Typ auch noch die gekränkte Diva. Wieso nur fühlte es sich trotzdem an, als wäre sie selbst schuld daran, dass sie nun ganz alleine in diesem Schlamassel saß? Zwischen Scherben und Gemüsematsch. Sie holte Schaufel und Besen, Eimer und Putzlappen und beseitigte die sichtbaren Spuren des Streits. Dann setzte sie sich an die Theke.

Trostlosigkeit breitete sich in jedem Winkel des Gastraums aus. War sie zu hart, zu perfektionistisch, zu korrekt? Hätte sie Rolf einfach machen lassen sollen? Das Bistro gehörte Felix und sein Auftrag an sie lautete, kommissarisch ein paar Tage darauf aufzupassen. Das hätte sie doch eigentlich hinkriegen müssen. Mal fünf gerade sein lassen, Augen zu und mit seinen Angestellten Spaß haben, statt herumzukritisieren. Es gab keine logische Erklärung, weshalb sie die Zustände im Bistro derart überrascht hatten. Sie kannte Felix doch. Er war das personifizierte Durcheinander, die Spontaneität selbst.

Sie stand auf, rückte den Barhocker an die Theke und machte sich ans Aufräumen. Wann war ihr diese Eigenschaft abhandengekommen und sie zum Langweiler geworden? Oder hatte sie diese Leichtigkeit in Wahrheit nie besessen?

Müde sah sie aus. Abgespannt. Selim erwischte sich dabei, dass er ungeduldig nach ihr Ausschau gehalten hatte, nachdem sie am Spätnachmittag nicht im Bus gewesen war. Ihre Miene mahnte zur Vorsicht und er schenkte ihr ein kleines Lächeln, an dem es nichts falsch zu verstehen gab.

»Guten Abend.« Nur freundlich. Nicht mehr, nicht weniger.

Sie runzelte die Stirn, brummte etwas Unverständliches und ging wieder ganz nach hinten durch. Schade. Außer ihr war niemand zugestiegen und auch die anderen Fahrgäste machten einen eher zugeknöpften Eindruck. Wenn sie in seiner Nähe geblieben wäre, hätte er sie gern in ein Gespräch verwickelt und aufgeheitert. Vielleicht auch ein bisschen ausgefragt und unauffällig versucht, Ioannis' Geschichte von gestern zu überprüfen. Ein Bistro. Nie und nimmer arbeitete diese Frau in einer Kneipe. Ein Blinder konnte sehen, dass das nicht zu ihr passte. Er steckte einen Kopfhörer ins Ohr, schaltete Musik ein und konzentrierte sich auf die Straße. Wozu machte er sich all diese Gedanken? Es ging ihn nichts an und sie wollte ganz offensichtlich in Ruhe gelassen werden. Erst an der Haltestelle »Siedlung« wagte er einen Blick in den Rückspiegel, suchte die fast leeren Sitzreihen ab, aber er fand sie nicht mehr.

Herb-männliches Deodorant umspielte ihre Sinne. Ihr Mund verzog sich zu einem Lächeln. Ein Tippen an ihrer Schulter. Eine ferne Stimme sagte etwas. Miriam räkelte sich. Die Stimme kam näher und sie schlug die Augen auf. Im Halbdunkel fiel ihr Blick auf ein graues Objekt mit schwarzer, vertikaler Aufschrift. Arschloch, entzifferte sie mühsam. Blinzelnd versuchte sie, sich zu orientieren. Was zur Hölle war hier los? Das Arschloch blieb und direkt daneben entdeckte sie, thematisch falsch, aber immerhin anatomisch korrekt, die Zeichnung eines männlichen Geschlechtsteils.

»Tut mir leid, heute habe ich es nicht rechtzeitig gemerkt.«

Die Stimme schlich sich in Miriams Bewusstsein und sie stöhnte auf. Lieber Gott, lass es einen Albtraum sein und nicht schon wieder diesen Busfahrer, bettelte sie stumm.

»Ich dachte, Sie wären ausgestiegen. Wenn ich gewusst hätte, dass sie im Sitz umgekippt sind ...«

Umgekippt. Das erklärte die merkwürdige Schräglage der Schrift. Dann war das graue Ding wohl die Rückseite der Sitzreihe vor ihr. Eine Hand half ihr dabei, sich aufzurichten und die Schrift rutschte in die Horizontale.

»Alles okay?« Der Busfahrer ging neben ihr im Gang in die Hocke.

Miriam nickte und tastete automatisch über ihre zerknautschten Haare. Wischmopp trifft Steckdose, eindeutig. Auf ihrer Wange spürte sie einen eingepressten Abdruck. Das musste der Griff ihrer Handtasche gewesen sein. Zum Glück brannte nur die Notbeleuchtung. Das gedämpfte gelbe Licht wirkte wie Weichzeichner, ersparte dem Fahrer hoffentlich die Details ihres desolaten Zustands. Oder vielmehr ersparte es ihr, in dieser Verfassung allzu deutlich gesehen zu werden. Sie wischte sich über die Mundwinkel. Hatte sie im Schlaf gesabbert?

»Das ist mir noch nie passiert.«

»Mir auch nicht.« In den dunklen Augen blitzte es. »Ich gestehe, für diesen Fall habe ich keine Ansprache vorbereitet. Aber ich würde mal sagen: Herzlich willkommen im Busdepot.«

»Busdepot?«, wiederholte Miriam, als hätte sie das Wort noch nie gehört.

»Japp. Endstation Wagenhalle. Und – das ist jetzt ein bisschen blöd für Sie –, zeitlich betrachtet ebenfalls Endstation.«

»Was heißt das genau?«

»Betriebsschluss. Feierabend. Nichts fährt mehr.«

»Aber das kann nicht sein!« Alles in ihr sträubte sich dagegen, die Bedeutung des Gehörten zu erfassen. »Da-da-dann muss ich jetzt nach Hause laufen?«

»Ganz blöde Idee.« Er stand auf und deutete nach draußen. »Vom Gewerbegebiet bis zur Stadtgrenze sind es ziemlich genau drei Kilometer. Landstraße, stockfinster, kein Seitenstreifen. Und dann sind sie noch lange nicht in der Siedlung. Am besten rufen Sie ein Taxi.«

Die Tränen kamen ebenso plötzlich wie heftig und Miriam hatte ihnen nichts entgegenzusetzen.

»Nein. Hey, nicht doch!«

Das war zu viel. Alles zu viel. Müdigkeit und Überlastung forderten ihren Tribut. Mit den Tränen sprudelten zusammenhanglose Wortfetzen heraus und ihr entglitt jegliche Kontrolle. Als sie wieder zu Atem kam, konnte sie sich nicht erklären, wie sie aus dem Bus und der Halle ins Freie gelangt war. Fürsorglich putzte der Busfahrer ihr die Nase.

»Mein Auto steht da drüben. Ich fahre Sie schnell, macht mir wirklich keine Mühe.«

»Ich soll nicht bei Fremden einsteigen«, schniefte Miriam und schnäuzte noch mal in das bereitgehaltene Tuch. »Hat meine Mutter mir beigebracht.«

»Sehr kluge Frau. Aber mit mir sind Sie doch schon oft gefahren.« Er steckte das nasse Taschentuch ein und hielt ihr dann förmlich die Hand hin. »Selim Gökay. Wenn Sie mir jetzt noch Ihren Namen verraten, sind wir keine Fremden mehr. Dann wäre es okay, wenn ich Sie mitnehme, oder?«

Sein Händedruck war fest und warm.

»Miriam Dillinger«, sagte sie und lächelte gequält. Ihre Nase fühlte sich vom Heulen heiß und geschwollen an und leuchtete sicher wie die des Rentiers Rudolph. »Ja, ich denke, das wäre jetzt sehr okay.«

Vor seinem Wagen erlosch Miriams letzte innere Warnlampe. Ein Mini. Ein Mann, der einen Mini fuhr, konnte nicht gefährlich sein. Vom Armaturenbrett blinkte ihr die Digitalanzeige entgegen. Ein Uhr siebenundvierzig. In vier Stunden klingelte ihr Wecker. Na großartig, sie bekam also noch weniger Schlaf als in der Nacht zuvor. Selbst wenn sie das unfreiwillige Nickerchen von eben mitrechnete. Sie musste eine doppelte Schleife mit der Linie drei gedreht haben.

Selim fuhr vom Parkplatz auf die menschenleere Straße. Selbst die Tankstelle war dicht, die Ampel ausgeschaltet. Der Mini raste durch die Nacht, legte sich geschmeidig in die Kurven. »Darf ich was fragen?«

»Tun Sie das nicht gerade schon?« Miriam drückte die Handballen auf ihre Augen und hörte ihn leise lachen.

»Eins zu null.«

Vor dem Fenster huschten Baumschatten vorbei, Wiesen, Schrebergärten, dann das Ortsschild. Die Vorstellung, die Strecke im Dunkeln zu Fuß bewältigen zu müssen, bescherte ihr nachträglich eine Gänsehaut. »Fragen Sie einfach.«

»Habe ich das richtig verstanden, dass Sie zusätzlich zu einem Vollzeitbürojob abends ein Bistro führen?«

»Stimmt.« Miriam ließ die Hände sinken. »Theoretisch. Praktisch kann von *führen* keine Rede sein. Ich scheitere – aber das mache ich mit Bravour.« Miriam sah Selim von der Seite an. Er lenkte das kleine Auto ebenso gefühlvoll wie den Bus. Kein Ruckeln, kein scharfes Bremsen. »Ich musste kurzfristig einspringen, um die Kasse zu betreuen, und habe es am dritten Abend geschafft, das gesamte Personal zu vergraulen.«

»Reife Leistung.«

»Yeah!« Ihre Siegerfaust wollte nicht recht zum Angstschweiß passen, den die Vorstellung, nun ganz allein im Bistro zu stehen, hervorrief.

»Erzählen Sie mir mehr«, forderte Selim und platzierte den Mini mit elegantem Schwung in einer winzigen Parklücke unmittelbar vor ihrer Wohnung. »Wie geht es morgen weiter?«

»Keine Ahnung, wirklich«, seufzte sie und tippte auf die Uhr. »Es ist spät. Sie haben Feierabend. Ich will Sie nicht auch noch um Ihre Nachtruhe bringen. Vielen Dank fürs Nachhausefahren.«

»Keine Ursache.« Selim drehte den Zündschlüssel. »Wenn es Ihnen nichts ausmacht, würde ich die Geschichte trotzdem gern komplett hören.«

»Komplett?«

»Ja. Wieso, weshalb, warum?« Im Dunkel des Wagens zeichnete sich seine Silhouette vor dem helleren Fenster ab. Dass er lächelte, konnte sie nur hören. »Keine Sorge, ich erwarte nicht, dass Sie mich mit reinnehmen.«

Wieder schaute sie auf die Uhr. Zehn Minuten mehr oder weniger, was machte das jetzt noch?

»Ich koche nicht gern«, begann sie langsam. »Ich mag

Fleisch, aber kein Gemüse. Ich weiß nichts über vegane Ernährung, habe keinen Schimmer von Gastronomie, besitze keinen Gesundheitspass und weiß offen gestanden nicht mal genau, was das ist.«

»Perfekte Voraussetzungen.«

»Mit meiner Freude am Sarkasmus ist es heute nicht allzu weit her, aber verdient hab ich es wohl.«

»War nicht böse gemeint.« Selim lenkte sofort ein. »Ich liebe es zu kochen und zum Gesundheitszeugnis könnte ich Ihnen alles erzählen – ich besitze sogar eins, weil ich mal eine Ausbildung angefangen hatte.« Er winkte ab, als hätte er schon zu viel über sich gesprochen. »Was ich bloß nicht verstehe, ist, warum nehmen Sie das auf sich, wenn es so gar nicht Ihr Ding ist?«

Miriam rieb sich die Schläfen. Wenn das mal keine berechtigte Frage war. Höchste Zeit zum Rückzug. Sie beugte sich zum Fahrersitz und tupfte Selim einen kleinen Kuss auf die Wange. Wieder streifte sie sein herber Duft.

»Ich muss jetzt wirklich schlafen. Gute Nacht.«

Sie stieg aus und er tat es ihr nach.

»Gute Nacht, Miriam. Wir sehen uns morgen.« In der geöffneten Tür blieb er stehen, einen Arm auf das Dach gelegt, und wartete, bis sie den Hauseingang erreicht hatte. Sein Grübchen vertiefte sich, als sie sich noch einmal umdrehte.

»Ich habe jemandem ein Versprechen gegeben«, sagte sie und ahnte, dass das nur ein Teil der Antwort war.

Der frühe Vogel sang auch an diesem Morgen, doch Miriam hörte ihn nicht. Sie hatte sowohl den Wecker neben dem Bett als auch den ihres Telefons auf die Zeit gestellt, die es ihr gerade noch erlauben würde, pünktlich zu sein und vor dem Bürotag unter die Dusche zu springen. Frühstück fiel aus. Und von Springen konnte nur im übertragenen Sinn die Rede sein. Mit der Zahnbürste im Mund kroch sie unter den Wasserstrahl und versuchte, weder Duschbad zu schlucken noch in die Augen zu bekommen. Föhnen und anziehen erledigte sie ebenfalls parallel, dann stopfte sie drei Teebeutel in die Hosentasche und rannte aus dem Haus.

Frau Schober und Frau Möller sorgten dafür, dass sie während der Arbeit bei der Sache blieb und nicht auf andere Gedanken kam – gleich welcher Art. In gewisser Weise verspürte Miriam so etwas wie Dankbarkeit. Die gewohnte Routine funktionierte im Halbschlaf und die zäh dahinfließenden Stunden wiegten sie in trügerischer Sicherheit. Noch so lange hin bis zum Abend. Ein ganzer Tag, an dem sich alle Schwierigkeiten in Luft auflösen konnten; ein Dreivierteltag für ein Wunder; ein halber für eine Eingebung. Noch ein Botengang und ein letztes Schreiben für die Ausgangspost. Verdammt. Wo war die Zeit hin?

Frau Schober schloss den Aktenschrank ab. »Sie sind spät dran. Müssen Sie nicht zum Bus?«

»Doch.« Miriam tippte weiter. »Bin gleich so weit.«

»Nicht genehmigte Überstunden werden nicht vergütet, das wissen Sie schon, Frau Dillinger? Und die Poststelle ist auch erst am Montag wieder besetzt.« Frau Möller hängte sich die Handtasche quer über die Brust, richtete den Kragen ihres Blazers und schritt zur Tür. »Wenn Sie eine Frist versäumt haben, müssen Sie den Brief wohl in Ihrer Freizeit zur Post tragen.«

Miriam musste nicht hochsehen, um zu wissen, welche Genugtuung sich bei diesem Satz auf Frau Möllers Gesicht abzeichnete.

»Alles eine Frage des Zeitmanagements«, flötete Frau Schober. »Aber das lernt sie noch, Frau Möller.«

Miriam versuchte wegzuhören und überflog das Schreiben ein letztes Mal, dann erteilte sie den Druckbefehl. Die Kolleginnen entfernten sich über den Flur in Richtung Aufzug, mit synchronem Absatzstakkato und mal wieder einvernehmlich lachend. Der Drucker schwieg. Miriam klickte nochmals doppelt auf das Druckersymbol und ging dann ans andere Ende des Büros, wo das Gerät neben Frau Möllers Schreibtisch stand. Ausgeschaltet.

»Herzlichen Dank auch.« Wenn sie den jetzt startete, brauchte er mindestens fünf Minuten, bis er wieder einsatzbereit war. Sie ballte die Rechte zur Faust und ging unverrichteter Dinge zurück. Bei allem berechtigten Wunsch, den Lauf der Dinge zu verzögern, irgendwann musste sie das Büro verlassen und den Tatsachen ins Auge sehen. Sie hatte keinen Plan, wie sie diesen Abend im Bistro gestalten oder wenigstens überleben sollte.

Im Schneckentempo zuckelte sie zur Bushaltestelle und schickte gewohnheitsmäßig eine Nachricht an Felix. Sie hatte ihr selbst gestelltes Ultimatum verstreichen lassen und keines der italienischen Krankenhäuser angerufen, obwohl sie die Telefonnummern griffbereit mit sich herumtrug. Am Abend war es zu spät gewesen, am Morgen zu früh und zwischendurch … Wem machte sie eigentlich etwas vor? Sie würde es auch jetzt nicht tun. Weil ein gebrochenes Bein kein Grund war, dass er sich nicht bei ihr meldete. Als er ihr das verflixte Bistro aufgeschwatzt hatte, war er dazu ja auch in der Lage gewesen. Sie war beleidigt und wütend und fürchtete sich davor, dass alles nur schlimmer werden würde, wenn sie ihn erreichte.

»Es ist ein echtes Schmuckstück«, erklärte Felix Dillinger hinter vorgehaltener Hand und neigte sich weiter nach vorn, »und eine Goldgrube.«

Fünf Frauen lauschten seinen Worten und giggelten aufgeregt. Keine von ihnen war unter siebzig, aber das kümmerte ihn nicht. »Ein Restaurant mit französischem Flair, aber weit ab von dem herkömmlichen *Chichi*. Und natürlich beschäftige ich nur handverlesenes Personal, das man in dieser Qualität so schnell kein zweites Mal findet.« Er befand sich im absoluten Flirtmodus und war aufgekratzt wie lange nicht mehr. »Diese wundervolle junge Frau zum Beispiel würde perfekt in mein Team passen.«

Mariella servierte Prosecco für alle, räumte benutztes Geschirr ab und schaute verschämt zur Seite.

»Doch leider gehört es sich nicht, jemanden abzuwerben. Noch dazu, wenn man, wie ich, eigentlich gar nicht im Dienst ist.«

In den Gläsern perlte der Schaumwein. Bereits die dritte Runde, auch für Felix. Das hatten die Damen sich nicht ausreden lassen und er akzeptierte galant. »Wer bin ich, solcher Anmut einen Korb zu geben? Auf Ihr Wohl.«

Dabei war das alles nicht geplant gewesen. Er hatte allein auf der Terrasse gesessen und versucht, an nichts zu denken. Sein leerer Gesichtsausdruck musste auf das Kaffeekränzchen am Nebentisch einen gewissen Eindruck gemacht haben. Wie ein junger englischer Lord sehe er aus, oder vielmehr wie ein Schotte, mutmaßten sie laut flüsternd. Und mit einem Mal ergab ein Wort das andere und er badete in ihrer Aufmerksamkeit wie sie in seiner. Kein Adliger, nur ein Selfmademan, den die Verantwortung für seine Angestellten und das erwirtschaftete Geld bis zur äußersten Grenze, nahezu in den Burnout getrieben hatte. Der körperliche und geistige Raubbau forderte Tribut und ihm blieb keine Wahl, als sich aus dem Tagesgeschäft zurückzuziehen, um zu regenerieren.

Er nippte am Prosecco und entspannte sich. An der Geschichte war eine erstaunliche Menge Wahres dran.

Der Fahrer der Linie drei hatte einen Schmerbauch unter seinem Karohemd und eine überkämmte Halbglatze; er nahm keine Notiz von Miriam. Seufzend rutschte sie in die erste Reihe und lehnte die Stirn gegen die Haltestange mit dem roten Knopf. Supergirl musste letzte Nacht schlecht geträumt haben. Es konnte einfach nicht wahr sein, dass sie ausgerechnet diesem Möchtegernkomiker ihre Lebensgeschichte erzählt und in sein Taschentuch geheult hatte – und sich dann auch noch von ihm nach Hause hatte bringen lassen. In seinem Mini. Dem minikleinen Mini, in dem es so angenehm nach Rasierwasser geduftet hatte.

Sie schnellte aus dem Sitz hoch und riss die Augen weit auf. Um ein Haar wäre sie jetzt schon wieder weggedämmert. Durch die Frontscheibe verfolgte sie die Fahrstrecke, beide Füße fest auf dem Boden, um nicht das Gleichgewicht zu verlieren. Am Friedensplatz sprang sie ins Freie und atmete tief durch. Die Schaukelei schlug ihr auf den Magen, genau wie die Erkenntnis, dass die Erinnerung an den gestrigen Abend echt war. Inklusive Schlafmützentaxiservice und der fristlosen Kündigung von Rolf und Samantha.

Als sie am Kiosk um die Ecke bog, hoffte sie dennoch, neben den Buchsbäumchen wenigstens einen der beiden zu entdecken. Ein gelangweiltes Gesicht, eine sich kräuselnde Rauchfahne. Doch da war niemand.

Zum ersten Mal sah sie sich die Straße genauer an, statt nur wie blind Richtung Bistro zu rennen, um pünktlich zu sein. Außer dem Kiosk gab es noch einen Blumenladen, der diese Woche wegen Urlaub geschlossen hatte, einen Secondhandshop, eine Buchhandlung und ganz am anderen Ende eine Apotheke sowie noch einen weiteren Eingang, an dem ein von ihrer Position aus unlesbares Schild montiert war. Trotzdem war die Straße praktisch menschenleer. Inmitten von dreigeschossigen Häusern wirkte das Bistro mit dem tief heruntergezogenen Dach geradezu winzig. Ein muffiger Zwerg mit Mütze.

Gedankenverloren strich sie über die kleinen grünen Buchsbaumblätter. Einige färbten sich an den Rändern und Spitzen braun und zerbröselten zwischen ihren Fingern. Eine Kanne Wasser tat Not und vermutlich sollte sie auch besser die von Samantha hinterlassenen Zigarettenstummel aus dem Kübel entfernen.

»Versprochen«, sagte sie. »Fest versprochen.«

»Stimmt. Genau das hatte ich gemeint, als ich sagte: Wir sehen uns morgen.«

»Was?« Miriams Kopf fuhr herum.

»Sie sind nicht die Einzige, die Versprechen einhält.« Auf der oberen Treppenstufe stand Selim Gökay, breitbeinig, die Arme vor der Brust verschränkt, und grinste unter seiner verspiegelten Sonnenbrille hervor. »Habe gehört, hier ist eine Stelle in der Küche frei.«

»Das ist korrekt.«

»Sehr gut. Dann hat sich das Warten ja gelohnt.«

Wollte der sich als Koch bewerben? Und woher kannte er überhaupt die Adresse des Bistros? Sie kniff sich unauffällig. Nein, keine Halluzination. Der Kniff brannte und der Mann mit dem Grübchen hatte sich nicht in Luft aufgelöst.

Selim deutete mit beiden Daumen hinter sich. »Wie wäre es mit aufschließen?«

Immer noch völlig perplex reichte sie ihm den Schlüsselbund. »Der mittelgroße, eckige.« Der kleine öffnete den Ausgang zum Hof und der andere, wie man ihr im Kiosk gesagt hatte, die Wohnung über dem Bistro – aus nach wie vor unerforschten Gründen, denen sie auch jetzt nicht nachgehen konnte. Ihr war noch kein Mieter begegnet. Vermutlich war das ein Glück. Wer nicht da war, beschwerte sich auch nicht über penetrante Gerüche oder laute Geräusche. »Was genau wollen Sie hier?«

»Ich bin ein netter Mensch und leiste Nothilfe.« Selim stieß die Tür auf und ließ sie durch. »Das ist zumindest die eine Seite der Wahrheit.«

»Und die andere?«

»Neugier, Sensationslust?« Er gab ihr den Schlüssel zurück und nestelte an seiner Jackentasche herum. »Und die Sehnsucht, mal wieder ausgiebig am Herd zu stehen. Wie gesagt: Ich koche gern.«

»Sagt man nicht normalerweise, Dinge haben zwei Seiten? Ihre Wahrheit hat vier, wenn ich richtig mitgezählt habe.«

»Dann ist sie wohl keine Medaille, sondern eher ein Würfel. Und ich habe noch zwei Seiten übrig. Cool, oder?«

Miriam verdrehte die Augen. Schon wieder diese Witzmasche. »Was um Himmels willen veranstalten Sie da mit Ihrer Jacke? Haben Sie da eine Waffe drin? Wenn das ein Überfall werden soll, muss ich Sie enttäuschen – die Kasse ist leer.«

»Hab es gleich.« Mit einem Ruck löste er den verklemmten Inhalt. »Tadaa!« Vor ihrer Nase wedelte Selim mit einem Knoblauchzopf herum und schwang ihn wie einen Degen.

Hastig machte Miriam einen Schritt rückwärts. Eine Pistole hätte sie kaum mehr erschrecken können.

»Überfall: nein. Waffe: ja. Meine Geheimwaffe für gutes Essen. Ohne die Zauberknolle geht gar nichts. So viel ist sicher, die ist ein absolutes Muss.«

Miriam wich weiter zurück. »Nicht in meinem Topf und auf meinem Teller!«

Selim nickte. »Genau wie jedes andere Gemüse, wenn ich Sie gestern richtig verstanden habe.«

»So ist es.«

»Eigentlich reicht es ja, wenn die Gäste es mögen. Gibt es noch ein anderes Problem, von dem ich wissen sollte?«

Mit einem Schlag wurde Miriam klar, dass sie ihn nicht wegschicken konnte. Selbst wenn er Knoblauch im Essen zur Voraussetzung machte.

»Ein Problem? Kommen Sie, ich zeig es Ihnen.« Sie ging voraus und drehte sich in der Küche um die eigene Achse. »Ich habe mehr als eins. Alles in diesem Raum ist ein Problem. Ein Gasherd, den ich nicht bedienen kann, ein Kühlschrank voll mit fast nichts, Elektrogeräte, von denen ich nicht mal ahne, wozu sie gut sind, und ein Tiefkühler mit Produkten, die nicht auf der Speisekarte stehen.« Sie hatte beim Aufzählen einen Finger nach dem anderen hochgereckt und zeigte nun auf die Karte, die Selim im Vorbeigehen von der Theke mitgenommen hatte. »Und was in diesem Ding drinsteht, setzt der ganzen Angelegenheit die Krone auf. Wie tief sind Sie drin, in der veganen Szene? Kennen Sie sich damit aus oder sind Sie etwa sogar einer von denen?« Kurz schloss sie die Augen und schickte ein Stoßgebet gen Himmel. Hoffentlich war sie ihm damit nicht auf den Schlips getreten. Sie brauchte ihn, verdammt noch mal. »Ich meine, wissen Sie, was diese Leute so essen?«

»Keine Panik, alles total easy.« Selim Gökay blätterte die erste Seite auf und nickte bedächtig, dann warf er einen Blick auf die Vorräte und schob schließlich die Sonnenbrille nach oben. »Ja, echt, total easy und alles klar.« In seinen Augen blitzte es und er reckte den Daumen hoch. »Klar ist: Wer auch immer Ihnen den Spaß hier angehängt hat, tickt entweder nicht ganz richtig oder er hat viel Humor.«

»Ich finde das gerade nicht so witzig.«

»Wäre aber besser. Gibt es hier eigentlich ein Radio?«

»Auf der Fensterbank, aber ich weiß nicht, ob …«

»Sehr gut. Mit Musik und Humor flutscht alles leichter.« Selim drehte an den Rädchen des alten Apparats. Es knackte, rauschte, dudelte. Unscharfe Töne und kratzige Stimmen überlagerten einander in schneller Folge, bis eine Melodie klar durch den Raum schwebte. »Perfekt. Von mir aus kann es gleich losgehen. Nur zwei Bedingungen: Wir sind ab sofort per Du und wir haben Spaß bei dem, was wir machen. Ist das ein Deal?«

Seine Hand war breit und kräftig, die Nägel kurz geschnitten und ebenso gepflegt wie die dichten Augenbrauen und der gestutzte Bart, der sein Kinn umrahmte. Zupackender, fester Griff. Miriam erinnerte sich nicht, eine bewusste Entscheidung getroffen zu haben, doch ihre Hand lag in seiner. So fühlte es sich also an, wieder mal spontan zu sein. Unauffällig ließ sie den Atem entweichen und zog die Mundwinkel hoch. Immer schön lächeln. Mit dem Zuschlag hatte sie seinen Bedingungen zugestimmt und ihn engagiert. Einen Busfahrer, dessen einzige Referenz in seiner Behauptung, kochen zu können, bestand, und von dem sie ansonsten nur den Namen wusste. Und dass er ihre einzige Chance war.

»Wir haben einen Deal.«

»Klasse! Es ist Freitagabend. Womit haben wir zu rechnen, damit die Abstimmung passt? Du weißt schon: Crunchtime, heiße Phase – wie viele Gäste und ab wann geht es rund?«

Miriams Lächeln geriet in Schieflage und sie zuckte die Schultern. Für eine brauchbare Prognose fehlte es ihr an Erfahrung und Vorstellungsvermögen.

»Die letzten Tage war wenig los.« Viel zu wenig und doch mehr als genug, um sie in Stress zu versetzen. »Zehn Essen ungefähr.«

»Klingt nach einem Klacks, auch wenn es heute doppelt so viele werden. Was mir bei der ersten Durchsicht irgendwie fehlt, sind Milch, Butter und Eier. Hast du noch einen anderen Vorratsschrank?«

»Das ist jetzt ein Witz, oder?«

»Nee, wieso?«

»Das Bistro ist vegan!«

»Klar, steht ja draußen an der Scheibe, kein Fleisch.«

»Na super. Du hast noch weniger Ahnung als ich«, stellte sie fest. Ihr kleiner Hoffnungsschimmer verflüchtigte sich wie ein Glühwürmchen im Morgengrauen. »Vegan heißt, nichts Tierisches. Gar nichts.«

Er zog die Nase kraus und zeigte die Zähne. Weiß und ebenmäßig, bis auf einen Eckzahn, dem eine kleine Kante fehlte. »Autsch. Flüchtigkeitsfehler. Ich hatte vegetarisch im Kopf. Hier läuft also die Hardcoreschiene. Das ändert natürlich alles.«

»Du nimmst den Deal zurück?« In Miriams Stimme schwang unverhohlene Panik, die in Resignation mündete. Sie konnte es ihm nicht verübeln. Vielleicht war aufgeben tatsächlich die beste Lösung. Aber das musste sie mit sich ausmachen, den Busfahrer ging das nichts an. »Was soll's, ist schon okay, dann geh einfach. Ich krieg das auch allein hin.«

»Quatsch! So schnell bringt mich niemand zum Kneifen. Das musst du sportlich sehen. Wenn die Latte ein paar Zentimeter weiter oben liegt, müssen wir eben ein bisschen höher springen. Das ist alles. Zur Not nehmen wir die Räuberleiter.« Er holte aus zum High five, aber Miriam ließ die Arme hängen.

»Keine Räuberleiter«, sagte sie. »Keine Tricks. Rolf und

Samantha haben es unter der Latte durch versucht oder drum herum und die Gäste beschissen. Darum haben wir uns ja verkracht. So was mache ich nicht.«

»Eine Frau mit Prinzipien. Respekt.« Selim nahm die Hand nicht runter. »Aber der Türke hat dir nicht vorgeschlagen, irgendwas in der Küche zu *türken*. Räuberleiter bedeutet für mich nur Teamwork. Einer stützt den anderen, wenn es darum geht, ein Hindernis zu überwinden. Zusammenarbeit. Und jetzt schlag endlich ein, mir wird schon der Arm taub.«

Zögerlich klatschte Miriam ab. Dieser Enthusiasmus widerstrebte ihr im gleichen Maße, wie er sie anzog. Dem Mann tropfte der Optimismus geradezu aus jeder Pore. Wie gut sie das kannte, wie oft sie darauf hereingefallen war. *Wirst schon sehen, das ist 'ne fabelhafte Idee, Miri.* Dem Busfahrer würde sie genau eine Chance geben, keine 365 Chancen im Jahr, wie Dilli sie bekommen hatte. Sie biss sich auf die Zunge. Es war unfair, von Felix auf alle anderen Männer zu schließen, Selim Gökay hatte ihr Misstrauen nicht verdient – zumindest jetzt noch nicht.

»Wetten, dass vor sechs Uhr keiner aufkreuzt? Bis dahin sind wir locker durchorganisiert!« Selim drehte den Lautstärkeregler hoch und sang begeistert mit. Miriam kannte den Song nicht, doch im Refrain gab es jede Menge Woohoos und Yeahs, die leicht ins Ohr gingen. Beim dritten Mal traf sie den Einsatz, bewegte aber nur stumm die Lippen.

Auf der Arbeitsfläche türmte Selim einen Querschnitt des vorhandenen Sortiments auf, sortierte Schachteln und Beutel, las Produktinformationen, studierte Zusatzstoffe, gruppierte, verschob und arrangierte neu. Tüten-Tetris vom Feinsten. Miriam beobachtete ihn.

»Wir haben Folgendes an brauchbaren Lebensmitteln zur Verfügung: Blumenkohl, Möhren, Brokkoli und grüne Bohnen. Eher unspannend und alles gefroren. Dazu drei Sorten Mehl, immerhin nicht muffig. Verschiedene Öle, Gewürze, Reis, getrocknete Hülsenfrüchte. Dosentomaten für eine ganze Kompanie. Und an Frischware genau einen Sack keimende Zwiebeln und einen mit schrumpeligen Kartoffeln. Der Rest ist Fertigfutter für die Mikrowelle, zudem wahlweise abgelaufen oder nicht vegan und scheidet somit aus.« Er rieb sich den Nacken. »Daraus können wir jetzt etwas Feines zaubern. Vorausgesetzt, du drückst für heute bei der Herkunft ein Auge zu, denn Bioqualität ist die Ausnahme.«

Auf den Tiefkühlprodukten perlten die ersten Wassertropfen. Wenn sie für die Entscheidung zu lange brauchte, war der ganze miese Krempel auch noch angetaut und wurde erst recht zum Fall für die Tonne. »Wir brauchen ernsthaft Zauberei«, murmelte sie. »Und lügen trotzdem noch.«

»Nur ein bisschen.« Selim zerpflückte den Knoblauchzopf und jonglierte mit drei Knollen. »Damit wird es magisch. Ich schwöre! Und morgen kaufen wir richtig gute Sachen.«

Miriam biss sich auf die Zunge und wich Selims Blick aus.

»Was ist?«

»Mit diesem Zeug da kann ich nicht«, stieß sie mühsam hervor. »Nicht essen, nicht riechen, nicht anfassen. Das ist kein Scherz. Wir sind schlicht inkompatibel.«

»Hm«, machte Selim und schleuste eine vierte Knolle in die Jonglage ein. »Mein Knobi ist tolerant. Der akzeptiert das, auch wenn es ihn ein wenig verletzt. Ich setze auf langsame Annäherung und behutsame Integration. Den Aufenthalt im gleichen Raum habt ihr ja schon geschafft.«

»Du spinnst.« Allein die Vorstellung, wie sich der Geruch auf ihre Hände übertrug, gruselte sie. »Kannst du irgendwas von dem kochen, was auf dieser blöden Speisekarte steht?«

»Nope. Aber ich kann was kochen, was schmeckt.« Die Knollen kreisten über seinem Kopf, dann fing er sie hinter dem Rücken wieder auf. »Na ja, vielleicht kann ich das eine oder andere doch. Zumindest so ähnlich, wie es da steht, wegen unserer eingeschränkten Produktauswahl. Vertrau mir.«

Ihr blieb kaum etwas anderes übrig.

»Mein Schicksal liegt in deinen Händen«, murmelte sie und lief dabei rot an. Liebe Güte, klang das dämlich. Hilflos und bedürftig. Dabei war sie doch eigentlich die Chefin und Selim nur ihr Aushilfskoch. »Natürlich rein kulinarisch«, schob sie schnell hinterher und drehte ihm den Rücken zu.

Präzise betrachtet, war der verrückte Busfahrer der Chefkoch und sie bestenfalls seine Küchenhilfe. Sie würde Felix für diesen Albtraum eigenhändig rupfen wie ein Suppenhuhn. Jede Feder einzeln, bis auf die nackte Haut. Und in dieser Haut durfte er sich in seinem verdammten veganen Bistro auch danach keineswegs sicher fühlen.

»Dann schieß mal los: Was von dem Zeug räumen wir wieder weg und womit kochen wir?«

Selim machte drei schnelle Schritte um sie herum und wählte aus. »Weg, weg, weg – bleibt, bleibt, bleibt. Zuerst setzen wir Hefeteig an für frisches Fladenbrot. Brot brauchst du immer. Danach muss es schon an der Tür duften. Und Linsencurry mit Zwiebeln und Möhren, einmal orientalisch scharf, einmal deutsch. Einen Topf mit Reis, einen mit einer leichten Soße, wenn jemand von dem anderen Gemüse will. Das Tiefgefrorene ist ruckizucki fertig und braucht praktisch keine Vorbereitung.« Während er redete, stellte er Miriam vor der Küchenwaage ab, glitt von Schrank zu Schrank, holte hier eine Schüssel, dort einen Topf, schaltete den Backofen ein und warf ihr verschiedene Kleinigkeiten und Stichworte zu. »Wieg das schon mal ab. Anderthalb Kilo. Habe ich schon Tomatensoße und Nudeln erwähnt?« Er brach eine Knoblauchknolle auseinander und bröselte die trockene Schale von den Zehen. Dann goss er Öl in eine Auflaufform, warf die Zehen im Ganzen dazu und streute Gewürze darüber.

»Ich habe keine Nudeln gesehen.« Miriam hob den Kopf aus der Mehlwolke und hustete. Die Menge in der Schüssel erschien ihr riesig. Mit dem Handrücken wischte sie sich über Nase und Stirn.

»Jetzt mach eine Kuhle rein für die Hefe und rühr sie mit warmem Wasser an, 300 Milliliter. Messbecher steht neben dir. Wenn keine Nudeln da sind, machen wir die eben auch frisch. Spätzlemäßig über ein Brett geschupft, wie die Schwaben.«

Im Radio wummerte der neuste Hit irgendeines DJs und Miriam schwirrte der Kopf. Selims To-do-Liste war ziemlich lang und garantiert noch unvollständig. Sie gab es auf, sich Einzelheiten merken zu wollen. »Und wie willst du das alles schaffen?«

»Nicht ich. Wir. Hast du selbst gesagt.« Er grinste. »Du bist schon mittendrin in der Fladenbrotproduktion und ich habe nebenbei drei Soßen angesetzt, falls du das nicht bemerkt hast.«

Hatte sie nicht. Sie staunte angemessen beeindruckt. Vielleicht war ja was dran an der Sache mit der Zauberei. Eine gute Fee und ein glitzernder Funkenregen und schon verwandelte sich alles. Aus Elend wurde Reichtum, aus einer Maus ein Pferd und aus einem Kürbis wurde …

»Salat!«

Selims Aufschrei riss sie aus der sanften Trance und die Kürbiskutsche zerplatzte.

»Kein Restaurant kommt ohne Salat aus. Wie viele Sorten stehen auf der Karte?« Er steckte inzwischen bis über die Handgelenke im Hefeteig und Miriam schlug für ihn nach.

»Fünf.«

»Die können wir auf keinen Fall einfach streichen. Es muss eine Lieferantenliste geben, woher üblicherweise die Waren bezogen werden. Ruf da am besten an und …«

»Nein.« Miriam schnitt ihm das Wort ab. »Soweit ich weiß, hat Rolf eingekauft. Und selbst wenn es eine Liste gäbe, zweifle ich daran, dass ich die vor Montag finden würde.« Sie wischte sich die Hände an ihrer Hose ab, betrat den leeren Gastraum und schaltete hinter der Theke die Beleuchtung ein. Wenn niemand kam, einfach keiner, trieben sie den ganzen Aufriss völlig für die Katz. Aber immerhin blamierten sie sich dann auch nicht.

»Was machst du?«

»Nachdenken«, brummte sie, wohl wissend, dass Selim sie nicht hörte. Wahllos holte sie Unterlagen aus der aufgebrochenen Schublade. Quittungen, Rechnungen, Bedienungsanleitungen, Kassenzettel. Sich jetzt mit diesem Wust zu befassen hatte wahrlich wenig Sinn. Mit einer Schachtel Streichhölzer ging sie von Tisch zu Tisch und entzündete die Kerzen in den Windlichtern. Die Flammen verbreiteten eine angenehme Stimmung, die ihr schon am ersten Abend gefallen und ihre Nerven beruhigt hatte.

»Sieht hübsch aus.« Selim stand im Durchgang und drehte eine Teigkugel.

»Vielleicht locke ich so ein paar Motten an.« Sie warf die Streichhölzer zurück ins Schubladenchaos. »Das da ist übrigens die Buchhaltung des Unternehmens«, erklärte sie. »Jedenfalls die einzige, die ich bisher entdecken konnte.«

»Kreativ.« Selim lächelte.

Für einen Moment standen sie sich genau gegenüber. Auge in Auge. Seine Wimpern waren so dunkel, wie sie es selbst mit Tusche nicht hinbekam. Der Brotteig verströmte sein Hefearoma und in der Küche dufteten köchelnde Tomaten.

»Hast du sonst noch was Interessantes entdeckt?«

Lachfältchen in den Augenwinkeln, Grübchen direkt voraus.

»Du bist klein«, sagte sie. »Für einen Mann.«

Sie zwängte sich an ihm vorbei durch die Schwingtür und weiter zum Küchenfenster, an dem Samantha zum Rauchen gesessen hatte. Es bot eine wenig verlockende Aussicht auf die Mülltonnen im Innenhof. Bisher war Miriam nur kurz im Dunkeln draußen gewesen, um die Hinterlassenschaften des alten Küchenteams zu entsorgen. Und jetzt gab es überhaupt keinen Grund hinauszustarren. Außer ihrem unruhigen Puls, der in ihren Schläfen dröhnte. Hinter ihr schepperte und werkelte Selim deutlich lauter als zuvor. Offenbar empfand er ihre Bemerkung zu seiner Körpergröße als kränkend, obwohl er nichts dazu sagte. Dabei hatte sie nur eine Feststellung gemacht, eine Entschuldigung erschien ihr übertrieben. Genau wie das trübsinnige Grübeln, dass sie schon wieder auszubremsen drohte.

»Eins nach dem anderen und den zweiten Schritt nach dem ersten«, murmelte sie und stellte sich neben Selim. Wenn nur endlich das Pulsrasen aufhören würde.

Erneut musterte sie ihn von der Seite. Sein Brustkorb war beeindruckend muskulös, die Schultern waren deutlich breiter als ihre, aber keinen Zentimeter höher, was ihn nicht weniger männlich machte. Die Schulterhöhe war höchstens bei Pferden ein relevantes Kriterium. Absolut betrachtet gab es also an seiner Größe nichts auszusetzen. Diese Erkenntnis behielt sie jedoch lieber für sich. Männer waren durch die Bank Mimosen und schnell gekränkt.

Wortlos machte sie sich daran, Kartoffeln zu schälen, während Selim sich an den Zwiebeln abreagierte. Der Regionalsender vermeldete die neusten Stauinformationen und gutes Wochenendwetter. Zum nächsten Song wippten sie beide im Takt. Miriam stieß Selim mit dem Ellbogen an und er schubste sanft zurück. Eine Weile arbeiteten sie still nebeneinander, sprachen nur das Nötigste – und vergaßen das Thema Salat.

Im Gastraum klimperte das Windspiel.

»Jetzt wird es ernst.«

»Showtime.« Selim zwinkerte und deutete mit zwei Fingern an, sie solle lächeln.

Und Miriam lächelte. Sie nahm die Getränkebestellung entgegen und borgte sich Samanthas Satz mit der Tagesempfehlung des Küchenchefs aus. Der hatte unterdessen auf einem ausgerissenen Ringbuchblatt den Inhalt seiner Töpfe notiert. Pfeile markierten mögliche Kombinationen. Bis auf die Nudeln – die es noch nicht gab – und die Tomatensoße las sich das für Miriam inakzeptabel, aber sie lächelte weiter. Improtheater, wisperte Samantha aus dem Off, und es funktionierte. Schon beim fünften Gast hatte sie das komplette Angebot im Kopf und es fiel ihr zunehmend leichter, die Notlösungen als Spezialitäten anzupreisen. Daran hatte Selims Fladenbrot einen erheblichen Anteil. Es duftete wahrhaft köstlich! Die goldgelbe Kruste knackte beim Aufschneiden und das Innere dampfte. Miriam legte Stoffservietten in geflochtene Körbe, stapelte Brotscheiben hinein und schlug die Ecken der Servietten so übereinander, dass das Brot darunter schön warm blieb. Es brauchte einiges an Selbstbeherrschung, die komplette Portion zu servieren und nur die Krümel in den Mund zu schieben.

Das Radio lief nur noch leise, aber Selim sang jeden Titel mit. Hoch konzentriert wirbelte er in der Hitze zwischen Herd und Backofen herum und schien vollends in seinem Element. Im Gegensatz zu Miriam wusste er offenbar genau, was zu tun war. Und sie folgte seinen knappen Anweisungen, ohne eine Sekunde zu zögern, rührte, schüttelte, goss zusammen, was zusammengehörte. Bei jeder ihrer Stippvisiten umkreiste sie die Töpfe mit gemischten Gefühlen. Das roch weniger schlimm als erwartet. Im Gegenteil. Es roch gut. Sehr gut. Sie zückte einen Löffel. In der Tomatensoße wallten Knoblauchstückchen auf. Sie wechselte zum nächsten Topf. Linsen waren ja streng genommen gar kein Gemüse und die Karottenstückchen ließen sich umgehen. Hatte ihre Mutter nicht früher auch Linsensuppe gekocht? Die hatte sie gemocht. Na ja, vor allem die Wursteinlage und den Schokopudding hinterher.

»Bist du etwa doch experimentierfreudig?«

Bei Selims Frage entglitt ihr der zögerlich eingetunkte Löffel und versank in der blubbernden Linsenmasse.

»Tschuldigung, ich wollte dich nicht erschrecken.« Er kratzte mit der Schöpfkelle über den Topfboden und streckte ihr dann das klebrige Ding entgegen. »Noch ein Versuch? Aber Vorsicht, das ist heiß. Und aus Gründen der Fairness muss ich dich gleich noch mal warnen: knoblauchverseucht.«

»Danke. Dann verzichte ich.«

Grummelnd verzog sich Miriam und zapfte ein angefangenes Pils zu Ende. Überall war dieses Mistzeug drin. Und sie schob wieder mal Hunger. Das konnte echt nicht wahr sein.

Sie servierte das Bier und an einem anderen Tisch eine Flasche stilles Mineralwasser mit zwei Gläsern.

Halb zehn, bislang hatten sie sich prima geschlagen. Aber jetzt war das Brot alle. Die letzte Portion, und damit ihre Chance auf knoblauchfreie Nahrung, hatte sie gerade vor fünf Minuten aus der Küche getragen – und nun fragte auch noch eine der Mineralwassertrinkerinnen nach Salat.

»Salat?« Miriam geriet ins Straucheln. »Das tut mir jetzt total leid, aber Salat ist aus. Wir hatten vorhin einen Megaansturm.« Glatt gelogen und dummerweise wirkungslos. Der angebliche Megaansturm machte nicht den gewünschten Eindruck. Miriam legte nach und ignorierte den Verstoß gegen ihren eigenen Ehrenkodex. »Frische und Qualität sind unser oberstes Gebot. Darum arbeiten wir lieber mit kleineren Kapazitäten und müssen auch mal sagen: Sorry. Das verstehen Sie sicher?« Sie machte ein bekümmertes Gesicht. »Wir haben ein ganz wunderbares Linsencurry. Total lecker«, behauptete sie und in diesem Moment glaubte sie es sogar. Ihr Magen knurrte missmutig. Sie betete die Zutaten herunter und pries die gesundheitsfördernden Eigenschaften von Selims Wunderzutat an, ohne diese beim Namen zu nennen, schwenkte dann um auf jede erdenkliche Kombination seiner Kreationen, doch diesmal biss sie auf Granit. Keiner ihrer Vorschläge entfachte Begeisterung.

»Hülsenfrüchte vertrage ich nicht«, stöhnte die eine und der anderen waren sie schlicht zu *old-fashioned*, da nutzte auch der orientalische Einschlag nicht. Tomaten hatten zu viel Säure und Nudeln zu viele Kalorien.

»Was ist denn mit den Sachen, die auf der Karte stehen? Gibt es davon heute gar nichts? Ich hatte mich so auf den Chicoreesalat mit Räuchertofu und Granatapfel gefreut.« Die blondere der beiden schlug ein Bein über das andere und sah Miriam mit solcher Empörung an, dass die sich am liebsten unterm Tisch verkrochen hätte. Ihr Gegenüber fummelte am Handy herum und suchte vermutlich bereits im Internet nach einem Ausweichrestaurant.

»Beschissenes Netz.« Entnervt warf sie das Gerät in ihre Handtasche. »Tofuschnitzel mit Ratatouille haben wir hier auch mal gegessen, weißt du noch? Da war aber eine andere Bedienung da, so eine ganz schlanke. Sehr sympathisch.«

»Stimmt. Vor zwei Wochen war das, denke ich. Ist Ihre Kollegin nicht mehr da?«

Miriam biss kurz die Zähne zusammen, während sie den Kopf schüttelte. Sympathisch. Aha. Das war sie selbst anscheinend nicht. »Sie meinen Samantha. So eine Liebe, da haben Sie recht. Nein, sie hat sich neu orientiert. Aber jetzt, wo Sie es sagen: Tofuschnitzel mit Ratatouille, das ist ja ein Klassiker. Ist natürlich überhaupt kein Thema. Macht Ihnen der Küchenchef sofort, wenn Sie mögen. Zweimal?« Mit ihrem schnippischen Tonfall hatten sie sich die Erfüllung ihrer Wünsche verdient. Ehrenkodex hin oder her.

Mit hochroten Wangen stürzte Miriam in die Küche und direkt zum Tiefkühlschrank. Kalte Luft wallte ihr entgegen.

»Frag nicht«, knurrte sie und warf die Fertigprodukte aus dem Supermarkt vor Selim auf die Arbeitsplatte. »Mach es einfach. Zwei Portionen. Und bitte mach auch, dass es am Ende irgendwie gut schmeckt.«

»Du weißt aber schon …«

»Nicht!« Miriam faltete beschwörend die Hände. »Es ist schlimm genug, dass ich dich darum bitten muss.«

»Da stimme ich dir zu.« Selim drehte die Packung mit den Tofuschnitzeln um. »Immerhin geht es schnell und einfach, auch wenn es mir in der Seele schmerzt.« Er schniefte betont, dann stellte er eine Pfanne auf den Herd und griff nach der Gemüsemischung. »Okay, das Zeug ist ungewürzt, da lässt sich ganz gut nachbessern. Gib mir mal das Olivenöl rüber, die Zwiebelwürfel und die Mühle mit dem rosa Pfeffer.«

Fasziniert von seiner Flexibilität und Schnelligkeit sah Miriam zu, wie er scheinbar mühelos etwa tausend Dinge gleichzeitig erledigte. Kaum eine Viertelstunde später servierte sie zwei wohlgefüllte Teller, auf denen das bunte Gemüse glänzte wie frisch lackiert und trotz der zweifelhaften Herkunft appetitlich aussah. Einige der ganzen Knoblauchzehen aus dem Backofen, die Selim zu Beginn des Abends zubereitet hatte und eine Prise gehackte Petersilie rundeten das Bild ab. Eine Illusion, aber eine, die ankam und letztlich sogar ein kleines Trinkgeld generierte.

Kurz nach halb zwölf leerte sich das Bistro vollständig. Selim wischte über die Arbeitsplatte, sämtliche Essensreste waren verpackt und alle Töpfe sauber. »Wie ist es gelaufen? Bist du zufrieden?«

»Du hast mich gerettet. Das war super. Wirklich ganz klasse.« Fantastisch, phänomenal. Ihr fielen noch eine Menge passende Superlative ein. An ihm hatte es nicht gelegen, dass die Einnahmen genauso mager ausgefallen waren wie an den Abenden zuvor. Es kamen einfach zu wenige Gäste. Sie klappte ihre Geldbörse auf. »Was kriegst du von mir?«

»So was spricht man eigentlich vorher ab.«

»Ja, ich weiß«, seufzte sie. »Als Geschäftsfrau bin ich eine Niete. Also, sag schon.«

»Lass stecken, das regeln wir ein andermal. Wichtiger ist, wann und wie es morgen weitergeht.«

Miriam schluckte einen kleinen Jubelschrei. Er kam wieder – trotz Chaos, Mangelwirtschaft und ihrer Ahnungslosigkeit! »Das Bistro öffnet um die gleiche Zeit«, sagte sie betont beiläufig. »Ich werde aber früher da sein.«

»Fein. Ist drei Uhr in Ordnung? Das sollte ich schaffen. Vorausgesetzt, du willst, dass ich …«

»Ja, ich will!«

»… dir weiter in der Küche helfe, wollte ich fragen. Das hat sich dann erledigt. Gemeinsame Einkaufsplanung?«

»Unbedingt!« Hätte ihr jemand zwei Tage zuvor den Ablauf dieses Gesprächs prophezeit, sie hätte ihm einen

Vogel gezeigt. Jetzt erwiderte sie Selims Grinsen. Morgen würde sie auf einem knoblauchfreien Gericht bestehen, da konnte der Busfahrer sich auf seinen rasierten Kopf stellen. Davon würde sie sich frühzeitig eine Portion sichern und dazu ein Fladenbrot, am liebsten ein ganzes für sie allein. Gemeinsam verließen sie die Küche und durchquerten das dunkle Bistro. Miriam fühlte sich merkwürdig beschwingt. Ob sie ihn noch auf ein Feierabendbier einladen sollte? Nur so, als kleinen Dank, ganz zwanglos. Oder war das aufdringlich, missverständlich? Auf keinen Fall wollte sie, dass …

»Lust auf ein Bier?«, platzte sie heraus, bevor sie ihre Überlegung zu Ende gebracht hatte.

Selim kaute kurz auf seiner Unterlippe, dann schüttelte er den Kopf. »Sorry, aber da bin ich raus.«

»Oh, na ja, macht nichts.« Sie machte eine wegwerfende Handbewegung und lachte. »War nur eine Idee. Ich bin eben spontan. Oder warte – ist es, weil ich Bier gesagt habe? Wir können auch etwas anderes trinken. Also, wenn du kein Bier magst … keinen Alkohol willst … oder nicht darfst. Lieber Tee?« Ihr Stammeln machte den Hauch von Unbeschwertheit zunichte. Ein schriller Aufschrei – *bist du etwa Moslem?* – hätte kaum dämlicher wirken können.

»Sehr rücksichtsvoll. Danke. Es ist einfach nur spät, sonst gern.« Er steckte die Sonnenbrille in die Innentasche seiner Jacke. »Dann also bis morgen. Tut mir leid, aber ich kann dich heute auch nicht nach Hause fahren, weder mit dem Bus noch mit dem Mini.«

»Das war kein Versuch, eine Mitfahrgelegenheit zu ergattern.« Miriam verschränkte die Arme. »Ich wollte nur freundlich sein.«

»Weiß ich. Du bist sehr nett.« Er deutete eine Verbeugung an, ging noch drei Schritte rückwärts, dann drehte er sich um und entfernte sich zügig. Alle paar Meter tauchte er im Lichtkegel einer Straßenlaterne auf, um gleich darauf vom Dunkel verschluckt zu werden.

Sehr nett. Miriam seufzte und wandte sich ab. Nett ist die kleine Schwester von Scheiße, hatte Dilli immer gesagt, und nur die Menschen als nett bezeichnet, die er entsetzlich langweilig fand.

Sie trottete Richtung Haltestelle, machte dann kehrt für einen Abstecher zum Kiosk. Weil sie ja total spontan war. Oberpeinlich, diese Bemerkung. Selim war vor ihr geflüchtet, das war die Wahrheit. Ihr Vorschlag musste für ihn wie eine billige Anmache geklungen haben.

Unter der sirrenden Neonbeleuchtung saß Frau Schneider, die pausbackige Matrone, die ihr den Bistro-Schlüssel übergeben hatte. »Na, Mädchen, Feierabend?«

Miriam stützte die Ellbogen auf den zur Abholung vorbereiteten Restbestand an Tageszeitungen. »Gibt es bei Ihnen noch was zu essen?«

»Wie? Du arbeitest doch nebenan im Bistro.« Frau Schneider sprach langsam, mit undefinierbarem Dialekt und wuchtete sich von ihrem Stuhl hoch. »Ich hätte noch ein Frikadellchen und einen Rest Kartoffelsalat. Willste?«

»Sie retten mir das Leben.«

»Hier essen oder mitnehmen? Hör mal, du kriegst Flecken von der Druckerschwärze, rutsch besser ein Stück rüber.« Sie deutete mit dem Salatlöffel weiter nach rechts und tropfte fette Mayonnaise auf den Boden. Mayonnaise, mit Ei und bestimmt mit tausend Konservierungsmitteln. Miriams Speicheldrüsen arbeiteten auf Hochtouren. Die

Frikadelle war fast schwarz und verursachte ein nahezu unanständiges Kribbeln in Miriams Magen.

»Ich mach das ja alles selber, gell? Schön mit Butter und Schalotten und einem bisschen Knobi.« Sie küsste ihre Fingerspitzen und strahlte. »Senf oder Ketchup?«

»Nein danke«, hörte Miriam sich sagen und krallte die Hände ineinander. »Ist der Kartoffelsalat auch mit *Knobi*?«

»Nein! Das passt nicht zusammen. Aber zu meinen Frikadellchen passt es wunderbar.«

»Können Sie mir das getrennt einpacken? Tschuldigung, ich habe nicht gleich dran gedacht. Was macht das?«

»Zweifünfzig, weil du es bist und weil es ja wegmuss.« Frau Schneider rollte einen großen Bogen Alufolie ab, wickelte den Fleischklops ein und drückte einen Deckel auf die Plastikschale mit dem Salat.

Miriam bezahlte, verabschiedete sich artig und versenkte die Frikadelle ganz unten in ihrer Umhängetasche. Natürlich hätte sie einfach sagen können, dass sie die nicht haben wollte, stattdessen hatte sie lächelnd drei Euro über den Tresen gereicht. Stimmt so. Warum bloß? Ein Zinken der Einweggabel zerbrach zwischen ihren Zähnen.

»Weil du nett bist«, brummte sie. »Oder vielleicht auch einfach nur dumm.«

Aus dem Küchenradio des Bistros trällerten *Katrina and the Waves* den ultimativen Gute-Laune-Song und Miriam sang hemmungslos mit. Nein, sie hatte keine Nachricht von Felix erhalten. Von freudiger Erwartung beim Checken ihres Postfachs war sie weit entfernt. Das Sonnenscheingefühl musste einen anderen Ursprung haben und in diesem Moment war es ihr herzlich egal, welchen. Sei es die Musik, die tatsächlich vom Himmel strahlende Sonne oder die Aussicht, zwei Tage nicht ins Büro zu müssen.

Sie hatte geschlafen wie ein Baby, tief und traumlos, bis in den späten Vormittag hinein. Bei ihrer ersten Tasse Schwarztee hatte sie akribisch Details des gestrigen Abends notiert, und mit *Positiv-* und *Negativ-*Markierungen versehen. Beim zweiten Tee studierte sie vegane Rezepte im Internet und beim dritten fertigte sie die obligatorische neue Bestandsliste an. Nachdem sie die Netzcommunity zur Hygiene in der Gastronomie befragt und den Einsatz von Haarnetzen sofort wieder verworfen hatte, klemmte sie Strähne für Strähne mit eigens im Kiosk besorgten Klammern fest. Statt Frau Schneider hockte dort heute deren Ehegatte, was sie von der Verlegenheit befreit hatte, bezüglich der Knoblauchfrikadelle lügen zu müssen. Überhaupt, die Lügerei wollte sie ab sofort wieder sein lassen oder zumindest auf das Allernotwendigste begrenzen. Mit den letzten Klängen von *Walking on sunshine* tänzelte sie in die Damentoilette.

»And don't it feel good?« Sie schnippte den Hosenknopf auf, ruckelte die Jeans mit rhythmischen Hüftschwüngen abwärts bis zu den Knien, ließ den Tanga folgen wie eine Stripperin, indem sie die Daumen links und rechts unter den Gummi klemmte – und plumpste aufs Klo. »Oh yeah!« Im gebogenen Blech des Papierabrollers spiegelte sich verzerrt ihr Gesicht. Kichernd drehte sie sich, zog das Kinn lang, dann die Nase. »Don't it, don't it, don't it …«

»Miriam?«

Schlagartig verstummte sie.

»Miriam, bist du da?« Und dann leiser. »Sie muss irgendwo sein, sonst hätte sie abgeschlossen.«

Na klasse, das war Selim, und er war anscheinend nicht allein. Ein ausgesprochen ungünstiger Moment, aber ihr blieb keine Wahl, als zu antworten.

»Sekunde, bin gleich da!« Die Spülung übertönte das letzte Plätschern. Eilig schäumte sie am Waschbecken die Hände ein und warf einen Blick in den Spiegel.

»Verdammt.« Die Haarspangen sahen unglaublich bescheuert aus. Mit zusammengebissenen Zähnen fummelte sie die ziependen Klammern heraus, beugte sich vor und schüttelte den Kopf kräftig hin und her. Der Effekt war verblüffend. Ihre Wangen wirkten rosig und die Frisur wie frisch mit einem Volumenbooster behandelt. »Geht doch«, murmelte sie und atmete tief durch. Alles im Griff, abgesehen von dem seltsamen Nervenflattern, das sie der aufputschenden Wirkung des Tees zuschrieb. Die vierte Tasse war wohl doch zu viel gewesen.

Auf Fersen hockend wühlte ein Mann mitten in der Gaststube in einem Rucksack aus Leinen und hellbraunem Leder. Ein weißes T-Shirt schlabberte um schmale Schultern und unter seiner tiefsitzenden Jeans lugte eine gepunktete Boxershorts hervor; seine Füße steckten in Zehenstegsandalen.

»Hallo, Miriam.« Selim füllte am Tresen drei Gläser mit Wasser. »Ich habe es etwas früher geschafft als geplant und jemanden mitgebracht, der dir vielleicht auch helfen kann. Ich hoffe, das ist in Ordnung.«

Dieser Jemand nahm den Kopf aus dem Rucksack und richtete sich zu voller Größe auf. Locker 1,90, womit er Selim etwa um einen Kopf überragte.

»Hey«, sagte er.

Den kannte sie doch. »Jesus?«, entfuhr es Miriam verblüfft. Das war der Typ, der ihr vor drei Tagen durch die Scheibe der Bistro-Tür zugezwinkert hatte.

»Äh, nein. Jesus soll zwar auch recht hilfreich sein in manchen Lebenslagen, aber ich bin Ioannis.« Er legte Tablet und Ladekabel auf den Tisch und schüttelte ihr die Hand. »Ioannis Ivanakis – Selim sagt, du brauchst einen Buchhalter.«

»Ach ja?« Miriam warf Selim einen fragenden Blick zu und der zuckte entschuldigend die Achseln.

»Ist nur ein Angebot. Wegen der Schublade und der Ebbe im Portemonnaie.«

»Wenn dir das zu privat ist, vergiss es einfach. War ganz allein seine Idee.« Ioannis griff eines der Wassergläser, trank es auf ex und sah sich um. »Ist ganz knuffig die Hütte. Farblich und vom Styling, aber mit Luft nach oben. Hab noch nicht so ganz kapiert, was genau dein Problem ist. Der da«, er richtete den Daumen auf Selim, »redet total verqueres Zeug, und davon richtig viel. Schwärmt von irgendwelchen Kochtöpfen und Bioqualität und faselt von einem Salatengpass. Ehrlich – an der Stelle bin ich geistig ausgestiegen – Salat ist für Karnickel. Ich spiele im Team Gyros.«

Miriam seufzte verzückt: »Team Gyros, das ist der erste Bonuspunkt für dich, Jesus.«

»Ioannis«, korrigierte Ioannis. »Die Jesusrolle überfordert mich.«

Ein Fleischliebhaber zu sein machte ihn sympathisch, doch das genügte ihr nicht. Geldangelegenheiten waren heikles Terrain, zumal Miriam keinen Schimmer hatte, welcher Sumpf sie in Felix' Schublade erwartete. »Okay, Ioannis, aber bevor ich dich an meine Belege ranlasse, wüsste ich gern noch etwas mehr von dir.«

»Der Schwätzer ist Busfahrer wie ich«, erklärte Selim, »allerdings auf der Langstrecke. Er kutschiert Reisegruppen an die Nordsee und über die Alpen.«

»Und das qualifiziert für Bürotätigkeiten?«

»Mein Onkel hat ein Restaurant und für den mache ich die komplette Buchhaltung inklusive Steuererklärung. In meiner Freizeit, daran habe ich Spaß.«

»Er ist irre, aber harmlos. Nicht wahr, Maláka?«

»Selber Maláka.« Ioannis grinste. »Nicht irrer als du. Aber jetzt im Ernst, Miriam. Wenn du mir dein Problem zeigen magst, sehe ich es mir gern an.«

Unschlüssig legte sie den Zeigefinger ans Kinn. Noch ein Fremder, dem sie einfach so vertrauen sollte. Das ging ihr zu schnell. Ihre Spontaneität wurde in letzter Zeit ohnehin stark strapaziert, wann sie dieser nachgab, wollte gut überlegt sein. Sie geriet gedanklich ins Stolpern. Gut überlegte Spontaneität? Das brachte ihr Dilemma perfekt auf den Punkt.

Auf dem Gehweg machte sich ein Mann an den Buchsbäumchen zu schaffen.

»Was treibt der denn da?« Miriam klopfte an die Scheibe und gab ihm fragend Zeichen. »Der rupft meine Pflanzen.«

»Oder er sammelt Zigarettenstummel, um die Kippenreste aufzurauchen.« Selim reckte den Hals und winkte nach draußen. »Am besten fragst du ihn einfach.«

Langsam stieg der Mann die Stufen herauf. Seine Kleidung war sauber, aber abgetragen und viel zu warm für das sonnige Frühlingswetter. Miriam trat ein Stück zur Seite. Er öffnete die Tür nur einen Spaltbreit, blieb auf der Schwelle stehen.

»Hallo«, sagte Miriam. »Können Sie mir mal verraten, was Sie da gerade gemacht haben?«

Er antwortete sehr leise, ohne sie anzusehen.

Hilflos sah Miriam sich um. »Weiß einer von euch, welche Sprache das ist?«

»Nein, aber lass es mich trotzdem versuchen.« Selim ging auf ihn zu, neigte den Kopf, eine Hand auf dem Herz. »Merhaba, ich bin Selim. Wie geht es dir, Habibi?«

»Bestimmt ist er aus der Unterkunft«, sagte Ioannis an Miriam gewandt. »Du weißt schon, das alte Hotel an der Kreuzung. Sieht aus, als bräuchte er was zu trinken.«

»Dann gib ihm was.«

Ioannis reichte eines der unangetasteten Wassergläser weiter, bei dessen Anblick der Mann ebenfalls eine Hand auf seine Brust legte. Seine Haut wirkte wie von einem Grauschleier überzogen, der nicht nur vom Alter und seinem unrasierten Kinn herrührte. Er mochte fünfzig sein oder auch sechzig.

»Ja, genau«, Miriam nickte auffordernd, »trinken Sie.«

Ein schwaches Lächeln grub Furchen in seine Wangen, doch er schüttelte den Kopf, gestikulierte verhalten und deutete dann nach draußen.

»Tut mir leid, Habibi, ich fürchte, wir verstehen immer noch nicht.« Selim runzelte die Stirn.

»Hasim«, murmelte der Mann, »Hasim.«

»Als Pantomime müsste der echt verhungern.« Ioannis fing sich ein strafendes Zischen von Miriam ein. »Also will er doch kein Wasser oder er will damit weggehen, und dann ist da etwas Dickes … Breites? Nee, ich bin raus.«

»Aber ich nicht!« Miriam holte einen Eimer aus dem Schrank unter der Spüle und drehte den Wasserhahn auf. »Die Buchsbäume. Die armen Dinger warten seit Tagen darauf, dass ich dran denke, sie zu gießen.«

»Klar.« Selim zeichnete mit den Händen die Silhouette nach. »Klein, dick, rundlich und draußen. Gut kombiniert.«

Eifrig nickte und flüsterte der Mann mit gesenktem Blick, als Selim ihm den Eimer gab.

»Meine Güte, bedankt er sich dafür, dass ich ihn meine halb verreckten Pflanzen wässern lasse?« Miriam schluckte schwer. »Das ist mir richtig peinlich.«

»Weil er selber halb verreckt aussieht«, ergänzte Ioannis und hob entschuldigend die Hände. »Was denn? Jetzt guck nicht so, das stimmt doch. Der ist dürr, dass einem das Herz blutet. Und in seinen Augen ist kein Funke Licht.«

Der Mann verteilte das Wasser auf die beiden Blumenkübel. Sie beobachteten ihn mit wachsender Befangenheit. Auf den Stufen bückte er sich und las einen Papierfetzen und ein Stück Plastikfolie auf, die sich vom Wind heraufgeweht in der Nische verfangen hatten. Verlegen hielt er den Müll in der Hand, als er Selim den Eimer zurückgab.

»Gib mir das auch«, sagte der. »Ich werfe es weg. Danke.«

Seine nächsten Gesten verstanden sie schneller. Er wollte einen Besen, um die Straße zu fegen.

»Geht klar.« Miriam nickte.

Den Küchenbesen konnte sie ihm für die Straße nicht geben, doch neben den Mülltonnen im Innenhof hatte sie einen zweiten gesehen. Auf dem Rückweg bemerkte sie einen weißen Schrank an der Hauswand in der Ecke.

»Ach du liebes bisschen«, murmelte sie. Leicht gekühlte Luft schlug ihr entgegen. Salatköpfe und Zucchini kuschelten sich an Paprika und Auberginen. Ein Kühlschrank im Freien – wie blöd war das denn? Vom Küchenfenster aus war der nicht zu sehen gewesen. Sie verpasste der Tür einen Tritt. Selim würde sich freuen und das positiv betrachten. Sie konnte nicht umhin zu lächeln. Der Typ verfügte über eine Aura, die jedes Medium in Verzückung versetzt hätte. Er war sozusagen wandelndes Feng Shui.

»Du glaubst nicht, was ich gerade gefunden habe.«

Der Besen wechselte in die Obhut ihres freiwilligen Helfers, der sich sogleich ans Werk machte, dann berichtete Miriam von der Überraschung hinterm Haus. »Den Extra-Gemüseschrank habe ich bisher schlicht übersehen. Wer rechnet denn auch damit, dass der draußen steht.«

»Ich schau mir gleich mal an, in welchem Zustand die Sachen sind. Reduziert unsere Einkaufsliste.«

»Warte, ich will dir noch was anderes zeigen.« Miriam

setzte sich und schlug ein Bein unter, dann breitete sie ihre Notizen vor ihm aus. »Ich habe schon ein bisschen was vorbereitet. Natürlich nur Ideen und Vorschläge, du bist der Koch. Gerade was die Mengen angeht, bin ich …«

»Hast du was zu kauen da, Selim?«, fuhr Ioannis dazwischen, der sich nicht vom Fleck bewegt hatte. Er biss an einem Fingernagel herum und verfolgte jede Bewegung auf dem Gehweg.

»Ja, und offenbar sogar etwas mehr als erwartet. Darüber reden wir doch gerade, hörst du nicht zu? Ich dachte allerdings, du arbeitest erst und isst dann.«

»Nicht für mich.« Mit dem Kinn deutete Ioannis nach draußen. »Dein Habibi macht mich fertig, ehrlich.«

»Daran habe ich auch gedacht«, sagte Miriam und verbuchte einen weiteren Sympathiepunkt für Mitgefühl auf Ioannis' Konto. »Er muss nachher unbedingt etwas essen und ich glaube, er heißt Hasim.«

»Ich rede gleich mit ihm«, versprach Selim. »Und jetzt schwing deinen Hintern hierher, Ioannis. Es ist noch Curry von gestern übrig. Das schmeckt aufgewärmt noch besser. Davon kann er essen, bis es ihm zu den Ohren wieder rauskommt.«

»Ist das auch koscher?« Ioannis riss seinen Blick los und faltete sich auf einem Stuhl zusammen.

»Der braucht bestimmt nichts, was koscher ist, Maláka. Oder sieht er für dich wie ein Jude aus? Wenn, dann sollte es vermutlich *halal* sein, hm?«

»Türken, Araber, Juden, Moslems«, Ioannis fand sein Grinsen wieder, »im Grunde seht ihr alle gleich aus, bestimmt nicht nur für mich. Und den Unterschied zwischen *halal* und *koscher* werde ich wohl nie begreifen. Davon mal abgesehen: Miriam ist ein klassisch biblischer Name, richtig?«

»Und somit jüdischen Ursprungs. Hat damit jemand ein Problem?« Sie hob die Augenbrauen. Das wurde jetzt hoffentlich keine religiöse Grundsatzdebatte, darauf hatte sie nicht die geringste Lust.

»Ich bin Grieche! Freigeist und Philosoph. Von mir aus kann jeder anbeten, wen oder was er will, solange er mich nicht zwingt mitzumachen. Und Selim huldigt höchstens dem heiligen Suppentopf. Stimmt doch, oder?« Ioannis schlug Selim so schwungvoll auf die Schulter, dass diesem der Kugelschreiber abrutschte.

»Hey, verdammt!« Ein langer Strich kreuzte die komplette Bestandsliste. »Ich habe mit gar nichts ein Problem, außer mit vorlauten Griechen. Glaube ist Privatsache. Und das Essen in diesem Bistro ist sowieso über jeden religiösen Zweifel erhaben – weil es völlig frei von tierischen Produkten ist.«

Der *vorlaute Grieche* öffnete schon wieder den Mund zum Widerspruch und Miriam stand auf. Das konnte ja heiter werden mit den beiden. Es beschlich sie der Verdacht, dass ihre spontane Seite und ihre Flexibilität in nächster Zeit auch weiterhin sehr gefragt sein würden. Sie ließ die beiden Streithähne sitzen und drehte in der Küche das Radio lauter.

Kaum war Miriam verschwunden, packte Selim seinen Freund am Arm. »Und – was sagst du?«

Gemächlich sah Ioannis sich um, dann beschrieb er mit einer Hand einen Kreis, der das gesamte Lokal einschloss. »Der Laden braucht eine persönlichere Note, die Deko ist völlig beliebig und austauschbar und mit der Speisekarte kann ich wenig anfangen.«

»Mann, ernsthaft!« Selim nahm ihm die Karte ab, die er zwischen den Fingern drehte, und zog ihm damit eins über.

Ioannis ließ sich davon nicht irritieren. Er lehnte sich zurück, schlug die Beine übereinander und schlenkerte mit dem Fuß. »Die ist cool. Wie sie auf dem Klo gesungen hat, war mir das schon klar. Total schräg. Ich mag sie.«

»Ja, ich auch.« Selim seufzte. Aber war er cool genug, die Sache hier durchzuziehen? War er cool genug für sie? Auch wenn Miriam ihm mit ihren Tränen im Busdepot unfreiwillig ihre verletzliche Seite offenbart hatte, hatte sie ihm andererseits auch mehr als einmal die Zähne gezeigt. Er legte sein Gesicht in beide Hände und stöhnte leise. »Sag mir, was ich machen soll. Bin ich verrückt?«

»Sicher bist du das. Du bist Busfahrer. Du bist Türke. Du bist ein Mann. Es ist dein Schicksal.«

»Aber es könnte ein großer Fehler sein.«

Ioannis tätschelte ihm den Nacken, erst sanft, dann etwas grober, bis Selim ihn ansah. »Alles im Leben könnte ein großer Fehler sein. Willst du deshalb auf der Stelle treten? So kenne ich dich gar nicht. Wovor hast du Angst?«

Eine Frage, die er keineswegs rhetorisch meinte, wie Selim sehr genau wusste. Sein Kumpel würde darauf zurückkommen, bis er ihm eine Antwort gab. Im Augenblick hatte er aber nur ein Schulterzucken für ihn.

»Ob eine Entscheidung gut war, erkennst du letztlich immer erst hinterher. Was du vorhast, ist keine Polarexpedition, bei der es um Leben und Tod geht. Du riskierst lediglich ein paar Prellungen oder ein blaues Auge.«

Da war Selim sich keineswegs sicher. »Kress hat mich schon wegen dem Schichtwechsel gestern und heute auf dem Kieker.«

»Wieso? Kann dem doch egal sein, solange dein Kollege mit dem Tausch einverstanden ist.«

»Könnte. Aber Kress ist sauer, weil ihm private Gründe zu ungenau sind. Der platzt fast vor Neugier.«

»Sein Problem. Eine Chance wie diese fliegt dir ganz sicher nicht jeden Tag zu.«

Das war Selim sehr wohl bewusst. Doch ausnahmsweise fiel es ihm schwer, Ioannis' Zuversicht zu teilen. Zu genau hatte er vor Augen, wie Miriam vor Müdigkeit im Bus umgekippt war. Wenn er zwei Jobs gleichzeitig machte, konnten die Folgen weit schlimmer sein. Am Steuer durfte er sich keinen Aussetzer leisten. »Du meinst wirklich, ich soll?«

»Genau das meine ich. Wenn es schiefgeht, wirst du gefeuert, entweder von Miriam oder von Kress.« Ioannis rückte das schmale Stirnband gerade, das seine Haare zurückhielt. »Oder von beiden. Aber darauf musst du es ankommen lassen. Schlimmstenfalls rede ich mit meinem Boss, der sucht immer Leute. Dann fahren wir gemeinsam die Route nach Antalya und in die Berge zu den Teppichhändlern. Das ist halb so wild. Ein kleiner Einsatz für einen großen Traum. Darum, ich zitiere dich: schwing deinen Hintern, und zwar rüber in die Küche.«

Miriam kramte in einem Schrank herum und tat sehr beschäftigt, als Selim hereinkam. Nichts deutete darauf hin, dass sie gerade eben noch an der Zwischentür geklebt hatte, ein Auge und ein Ohr auf das Geschehen in der Gaststube gerichtet. Das Gezicke der beiden Freunde hatte sie stutzig gemacht und zum Lauschen getrieben, nachdem sie für Hasim eine Portion Curry in die Mikrowelle gestellt hatte. Blöderweise waren sie sehr leise gewesen, aber plötzlich auch wieder seltsam einig. Hatten die zwei über sie geredet?

»Hey.«

»Hey.« Mit einer Schüssel im Arm lehnte sie am Schrank.

»Du hast schon angefangen?«

»Wir hatten schon angefangen«, korrigierte sie mit leicht bissigem Unterton. »Bevor dieser Jesusdarsteller einen Religionsstreit vom Zaun gebrochen hat.« Das war sowohl übertrieben als auch unfair Ioannis gegenüber, doch die Bemerkung genügte, um Selim abzulenken. Beiläufig platzierte sie die Schüssel, mit der sie gar nichts anzufangen wusste, auf der Arbeitsplatte. Die Mikrowelle piepte.

»Das machen wir beide wieder gut.« Selim holte den üppig gefüllten Teller heraus und wirkte zerknirscht. »Er hat versprochen, sich um den selbst ernannten Straßenpfleger zu kümmern und für uns einkaufen zu gehen, sobald wir unseren Plan fertig haben.« Er steckte eine Gabel in das dampfende Gericht. »Nur eins musst du bedenken: Wenn du nett zu ihm bist, kommt er wieder – Ioannis hat was von einer Klette. Und bei Hasim könnte das ähnlich sein.«

»Ich bin gerne nett, und zwar zu jedem«, behauptete Miriam, obwohl sie es gerade nicht gewesen war.

Selim pfiff an der Tür stehend zwischen den Zähnen und Ioannis kam angeflitzt, um den Teller zu übernehmen. Sein aufgesetztes Zwinkern reizte Miriam schon wieder zum Grinsen und sie streckte die Waffen. Skeptisch zu sein führte zu Stirnrunzeln und Stirnrunzeln führte zu Falten. Wenn schon, dann wollte sie die lieber vom Lachen kriegen.

Eine Viertelstunde später stand ihr Plan für die nächsten beiden Tage und Ioannis machte sich mit Hasim auf den Weg zum Einkaufen.

Miriam beharrte darauf, einen Großteil der Gerichte aus der offiziellen Karte beizubehalten, schließlich verwaltete sie das Bistro nur kommissarisch, da konnte sie nicht alles über den Haufen werfen. Trotzig wischte sie die eigenen Zweifel weg. Es war Felix' Projekt. Sie war keine Gastronomin, sondern Versicherungskauffrau, mit Festanstellung und sicherem Gehalt. Hoffentlich blieb Selim unter diesen Umständen weiter im Boot. Sie brauchte ihn viel dringender, als sie sich eingestehen mochte. Seine Miene verfinsterte sich, wenn er anderer Meinung war, und das kam recht häufig vor. Doch er sagte nichts dazu, was sie erst recht aufregte. Beim vierten *Okay* in Folge platzte sie.

Unvermittelt packte sie ihn am Kragen und war davon mindestens so überrascht wie er. »Wenn du mir jetzt nicht auf der Stelle widersprichst, geh ich durch die Decke! Ich weiß genau, dass du meine Ideen gerade scheiße findest.«

Selim drehte den Kopf zur Seite, um sehr konzentriert auf den Boden zu starren. Sein Brustkorb hob sich, sie spürte die Muskeln unter seinem Hemd und entdeckte in seinem Ausschnitt ein paar kurze Haare, die normalerweise sicher einen dichten Pelz bildeten, wenn er sie nicht abrasierte. Bei Dilli sprießten an dieser Stelle bis heute nur eine Handvoll rot gelockter Härchen. Seit er siebzehn war, wartete er vergeblich darauf, dass sie sich vermehrten. Miriam erwischte sich bei dem Wunsch, diesen dunklen Pelz zu berühren, und biss sich auf die Lippen. Dieser Gedanke war absolut unprofessionell und ein Mann mit Spiegelsonnenbrille und Goldkette indiskutabel. »Also? Was ist los?«

»Du bist der Boss«, sagte er gedämpft. »Und ich will kochen, alles andere ist Nebensache. Ich mache, was immer du willst.«

»Nein. Hörst du? Nein!« Sie kam ihm so nah, dass er ihrem Blick nicht mehr ausweichen konnte. »Wie kommst du zu der Annahme, dass es nötig ist, dich bei mir anzubiedern? Gestern lief das doch ganz prima mit uns. Was ist jetzt anders?« Sein Unbehagen griff auf sie über und Miriam ließ los, legte einen Sicherheitsabstand zwischen sich und ihn.

»Das ist kompliziert. Und ein bisschen peinlich.« Er legte den Kopf zurück und fixierte zur Abwechslung die Decke, als gäbe es dort etwas sehr Spannendes zu sehen.

»Hallo? Ich habe in dein Taschentuch geheult, und wenn ich mich richtig erinnere, habe ich dir das nasse Ding dann auch noch zurückgegeben. Außerdem habe ich einen kompletten Kühlschrank übersehen – also erzähl du mir nichts von Peinlichkeiten.«

Um seine Mundwinkel zuckte es verräterisch und in seine Augen kehrte das verschmitzte Blitzen zurück. »Ich habe mich verliebt«, sagte er langsam. »In das Bistro. Dieser Laden ist genau das, was ich schon immer wollte. Und ich würde so ziemlich alles tun, um bleiben zu dürfen.«

Bei dem Wort *verliebt* war sie zusammengezuckt und sie wusste, dass er es bemerkt hatte. Und auch, dass er die Satzkonstellation und die Pause dazwischen absichtlich so gewählt hatte. Dafür hätte sie ihn sehr, sehr gern getreten. Ihr so einen Schreck einzujagen! Er war ein alberner

Scherzkeks und vielleicht sogar ein Mistkerl, darüber hatte sie noch nicht abschließend entschieden. Aber ganz sicher war er kein bisschen ihr Typ. Gott bewahre, wenn der sich in sie verliebte! Andererseits hatte sie sich noch nie wirklich Gedanken darüber gemacht, was eigentlich ihr Typ war. Wieso auch, in einer festen Beziehung? Doch nun war der einzige Typ, den sie je gehabt hatte, seit einem halben Jahr Geschichte. Insofern war jetzt durchaus der richtige Zeitpunkt, den Gedanken aufzugreifen. Grundsätzlich jedenfalls, aber natürlich nicht wirklich *jetzt*, unmittelbar in dieser Minute.

Ihr Kopf surrte und ihr Magen wurde erneut von einem nervösen Flattern heimgesucht. Bestimmt lag das immer noch an der Überdosis Tee.

Miriam überging die körperlichen Warnsignale und schenkte Selim ein gönnerhaftes Lächeln. Seine Aussage, er werde so ziemlich alles tun, war ein Trumpf in ihrer Hand. Ein Trumpf, den sie zu gegebener Zeit mit Bedacht ausspielen konnte. Nicht bösartig, nur als kleine Rache für den erlittenen Schockmoment. »Na gut. Du hast es so gewollt.«

Seite an Seite nahmen sie die Vorbereitungen für den Abend in Angriff. Nach ihrer Aussprache stellte sich schnell wieder Harmonie ein. Miriam schnippelte, wog ab, reichte an, rührte und beobachtete jeden einzelnen von Selims Handgriffen.

Ioannis verräumte zwischendurch die Einkäufe und lungerte dann an der Theke herum. Miriam konnte sich immer noch nicht entschließen, ihm Felix' Finanzen anzuvertrauen, aber er schien es ihr nicht krummzunehmen. Völlig entspannt riss er eine Packung mit geräucherten

Würstchen auf und verzehrte sie nach und nach. Auch von den ersten Gästen ließ er sich kein bisschen aus der Ruhe bringen.

»Wer ist eigentlich Felix?« Er stand halb in der offenen Schwingtür, eine Wurst in der Faust.

»Muss das sein?«, zischte Miriam. »Tu das Ding weg oder sollen die Leute da draußen einen Koller kriegen, wenn sie merken, was du da futterst?«

Seine Zähne gruben sich erneut ins knackige Fleisch. »Gleich erledigt«, nuschelte er und steckte ihr den letzten Happen in den Mund. »Biologisch entsorgt, das böse Ding. Gib es zu, die ist gut.«

»Ja, ja, himmlisch«, bestätigte sie und versuchte weiter, ihn von der Tür zu verscheuchen. »Aber die Wurst und du habt hier drin trotzdem nichts verloren. Wir arbeiten sowieso am Rande der Legalität.« Jedenfalls vermutete sie das. Ihr hallte immer noch Rolfs Bemerkung durch den Kopf, sie habe keine Ahnung von Hygienevorschriften und die unerledigte Sache mit dem Gesundheitszeugnis schwebte wie das berühmte Damoklesschwert über ihr.

»Sag schon, wer ist dieser Felix?«, wiederholte Ioannis hartnäckig. »Das ist doch der, für den du hier in die Bresche springst. Er steht als Inhaber im Impressum der Bistro-Homepage: Felix Dillinger.«

Sie sah, wie er einen Blick mit Selim wechselte, der hinter ihr schweigend weiterarbeitete. Doch sie spürte, dass er genau zuhörte, und scheute plötzlich vor der Wahrheit zurück. Wieso war nur immerzu alles so kompliziert? Ehemann, Noch-Ehemann, Fast-Exmann, getrennt, aber nicht geschieden. Die beiden würden ihren Entschluss noch viel weniger verstehen als Ronja.

»Familie«, sagte sie schnell und war nicht sicher, ob sie sich für die Antwort schämen oder über den Einfall freuen sollte, der ihr eine hundertprozentige Lüge ersparte. »Für wen würde man all das sonst tun?«

»Tja, da hast du wohl recht.« Ioannis schaute wieder an ihr vorbei. »Für wen sonst.«

Selim beugte sich tief über die Arbeitsplatte. Sein Nacken glänzte schweißnass und war gerötet. Als Miriam sich wieder umdrehte, war die Schwingtür zugefallen und Ioannis verschwunden.

Das Handy klingelte penetrant. Selim öffnete ein Auge und sah die Lärmquelle unmittelbar vor sich in einer Falte zwischen Decke und Kopfkissen. In der Nacht war er bäuchlings aufs Bett gefallen, hatte das Ding losgelassen und war sofort eingeschlafen. Seither hatte er sich keinen Millimeter bewegt. Arme und Beine weit von sich gestreckt, lag er da wie ein überfahrener Frosch und fühlte sich auch so. Wer zur Hölle riss ihn am Sonntagmorgen aus seiner Totenstarre? Wenn das schon wieder Ioannis war, drehte er ihm den Hals um. Ihr Gespräch nach dem langen Abend im Bistro war ausufernd gewesen.

»Hm?«, grunzte er und drehte sich auf die Seite.

»Wo bist du gestern gewesen und warum gehst du seit Tagen nicht ans Telefon, wenn ich versuche, dich zu erreichen? Deine Schwester sagt, dass sie auch versucht hat …«

Selim nahm das Handy wieder vom Ohr und ließ den ausgestreckten Arm aufs Kissen fallen, bis der Wortschwall verebbte. »Hab dich auch lieb, Mama«, brummte er.

»Guten Morgen, mein Schatz. Sag mir, dass es einen guten Grund dafür gibt. Zum Beispiel eine Verabredung mit einer hübschen und anständigen Frau, die mir in nicht allzu ferner Zukunft Enkelkinder schenken wird.«

»Oh Mama, hör auf damit.« Er hasste es, wenn sie sich so aufführte. Ihre Tiraden über die Ehe, seine Ehe, häuften sich, was er ziemlich verstörend fand. So war sie eigentlich gar nicht, jedenfalls hoffte er das inständig.

»Als Mutter werde ich doch mal fragen dürfen, ob du eine Frau gefunden hast. Oder steckt nur wieder dein Freund dahinter, dass du dich nicht meldest? Diese zweibeinige Heimsuchung, Sohn des Zeus und fleischgewordener Müßiggang?«

Selim grinste wider Willen. »Er wird es mögen, wenn ich ihm das erzähle. Sohn des Zeus. Dir ist klar, dass du ihn gerade zum Halbgott gemacht hast?« Er kämpfte darum, die Augen offen zu halten. »Ioannis arbeitet hart.«

»Jajaja. Weiß ich. Er arbeitet hart, genau wie du. Wenn er dich nicht durch irgendwelche zwielichtigen Nachtclubs schleift. Also, was ist, welche Ausrede hast du dieses Mal?«

Selim starrte die Wand an und sah Miriam vor sich. Er konnte einfach lügen und seiner Mutter sagen, was sie hören wollte. Oder erzählen, was wirklich passiert war. Oder beides sein lassen.

»Keine«, sagte er. Zu seiner Überraschung gab sie sich damit zufrieden und seufzte nur tief.

»Dein Onkel Yasin ist gestorben.«

»Onkel Yasin?«, fragte er vorsichtig, während er überlegte, wo er den Namen einsortieren sollte.

»Onkel Yasin aus Bursa, der Cousin vom Schwager deines Vaters. Der Mann von Tante Hatice.«

»Ah, der«, sagte Selim unsicher. Ein vager Schatten huschte vorbei, gefolgt von einer sehr präsenten Tante Hatice – die ebenso wenig seine Tante war wie Yasin sein Onkel –, in einem bunten Gewand und mit mächtigem Busen, an den sie ihn gedrückt hatte. Damals musste er zehn gewesen sein. In seiner Erinnerung war er bei der

Gelegenheit fast erstickt, weil sie ihn vor lauter Zuneigung nicht losgelassen hatte. Eine Tendenz, die ihr zur Gewohnheit wurde, weshalb vor allem die jüngere Verwandtschaft große Anstrengungen unternahm, sich bei Familienfeiern außerhalb ihrer Reichweite aufzuhalten. Tante Hatice war deutlich jünger als ihr Mann, musste aber inzwischen weit über achtzig sein. »Ich rufe sie an«, versprach er. Schließlich wusste er, was sich gehörte und erwartet wurde.

»Mach das. Du warst schon immer ihr Liebling.«

Er hörte das Schmunzeln in ihrer Stimme.

»Ich suche ihre Nummer raus und schicke sie dir morgen per WhatsApp, direkt wenn ich vom Gericht komme. Um zehn habe ich eine Verhandlung und muss mich noch ein bisschen vorbereiten. Grüße sie herzlich von der ganzen Familie und versichere ihr unser aller Mitgefühl. Wir haben uns viel zu lange nicht gesehen.«

Selim stöhnte auf. Ihr war es von Anfang an gar nicht um ihn gegangen, weder um seine Zukunft noch um den Fortbestand der Gökay-Sippe. Sondern in erster Linie darum, ihm ein endloses, tränenreiches Telefonat aufzudrücken, an dessen Ende man ihm das Versprechen eines baldigen Besuchs in der Türkei abnötigen würde. Ihm, nicht ihr. »Du hast mich reingelegt.«

»Sehr richtig.« Aysin Gökay lachte. »Du machst das schon, mein Schatz.«

»Rechtsanwälte sind doch …«

»Vorsicht. Ich bin nicht nur Anwältin, ich bin deine Mutter. Und Tante Hatice hat eine Menge unverheiratete weibliche Verwandte. Wenn ich sie anrufe, genügt ein kleiner Wink. Verstehen wir uns?«

Unter Miriams Händen verwandelten sich Mehl, Hefe und Wasser zu einem Brotteig. Ein wenig Salz und Kreuzkümmel sorgten für die nötige Würze, Öl machte ihn elastisch. Diesen Teil der Arbeit hatte sie sich für den Schluss aufgehoben. Weil sie aus der Erfahrung der letzten beiden Tage wusste, dass es funktionierte. Ein garantiertes Erfolgserlebnis. Es bescherte ihr einen wohligen Schauer, den Teig zu kneten und die Veränderung zu spüren, die sich dabei vollzog. Unterschiedliche Komponenten verbanden sich zu einer Einheit, wurden zwischen ihren Fingern geschmeidig. Warm fühlte der Teig sich an und fast lebendig. Miriam summte verträumt. Massageöl auf sonnenwarmer Haut. Sommersprossen auf einem blassen Rücken, den sie einrieb bis zum Rand der Badehose und noch ein wenig tiefer. Anatomische Parallelen drängten sich geradezu auf und Erinnerungen, die schleunigst aus ihrem Kopf verschwinden mussten. Seufzend tätschelte sie die Teigkugeln, bis sie zu flachen Laiben wurden und keine Ähnlichkeit mehr mit Felix' Pobacken aufwiesen. Zum Anbeißen sahen sie immer noch aus. Was man von ihr sicher nicht behaupten konnte. Ihre Wangen fühlten sich heiß an und waren bestimmt hochrot, die Haare klebten feucht an ihren Schläfen und ringelten sich über der Stirn. Doch ausnahmsweise kümmerte es Miriam nicht. Sie war zufrieden und stolz. Wie eine Vision hatte der Traum sie in der Nacht heimgesucht und ihr keine Ruhe gelassen. Sie, allein im Bistro. Sie, allein in der Küche. Und vor ihr Berge von Speisen, eigenhändig und ohne fremde Hilfe zubereitet.

Exakt dieses Bild hatte sie auch jetzt vor Augen. Mit dem Unterschied, dass es kein Traumbild mehr war, sondern Realität. Ein Bild in Farbe, begleitet von dazu passenden Düften. Ihre Knie zitterten. Sie sank auf einen Klapptritt in der Ecke, den sie benötigte, um die Ablageflächen auf den Oberschränken zu erreichen, und starrte auf das Wirrwarr aus Töpfen und Schüsseln. Auf Anhieb konnte sie nicht sagen, was genau sich jeweils darin befand. Sicher war nur, dass sie eine große Menge der für den Abend eingeplanten Lebensmittel in ihrem Rausch verbraucht hatte.

»Was hast du dir bloß gedacht?« Sie presste die Handballen auf ihre Augen, bis hinter ihren Lidern bunte Lichtblitze sprühten. Sie musste übergeschnappt sein, eine andere Erklärung gab es nicht. Selbst der ungeliebte Gasherd hatte sie nicht bremsen können. Durchgedreht aufgrund von Übermüdung oder Fleischentzug? Der Happen Wurst, den Ioannis gestern mit ihr geteilt hatte, zählte nicht. Der hatte gerade ausgereicht, um ihr den Mangel aufs Hinterhältigste zu vergegenwärtigen.

»Hasim sagt, du hast schon angefangen.«

Miriam ließ die Hände sinken. Selim musste sehr leise hereingekommen sein.

»Sieht aus, als bräuchtest du mich nicht mehr.«

Klang das nur überrascht oder eher beleidigt?

»Oh doch.« Ein unsicheres Lächeln begleitete ihr heftiges Nicken. »Du musst das alles probieren.«

»Es reicht, wenn es dir schmeckt.«

»Haha, zur Abwechslung ein guter Witz.« Miriam stand auf und schleppte sich zum Herd. Ihr Körper ächzte bei jeder Bewegung, als hätte sie nächtelang durchgetanzt. Zugegeben, die letzten Monate waren von faulen Sofaabenden geprägt gewesen und ihre mangelnde Kondition war komplett selbst verschuldet. Dennoch war es nicht fair, dass ihr

Körper sie nach einer Woche völlig ohne Sofapause mit einem dermaßen gemeinen Muskelkater strafte. Sie hielt Selim einen Löffel hin. »Schmecken. Genau darum geht es. Ich habe keine Ahnung, wie es schmecken muss, und …« Sie verstummte und zuckte die Schultern. »Komm schon, du wirst dich nicht vergiften. Ich habe alles genauso gemacht wie du.«

Er hob den Deckel vom ersten Topf. »Warte … genauso?«

»Ja.«

Sie konnte dabei zusehen, wie er langsam begriff.

»Mit Knoblauch?«

»Ja.«

»Das heißt, du hast es selbst nicht getestet?«

»Schlaues Kerlchen.« Sie legte die flache Hand auf seine Brust. »Bitte sei mutig und bitte verurteile mich nicht, obwohl ich keine vernünftige Erklärung liefern kann, für das, was ich getan habe. Das kam einfach über mich.« Ihr Herz raste wie ein Speedboot.

Selim füllte den Löffel, ohne hinzusehen, blieb ihr stattdessen zugewandt. Er führte den Löffel zum Mund, Miriam öffnete ebenfalls leicht die Lippen, schluckte im gleichen Moment. Im dunklen Braun seiner Augen entdeckte sie minimal hellere Sprenkel. Aber keine Regung.

Klappernd legte er den Deckel auf den Topf, öffnete den nächsten. Löffel hoch, Mund auf, Schlucken. Kein Zeichen. Miriams Kehle fühlte sich trocken an. Das war absurd. Nicht mal bei ihrer Abschlussprüfung war sie annähernd so aufgeregt gewesen. Dritter Topf. Selims Nasenflügel blähten sich. War da ein Zucken? Ja, da! Er biss sich auf die Lippe, schüttelte den Kopf und ihre Blicke glitten auseinander. Erschrocken zog Miriam die Hand zurück, die sie auf seiner Brust hatte liegen lassen.

»Ich habe auch Fladenbrote gemacht«, murmelte sie. Als ob die es rausreißen konnten. Zum Aufgehen standen die Bleche abgedeckt oben auf dem Schrank, dort, wo es besonders schön warm war. Ihr Speedboot raste mit Vollgas aufs Ufer zu. Crash in fünf, vier, drei, zwei …

»Kranker Scheiß.« Selim fuchtelte mit dem Löffel in ihre Richtung. »Unglaublich.«

»Es tut mir leid, ehrlich. Kannst du noch was retten? Wenn du das hinkriegst, dann gelobe ich, nur noch das in der Küche zu machen, was du vorher ansagst. Bei dir sieht es so leicht aus. Vielleicht habe ich mir deshalb eingebildet, ich könnte das auch. Ich würde wirklich gerne ganz viel von dir lernen.«

»Hm?« Selim schöpfte nach.

Hatte der ihr überhaupt zugehört?

»Mmmh. Hammer.«

»Was?«

»Das ist das verdammt beste … Was-auch-Immer, das ich jemals gegessen habe. Und das hast du nicht bei mir abgeschaut, weil ich so was noch nie gekocht habe.«

Angestrengt starrte Miriam in den Topf, dann erst kam die Bedeutung seiner Worte bei ihr an. »Du meinst, das ist gut?«

»Ein Kracher! Woher hast du das Rezept?«

Sie überlegte. Dieses Gericht hatte sie angesetzt, direkt nachdem Hasim aufgetaucht war. Sie war dem Klang des Windspiels in den Gastraum gefolgt, wo er auf der Schwelle stand. Genauso vorsichtig und verhuscht wie am Tag zuvor. Es gab keinen Grund, ihn schon wieder die Straße fegen zu lassen, aber dass Hasim gerne etwas tun wollte, war klar. Mit wenigen Worten und Gesten einigten sie sich auf Fensterputzen und er begann Tische und Stühle zu rücken. Bei der Gelegenheit hatte sie die Speisekarten gestapelt und durchgeblättert.

»Es steht auf der Karte, glaube ich.«

»Und dann hast du es gegoogelt?«

»Nein, ich kannte die Zutaten alle.« An dieser Stelle hatte sich die vorhergehende Recherche ausgezahlt und sie hatte nichts mehr nachschlagen müssen.

Selim ergänzte die Fuchtelei mit dem Löffel durch ein Wedeln mit der anderen Hand. »Willst du mir erzählen, dass du die Mengen, die Zubereitung, die Würzung aus der Luft gegriffen hast?« Er schnippte mit den Fingern. »Einfach so?«

Wieso wurde er plötzlich laut, wenn es doch schmeckte? Seine zusammengezogenen Augenbrauen gaben ihm etwas Wildes, Einschüchterndes. Miriams Unterkiefer bebte verräterisch.

»Oh, nein, nicht!« Selim fasste ihre Oberarme, hielt sie fest. »Alles ist gut, Miriam. Das war keine Kritik. Ich bin nur verwirrt und beeindruckt. Du hast gesagt, du kochst nicht gern und auch nicht gut. Und jetzt das.« Der Druck seiner Daumen ließ nach, verwandelte sich in ein kaum merkliches Streicheln.

»Dinge ändern sich«, sagte sie leise.

»Offensichtlich.«

Die rehbraunen Sprenkel leuchteten unmittelbar vor ihren Augen. Ein Glück, dass ihr Speedboot längst irgendwo auf Grund gelaufen war, sonst hätte es sich jetzt womöglich überschlagen. Selims Stimme umschmeichelte sie so sanft wie der Hauch seines Rasierwassers. Sein Bart war frisch gestutzt, seine Haut leicht gerötet. Wahrscheinlich hatte er noch vor wenigen Minuten im Bad gestanden oder auf dem Stuhl eines Barbiers gesessen.

Miriam blinzelte und seufzte erleichtert. Sieh an, er war eitel. Der Bann war gebrochen. Wieder etwas, das er mit Dilli gemeinsam hatte. Die Erkenntnis erdete ungemein.

Der See döste in der späten Nachmittagssonne. Auf den gekräuselten Wellen lag ein metallischer Schimmer wie von flüssigem Quecksilber. Nur ganz am Ufer schimmerten Blau- und Grüntöne durch. Rot und gelb gestrichene Boote dümpelten vertäut am Anleger. Wasser schwappte leise klatschend gegen das Holz. Nach dem ersten Ansturm des Jahres kehrte allmählich wieder Ruhe ein. Ein Bilderbuch-Frühlingstag mit fast fünfundzwanzig Grad, der Lust auf den Sommer weckte.

Felix räkelte sich im Liegestuhl und winkte Mariella, die vom Häuschen der Campingplatzverwaltung herunterkam. Ihr dünnes Kleid bauschte sich in einer frischen Brise, zeigte im Gegenlicht sehr deutlich die Umrisse ihres Körpers. Schützend verschränkte sie die Arme vor der Brust. Ihre dunklen Haare flatterten. Eine Szene wie aus einem Werbeprospekt oder einem Liebesfilm. Hübsch sah sie aus. Abgesehen von den Schatten, die ihr Gesicht verdüsterten. Also hatte es wieder mal Streit gegeben. Und Tränen.

Er verwarf seinen Plan, sich um die Nachrichten auf seiner Mailbox zu kümmern. Die liefen nicht davon und anhören würde er sie wahrscheinlich ohnehin nicht, sondern nur löschen.

»Lass uns rausfahren, Mariella.« Er blinzelte zu ihr hoch.

»Nur du und ich und die Abendsonne. Ich leih dir meine Jacke.«

»Der Bootsverleih ist geschlossen, wie du weißt.«

»Aber ich weiß auch, wo Toni den Schlüssel nach Feierabend verwahrt.« Er stand auf, zeigte sein strahlendstes Lächeln, legte einen flehenden Augenaufschlag nach. Für den hatte Miri ihn regelmäßig verflucht. »Komm schon.« Er nahm Mariella sacht an den Schultern und deutete zum Himmel, den bald schon rosa Schleier in ein kitschiges Wunderland verwandeln würden. »Ich zeig dir mein Schloss zwischen den Wolken und wir träumen von der Zukunft. Wie hört sich das an? Gut oder gut oder gut?«

Er ging in die Knie, fing Mariellas Blick von unten ein und verscheuchte ihre Bedenken. Für eine Weile würde sie lächeln, Pläne machen und eine Prinzessin sein.

Eine Melodie mischte sich unter die Stimmen aus dem Radio und es dauerte eine gute halbe Minute, bis Miriam das Geräusch als Klingelton ihres Mobiltelefons erkannte. Das lauter werdende Titelthema einer Vorabendserie identifizierte Ronja als Anruferin.

»Willst du nicht rangehen?«

Miriam ließ die eben gewaschenen Salatblätter ins Sieb zurückfallen und trocknete ihre Finger an einem Handtuch. Wegen des zusätzlich aktivierten Vibrationsalarms war ihr Telefon auf dem Regalbrett neben den Gewürzgläsern gefährlich nah an die Kante gewandert. Ehrlicherweise hätte sie Selims Frage schlicht mit Nein beantworten und auf den Einsatz der Mailbox warten müssen. Aber dazu war es jetzt zu spät, seltsam angespannt nahm sie das Gespräch entgegen.

»Hallo, Ronja.«

»Na endlich. Ich dachte schon, du ignorierst mich. Wie geht es dir? Gibt es Neuigkeiten von …« Ronja kicherte. »Von *du weißt schon wem*. Tut mir leid, ich wollte mich eigentlich gleich am Freitag noch mal melden! Und dann bin ich gestern Morgen natürlich prompt wirklich deinen Eltern begegnet. Allen beiden! Du kannst dir vorstellen, ich hab auf dem Absatz kehrtgemacht, da sind die Funken geflogen, sag ich dir, so schnell war ich weg. Und … sag mal, bist du noch da? Du sagst ja gar nichts.«

Davon abgesehen, dass Ronja ihr bislang keine Gelegenheit für eine Reaktion gegeben hatte, wollte diese auch gut überlegt sein. »Ist gerade schlecht, ich koche.«

»Im Bistro?«

»Ja.«

»Wow. Du ziehst das also tatsächlich allein durch.«

Miriam überlegte eine weitere Sekunde, dann hielt sie ihre Hand abschirmend vor den Mund. »Ich koche, Ronja. Mit Gemüse. Und es macht mir Spaß!«

»Wieso flüsterst du? Ist Felix bei dir? Habt ihr euch versöhnt?«

Auf die hoffnungsvolle Nachfrage hätte sie gern verzichtet. Es würde noch eine Weile dauern, bis Ronja die Tatsachen akzeptierte. »Jetzt vergiss doch mal Felix und hör mir richtig zu! Ich sagte: Ich koche mit Ge-mü-se und es macht mir Spaß.«

»Ich weiß nicht, wer Sie sind. Aber Sie sagen mir jetzt sofort, was Sie mit meiner Freundin gemacht haben oder ich alarmiere die Polizei!«

Miriam grinste. Na endlich, die zentrale Botschaft war angekommen. »Die Polizei wird wenig nützen. Möglicherweise wurde ich vergangene Nacht von Aliens entführt und einer Gehirnwäsche unterzogen. Ganz sicher kann ich dir nur sagen, dass hier seltsame Dinge vorgehen.«

»Gute Dinge?«

Ihr Blick streifte Selim, der auch beim Anrichten im Takt der Musik tänzelte. Eine Wolke aus gehackten Kräutern rieselte auf die Teller mit dem von ihr produzierten Essen. »Ja. Ziemlich gute Dinge.«

Am anderen Ende blieb es verdächtig still und auch Miriam schwieg.

»Oh Gott, du bist verliebt!«, plärrte Ronja mit einem Mal los. »Wer ist er?«

Bei ihrem Schrei flutschte das Handy fast aus Miriams feuchten Fingern. »Bist du irre?«, zischte sie. »Du liegst völlig falsch.«

Typisch Ronja. Kaum wusste sie über ihre Trennung von Felix Bescheid, biss sie sich an diesem Thema fest. Und wenn es schon keine Versöhnung gab, dann mussten es neue amouröse Verwicklungen sein. Sie sah Emojis mit Herzchenaugen vor sich, die künftig dutzendweise ihre Textnachrichten schmücken würden. Für so einen Quatsch hatte Miriam wahrhaftig keine Zeit. Draußen saßen sagenhafte sieben Gäste gleichzeitig, die versorgt werden wollten. »Ich muss Schluss machen. Lass uns morgen reden.«

»Morgen passt mir nicht. Aber ich …«

Den Rest ihres Satzes schnitt Miriam kurzerhand ab. Jedes weitere Wort würde Ronja nur zu neuen Spekulationen verleiten. Soweit sie sich erinnerte, hatte sie Selim ihr gegenüber am Donnerstag nicht erwähnt. Damals kannte sie noch nicht mal seinen Namen. Damals. Du liebe Güte, wie sich das anhörte. Er war nur irgendein Busfahrer gewesen, der versucht hatte, witzig zu sein, und ihr damit auf die Nerven gegangen war.

Als sie nach den Tellern griff, deutete Selim einen Trommelwirbel an und sie lächelte.

Im Überschwang des Euphorieschubs, der Miriam durch den Tag begleitete, hatte sie Ioannis Zugang zur Zettelschublade gewährt. Zunächst saß er an der kurzen Seite der Theke neben Hasim und sortierte die Belege dort sehr diskret vor. Er nahm Schreibblock und Kugelschreiber zu Hilfe, tippte eifrig auf seinem Tablet herum und trank literweise Wasser. Miriam beobachtete ihn kritisch, konnte aber kaum eine seiner Fragen beantworten. Nicht mal die nach dem Mietvertrag oder den Versicherungsunterlagen. Welch ein Hohn, dass ausgerechnet sie darüber nicht das Geringste wusste. Das Einzige, was sie für ihn tun konnte war, ihn mit einem Locher und einem Ordner zu versorgen. Grau, mit breitem Rücken und jungfräulich leer, klemmte dieser zwischen Geschirrtüchern und Teelichtern im Unterschrank hinter dem Tresen. Später zog Ioannis an einen Tisch um und Miriam übernahm seinen Platz neben Hasim, der sich seit Stunden an ein Glas Cola klammerte und seine Jacke anbehielt, wie auch gestern schon.

Die letzte Welle ihrer Begeisterung verebbte. Längst hatten die sieben Gäste das Bistro verlassen. Höchst zufrieden und satt, was sie natürlich freute, doch danach war niemand mehr gekommen. Kein einziger Mensch. Was nützte da das leckerste Essen? Das Quietschen des Lochers zerrte an ihren Nerven.

Völlig desillusioniert überließ sie es Selim, in der Küche klar Schiff zu machen. Wenn der seinen Wunsch wiederholte, weiter im Bistro kochen zu wollen, war er ein Eins-a Kandidat für die Psychiatrie.

»So!« Ioannis stieß den Ordner dreimal mit der Kante auf den Tisch. »Das war's.«

Miriam schreckte aus dem Halbschlaf und wagte nicht, sofort nach der konkreten Bedeutung seines Ausrufs zu fragen. Von der anderen Seite des chromglänzenden Zapfhahns grinste Selim herüber. Seit wann stand der da schon? Offenbar fehlten ihr mehrere Minuten. Verstohlen wischte sie über ihren Mundwinkel.

»Kommst du mit?« Selim balancierte ein Tablett mit drei Gläsern und einer Flasche. Leicht benommen folgte sie ihm. Sämtliche Zettel waren von der Tischplatte verschwunden.

Ioannis bot ihr mit großer Geste einen Sitzplatz an. Vor ihm lag der Ordner, den er ihr zuschob. Doch er hinderte sie daran, diesen zu öffnen.

»Am Anfang«, sagte er fast feierlich, »am Anfang schuf Gott den Ordner. Und egal wer ein neues Projekt angeht und diese Tatsache ignoriert, den bestraft er. Dabei spielt es keine Rolle, ob du deinen Ordner in physischer Form vor dir hast.« Er klopfte vielsagend auf den Deckel. »Oder ob du ihn virtuell führst. Und es ist auch völlig unerheblich, an welchen Gott du glaubst. Hauptsache, du fütterst deinen Ordner regelmäßig mit allem, was er braucht.«

Miriam war zu verwirrt, um seine Ausführungen zu hinterfragen.

Mit unvermindertem Pathos griff er nun zur Flasche, schenkte ein und verteilte die Gläser. »*Jamas.*«

»*Jamas*«, wiederholte Selim. »Worauf trinken wir?«

Ioannis wartete, bis auch Miriam ihr Glas hob.

Es war komplett beschlagen und eiskalt. Das Anisaroma benebelte ihre Sinne. Im milchig trüben Ouzo schwammen glitzernde Eiskristalle. »*Jamas.*«

»Auf den erfolgreich erstellten Projektordner.«

Ein seltsamer Anlass, aber Miriam war nicht in der Stimmung zu diskutieren. In der Stimmung zu trinken war sie jedoch durchaus. Der Alkohol brannte leicht auf der Zunge und loderte durch die Speiseröhre abwärts. Wie ein Todesurteil hallte Ioannis' *Das war's* in ihr wider. Mit dem zweiten Schluck leerte sie das Glas, ohne mit der Wimper zu zucken oder sich zu schütteln.

»Respekt.« Selim verneigte sich.

»Hab mich jahrelang mit Studenten herumgetrieben«, verkündete Miriam großspurig und ließ unerwähnt, dass sie meist nüchtern geblieben war und die anderen gefahren hatte. »Also, Großmeister des Aktenordners. Sprich!«

Umständlich fummelte Ioannis an seinem Stirnband herum und schien erleichtert über die Unterbrechung, als Hasim sich aus seiner Ecke bewegte.

»Tschüss, Chef.« Hasim winkte und huschte geräuschlos wie ein Schatten davon. Nicht mal das Windspiel bimmelte.

»Wen hat er gemeint?«, wollte Selim wissen.

»Uns alle vermutlich.« Miriam sah ihm nach. »Ich glaube, er nennt jeden Chef.«

»Dabei ist der *echte* Chef gar nicht anwesend.«

Die Art, wie Selim die Bemerkung betonte, missfiel ihr. Er sah sie nicht an und doch fühlte sie sich unter Druck gesetzt. Als müsste sie Felix' Abwesenheit endlich erklären, sich dafür rechtfertigen. Miriam streckte den Rücken durch. Aber das musste sie nicht.

Sie wandte sich Ioannis zu und bemühte sich um einen sachlichen Ton. »Konntest du mit den Belegen etwas anfangen?«

»Schon. Für eine vollständige Bestandsaufnahme oder Bilanz reicht das zwar nicht, trotzdem lassen sich Schlüsse ziehen. Bezüglich der Finanzen gibt es einige Aspekte, auf die …«

»Komm zu Potte, Maláka«, unterbrach Selim ihn. »Hast du herausgefunden, wie er sich zwei Angestellte, einen Ruhetag und die kurzen Öffnungszeiten leisten kann?«

»Kann er nicht«, antwortete Ioannis lapidar. »Es sei denn, er hortet an geheimem Ort einen sagenumwobenen Goldschatz, den wir nur noch aufspüren müssen. Der Laden ist eine Geldvernichtungsmaschine. Aber ich habe auch eine gute Nachricht: Du kannst schon bald dichtmachen, Miriam.«

Der Satz musste sacken und entlockte ihr ein ungläubiges Auflachen. »Was um Himmels willen soll daran gut sein?«

Ioannis schnitt eine hilflose Grimasse. »Ich dachte, du kannst eine gute Nachricht gebrauchen.« Er schenkte Ouzo nach. »Und dich nicht mehr mit dem Grünzeug rumschlagen zu müssen, wäre doch in deinem Sinn. Du bist Fleischfan und Gemüsehasserin – oder hat sich das plötzlich geändert?«

»Nein«, sagte sie und ließ den Kopf hängen. Obwohl sie mehrfach in Versuchung geraten war.

»Kommt schon! Besser ein Ende mit Schrecken … jedes Ende ist auch ein Neuanfang … und dem wohnt ein Zauber inne? Versucht mal, es so zu sehen.« Ioannis legte die Hand auf Selims Arm. »Tut mir so leid, Mann. Wirklich.« Wieder hob er sein Glas. »*Jamas*!«

Diesmal tranken sie alle auf ex. Kaum hatten sie die Gläser abgesetzt, füllte Selim nach und ließ den Deckel gleich neben der Flasche liegen. »*Jamas*«, knurrte er zwischen zusammengebissenen Zähnen.

»*Jamas*!« Miriam verteilte den Rest. Der Alkohol brannte nicht mehr in ihrer Kehle. Dafür brannte es jetzt in ihrem Bauch und in ihrem Kopf. »Ich will aber nicht!« Sie knallte das Glas auf den Tisch und schlug dann mit der Faust auf den Ordner. »Du erklärst mir jetzt haarklein, worauf du deine Prognose stützt, Maláka.« Sie bohrte einen Zeigefinger in Ioannis' und einen in Selims Brust, der unterdrückt prustete. »Und du besorgst uns noch was zu trinken.«

»Ja, Chef.« Gehorsam erhob sich Selim und verbiss sich das Lachen, während Ioannis den Ordner aufschlug.

»Kurz gesagt haben wir hier fast ausschließlich Kostenbelege. Ausgaben, die für das Bistro angefallen oder noch offen sind. Selbst wenn wir voraussetzen, dass die Einnahmen nur zu einem Bruchteil dokumentiert sind, klafft eine gigantische Lücke.«

»Von welchem Bruchteil gehst du aus?«

»Völlig egal, von welchem.« Mitleidig zuckte er die Achseln. »Mein Hauptzeuge sind die Kontoauszüge, von denen ich zwar nur wenige habe, aber wenn du dir die Endsumme ansiehst, dann siehst du auch, dass sich im Positiven kaum etwas bewegt hat.«

Vor der schwindelerregenden Zahl, die einen regelmäßigen Zuwachs verzeichnete, saß leider ein kleines, gemeines Minuszeichen. Miete, Wasser, Strom, Gebühren für Telefon und Rundfunk, Raten für Elektrogeräte, Raten an ein Möbelhaus, Raten für einen Wagen ... Ioannis lag vollkommen richtig. Dieses nette kleine Lokal fraß mit der

Gier eines Borkenkäfers in einem heißen Sommer. Nur die Chemiekeule oder ein Waldbrand vermochte ihn aufzuhalten, aber auch der Preis wäre hoch. Hektisch suchte sie die Zahlenkolonnen ab, dann schlug sie die Hände vors Gesicht. Hatte sie gerade? Sie hatte doch nicht? »Entschuldige, ich brauche frische Luft.«

Sie stieß den Stuhl hinter sich um und rannte nach draußen. Unter der Laterne hielt sie an, schlang die Arme um den Pfahl und legte die Stirn ans kühle Metall. Atmen, ganz ruhig atmen. Felix und sein verfluchtes Bistro hatten geschafft, was sie für absolut unmöglich gehalten hatte. Sie, Miriam Dillinger, Versicherungskauffrau im Dienste eines großen Unternehmens und vertraut mit Betrugsfällen aller Art, hatte soeben in Erwägung gezogen, Dillis Problem mithilfe eines defekten Gasherds zu lösen. Durch einen heißen Abriss. Sie durfte auf keinen Fall einen zweiten Blick auf die Kontoauszüge riskieren. Wenn sie dort Hinweise auf den Versicherungsstatus fand, war es ein Klacks, nähere Informationen zu beschaffen. Ein verdammter Klacks und eine Verlockung, die sie nicht noch einmal spüren wollte. Davon abgesehen wäre es geradezu lächerlich einfach für die Sachverständigen, auf sie als Drahtzieherin hinter dem Brand im Lokal zu kommen, selbst wenn man ihr nichts würde nachweisen können. Aufstöhnend ging sie in die Hocke, den Laternenmast weiter fest umklammert. Wie konnte es sein, dass sie noch immer dabei war, das Szenario bis zum Ende durchzuspielen? Sie verfügte über doppeltes Insiderwissen, Gelegenheit und Motiv. Hilfe aus der Schuldenfalle für den Ex. Sie verlor den Halt und landete mit dem Hintern auf dem Gehweg. In Leuchtbuchstaben schwebten die Schlagzeilen an ihr vorbei und die Erkenntnis hinterher: Ihr Ex war vor dem Gesetz überhaupt nicht ihr Ex. Und seine Schulden waren die ihren – jeder einzelne Cent.

Wie betäubt kam sie auf die Füße. Felix hatte sie in eine Achterbahn ohne Sicherheitsgurt gelockt und war selbst vor der ersten Kurve abgesprungen, während ihr Wagen auf den Looping zuraste.

Durch die Scheibe sah sie Ioannis, der in Richtung Küche gestikulierte und lachte. Was hatte der vorhin gesagt, vom Zauber des schrecklichen Neuanfangs? Sie hatte heute gekocht und Spaß gehabt. Hasim hatte gelächelt und sie direkt angesehen, als er sie mit »Gute Morge Chef«, begrüßt hatte. Und was den Busfahrer mit den gesprenkelten Augen anbelangte … Sie schmeckte einen Hauch von Anis, rülpste unterdrückt hinter vorgehaltener Hand und musste grinsen. Was den Busfahrer anbelangte, hatte sie vergessen, was ihr eben noch auf der Zunge gelegen hatte. Sie leckte sich über die Lippen und legte unter ihrer eigenen sehr skeptischen Beobachtung die wenigen Meter bis zum Bistro zurück. Na bitte, Geradeauslaufen funktionierte einwandfrei.

»Wir brauchen mehr Ouzo!«, verkündete sie und quittierte Ioannis hochgezogene Augenbraue mit einem schnippischen: »Was dagegen?«

»Nein, woher denn.« Er trollte sich zum Kühlschrank und Miriam fand es keine Sekunde mehr seltsam, mit welcher Selbstverständlichkeit er sich hinter der Theke bewegte. Kurz darauf stellte Selim eine Pfanne in die Tischmitte. Es blubberte und zischte. Wenn das nicht mal der Übeltäter war, der vorhin ihre Brandstiftungsfantasien ausgelöst hatte!

Aus der Hosentasche zauberte Selim drei Gabeln hervor und verteilte Fladenbrot, das Ioannis mit den Getränken herangeschleppt hatte. »Wer trinkt, muss auch essen.«

Sehr vorsichtig folgte Miriam dem Beispiel der Männer, die sich mit den Gabeln über die Pfanne hermachten. Sie wurde den Anis nicht los, der ihre Geschmacksknospen irritierte. Der Geruchstest fiel uneindeutig aus. Auf ihrer Gabel identifizierte sie Zwiebeln, Paprika und – Fleisch?

Ihre Augen weiteten sich und wagten kaum zu glauben, was ihre Zunge unmittelbar darauf bestätigte.

»Oh mein Gott!«, sie kaute und seufzte wohlig. »Das ist Hühnchen! Das ist köstlich.« Sie kniete sich auf den Stuhl und beugte sich so nah wie möglich zur Pfanne. Den einen Ellbogen aufgestützt, in der anderen Faust die Gabel, war sie bereit, jedes gute Benehmen zu vergessen. Erst als kein Fitzelchen Fleisch mehr übrig war, ließ sie stöhnend die Gabel fallen. »Wessen Idee war das, wem muss ich zum Dank die Füße küssen?«

»So weit musst du nicht gehen. Warte, du hast da was.« Selim deutete auf ihre Mundwinkel, wischte kurzerhand mit einem Stück Brot darüber und ließ es dann auffordernd vor ihr kreisen. »Essbare Serviette.«

Erwartete er, dass sie ihm wortwörtlich aus der Hand fraß? Wenn er klug war, sparte er sich den naheliegenden Kommentar. Im Interesse seiner körperlichen Unversehrtheit. Mit den Zähnen nahm sie den Happen aus seinen Fingern und achtete darauf, ihn nicht zu berühren. Das war seltsam. Aber irgendwie auch prickelnd. Genau wie der Gedanke es doch tut.

»Das hatte was von Raubtierfütterung.« Ioannis putzte die Pfanne mit dem Zeigefinger. »Ich hatte ein bisschen

Angst, dass du mich aufspießt, wenn ich deiner Gabel zu nahe komme. Im Übrigen verzichte ich auch auf dein Angebot, obwohl ich die verbotene Ware besorgt habe. Ich bin furchtbar kitzlig an den Füßen.« Er streckte sein langes Bein bis über die Tischkante und wackelte mit den Zehen, an denen seine abgetretenen Latschen baumelten. »Ganz sauber sind die glaube ich auch nicht.«

»Na, dann passen sie ja zu dir.« Selim tippte sich an die Stirn. »Wenn, dann hätte ich die Verehrung verdient.«

»Meinetwegen.« Ioannis winkte ab. »Deine Idee, also alle Lorbeeren für dich und das Patent für die essbare Serviette obendrauf. Die Chefin wollte mehr Ouzo. Bist du dabei?«

»Klar. Heute trinken wir, mein Freund.«

Der Trinkspruch gefiel Miriam bei Weitem besser, als jener für den Aktenordner, der ihre Pleite dokumentierte.

»Wartet!« Sie schaute von einem zum anderen, dann deutete sie zum Ordner. »Ich will mich nicht von diesem Ding in die Knie zwingen lassen. Und ich will mir von keiner Behörde und keinem Gott in die Suppe spucken lassen. Die ganze Scheiße hier habe ich nicht angezettelt, aber ich nehme sie persönlich. Darum will ich meinen eigenen Projektordner. Und auf meinem Ordner steht nicht, ich stecke den Kopf in den Sand, und auch nicht, ich stecke die Bude in Brand! Da steht … da steht …« Ihre flammende Rede geriet ins Stocken.

»Ich bin dabei«, sagte Selim und zuckte die Schultern. »Ob das Projekt einen Namen hat, ist mir egal.«

Ioannis kicherte. »Der Türke ist zwar ein guter Koch, aber ohne mich nur die Hälfte wert und eigentlich gar nicht lebensfähig, weil überhaupt kein Ordnertyp. Wenn dein Projekt was taugen soll, braucht ihr mich. Den Spitzenlocher.« Sein Kichern wurde immer lauter und Miriam hegte den Verdacht, dass er allein weitergetrunken haben musste, während sie draußen die Laterne umarmt und Selim in der Küche gebrutzelt hatte.

»Was der Grieche meint, ist: ja«, erklärte Selim.

»Genau.«

Miriam schniefte und lachte zugleich. »Ihr seid so ziemlich die beklopptesten Kerle, die ich kenne. Wisst ihr das? Ich danke euch von ganzem Herzen! Was wir allerdings noch brauchen, ist ein Plan. Aber wie auch immer der aussehen wird: Heute trinken wir, meine Freunde!«

Dieses Vorhaben versprach eine hundertprozentige Erfolgsgarantie. Es war leicht umzusetzen und ganz bestimmt nicht clever, aber genau wie ihr neues Projekt unschlagbar spontan.

»Und was jetzt? Wecken wir sie auf?« Ioannis pustete Miriam ins Ohr, die seit einer halben Stunde mit dem Kopf auf den Armen schlummerte. »Ich meine, wir können sie nicht einfach hierlassen, wenn wir gehen.«

Selim pflückte ihr die Serviettenblumen aus den Haaren, mit denen Ioannis sie dekoriert hatte.

»Lass sie schlafen«, brummte er und schaukelte zum Eingang. Der verfluchte Ouzo verlangsamte seine Bewegungen und das Denkvermögen. Das gesamte Bistro-Dreamteam verfügte eindeutig über zu wenig Trinkfestigkeit, was morgen jeder für sich alleine würde büßen müssen.

Grübelnd starrte er auf Miriams Schlüsselbund, nachdem er von innen abgeschlossen hatte, dann rannte er damit in die Küche und weiter in den Hof. Die frische Luft traf ihn wie ein Hammerschlag. Und sie schenkte ihm einen Augenblick der Klarheit.

Drei Minuten später war er zurück. »Ich weiß jetzt, was wir machen. Komm, steh auf und hilf mir, Miriam zu tragen.«

»Wir können sie nicht mitnehmen. Du kannst nicht mehr fahren und ich auch nicht.«

»Keiner fährt. Wir schaffen sie über den Hof raus.« So vorsichtig wie möglich hob er ihre Arme an, unter die er seine schob und zog ihren Oberkörper an seine Brust. Ihr Kopf kippte nach hinten und schlug ihm gegen das Kinn. Einer seiner Schneidezähne bohrte sich in seine Unterlippe. »Nimm ihre Beine und die Umhängetasche.«

»Oh, ich weiß nicht, Bruder. Das fühlt sich falsch an.« Ioannis lamentierte weiter, aber er gehorchte und schlang beide Arme um ihre Knie. »Draußen irgendwo ablegen und verschwinden geht schlecht – und vergraben schon gar nicht. Ich meine, sie ist nicht tot, das ist dir klar, oder? Was, wenn uns jemand sieht und die Polizei ruft?«

»Halt die Klappe.« Selim versuchte Miriams Haare aus dem Mund zu kriegen, die immer irgendwie im Weg waren, egal wie er den Kopf drehte. Rückwärts dirigierte er Ioannis an der Theke vorbei, durch die Schwingtür und die dunkle Küche bis auf den Hof.

Seine Muskeln spannten sich. Miriam war viel schwerer, als er erwartet hatte, was sicherlich an ihrer völligen Entspannung lag, um die er sie ein wenig beneidete.

»Ich kapier es immer noch nicht«, schimpfte Ioannis und blieb unvermittelt stehen, wodurch sie Miriam zwischen sich langzogen und ihm ihre Beine wegrutschten. Kurz vor dem Aufprall fing er sie mit einem Kniefall ab und prustete zur Abwechslung wieder statt zu jammern. »Hab sie!«

»Pass doch auf!« Selim spürte ein Zittern im linken Oberarm.

»Die Frau hat einfach zu viele Beine und zu lang sind die auch.«

»Was hast du vor?« Selim bemühte sich, den Arm zu entlasten, ohne jedoch seinen Griff zu lockern. Im Halbdunkel fiel es ihm schwer, zu erkennen, was genau sein Freund machte. Miriams Gewicht schien sich jedenfalls komplett auf ihn zu verlagern, drückte auf seinen Bauch. Er biss die Zähne zusammen, geriet aus dem Gleichgewicht und fürchtete umzukippen, dann stabilisierte sich die Lage. Nur seine Arme zitterten jetzt beidseitig. Und die Knie auch.

Ioannis war ihm deutlich näher gerückt und grinste. »So ist es viel besser.« Er hatte je ein Bein links und rechts untergehakt, sodass Miriam auf seiner Hüfte saß. Mehr oder weniger. Genaugenommen hing sie mit gespreizten Beinen vor seinem Schritt und er hatte seine Hände unter ihrem Hintern.

Selim stöhnte unterdrückt. »Bete, dass sie nicht ausgerechnet jetzt aufwacht.«

Aber Miriam schlief. Sie schlief, als sie an der Hausecke vorbeikamen, bis zum seitlichen Eingang, schlief, während sie über die steile Treppe hinaufbugsiert wurde, die knarrte wie die Holzplanken eines Piratenschiffs im Sturm, schlief, als sie die Wohnungstür durchschritten, unter der nackt von der Decke baumelnden Glühbirne hindurch, und erwachte auch nicht, als zwei keuchende Männer mit ihr auf das Bett im Schlafzimmer fielen.

Selim presste sein Gesicht auf die Matratze. Himmel, sein Herz raste schlimmer als nach dem härtesten Training im Fitnessstudio. Unter seine gedämpft rasselnde Atmung mischte sich Schnarchen und hemmungsloses Lachen. Er verpasste Ioannis einen Tritt, der daraufhin zwar aus dem Bett rollte, aber kein bisschen leiser wurde.

An Miriam ging auch das unbemerkt vorbei und Selim sah ein, dass es unnötig war, ihretwegen still zu sein. Er rutschte auf den Boden und wartete.

Eine Zimmerwand war in Pink gestrichen und eine andere in dunklem Rot. In einer Ecke stand ein trockener Zimmerspringbrunnen und auf einem Rattanregal lagen CDs durcheinander. Über dem Metallbett schwebte ein weißes Netz von der Decke und spannte sich über alle vier Bettpfosten.

»Wessen Wohnung ist das überhaupt?« Ioannis richtete sich auf und sah sich um.

»Weiß nicht, aber Miriam hat einen Schlüssel.« Der dritte an ihrem Bund, der in Kombination mit den beiden für den Vorder- und Hintereingang nahegelegt hatte, dass er ebenfalls zu einer Tür auf dem Gelände gehörte. Und da er im Bistro nirgendwo passte, musste es eine Außentür am Gebäude sein, die sich damit öffnen ließ. Der Geistesblitz hatte einen Moment gebraucht. Zuerst hatte Selim nur an eine Abstellkammer gedacht, in der sie eine ausrangierte Bank oder einen Liegestuhl hätten finden können, um Miriam darauf abzulegen. »Für mich sieht das alles eher unbewohnt aus.«

Das Schlafzimmer wirkte annähernd fertig, zumindest war es komplett gestrichen und möbliert. Im Flur war dagegen die Tapete abgekratzt und im Raum nebenan stapelten sich Kartons vor einer Schrankwand, die Jahrzehnte auf dem Buckel hatte.

»Alter, im Ernst. Das ist gruselig.« Ioannis zog die Knie an die Brust. »Ich konnte nicht viel sehen beim Reinkommen, aber mich erinnert die Bude an das Gefängnis eines Psychopathen, der entführte Mädchen gefangen hält.«

»Mit Fenster und Aussicht auf die Straße?« Selim verstand genau, was Ioannis meinte, aber er konnte nicht anders, als ihn ein wenig aufzuziehen. »Sonst stehst du doch auf Rot in allen Schattierungen. Das Bett ist weich, mit einem Berg Kissen und einem Himmel – nennt man das so? – obendrüber. Da müsste dein Romantikertrieb doch mit dir durchgehen.«

»Was ist falsch an Romantik?« Ioannis schnaubte. »Davon abgesehen geht mit mir hier ganz sicher kein Trieb durch. Nur du hast vermutlich einen Ständer, mein Freund. Und ich frage mich gerade, wo auf Miriams Körper deine Patschehändchen unterwegs geparkt waren.«

Unwillkürlich presste Selim die Knie gegeneinander.

»Wie, echt jetzt?« Ioannis platzte fast. »Oh-oh, nun hat Houston aber ein richtiges Problem.« Er stand auf und zog Selim mit sich hoch. »*Never fuck your own business.* Das solltest du im Kopf behalten, auch wenn deine Hose was anderes will.«

Miriam lag mit halb geöffnetem Mund und etwas verdreht auf der Seite, daneben ihre Umhängetasche, aus der Kleinteile quollen. Ein Lippenpflegestift, eine Haarbürste, Haarklammern, ein Portemonnaie, Tampons, Taschentücher und eine unförmige Alufolienkugel. Bis auf die Kugel stopfte Ioannis alles zurück. »Was meinst du, was das ist?«

»Ist doch egal. Tu's wieder rein.«

»Nö.« Alufolie knisterte. »Rate!«

Selim steifte Miriam die Schuhe ab. Mehr würde er ihr nicht ausziehen, auch wenn das Risiko gering sein mochte, sie dabei zu wecken. Davon konnte sie sich kompromittiert fühlen und das war nicht seine Absicht. Außerdem klemmte die Decke unter ihr fest, und wenn er sie nicht zudecken konnte, war ausziehen erst recht eine blöde Idee. Eine Haarsträhne flatterte bei jedem Atemzug vor ihrer Nase. Niedlich irgendwie. Vielleicht sollte er die Strähne beiseiteschieben? Brünett und seidig. Vorsichtig streckte er die Hand aus und hatte unvermittelt das Alupäckchen vor Augen. So dicht, dass er nichts sehen konnte, nur riechen.

»Die Frau steckt voller Überraschungen.« Ioannis feixte. »Steinharter Fleischklops mit einer deftigen Knoblauchnote, wer hätte das erwartet?«

»Ich nicht.«

»Mir kommt da gerade eine witzige Idee.«

»Was auch immer es ist: vergiss es.« Selim wickelte die Frikadelle wieder ein und packte sie in die Tasche. Sein Blick verfing sich erneut in der flatternden Haarsträhne. Ja, die war ganz sicher seidig zart. Er entfernte ein letztes Serviettenfitzelchen von Miriams Scheitel.

Als er sich umdrehte, war er allein.

»Ioannis? Ioannis!« Halblaut fluchend setzte er ihm nach, erkannte undeutlich seinen Schatten im Zwielicht des angrenzenden Raumes. Nur von der Straßenlaterne fiel etwas Helligkeit herein.

»Was tust du da?«

»Ich habe schon wieder was gefunden. Auf dem Karton

steht *Miri*, alle anderen gehören diesem Felix.« Ioannis hob die Schultern. »Der ist nicht zugeklebt.«

Sie mussten schnellstens hier raus, ehe sein durchgeknallter griechischer Freund noch mehr Unsinn anstellte. Doch statt einzugreifen, sah Selim zu, wie der die untergeschlagenen Laschen löste und den Karton aufklappte.

Ein Dudelsack intonierte die schottische Nationalhymne. Miriam hieb mit der Hand neben sich und traf ins Leere.

»Dilli«, raunzte sie und langte jetzt auf die andere Seite. »Mach endlich aus.« Die Musik wurde lauter. Dilli? Miriam öffnete widerstrebend ein Auge. Vor ihr lag der Wecker, den Felix vom Schüleraustausch in der neunten Klasse mitgebracht hatte. Ein *Piper* im traditionellen Kilt zierte das Ziffernblatt. Im Jahr davor war Felix in nur einem Sommer zwanzig Zentimeter gewachsen, und in jenem noch einmal zehn, er setzte Muskeln an und erledigte den Stimmbruch praktisch über Nacht. Die Verhältnisse kehrten sich um und es war nicht mehr sie, die ihn um einen halben Kopf überragte. Plötzlich hatte sie einen Mädchenschwarm an ihrer Seite und alles veränderte sich. Nur eines war so sicher wie der Sonnenaufgang: Sie waren unzertrennlich. Absolut unzertrennlich. Der Dudelsackalarm dudelte auf höchster Stufe. Mit halb geschlossenen Augen drückte Miriam den Knopf auf der Rückseite des Weckers und lauschte in die Stille. Die Sackpfeifenzeiger standen auf sechs Uhr. Sechs Uhr? Montag. Ihr Blutdruck stieg. Wenn das Dillis Wecker war, dann war sie nicht zu Hause. Und wenn sie nicht zu Hause war, dann bedeutete das: Stress!

Blinzelnd taxierte sie ihre Umgebung. Kein Zweifel: Sie war in einem Valentinstags-Werbeprospekt gelandet. In einer kitschigen Kammer des Schreckens für Nicht-Verliebte. Was fehlte, waren frische Rosen. Und Frische überhaupt, es roch muffig. Oder war sie das? Sie setzte sich auf. Keine Kopfschmerzen, trotz des Ouzos. Mit einem Schlag erinnerte sie sich, ausgenommen daran, wie sie in diesem Bett gelandet war. Komplett angezogen, immerhin. Dillis Wecker … der Schlüssel … War sie etwa in der Wohnung über dem Bistro? Weit konnte sie am Abend nicht mehr gekommen sein und auch die Aussicht aus dem Fenster sprach dafür. Sofern sich das von der Matratze aus beurteilen ließ. War sie allein? Draußen fuhr ein Auto vorbei, aber drinnen regte sich nichts, keine Schritte, keine Stimmen.

Miriam schwang die Beine über die Bettkante, tastete mit den Zehenspitzen nach ihren Schuhen und raffte zeitgleich ihre Tasche an sich. Aus einer Falte der Bettdecke kullerte ihr ein silbernes Etwas entgegen, das sie instinktiv auffing und sofort wieder fallen ließ.

»Igitt!« Angewidert starrte sie die halb ausgepackte Frikadelle von Frau Schneider an. Ein Stück fehlte. Sie hatte doch wohl nicht? Erschrocken schnüffelte sie an ihren Fingern, hauchte in die hohle Hand. Hatte sie doch?

Wie auch immer, sie musste zur Arbeit und dort konnte sie keinesfalls in den zerknautschten Klamotten auftauchen, in denen sie gestern den ganzen Tag in der Küche gestanden und dann darin geschlafen hatte. Sie musste nach Hause und sich wenigstens umziehen, wenn es schon zum Duschen nicht reichte. Und die Zähne putzen, um den gruseligen Geschmack aus ihrem Mund zu vertreiben, dessen

Ursprung sie sich lieber nicht vorstellen wollte. Supergirl musste fliegen.

Ohne jemandem zu begegnen, eilte sie aus der fremden Wohnung. Das Corpus Delicti blieb einsam im Bett zurück. Dort konnte es vor sich hin müffeln, so lange es wollte. Über die Umstände ihres Erwachens würde sie später nachdenken.

Auf ihrem Schreibtisch lag ihr Brief vom Freitag, in dreifacher Ausfertigung. Frau Schober schaute missbilligend zur Uhr. »Sollten Sie das Schreiben nicht schon letzte Woche rausschicken, Frau Dillinger?«

»Nein, alles okay, war nicht so eilig.« Miriam schob die Blätter zusammen. Natürlich hatte der Abbruch des Druckauftrags mal wieder nicht gegriffen.

»Alles *okay*?« Frau Möllers aufgemalte Augenbrauen hüpften aufgeregt. »Ist Ihnen eigentlich klar, wie viel Papier sie verschwendet haben? Wie gedankenlos, wo doch überall die Kosten explodieren! Haben Sie das Memo dazu nicht gelesen?«

Doch, hatte sie. Alle Abteilungen waren angehalten zu sparen. Und sie ersparte sich als Erstes eine Entgegnung. Tonfall und Gesichtsausdruck von Frau Möller kannte sie nur allzu gut. Als Zweites sparte sie sich den Hinweis, dass sie hinter dem ausgeschalteten Drucker eine Sabotageabsicht vermutete.

»Selbstorganisation«, flötete die Schober süffisant aus dem Hintergrund. »Ich wiederhole mich ungern, aber es erscheint mir angebracht.«

Miriam schloss ihren persönlichen Schubladencontainer auf, startete den Computer und ging in die Abteilungsküche am Ende des Flurs. Als der Wasserkocher summte, summte sie mit und versenkte einen der Teebeutel, die sie am Freitag in ihre Hosentasche gesteckt hatte, in der Tasse. Zum Glück hatte sie die Hose zum Lüften auf einen Bügel gehängt, was ihr vorhin beim fliegenden Wäschewechsel die Auswahl erleichtert hatte. Griffbereit war gerade richtig und dazu die erstbeste Bluse aus dem Schrank. Einmal mit der Kleiderbürste über den Mehlstaub an der seitlichen Naht, der verdächtig nach abgewischten Fingern aussah, und ab durch die Mitte. Miriam goss kochendes Wasser auf und löffelte Zucker dazu. Frau Schober zum Trotz war sie ziemlich stolz auf ihre heutige Organisiertheit, durch die sie mit einer Verspätung von einer knappen Viertelstunde davongekommen war. Selbst der kleine Schockmoment, als sie beim Umziehen Frikadellenbrösel im Ausschnitt und zwischen ihren Brüsten entdeckt hatte, hatte sie nicht aufhalten können. Ja, Alkohol war Teufelszeug und trieb Menschen zu absonderlichen und mit klarem Verstand unerklärlichen Dingen. Das war somit bewiesen. Doch dank seiner desinfizierenden Wirkung bereitete der gruselige Brocken, den sie gegessen haben musste, wenigstens ihrem Magen keine Probleme. Der Tee brachte sie hoffentlich zurück ins Gleichgewicht.

Bei ihrer Rückkehr ins Büro fehlte Frau Schober und Frau Möller ignorierte sie beleidigt. Wenn das der Erfolg ihres Schweigens war, hätte sie das schon viel früher ausprobieren sollen, statt sich für jede Kleinigkeit zu rechtfertigen.

Miriam stellte die Tasse ab, holte den ersten Versicherungsfall auf ihren Bildschirm und setzte sich. Dass sie dabei den rechten Schuh abstreifte und ein Bein unterschlug, merkte sie erst einige Minuten später, als hinter ihr jemand ihren Namen sagte.

»Frau Dillinger!«

»Ja?«

»Kommen Sie bitte mal mit.« Ihr Vorgesetzter musterte sie verkniffen und Frau Schober huschte an ihm vorbei ins Zimmer. Ihr stummer Triumph war nicht zu übersehen.

»Natürlich. Komme sofort.« Miriam faltete sie sich auseinander, suchte mit hochrotem Kopf unterm Tisch ihren Slipper und hastete ihm nach.

Herr Hebermehl wies sie an, die Bürotür zu schließen. Seine hinterm Rücken verschränkten Arme bedeuteten nichts Gutes, ebenso wenig die Tatsache, dass er vorm Fenster auf und ab ging, während sie sich setzen sollte.

»Ich will nicht lange drum herumreden«, eröffnete er das Gespräch. »Auch wenn das kein guter Start in die Woche ist. Mir sind einige Reklamationen zu Ohren gekommen, was Ihre Arbeitsmoral und ganz allgemein Ihr Verhalten betrifft. Moment.« Gebieterisch hob er eine Hand und bremste ihren Einwand, ehe sie einen Ton von sich geben konnte. »Damit wir uns richtig verstehen: von verschiedenen Seiten und von welchen werde ich nicht weiter ausführen. Nachlässig und unzuverlässig, sagte man mir. Und was ich eben mit eigenen Augen gesehen habe – nun ja, es fehlte nicht viel zum liegenden Arbeitsplatz am Computer. Dem können Sie schlecht widersprechen.«

In der Annahme, immer noch nicht am Zug zu sein, schwieg Miriam.

»Aha. Keine Antwort ist auch eine Antwort. Sehen Sie, Frau Dillinger, Sie sind schon lange in unserem Unternehmen und bisher habe ich Ihre Arbeit sehr geschätzt, darum nehme ich zunächst Abstand von einer Abmahnung.«

Sie teilten ein vages Lächeln, das bei ihm wohlwollend und bei ihr dankbar wirken sollte. Doch sosehr Miriam auch in sich ging, eine Verfehlung, die eine Abmahnung gerechtfertigt hätte, konnte sie genauso wenig finden wie die von ihr erwartete Dankbarkeit.

Hinter Herrn Hebermehl, der sich nun doch endlich setzte, hing ein Kunstdruck an der Wand. Stillleben mit Früchten und Fasan. Das arme Vieh lag mit verdrehtem Hals auf dem Tisch, der Kopf baumelte herunter. So ähnlich musste sie am Abend ausgesehen haben, nachdem sie die köstliche Hühnchenpfanne verputzt und mit den beiden Verrückten einen Businessplan gemacht hatte. Ein Ordner und jede Menge Ideen, auf Papierfetzen gekritzelt, waren im Spiel gewesen. Inhaltlich kriegte sie davon keinen einzigen Satz mehr zusammen. Aber Himmel, sie hatte so viel gelacht wie seit Ewigkeiten nicht mehr. Still lächelte sie vor sich hin.

»Mir scheint, Ihnen fehlt die angemessene Ernsthaftigkeit für dieses Gespräch!« Herr Hebermehl lockerte seinen Krawattenknoten. »Finden Sie das lustig?«

»Nein, gar nicht«, beeilte sie sich zu sagen.

»Ihre privaten Probleme dürfen Ihre Arbeit nicht beeinträchtigen. Sie wissen, wir bieten in Kooperation mit den Krankenkassen ein Programm zum Stressabbau an. Kostenlos und ohne Auswirkung auf ihr Arbeitsverhältnis. Vertrauliche psychologische Betreuung, Yoga und …«

Sie nickte mechanisch nach etwa jedem dritten Wort und zog angestrengt die Mundwinkel herab, die weiterhin nach oben strebten. Yoga, da landete sie womöglich im

Kurs von Dillis Mareike. Die Vorstellung fand sie alles andere als erbaulich. Ihr Blick wanderte von Herrn Hebermehls Krawatte zurück zum Bild. Neben dem Fasan lagen bunte Beeren, aus denen sich bestimmt ein prima Kompott kochen ließ. Als Topping für eine Süßspeise. Vielleicht konnte sie später im Netz nach einer veganen Puddingvariante suchen. Bis auf Zucker und Vanille musste sie dabei alles ersetzen. Noch mal jemanden beim Essen übers Ohr zu hauen kam nicht infrage.

»Versprochen«, sagte sie ohne jeden Zusammenhang und sah Herrn Hebermehl endlich wieder an. »Kommt nicht wieder vor.« Sie musste hier raus, sonst kriegte sie einen Krampf im Gesicht. Ihre Mundwinkel zuckten so heftig, dass es ihr die Tränen in die Augen trieb.

»Aber Frau Dillinger, beruhigen Sie sich! Wir können doch über alles reden. Nur bitte, nehmen Sie die Hand auch an, wenn man Sie Ihnen reicht, in Ordnung? Sie haben doch zwei ganz bezaubernde Kolleginnen, die Ihnen sicher mit all ihrer Erfahrung zur Seite stehen. Eine Versetzung wäre wirklich ein Schritt, den ich sehr bedauerte.«

Versetzung? Miriams Kopfnicken geriet aus dem Takt. Meine Güte, wie lange hatte sie ihm nicht zugehört?

Im Briefkasten lag eine Karte vom Paketdienst, der seine Lieferung beim Hausmeister abgegeben hatte. Wie meistens. Auch dann, wenn Selim zu Hause war. Bis in die fünfte Etage kletterte kein Bote gern. Selim klingelte im Parterre und stieg dann mit dem Paket die Treppe hinauf. Im zweiten Stock wurde gestritten, im dritten tobten Kinder, im vierten lief der Fernseher laut genug, um alles andere zu übertönen. Ein normaler Montagmittag. Still war es im Haus nur selten. Selim stellte den Karton auf der Spüle ab und ließ sich rücklings auf sein Bett gegenüber fallen. Eigentlich musste er sich gleich mit dem Inhalt des Kartons befassen, oder besser gesagt, mit der vorhergehenden Lieferung, von der noch einiges unbearbeitet geblieben war. Vorher mussten die Kochbücher vom Schreibtisch verschwinden und Wäsche waschen war auch dran. Mit zwei Fingern blätterte er durch die Hefter auf dem Regalbrett über seinem Kopf. Englischaufgaben oder Mathe, der Aufsatz für Geschichte oder der endlos langweilige Gesetzestext? Ohne hinzusehen, zog er einen Hefter heraus und wusste doch, dass er sich weder auf das eine noch auf das andere konzentrieren konnte. Er rollte sich zusammen. Sein Kopfschmerz setzte sich aus ouzobedingtem Hämmern und dem Kreischen von Schulkindern zusammen. Wenn er im Herbst die Vorprüfung schaffen wollte, musste er unbedingt dranbleiben. Es war so verflixt schwer, sich immer wieder zu motivieren. Mit Ioannis als einzigem Beistand, der ihn regelmäßig abfragte oder ihm mathematische Formeln erklärte. Aber alles zu behalten war so viel schwerer als früher, und wenn Ioannis ihn am Wochenende abholte, um gemeinsam durch irgendwelche Bars zu ziehen, dann wollte er stattdessen oft nur schlafen. Genau wie jetzt.

Er beneidete die Kinder, die er mit dem Bus morgens in die Schule und mittags nach Hause brachte. Die hatten keine Ahnung, welche Chancen sie in Händen hielten. Eine unverbaute Zukunft. Er dagegen hatte seine versaut. Und nun knabberte er daran, irgendwie seinen Abschluss nachzuholen, um eines Tages aus dem Küchenwohnklo mit fünfundzwanzig Quadratmetern unter der Dachschräge in eine richtige Wohnung ziehen zu können. Bis dahin musste er doppelt ackern. Sogar seine Stundenzahl im Busunternehmen hatte er reduziert, um Zeit zum Lernen zu haben. Dabei konnte er jeden Cent brauchen. Und nun kam ihm dieses Bistro in die Quere. Es war völlig idiotisch, dort unbezahlt zu arbeiten, und doch die einzige Möglichkeit, seinen Traum für eine Weile am Leben zu halten. Diesen verheißungsvollen Traum, der am Ende wahrscheinlich nichts als eine Fata Morgana war, die ihn in die Wüste lockte, wo er dann verdursten würde.

Selim schloss die Augen. Das Bistro hatte heute Ruhetag, also sprach alles dafür, tatsächlich ein wenig zu schlafen und sich später an die Übungsaufgaben zu setzen. Er wälzte sich auf die andere Seite. Allerdings sah er Miriam dann erst morgen wieder. Gerechnet von Sonntagnacht bis zum Dienstagabend waren das fast zwei volle Tage und damit viel zu lang. Erst recht nach dieser dummen Bettgeschichte: zwei Männer, Alkohol, eine hilflose Frau. Was, wenn sich da Missverständnisse aufbauten, unschöne Verdächtigungen? Er knüllte sein Kissen zusammen. Sie waren so unfassbar doof gewesen, Miriam schlafend und ohne eine Erklärung in diesem merkwürdigen Zimmer allein zu lassen. Wieder drehte er sich herum. Natürlich konnte er sie anrufen, Nummern hatten sie getauscht. Eine einfache Sache. Dann könnte er sicher sein, dass es ihr gutging, und ihr erzählen, was passiert war. Nämlich nichts, wenn man von Ioannis kleiner Gemeinheit mit der Frikadelle absah. Der hatte sich an dem steinharten Ding fast einen Zahn abgebrochen. Selim warf sich so schwungvoll zurück auf die andere Seite, dass er beinahe mit der Nase an der Wand gelandet wäre. Er starrte das Tapetenmuster an.

Vielleicht waren all seine Sorgen auch völlig umsonst. Weil Miriam keinen einzigen Gedanken an den Vorfall verschwendete. Oder an ihn.

Der Gehweg war so breit, dass ein Zwillingskinderwagen bequem an den Blumenkübeln vorbei passte. Miriam schritt den Bereich vor dem Fenster ab. Fast vier Meter ungenutzte Fläche. Das reichte für zwei runde Bistro-Tischchen und je zwei Klappstühle. Oder ging da noch mehr? Bei einer Tischbreite von sechzig Zentimetern konnten dort sechs Leute sitzen. Stellte sie statt Stühlen einfache Bänke und einen Festzelttisch hin, waren es sogar acht bis zehn! Mit etwas Fantasie konnte sie das Bistro in eine echte kleine Perle verwandeln. Vor ihrem inneren Auge klappte eine Markise aus, die imaginären Bänke füllten sich. Aus der einfach verglasten Schaufensterscheibe wurde eine dreiteilige Schiebetür, die das Draußen nach drinnen holte und den Raum optisch vergrößerte. Über der Tür schaukelte weiter das nostalgische Bistroschild, quietschte leise in den Angeln und geleitete sie aus ihren Träumen zurück in die Realität. In dieser Realität bröselte der Putz von der Hausfassade und knallbunte Buchstaben pappten am Fenster, die wenig mit französischem Flair zu tun hatten.

Für die Verwandlung, die sie sich vorstellte, war weit mehr als nur Fantasie vonnöten. Seufzend lehnte sie sich an den Sandsteinsockel unterm Fenster. Sie ahnte, dass Felix etwas Ähnliches vor Augen gehabt haben musste, als er sich in dieses Abenteuer gestürzt hatte. Höchstwahrscheinlich noch zusätzlich verblendet von der Liebe zu seiner »veganen« Yogalehrerin. Aber welche Ausrede hatte sie?

Lautlos wie immer stand Hasim plötzlich neben den Buchsbäumchen.

»Gutemorge, Chef. Geht gut?« Zögernd streckte er die Hand aus und Miriam griff zu.

»Hallo, Hasim.« Wenn sie ihn ansah, verloren ihre Probleme an Kontur. »Ja, mir geht es gut, danke.« Er wirkte noch grauer als an den Tagen zuvor, was an der Sonne liegen mochte, die alles rundum erstrahlen ließ. »Heute gibt es nichts zu arbeiten. Das Bistro ist geschlossen.«

»Ja! Arbeit. Ich Arbeit. Gut?«

»Nein. Keine Arbeit.« Sie schüttelte den Kopf und fügte dann schnell hinzu: »Aber du hast gut gearbeitet, ganz prima. Nur heute brauchst du nichts zu tun.« Sie versuchte es noch mal auf Englisch und seine Miene wechselte von Verständnislosigkeit zu Enttäuschung. »*Sorry*«, sagte sie. »*But wait, please wait!*«

Was für ihn galt, galt in gewisser Weise auch für sie. Sie hatte frei, auch wenn es für sie genug zu erledigen gab. Trotzdem bestand ausnahmsweise kein Grund zur Eile. Sie schleppte zwei Stühle heraus und platzierte sie dort, wo sie eben noch die Gäste ihres Traumbistros gesehen hatte. Dann holte sie zwei Gläser Cola und bat Hasim, sich zu ihr in die Sonne zu setzen. Wärme und Stille taten ihr gut. Bestimmt brauchte sie eine Genehmigung, um den Außenbereich zu nutzen. Eine Biergartenschanklizenz oder so.

»Wie geht es dir, Hasim?«, griff sie seine Frage auf, als sie die Gläser halb geleert hatten. »Geht es dir auch gut?«

»Gut?« Er hob die schmalen Schultern und wiegte den Kopf hin und her. Seine Aussprache im Englischen war gewöhnungsbedürftig. Nur *Familie* und *lange weg* hörte Miriam klar heraus, und seine Traurigkeit.

»Tut mir leid«, murmelte sie und fragte nicht weiter.

Hasim schwieg und starrte ins Leere. Als er wenig später aufbrach, mochte Miriam nicht länger draußen bleiben.

Statt sich wie geplant im ersten Stock umzusehen, blieb sie im Bistro, das erstaunlich aufgeräumt und sauber war.

Dillis Dudelsack-Wecker in der Wohnung oben konnte alles Mögliche bedeuten. Im Augenblick reichte es ihr zu wissen, dass es dort nichts gab, worum sie sich akut kümmern musste. Viel sinnvoller war es, den volltrunken erstellten Businessplan anzusehen.

Miriam schlug ein Bein unter und dachte für einen Sekundenbruchteil an Herrn Hebermehl. Der bemitleidenswerte Fasan in seinem Büro hatte ihr den Rest gegeben. Sie schnippte die Schuhe von den Fersen. So saß es sich viel bequemer und hier konnte sie sitzen, wie sie wollte.

In Schnörkelbuchstaben stand: *Projekt* auf der Vorderseite des Ordners. Eine schöne Handschrift. Das musste Ioannis gewesen sein, denn Selims Küchennotizen waren nur schwer zu entziffern. Sie klappte den Deckel auf. Mit jedem Wort wurde ihre Erinnerung klarer. Es gab ein Konzept für die Küche, mehrere Entwürfe für Handzettel, eine Liste mit Arbeitsschritten, Telefonnummern und Internetseiten, gefolgt von einem Kostenplan. Und, hinter einem Trennblatt versteckt, Felix' Altlastenbelege, gekrönt von einer Summe in Rot plus x. Ein Desaster unbekannten Ausmaßes. Schnell blätterte sie rückwärts. Als sie die gezeichnete Bastelanleitung für Serviettenblumen entdeckte, lachte sie laut auf. Oh ja, das hatten sie ausprobiert. Mit sehr mäßigem Erfolg und begleitet von mehrsprachigen Verwünschungen. Lediglich Ioannis hatte dabei Geschick gezeigt. Automatisch fasste sie sich ins Haar, aber da war keine Blüte mehr.

Als das Windspiel bimmelte und ein Lufthauch hinter ihr hereinwehte, drückte Miriam den Rücken durch und streckte den Hals. Manchmal bildete sich da eine Falte, ein klitzekleines Doppelkinn. Sie hasste es.

»Hey«, sagte sie, ohne aufzusehen.

»Hey«, antwortete Selim. »Ich dachte, heute bleibt der Laden geschlossen, Chefin?«

»Und ich dachte, du freust dich auf den freien Abend, Busfahrer.« Unerwartet spürte sie ein wildes Klopfen in der Brust. Sie hatte sein Rasierwasser sofort erkannt.

»Absolut richtig.« Selim drehte einen Stuhl um, setzte sich rittlings und kreuzte die Arme über der Lehne. »Nur, der Koch wollte unbedingt nach seiner Küche sehen.«

Sein breites Grinsen verschlimmerte die Klopfgeräusche und Miriam hätte einiges darum gegeben, den Ausdruck seiner Augen sehen zu können. Doch Mr. Cool trug die verspiegelte Brille.

»Die Küche bleibt heute kalt. Aber laut dem Projektordner des griechischen Superlochers geht es morgen wieder heiß her.« Wahllos schlug sie eine Seite auf und dann wieder zu.

»Spitzenlocher war, glaube ich, die korrekte Bezeichnung«, korrigierte Selim und trommelte in schneller Frequenz auf das Holz, als hörte er den Rhythmus ihres Herzschlags.

Oder war er nur nervös? Genauso nervös wie sie?

»Was ich unbedingt …«

»… ich unbedingt noch …«

Sie stutzten und unterbrachen beide ihren exakt gleich

begonnenen Satz. Miriam hielt sich den Mund zu und tippte Selim an.

»Willst du nicht zuerst?«

Energisch schüttelte sie den Kopf. Ihre peinliche Frage nach dem peinlichen Ende des gestrigen Abends durfte gern noch etwas warten. Vielleicht sollte sie besser ganz darauf verzichten.

»Okay. Was ich unbedingt heute noch loswerden wollte, ist Folgendes.« Selim trommelte mit mehr Nachdruck, befeuchtete seine Lippen. »Es geht um die Sache mit dem … Gesundheitszeugnis. Das ist echt wichtig. Weil du richtig Ärger kriegen kannst, wenn dir einer draufkommt, dass du keine gültige Bescheinigung hast.«

Unauffällig atmete Miriam auf. Ein wunderbar harmloses Thema und ein willkommener Notausstieg. »Im Ernst? Genau danach wollte ich dich eben fragen!«, behauptete sie und lachte. Der Ton geriet ein wenig schrill. »Ist ja der Hammer. Zwei Dumme, ein Gedanke!«

Selim lachte mit, trommelte nicht mehr, spielte am Bügel seiner Brille herum. »Witzig, wirklich. Unglaublich …«

Und unglaubwürdig. Ob er ahnte, dass sie log?

»Ich sollte wohl besser mal abschließen.« Miriam schnellte aus dem Stuhl hoch und wandte sich ab. »Damit sich niemand hier herein verirrt, den wir wegschicken müssen.«

»Gute Idee.«

»Wollen wir lieber in der Küche weiterreden?« Am Tisch saßen sie wie auf dem Präsentierteller. Gut sichtbar von außen. Sie mochte den Gedanken nicht, beobachtet zu werden. Komischerweise war ihr das bei ihrem nächtlichen Ouzo-Exzess nicht in den Sinn gekommen und auch eben nicht, als sie ohne ihn am Tisch gesessen hatte.

»Du solltest deine Schuhe wieder anziehen.« Selim räusperte sich. »Erste Lektion zum Thema Sicherheit und Hygiene. Barfuß in der Küche geht gar nicht.«

Schuhe suchen, Hitzewallung, Hinterherrennen, Herzrasen. Die Situation ähnelte auf seltsame Weise dem morgendlichen Anpfiff in Herrn Hebermehls Büro. Und doch war alles ganz anders. Mit Selim war sie nicht nur allein, sondern eingeschlossen, und dank ihres unbedachten Vorschlags würden sie in der Küche gleich für den Rest der Welt unsichtbar sein.

Die Schwingtür klappte hinter ihr zu und die linke Ferse rutschte endlich in den Slipper.

Selim war zwischen Herd und Arbeitsfläche in Stellung gegangen, leicht breitbeinig, die Daumen in die Gürtelschlaufen gehakt.

»Das Gesundheitszeugnis als solches«, setzte er an, »existiert nicht mehr. Es wurde Anfang der Zweitausender Jahre durch die sogenannte Erstbelehrung ersetzt. Das bedeutet, es wird kein kompletter Gesundheitscheck mehr durchgeführt. Alles, was du brauchst, ist eine Anmeldung beim Gesundheitsamt. Die bieten jede Woche Gruppentermine an. Es gibt eine mündliche und schriftliche Einweisung, du bestätigst selbst, dass du frei von Seuchen bist, zahlst deine Gebühr und bekommst den Wisch direkt in die Hand.« Er schob sich die Sonnenbrille in die stoppelkurzen Haare. »Das war es.«

»Das war es?«

»Ja, mehr ist nicht dahinter. Und das gilt für jeden in der Gastronomie, ob Küchenhelfer, Putzkraft oder Betreiber. Das Ding braucht alle zwei Jahre eine Auffrischung und muss am Arbeitsplatz aufbewahrt werden.«

»Am Arbeitsplatz?« Grübelnd legte Miriam den Zeigefinger ans Kinn. Inzwischen kannte sie jeden Winkel des Bistros, aber ein Dokument wie dieses war ihr nirgends in die Finger geraten. Auch Ioannis hatte nichts dergleichen erwähnt, nachdem er die Belegschublade bis auf den Grund umgegraben hatte.

»Üblicherweise kommt das zu den Personalakten im Büro.« Selim schien ihren Gedanken zu erraten und machte eine vage Handbewegung. »Da es hier keins gibt, sind die Unterlagen vermutlich oben.«

Oben. Wie versteinert schauten sie einander an. Oben, das war dort, wo das Bett stand, das Bett, in dem sie geschlafen hatte, ohne zu wissen, wie sie hineingeraten war. Wieso hatte er das aussprechen müssen? Unmöglich, diese Klippe noch ein weiteres Mal zu umschiffen. Augen zu und durch. Beherzt machte Miriam einen Schritt vorwärts.

»Was ich eigentlich unbedingt …«

»… dir unbedingt sagen …«

Sie prallte gegen Selim, der erschrocken in seiner Bewegung innehielt und ihre Schultern umfasste.

»Wir haben dich nur raufgetragen, damit du weiterschlafen kannst«, murmelte er. »Du warst todmüde. Ich habe dir den Wecker ins Bett gestellt.«

»Klar«, sagte sie hastig. »Weiß ich. Das war es, was ich dir eben sagen wollte.« Schon wieder gelogen. Aber immerhin eine nette Lüge, die auch noch Sinn ergab, weil ja, rein logisch betrachtet, sonst gar nichts gewesen sein konnte. Schließlich war sie komplett bekleidet aufgewacht und außerdem … Außerdem waren ihr seine Sprenkelaugen schon wieder viel zu nah. So nah, dass sie vergaß zu atmen.

»Miriam?« Selim klang skeptisch. »Glaubst du mir wirklich?«

Sie holte tief Luft. Da war etwas. Etwas in seiner Stimme, seinem Blick, seiner betont lässigen Haltung bei ihrer Begrüßung. Etwas, das sie irritierte. »Sag mir, was da oben noch passiert ist.«

Sie sah Selim schlucken, den Kopf senken und nicken.

»Okay.« Er atmete tief und langsam.

Mit jeder Auf- und Abbewegung seines Brustkorbs wuchs ihre Nervosität.

»Wir haben uns umgesehen, weil wir nicht wussten, wessen Wohnung das ist. Na ja, du hast einen Schlüssel, aber du hast die Wohnung nie erwähnt. Wir waren neugierig.«

»Bin ich auch«, sagte sie, als er schon wieder zögerte, »denn ich bin vorher noch nie drin gewesen.«

»Da steht eine Kiste mit deinem Namen. Ioannis dachte zuerst …« Unschlüssig unterbrach Selim sich.

»Was dachte er?«

»Dass dort oben ein Psychopath haust, ein Stalker oder Frauenmörder. Ist natürlich Quatsch, denn all die anderen Umzugskartons gehören Felix Dillinger.« Selim hob den Kopf. »Deinem Mann.«

Dass konnte nicht sein. Wieso sollte Felix umziehen? Er war in der gemeinsamen Wohnung geblieben, das hatten sie zusammen so beschlossen. Dafür gab es gleich mehrere gute Gründe. Bestimmt hatte er nur dieser Mareike beim Umzug geholfen und ihr den Wecker ausgeliehen oder geschenkt. Zu Mareike passten auch die rosaroten Wände viel besser.

Es dauerte eine Weile, bis Miriam auffiel, dass Selim sie

abwartend anstarrte. Ein düsterer Zug lag um seine zusammengepressten Lippen.

»Okay, ihr habt also herumgestöbert. Und was dann?«, hakte sie nach, als er beharrlich schwieg. »Habt ihr einen Goldschatz mitgehen lassen? Oder eine zerstückelte Leiche gefunden?«

»Nah dran. Nicht zerstückelt, nur totgeschwiegen.« Selim lachte bitter. »Warum hast du nicht erzählt, dass du mit Felix verheiratet bist? Hast du gedacht, wir helfen dir dann nicht?«

»Ich bin – was? Nein! Aber – wie?«

»Im Karton lagen Grußkarten mit Glückwünschen für das frisch vermählte Paar. Ich weiß, wir hätten nicht reingucken dürfen, auch wenn wir ziemlich einen sitzen hatten. So was macht man nicht. Wir haben nur die oberste Karte gelesen. Die hat gereicht, dann sind wir weg.«

Miriam faltete die Hände und zwang sich zur Ruhe. Es war ihr egal, dass Selim und Ioannis den Karton geöffnet hatten. Wahrscheinlich hätte sie unter diesen Umständen das Gleiche getan. Das Problem war Felix, immer wieder Felix! Selbst in Abwesenheit sorgte er für Chaos und Verwirrung.

»Es stimmt«, sagte sie entschlossen. »Felix ist mein Mann, aber wir sind getrennt. Darum habe ich es nicht erzählt – weil es keine Rolle mehr spielt.« Sie vermisste das Blitzen in Selims Augen, die Fröhlichkeit und Wärme. Wenn ihre Ehe mit Felix ihn dazu gebracht hatte, wütend zu sein oder enttäuscht … Was bedeutete das? Und was bedeuteten die Galoppsprünge ihres Herzens, wenn Selim lächelte? »Ich habe euch nicht aus Berechnung belogen, nur einen Teil der Wahrheit für mich behalten. Weil mein Leben gerade kompliziert ist und schwer zu erklären. Bitte sag, dass alles wieder gut wird«, flüsterte sie. »Zwischen dir und mir. Und dass das nun wirklich alles ist, was ich über gestern Nacht wissen muss.«

»Das ist alles, ich schwöre.« Selim amtete hörbar aus, dann lehnte er seine Stirn an ihre. »Und alles ist gut.«

Miriam zitterte. Diesen Mann vor sich kannte sie kaum, wusste fast nichts von ihm. Nur dass er nicht Felix war und sie keine zwölf Jahre mehr alt. Miriam legte eine Fingerspitze in Selims Grübchen. Er lächelte. Sein Bart fühlte sich weich an. Seine Lippen auch. Das ging zu schnell, viel zu schnell.

»*Parakalo*?«

»Wir haben uns geküsst!« Selim schrie geradezu in den Hörer. Im Schneidersitz hockte er auf seinem Bett und schaukelte vor und zurück. »Geküsst, Ioannis!«

»Äh, nee, Alter. Glaub mir, das wüsste ich. So betrunken bist du gestern nicht gewesen.«

»Nein, nicht dieses wir. *Wir*: Miriam und ich.«

Ioannis blieb lange still, dann seufzte er. »Pass auf, mein Freund. Pass gut auf, dass du keinen Fehler machst.«

»Ja, Mann, versprochen.« Selim ließ sich nach hinten kippen und schloss die Augen. »Sie schmeckt süß wie Honig und ihre Haare sind so wunderbar seidig.« Genau, wie er sie sich vorgestellt hatte. Er verlor sich in der Erinnerung an den Duft ihrer Haut und die Tiefe ihrer geweiteten Pupillen. »Alles an ihr ist perfekt.«

»Tut mir leid, wenn ich dir eins mit der Realismuskeule überbraten muss. Du weißt, ich mag Miriam. Aber wie perfekt kann eine Frau sein, die verheiratet ist – und dir das verschweigt?«

Absolut und total perfekt, hätte Selim gern geantwortet. Weil ihre Argumente ihm eingeleuchtet hatten. Weil es richtig war, nicht jedem neuen Bekannten sofort die eigenen Eheprobleme auf die Nase zu binden. Weil in ihrem Blick so viel Unschuld gelegen hatte und so viel Staunen. Weil ihre Zurückhaltung und Vorsicht ihm edel erschienen. Und doch …

»Siehst du«, sagte Ioannis leise in seine Gedanken hinein. »Habt ihr überhaupt darüber gesprochen?«

»Ja.«

»Sie hat es nicht von sich aus erzählt, nehme ich an?«

»Nein.« Vielleicht hätte sie, wenn er ihr nicht zuvorgekommen wäre. Selim seufzte. Er konnte Ioannis nichts vormachen. Der spürte selbst kleinste Schwingungen, bemerkte jeden falschen Ton. »Sie haben getrennte Wohnungen. Das heißt doch was, oder?«

»Sie führt das Chaos-Bistro für ihn – das heißt auch was, oder?«, fragte Ioannis zurück. »Tut mir leid, Mann. Zu blöd, dass ich ausgerechnet heute in Hamburg festsitze. Touri-Lieferung zum Musicalabend, retour geht es erst nach dem Frühstück. Sonst wäre ich schon auf dem Weg zu dir.«

»Wer sagt, dass ich dich hierhaben will?«, raunzte Selim und grinste zugleich. Er hätte was drum gegeben, seinen Kumpel zu sehen. Es gab nichts Besseres gegen Liebeskummer. Ja, verdammt: Liebeskummer. Er biss sich auf die Zunge. Trotz aller Glückshormone ließ sich schwerlich leugnen, dass mehr als ein Zweifel an ihm nagte. »Hör zu, es war nur ein Kuss. Nichts sonst. Dabei wird es erst mal auch bleiben.« Nur ein einziger Kuss. Ein sehnsüchtiges Ziehen erfüllte seinen Körper.

»Gut so. Nicht mit der Chefin ins Bett. Sag ich doch. Morgen Abend komme ich wieder ins Bistro und gebe auf dich acht. Aber da können wir nicht reden, also reden wir jetzt. Fang ganz von vorne an und fass dich bloß nicht kurz.«

Selim rollte zur Seite. »Die Sache mit der angebissenen Frikadelle, die du ihr untergeschoben hast«, sagte er bedächtig, »die habe ich nicht aufgeklärt. Wenn du das ihr gegenüber jemals erwähnst, werde ich jede Mitwisserschaft leugnen.«

In ihrer Hand bebte die zweite Tasse Tee in Folge. Miriam wusste, dass sie noch lange keinen Schlaf finden würde, obwohl es bereits weit nach Mitternacht war. Der Fernseher lief, füllte die Stille mit murmelndem Hintergrundrauschen. Sie hatte den Vorhang zurückgezogen, stand am offenen Fenster und guckte Löcher in die Schwärze über dem Garten. Hin und wieder wackelten Zweige in einem der Büsche und es raschelte. Wie ein Pfeil schoss ein nächtlicher Jäger über den Rasen unter den Wäscheleinen dahin, grüne Katzenaugen blitzten auf. Hoffentlich hatte der frühe Vogel seinen Schlafplatz in sicherer Höhe bezogen. Nicht, dass ihm etwas zustieß, wo sie gerade anfing, sich an ihn zu gewöhnen. Sie war kein Mensch, der sich schnell umstellte oder von jetzt auf gleich Vertrauen fasste. Bisher jedenfalls. Sympathie oder gar mehr mussten erst wachsen, und das dauerte. Bei ihr vielleicht etwas länger als bei anderen und genau das hatte sie versucht, Selim klarzumachen, der das letztlich akzeptiert und ihr versprochen hatte sich zurückzuhalten. Schweren Herzens, das hatte sie gesehen und war sich mies vorgekommen, weil es ihr kaum anders ging. Sie wollte all das: vertrauen, küssen, lieben. Und wie! Doch das hatte sie für sich behalten und sich zur Ordnung gerufen. Wichtige Dinge durfte man nicht überstürzen. Punktum. Das galt auch in Gefühlsangelegenheiten, völlig egal wie gut es sich anfühlte. Ganz besonders, wenn man in solchen Dingen so ungeübt war wie sie. Ein Kuss, nun legten sie eine Pause ein. Nachdem das geklärt gewesen war, hatten sie den Plan für Dienstagabend durchgesprochen. Fokussiert und geschäftsmäßig, wenn man davon absah, dass sie dreimal von vorn hatten anfangen müssen.

Bevor die Situation noch mal außer Kontrolle geraten konnte, hatte sie ihn weggeschickt. Später war sie nach oben gegangen und ziellos zwischen Felix' Umzugskartons herumgeschlendert, ohne einen klaren Gedanken fassen zu können. Selims sanfte Berührung war noch immer gegenwärtig gewesen. Und sie war es auch jetzt. Seine Finger in ihrem Haar. Ihre Hände in seinem Nacken. Elektrisierend und erregend fremd. Sein Geschmack auf ihrer Zungenspitze. Eine Gänsehaut überzog sie jäh von den Füßen bis zum Scheitel und sie stellte die Teetasse aufs Fensterbrett.

Ihr Verstand war normalerweise ein zuverlässiger Ratgeber. Auf den musste sie setzen und nicht auf irgendwelche Gefühle, denn genau die hatten sie viel zu lange bei Felix gehalten. Sein Charme, seine *Chuzpe*, seine liebenswert traumtänzerische Planlosigkeit.

Sie legte den Kopf in den Nacken und drehte sich einmal um sich selbst, während sie einen gedämpften Schrei ausstieß. Gerade eben erst war sie den charismatischen Lügner losgeworden und fing ganz langsam an, ihr Leben für sich selbst zu erobern. Und nun wollte sie einen Busfahrer, der davon träumte, Koch zu sein. *Dilli reloaded.* Eine Neuauflage mit einigen optischen Modifikationen und türkischem Hintergrund. Sie musste völlig irre sein.

Heiße Luft und leere Sprechblasen. Mehr kam bei Miriam nicht an, wenn Frau Schober und Frau Möller den Mund aufmachten. Schon wieder war sie im Büro eher körperlich als geistig anwesend und stand unter argwöhnischer Beobachtung ihrer Kolleginnen. Immerhin hatte der kleine Sänger vor ihrem Fenster wie üblich am Morgen sein Liedchen geträllert. Es tat gut zu wissen, dass er kein Katzenfutter geworden war. Weniger gut bekam ihr nach wie vor der Kuss mit Selim, der durch ihr Hirn spukte, statt sich endlich verdrängen zu lassen. Sie vergrub sich in ihren Akten. Ein Kuss … nur ein Kuss. Abgehakt und erledigt. Es lebe die Vernunft. Wieso war das plötzlich so schwierig?

Um wenigstens etwas Produktives zuwege zu bringen, rief sie beim Gesundheitsamt an. Natürlich heimlich, abseits neugieriger Ohren, denn schließlich war es ein privates Telefonat und sie legte wenig Wert darauf, doch noch eine Abmahnung zu kassieren.

Selim besaß die nötige Bescheinigung für die Arbeit in der Küche und sogar Ioannis hatte eine, weil er manchmal bei seinem Onkel aushalf. Beide mussten diesen Wisch von jetzt an im Bistro bei sich tragen. Darauf würde sie bestehen. Als Chefin auf Zeit wollte sie wenigstens die Formalien korrekt einhalten, wenn sie schon keine passende

Ausbildung hatte. Darum brauchte sie schnellstmöglich ebenfalls die offizielle Hygiene- und Sicherheitsunterweisung.

Im Waschraum vor der Toilette roch es intensiv nach Zitrus-Raumerfrischer. Ihr Telefon tutete aufreizend langsam. Bläuliche Ringe lagen um Miriams Augen, schimmerten matt unter dem Kunstlicht des Spiegels. Ihr neuer Lebenswandel hinterließ sichtbare Spuren.

Dreimal wurde sie weiterverbunden, lauschte Warteschleifenmusik, zog sich zwischenzeitlich in die Deckung einer Kabine zurück.

Es gab noch genau einen freien Platz für die Erstbelehrung in dieser Woche, am Donnerstagmorgen um zehn Uhr. Allerdings war eine sofortige und verbindliche Anmeldung erforderlich. Mit dem Hinterkopf an die Kabinentür gelehnt dachte sie nach. Sollte sie Urlaub nehmen, sich krankmelden oder zumindest einen Arztbesuch vortäuschen? Eilig betätigte sie die Spülung, als sie Schritte auf den Fliesen im Vorraum hörte. So oder so, sie würde das durchziehen. Zugesagt hatte sie den Termin sowieso schon, weil sie ihn haben musste – und weil sie ihn wollte. Sie horchte in sich hinein. Zum ersten Mal erschien ihr ein berufliches Dasein außerhalb der Geborgenheit ihrer Versicherungsgesellschaft denkbar.

In der Mittagspause verließ Miriam das Versicherungsgebäude überpünktlich und mischte sich ins Getümmel der Fußgängerzone. Sie brauchte ganz dringend ihr vertrautes Dönerritual. Dafür nahm sie in Kauf, eine Weile Schlange zu stehen. An der Wand hingen verblasste Fotodrucke, Stahlrohrstühle kratzten laut über den Fliesenboden. Jeder Handgriff, den sie beobachtete, erhöhte ihre

Vorfreude. Genüsslich sog sie die Atmosphäre in sich auf, das geschäftige Klappern der Ofentür, die Hitze des Drehspießes, das Surren des elektrischen Fleischmessers und die Frage: »Wie immer?«

Sie setzte sich in der Sonne auf die Kante eines Blumenkübels, klappte das Papier um und biss in das prall mit Fleisch gefüllte Brot. Endlich! So musste das sein. Schlicht, einfach und … Verwirrt kaute sie zu Ende. Sie probierte noch mal und kam zu dem gleichen Schluss: Das schmeckte irgendwie fad. Missmutig legte sie den Döner auf dem Kübelrand ab, die Serviette ordentlich darunter. Sicher nahm ihr nur der Stress den Appetit. Dieser Döner war vollkommen, das war er immer gewesen. Bisher hatte es nicht einen Tag gegeben, an dem sie irgendetwas daran auszusetzen gehabt hatte. Es musste an ihr liegen.

Eine Frau mit einem halben Dutzend Tragetaschen setzte sich neben sie und guckte Videoclips auf dem Smartphone. Ihr Hund rannte als mobiler Fallstrick auf maximaler Leinenlänge zwischen den Passanten hin und her.

Miriam hörte ihre Mailbox ab, auf der sich ihr Zahnarzt und Ronja verewigt hatten. Beide wollten sie sehen, und das aus ähnlichen Gründen. Wobei nur der Zahnarzt offen von einem Kontrolltermin sprach. Keine neuen Kurznachrichten, kein Wort von Felix. Ihre Finger umkreisten die Tasten, schickten ihm die schlichte Aufforderung: melde dich. Ohne die unflätigen Ergänzungen, die ihr beim Gedanken an ihn in den Sinn kamen. Es gab unendlich viel, was sie ihm gern an den Kopf geworfen hätte, aber sie beherrschte sich, wie fast immer. Händchenhaltende Teenager flanierten vorbei und vor der Parfümerie gegenüber wurde heftig geknutscht. Sie blinzelte die Sehnsucht nieder.

Gestern war es nicht weit her gewesen mit ihrer Selbstbeherrschung, da hatte sie sich gehen lassen und süße Worte gesäuselt. Sogar dafür gab sie Felix eine Teilschuld. Hätte der nicht ihren Namen auf diesen Pappkarton geschrieben, hätten Selim und Ioannis nicht reingeguckt und sie nichts erklären müssen – dann wäre dieser Kuss nie passiert. So einfach war das: kein Kuss ohne Karton. Sie rieb sich die Schläfen, als ihr dämmerte, dass sie die Wahrheit, die in all den anderen Kartons steckte, bisher übersehen hatte. Es waren Felix Sachen und nicht die seiner Flamme Mareike. Und es musste so ziemlich seine komplette Habe sein.

An fünfter Stelle im Kurzwahlverzeichnis war die Nummer des Vermieters ihrer ehemals gemeinsamen Wohnung gespeichert.

Der Hund vor ihr wedelte. Sie pulte ein Stück Fleisch aus dem Brot und streckte es ihm hin. Dann wählte sie.

»Ja?«

Das kleine Wort klang maximal unfreundlich.

»Hallo, Herr Ehrenfeld. Hier ist Miriam Dillinger. Ich hoffe, ich störe nicht? Ich habe eine ganz blöde Frage, wissen Sie auswendig, wann genau wir unsere Wohnung gekündigt haben?«

Dem Hund schmeckte es.

»Frau Dillinger! Aber ja, das kann ich Ihnen sofort sagen. Habsburger Straße, dritter Stock. Das ging ja sehr kurzfristig über die Bühne. Kündigung vor vier Monaten, Auszug ebenfalls, neu vermietet vor drei. Und nein, Sie stören keineswegs. Ich nehme an, die letzten beiden Mietzahlungen sind Anlass Ihres Anrufs. Im Umzugsstress durchgerutscht, das kann passieren. Hatte ich Ihrem Mann auch gesagt. Ich bin ja kein Unmensch. Ihr Gatte wollte sich allerdings sofort gekümmert haben.« Mit der Phase der Kulanz war Ehrenfeld durch, das brauchte er nicht zu betonen.

Miriam ersparte sich die erniedrigende Rückfrage, wie lange dieses Versprechen zurücklag. »Das Geld ist so gut wie bei Ihnen, Herr Ehrenfeld.«

»Gern bis morgen, Frau Dillinger. Morgen, nicht übermorgen.«

Miriam legte auf. Der fremde Hund war zur Selbstbedienung übergegangen. Joghurtsoße tropfte von seinen Lefzen. Bereitwillig überließ sie ihm auch den Rest ihres zerfledderten Döners. Der Appetit war ihr jetzt erst recht vergangen.

Kiel oben lag das Boot auf den Holzpflöcken im Schuppen. Morgen konnten sie es umdrehen, wenn die Farbe getrocknet war. Die ausgebesserten Stellen hielten dicht, das hatten sie vor dem Anstrich getestet. Nur der Name musste noch neu aufgemalt werden. Ein Frauenname, wie bei allen anderen auch. Über Geschmack ließ sich angeblich nicht streiten, aber Felix wäre Schöneres eingefallen als Renata, Agnes oder Barbara. Ausgerechnet Barbara musste dieser Kahn heißen, wie seine Mutter. Dabei hätte er mit ihr eher eine Sklavengaleere in Verbindung gebracht oder ein voll aufgerüstetes Wikingerschiff. Ein letztes Mal kontrollierte er die vertäuten Ruderboote unter dem herabgezogenen Dach, das ein Stück auf den See hinausragte. Je nach Wetter und Bedarf holten sie diese tagsüber nach draußen zum Steg. Mitten in der Woche reichten im Moment fünf, manchmal sogar drei. Bis auf den vergangenen Sonntag war einfach zu wenig los und ganz allmählich fing die Ruhe an, ihn zu langweilen.

»Ey!«

Der Ausruf gellte vom Weg herüber.

»Ey, Dillinger!«

Felix klappte das knarrende Tor zu und hakte das Vorhängeschloss ein.

»Ich rede mit dir, hörst du schlecht?«

Mareike hätte jetzt von negativen Schwingungen gesprochen und eine Chi-Reinigung empfohlen oder so etwas in der Art. Selbstverständlich mit einer konstruktiven vorherigen Aussprache, um die latente Missstimmung zu beseitigen. »Deine Aura verfärbt sich«, murmelte er, »auf ganz hässliche Weise.« Im Umdrehen setzte er ein Lächeln auf. »Claudio, was kann ich für dich tun?«

Claudio schlidderte die letzten Meter über den leicht abschüssigen Kiesweg. Seinen schicken Ledertretern fehlte der nötige Halt. In seinem weißen Sakko über dem hellblauen Hemd mit schmalem Binder wirkte er wie ein Überbleibsel der frühen 90er, doch sein Gesicht verriet, dass er fast noch ein Kind war. Eines, dessen Mimik erhebliches Aggressionspotenzial signalisierte. »Du lässt die Finger von meiner Schwester!«

»Äh, wie bitte?«

»Bist du zu blöd, das zu kapieren, oder was? Du hast mich doch genau verstanden!«

»Akustisch ja, aber der Inhalt geht mir etwas schwer ins Hirn.« Felix grinste. Sein Ego machte Claudio einen Kopf größer, aber auch das war nicht wirklich beeindruckend. Ganz egal, was der sich einbildete und mit seinem Auftritt zu erreichen hoffte, diese Ansage ging Felix gegen den

Strich, und zwar mächtig. »Ich bin auf dem Weg zu Toni, die Schlüssel abliefern. Wenn du noch was zu sagen hast, fix raus damit oder du begleitest mich. Er wartet oben.« Felix versuchte, an ihm vorbeizugehen, aber Claudio packte ihn am Arm.

»Mariella ist so gut wie verlobt!«

»Ist mir bekannt. Und volljährig ist sie auch, deutlich länger als du, und zudem in der Lage, für sich selbst zu sprechen.« Mit demonstrativer Lässigkeit nahm er seinen Kaugummi aus dem Mund, wickelte ihn in das zugehörige Silberpapier und schnippte ihn in den Mülleimer neben einer Bank.

Claudios zornig geblähte Nasenflügel bebten und erinnerten im Zusammenspiel mit dem verkniffenen Mund und den dunklen Locken an den jungen Sylvester Stallone. Versöhnlich legte Felix ihm die Hand auf die Schulter, er war nicht auf Ärger aus. Weder mit diesem kleinen Italiener noch mit dem potenziellen Verlobten. Obwohl der ein ganz mieser Typ war, den Mariella besser heute als morgen in die Wüste schicken sollte; er war grob, herrschsüchtig und machte sie unglücklich. »Frag Mariella einfach, wenn du mir nicht glaubst. Da läuft nichts. Also krieg dich wieder ein, Claudio. Und wenn doch, ginge es dich nichts an.« Den Nachsatz hätte er sich besser verkniffen. Der Schlag traf ihn unvorbereitet, fegte seine Hand von Claudios Schulter und auch den anschließenden Boxhieben hatte Felix nichts entgegenzusetzen. Haken oder Gerade? Bevor er auch nur die Arme zum Schutz heben konnte, landete Claudio etliche Treffer, drängte ihn rückwärts über die Wiese. Ziellos schlug Felix um sich. Doch Rocky tänzelte ihn aus. Wie er diesen Quatsch hasste. Sinnlose Gewalt, nur weil der Bursche an akutem Testosteronüberschuss litt.

»Was soll das? Aufhören! Verdammt, Schluss jetzt!« Aus den Augenwinkeln sah er Leute vom Campingplatz herunterrennen, schreiend, gestikulierend. Toni, Mariella und der Doktor. Auf das weiche Ufergras folgte Sand, dann fühlte Felix Bretter unter den Füßen, nachgiebig federnd.

»Scheiße.«

Ein *Punch* in den Magen. Ihm blieb die Luft weg. Treffer am Kinn. Tiefblauer Himmel, Rolle rückwärts. Er hörte Mariella schreien. Dann schluckte er kaltes Seewasser.

Hasim hatte den Boden in der Gaststube gewischt, die Tische gedeckt und sich dann in seine gewohnte Ecke am Tresen verzogen. Wie immer fast wortlos.

Miriam und Selim klammerten den gestrigen Kuss aus, als hätte es ihn nicht gegeben, arbeiteten Seite an Seite und hielten sich genau an den Plan. Was genau so lange funktionierte, wie sie einander weder anschauten noch zufällig berührten. Dann nämlich war das Kribbeln sofort wieder da und scheuchte Schmetterlingsschwärme durch Miriams Bauch. Also mied sie den Kontakt, redete nur das Nötigste – und Selim tat es ihr gleich. Nur das Radio rettete sie vor der Stille. Denn Ioannis, der sonst sehr zuverlässig und pausenlos erzählte, war mit seinem Reisebus noch irgendwo auf der Autobahn unterwegs.

Ab sofort sollte es zwei Tagesgerichte zur Wahl geben, mit bequem austauschbaren Variationsmöglichkeiten sowie Salate und ein Dessert. Ein Bausteinsystem, das sie als Innovation verkaufen würden. Alles eine Frage des Marketings, hatte Ioannis am Sonntag verkündet und sie mit seiner Begeisterung mitgerissen. Inzwischen war aus Miriams verschwommener Erinnerung wieder ein vollständiges Bild geworden. Die Speisekarten lagen gestapelt im Schrank und sollten durch kleine Schiefertafeln ersetzt werden, die immer wieder neu beschriftet werden konnten. Auch einen großen Aufsteller für draußen und eine Tafel für die Wand neben der Theke wollte Ioannis besorgen. Bis wann und woher, hatte er offengelassen. Heute musste Miriam improvisieren. Sie seufzte. Karierte Ringbuchblätter. Schön war das nicht, aber es war günstig und pragmatisch. Gegen halb sieben fegte Ioannis durch die Tür. Vergnügt wie immer, ein schelmisches Flackern in den Augen. Miriam begrüßte ihn überschwänglich: Endlich ein Puffer zwischen ihr und Selim, der die aufgeladene Atmosphäre hoffentlich etwas entschärfte. Ganz selbstverständlich begann er sofort mit der Arbeit. Doch die Erleichterung blieb aus, stattdessen fühlte Miriam sich auch in seiner Gegenwart plötzlich unsicher und fast ebenso beobachtet wie von den beiden Krähen im Büro. Sah er sie komisch an? Hatte Selim ihm etwa von ihrem Kuss erzählt? Oder amüsierte er sich nur immer noch über ihren Schlafanfall nach der Ouzo-Party?

Miriam lugte durch den Türspalt und zählte die Gäste. Soweit sie erkennen konnte, waren es neun, verteilt auf drei Tische. Zwei Frauen steckten tuschelnd die Köpfe zusammen. Hoffentlich waren das nicht wieder die Ratatouille-Freundinnen. Eine Handtasche in der Größe eines kleinen Rollkoffers besetzte einen zusätzlichen Stuhl. Solche Riesentaschen benutzten eigentlich nur Mütter mit Kindern, die immer den halben Hausrat nebst Notfallapotheke parat haben mussten. Oder ihre Freundin Steffi, der sie seit Monaten ebenso beharrlich aus dem Weg gegangen war wie Ronja.

Mittig saß ein Dreiergespann, höchstwahrscheinlich Studentinnen, und am Rand, in lebhafte Unterhaltung vertieft, eine Gruppe von Busfahrern. Auch das war einer von Ioannis Beiträgen zum neuen Konzept. Mit den Kollegen gab es einen einfachen Deal: Sobald sie mindestens zu viert zum Essen kamen, aßen sie zum Sonderpreis, ein Getränk inklusive. Die meisten Fahrer kannten sich untereinander, auch wenn sie für unterschiedliche Unternehmen arbeiteten. Per Mundpropaganda sollte sich die Info weiterverbreiten und für regelmäßige Besucher sorgen. Vorausgesetzt, die Herrschaften freundeten sich mit dem veganen Essen an.

Ioannis kümmerte sich um die Getränke und hatte die ersten Essensbestellungen bereits durchgegeben. Mit gesenktem Blick griff Miriam das vorbereitete Tablett und schlüpfte an ihm vorbei. Selim brauchte sie gerade nicht. Alle Komponenten für das Baustein-Essen waren fertig vorbereitet und die Getränke ein guter Anlass, sich davonzumachen.

Vom Zweiertisch ertönte ein helles Lachen, das Miriam beinahe die Balance kostete. Das musste Zufall sein, bitte, bitte, ein Zufall.

Sie verteilte frisch gezapftes Pils an das griechische Busfahrerquartett und versorgte die Studentinnen mit Biolimonade. Blieb nur noch der Rotwein für den Tuscheltisch.

»Guten Abend, ich habe hier zwei Biospätburgunder, sind die für Sie?«

Die Köpfe fuhren auseinander. Schokobraun links,

platinblond rechts. »Danke schön!«, flöteten sie im Chor und zwinkerten ihr übertrieben verschwörerisch zu: Ronja und Steffi. Also doch.

»Sagen Sie, können Sie mir etwas empfehlen?« Gekünstelt und überlaut betonte Steffi die förmliche Anrede.

»Hier soll es etwas besonders Leckeres geben«, fügte Ronja leiser hinzu. »In der Küche, wird gemunkelt. Ein Geheimtipp, der so geheim ist, dass er auf Nachfrage geleugnet wird.«

»Was zum Kuckuck wollt ihr hier?« Miriam hielt sich am Tablett fest.

»Essen«, verkündete Ronja. »Und gucken, was du so treibst.«

»Und mit wem.« Steffi hob das Rotweinglas. »Wenn du moralischen Beistand brauchst, wir sind für dich da. Auf die Liebe und die Freiheit. Willkommen im Singleleben!«

»Du hast es ihr gesagt?« Fassungslos starrte Miriam Ronja an. »Aber das war …«

»Vertraulich. Ich weiß«, fiel Steffi ihr ins Wort und stellte das Glas wieder ab. »Reg dich nicht auf. Wir drei sind doch beste Freundinnen und ich verplappere mich nicht so leicht wie Ronja.«

Miriams Unterlippe zitterte vor Ärger und Enttäuschung über den Verrat. Auf Steffis Schweigsamkeit zu setzen war, wie Roulette zu spielen, auch wenn die das anders sah.

Ronja zog schuldbewusst die Nase kraus. »Das mit dem Beistand ist ernst gemeint, auch wenn es vielleicht gerade nicht ganz glaubhaft wirkt. Wir hatten schon einen Sekt oder zwei, bevor wir hergekommen sind.«

»Zum Vorglühen, oder was?«, zischte Miriam erbost.

»Nein, kein Vorglühen. Ich brauchte ein bisschen Mut, um dir gegenüberzutreten. Wir kennen uns lange genug, dass mir klar war, wie du reagieren würdest.«

»So ist es. Und jetzt hör auf, uns anzufauchen, Miriam«, flüsterte Steffi. »Die am Nebentisch gucken schon.« Lauter sagte sie. »Wissen Sie, ich denke, ich verlasse mich bei der Auswahl ganz auf Ihr Urteil.«

»Was glaubst du, wie die erst gucken, wenn ich euch mit Rotwein übergieße? Könnte sein, dass das mein Urteil ist.« Miriam hatte keine Lust, sich zu beruhigen. »Und was soll überhaupt dein affiges Gesieze?«

»Um die Lage zu checken, ist es besser, wenn nicht jeder gleich weiß, dass wir uns kennen, dachte ich.« Steffi zuckte die Schultern. »Wobei ich mit dem Checken wohl durch bin und gestehen muss, dass ich gleich platze vor Neid.«

Miriam zückte einen Kugelschreiber und legte ihren Block auf das Tablett. »Ich kann dir nicht folgen.« Was vermutlich auch besser war. »Soll ich eine Bestellung aufnehmen oder wollt ihr euch nur die Kante geben? Dann bring ich euch gern gleich eine ganze Flasche Wein.«

Ronja zog einen Flunsch und deutete dann über Miriams Schulter. »Ich glaube, da will jemand was von dir.«

Hinter dem Zapfhahn machte Ioannis Handzeichen.

»Komme gleich«, gab Miriam vage über die Schulter zurück.

»Uh, ja, ich auch, bitte.« Steffi seufzte inbrünstig. »Worauf wartest du? Wenn der mir winken würde, wäre ich sofort hier weg und bei ihm. Von dem würde ich mir alles beibringen lassen. Nicht nur kochen.«

Ronja hob den Zeigefinger. »Reiß dich zusammen, der

langhaarige Schnuckel gehört Miriam. Und darauf stoßen wir jetzt an: Auf den Mann, der sich dein Herz erkocht hat.«

»Ihr meint Ioannis?«, entfuhr es Miriam. »Aber der ist es doch gar nicht.«

»Wie, der ist es nicht?« Steffi riss den Mund auf. »Heißt das, hier läuft noch einer von dem Kaliber rum? Und dieser da ist doch zu haben?« Sie zupfte am Ausschnitt ihrer Bluse und fuhr sich beidhändig durch die kurzen blondierten Locken. »Ohohoh!«

»Meine Güte, Steffi! Du bist peinlich.« Ronja fächelte ihr mit der improvisierten Speisekarte Luft zu. »Kühl mal runter. *Der* ist es nicht, bedeutet vor allem eines: dass es sich für Miriam ausgeleugnet hat.«

»Das ist Blödsinn und ihr seid alle beide peinlich.« Verwünschungen brummend wandte Miriam sich ab. »Wenn ihr erlaubt, ich habe zu tun.«

»Aber wir haben doch noch gar nicht bestellt!«

»Ihr esst, was auf den Tisch kommt.«

»Geht für mich in Ordnung.« Steffi kicherte. »Was ich am liebsten hätte, steht ja eh nicht auf der Karte.«

Miriam rauschte davon, schnappte Ioannis am Handgelenk und zog ihn in die Küche.

»Was gibt es?«, fragte sie ruppig.

»Nichts. Ich dachte nur, ich muss dich retten. Machen die beiden Stress? Die haben dich ja ewig vollgelabert.«

»Oh nein, die machen keinen Stress. Ganz bestimmt nicht!«

Selim wendete Bratlinge in der Pfanne. »Richtig tiefenentspannt hört sich aber anders an. Hast du schon was gegessen? Ich habe extra auch was ohne Knoblauch gemacht.«

»Das ist mir ehrlich gesagt im Augenblick völlig egal. Und wenn einer Stress kriegt, dann Ioannis.« Miriam nahm eine Gabel in die Faust.

»Ich?« Erschrocken riss Ioannis die Augen auf. »Aber ich habe doch gar nichts gemacht!«

»Das stimmt. Trotzdem bewegst du dich auf gefährlichem Terrain. Es sei denn, du kommst damit klar, als Beute betrachtet zu werden. Steffi, die Blonde, hat es auf dich abgesehen. Soll heißen: Auf ihrem Wunschzettel für den Nachtisch stehst du ganz oben.«

Die beiden Männer wechselten einen raschen Blick, dann wandte Selim sich wieder seiner Pfanne zu. Sein Grübchen zuckte.

»Danke für die Warnung.« Ioannis grinste von einem Ohr zum anderen.

»Was findest du daran so lustig?« Der hatte doch nicht etwa Spaß an der Vorstellung, sich von Steffi abschleppen zu lassen?

»Gar nichts. Übrigens: Burak kommt später vorbei, wegen der Flyer. Weißt du noch? Das hatten wir besprochen, ehe du dich am Sonntag zum Schlummern ausgeklinkt hast. Er sagt, sein Schwager macht dir einen Superpreis. Den darfst du aber auf gar keinen Fall sofort akzeptieren. Ich kenne diesen Typen, der erste Preis ist immer zu hoch. Am besten lässt du mich das machen, dann handle ich den noch ein bisschen runter. Aber wir müssen heute alles klären. Gedruckt wird morgen und Donnerstag schickt Burak ein paar Leute los, die den ersten Schwung an der Uni und in der Fußgängerzone verteilen. Er schwört, dann rennen sie uns am Freitag die Bude ein.«

»Was echt cool wäre.« Selim richtete Essen an. Vier

üppige Portionen, mit roten Zwiebelringen garniert. »Und jetzt drückt die Daumen, dass mein Hacksteak ohne Hack ein Knüller ist und die Kollegen wiederkommen.«

»Ich habe die Kerle angeschleppt, ich werde sie auch überzeugen. Lass mich das machen.« Ioannis drängte sich vorbei. »Du kannst bleiben, Miriam, und Selim helfen. Bei … was auch immer er Hilfe braucht.«

»Hau ab, Maláka.« Selim deutete einen Tritt in Ioannis' Hintern an und Miriam wedelte ihn mit beiden Händen hinaus, obwohl sie ihm am liebsten hinterhergerannt wäre, um nicht mit Selim allein zu sein. Konzentriert guckte sie auf ihren Notizblock. Das obere Blatt war leer.

»Ich brauche noch zwei Essen. Was, ist egal, einfach das, was wegmuss.« Ihren Freundinnen hätte sie heute kalt lächelnd Rolfs ungenießbar angebranntes Gericht serviert. *Tannine, neuster Trend.* Mit Todesverachtung stibitzte sie eine der übrig gebliebenen Fleischattrappen aus dem heißen Fett, pustete ausgiebig und nagte eine kleine Ecke ab. Überrascht entfuhr ihr ein verzückter Laut und sie biss ein größeres Stück ab. »Hmmmm!«

»Dazu gibt es Couscous und mediterranes Grillgemüse.« Selim balancierte einen Löffel vor ihrer Nase. »Komm, trau dich. Aioli hab ich für dich weggelassen.«

Ja, es duftete, ja, es sah appetitlich aus – aber es war und blieb Gemüse. Andererseits war der Bratling eine Offenbarung und ihr geliebter Döner am Mittag eine Enttäuschung gewesen. Skeptisch öffnete sie den Mund und ließ sich füttern. Das war verrückt. Winzige, leicht nussige Couscouskörnchen kitzelten ihren Gaumen, dann entfaltete das Gemüse sein Aroma. Feurig, mit einer Spur Süße, umrahmt von tausend Kräuternoten.

»Hmmmm!«, machte sie wieder, legte ein drittes und ein viertes Hmmmm nach. Genau das mussten Ronja und Steffi kosten. Obwohl sie es nicht verdienten. Und dann, dann …

Neben ihr sog Selim zischend die Luft ein. »Könntest du bitte loslassen?« Seine Stimme klang leicht gequält.

Erschrocken fuhr Miriam aus ihrer Trance, ihre Fingernägel hatten sich in Selims Oberarm gebohrt. Wie peinlich. Ein weiteres *Hmmmm* in leicht fragender Tonlage ersetzte jede Erklärung und auch ihre Entschuldigung für die halbmondförmigen Kerben unter dem Rand seines Ärmels. Zaghaft streichelte sie darüber und ließ dann eilig die Hand sinken. Das lief schon wieder ganz anders, als es sollte.

»Genau das will ich«, sagte sie bestimmt. »Das und nichts sonst.«

Selims Augen strahlten.

»Dieses Essen, zweimal«, präzisierte sie und hätte sich dafür ohrfeigen können. Erst die überflüssige Erklärung gab dem vorhergehenden Satz eine missverständliche Note.

»Verstanden. Kommt sofort. Hilfst du mir?« Selim verteilte Couscous und Gemüse, Miriam arrangierte die Bratlinge und klatschte je einen Löffel Knoblauchdip dazu. Beim Dekorieren kamen sie sich in die Quere, ein Kräuterschauer regnete auf die Arbeitsfläche.

»Entschuldigung.« Selim fing ihre Hand ein und pustete sehr ausgiebig auf ihre bei der Kollision angeschlagenen Knöchel. Mit gemischten Gefühlen entzog Miriam ihm ihre Finger. Sie wollte weder weg, noch wollte sie bleiben und zu ihren Freundinnen wollte sie genauso wenig.

»Übrigens, was Ioannis angeht: Mach dir um den keine Sorgen. Der kommt mit Frauen gut klar.«

»Okay, wenn du das sagst.« Entschlossen packte Miriam die beiden Teller. Höchste Zeit, das Essen zu servieren, ehe der Zufall für eine weitere ungewollte Berührung sorgen konnte.

Unfallfrei schaffte sie es durch die Gaststube, servierte fast schon routiniert und wünschte guten Appetit. Nur der Versuch, auf dem Absatz umzukehren, scheiterte.

Auf dem Tisch stand ein zusätzliches Glas Wein und Ronja klopfte auf den Stuhl neben sich.

»Setz dich zu uns. Bitte, bitte!«

»Dein Adonis hat uns versichert, dass er alles im Griff hat und du eine Pause machen kannst.«

Ioannis zwinkerte ihr schon wieder zu, was sollte das?

»Für einen echten Adonis fehlt es ihm allerdings an Muskeln«, schränkte Steffi kritisch ein.

»Ein bisschen mager ist er«, stimmte Ronja zu, »aber schon hübsch. Vor allem von vorn. Als ich ihn im Profil gesehen habe, dachte ich allerdings, hoffentlich ist er kein Rückenschwimmer. Bei der Nase gibt es sonst sofort Haialarm.«

»Wie fies ist das denn? Ioannis ist …«

»… trotzdem attraktiv. Ja, ja, sag ich doch.« Ronja wandte sich ihrem Essen zu. »Und ich bin uncharmant und außerdem hungrig.«

»Sagtest du Johannes?« Steffi runzelte die Stirn.

»Ioannis, das ist die griechische Variante von Johannes.«

»Ist nicht wahr? Das ist ein Knüller!« Steffi schnaubte und lief rot an im Bemühen, mit ihrem Gelächter nicht wieder alle Aufmerksamkeit auf sich zu ziehen.

»Einspruch«, nuschelte Ronja zwischen zwei Bissen. »Was auch immer du meinst. Der echte Knüller ist dieses Essen.«

»Mensch, ihr kennt den Spruch doch, Mädels!« Steffi hielt hartnäckig am Thema fest. »Den mit der Nase des Mannes? Unterirdisch, ich weiß, nur in diesem Fall drängt sich der Gedanke doch geradezu auf, bei der Nase und dem Namen. Wenn an dem Spruch was Wahres dran ist, muss der Typ ein Megagerät haben.«

Miriam schlug auf den Tisch. »Entweder, ihr hört jetzt sofort auf, über Ioannis herzuziehen und irgendwelche Schweinereien zu erzählen, oder ich werfe euch raus. Ist mir völlig egal, dass wir befreundet sind. In meinem Bistro wird nicht über Schwanzgrößen diskutiert.«

»Och, Kinder, ich esse! Wie soll ich das denn so genießen? Also bitte, Steffi: gib Ruhe, und Miriam, nimm du am Tisch nicht in den Mund, worüber sie schweigen soll.«

Steffi versteckte ihr Gesicht hinter einer Serviette. Gedämpft drangen einzelne Wortfetzen hervor, aus denen Miriam trotzdem den Gesamttext ableiten konnte. Eine halbherzige Entschuldigung war mit dabei und die Beteuerung, ihre Lästerei sei selbstverständlich nur positiv zu verstehen gewesen und die dominante Nase alles andere als ein Makel. Der Hinweis auf das, was gerade niemand in den Mund nehmen sollte, war letztlich jedoch zu viel für Steffi. Tränenblind vor Lachen flüchtete sie zur Toilette. Den Anlass für ihren Heiterkeitsausbruch hatte zum Glück niemand sonst mitbekommen. Doch alle Blicke folgten ihr.

»Schaff sie hier raus, sobald ihr gegessen habt, Ronja.« Miriam lächelte verkniffen.

»Tut mir leid, dass sie sich so aufführt. Bitte sei nicht

sauer. Wir kamen wirklich mit guten Absichten und in freundschaftlicher Mission. Jetzt, wo sie gerade weg ist, verrätst du mir ein kleines bisschen mehr? Du hast unser Telefonat dermaßen plötzlich abgebrochen und nicht zurückgerufen, dass es dafür nur eine glaubhafte Begründung gibt: Ich war auf einer heißen Fährte. Entweder bist du frisch verliebt oder noch mitten im Prozess des Verliebens. Wenn es der ist, der dieses Essen gekocht hat, hast du meinen Segen – wie auch immer er aussehen mag. Du weißt und ich weiß und Steffi weiß es ganz genauso, dass die schönste Verpackung einen Dreck wert ist, wenn innen nur heiße Luft zirkuliert. Dass ich sie mitgebracht habe, hängt vor allem mit ihrem letzten Beziehungsfehlversuch zusammen. Der Crash ist erst ein paar Tage her und noch unverdaut. Du kennst Steffi, sie neigt zu Übersprungshandlungen.«

Ein Ablenkungsmanöver und Trost für Steffi also. Das ging in Ordnung. Nur schmeckte es Miriam kein bisschen, wenn Ioannis als potenzieller Lückenbüßer herhalten sollte. Das konnte Ärger bedeuten und ihre Erfahrung sagte ihr, dass eher Ioannis derjenige sein würde, der am Ende heulte. Steffi war keine Frau, mit der man einfach so klarkam. Und Ioannis war keiner fürs Haifischbecken – Nase hin oder her.

Ronja zog an ihrem Ärmel. »Für dieses Essen gelobe ich alles zu tun, um kein Hausverbot zu bekommen. Nur bitte, tu du nicht länger so, als gäbe es bei deinem Engagement für dieses Bistro keine menschliche Zutat, die dich motiviert.«

Im Augenblick saß Ioannis bei Hasim und erklärte diesem leise und geduldig ein amtliches Schreiben, wofür sie vorher keine Zeit gefunden hatte. Unauffällig deutete Miriam in seine Richtung. »Sorg dafür, dass Steffi ihn in Ruhe lässt. Und nein, es bleibt dabei: Er ist es nicht.« Im Rotweinglas tanzten bei jeder Bewegung Lichtreflexe. Sie schwenkte es hin und her, ohne zu trinken. »Selim ist Busfahrer«, sagte sie. Allein seinen Namen auszusprechen trieb ihr brennende Hitze ins Gesicht. Und ein Lächeln. »Er singt beim Fahren und beim Kochen, er macht dauernd Witze, er bringt mich zum Lachen und zuerst fand ich ihn total doof. Absolut schrecklich doof. Er trägt eine verspiegelte Sonnenbrille, eine breite Goldkette und ist knapp genauso groß wie ich. Und ich habe ganz grässliche Angst, den einen Idioten durch den nächsten zu ersetzen.« Genauso wie Steffi das oft machte, die auf dem Rückweg von der Toilette am Tisch der Busfahrer hängen geblieben war und dort jetzt ihre rudimentären Sprachkenntnisse aus dem letzten Griechenlandurlaub testete. »Wobei Selim ganz anders ist, als ich mir so einen Goldkettenträger vorgestellt habe, und er ist natürlich kein Idiot, sondern toll. Aber Dilli ist auch toll gewesen. Und das Schlimmste daran ist, dass Selim mich oft an ihn erinnert.«

Steffi stieß bereits mit ihrem zweiten Ouzo an.

»Hm. Nur zum Verständnis: Wie muss ich mir das vorstellen mit dir und Selim? Er gibt den großen Lehrmeister und du die ehrfürchtige Schülerin? Da gab es mal einen Kinofilm, ich glaube einen französischen. Mit wem war der noch?«

»So ähnlich, aber ohne Ehrfurcht. Er bringt mir neue Techniken bei.«

»Französisch?« Ronja kicherte. »’tschuldigung!«

»Die Grundlagen rund ums Gemüse, du Suppenhuhn.

Er meint, ich bin ein Naturtalent. Was soll ich denn jetzt bloß machen?«

»Vielleicht deinem Bauchgefühl folgen?«

»Gegenfragen gelten nicht als Ratschlag«, maulte Miriam. »Und das Wort Bauchgefühl gegen Herz austauschen zählt auch nicht.« Ihr aktuelles Bauchgefühl signalisierte ein schlichtes »Satt«, denn ganz nebenbei hatte sie die Hälfte von Steffis Essen verputzt. Die hatte offenbar sowieso keinen Hunger und saß inzwischen auf einem fremden Schoß. Immerhin war das gut fürs Geschäft. Die Schnapsflasche auf dem Busfahrertisch leerte sich und Hochprozentiges fiel nicht in die ausgehandelte Fahrerpauschale.

Nachdenklich studierte Ronja das Ringbuchblatt, zeichnete mit dem Fingernagel die Linien nach. »Kein Herz als Wegweiser? Dann kann ich dir nur eins raten: Versuch es mit mehr Gelassenheit. Schließlich geht nicht immer alles schief, was schiefgehen könnte.«

Miriam nickte ergeben. »Du willst also Spontaneität und positives Denken von mir?«

»Genau!«

Wenn jetzt noch der Hinweis auf Entspannungsübungen und Yoga folgte, würde sie es sein, die einen Lachanfall bekam. Oder einen Heulkrampf.

Sie erhob sich, um nach den Studentinnen zu sehen, die sich zum Glück nicht über den unaufmerksamen Service beklagten. Leinenhosen, Batikhängerchen in ausgewaschenen Naturfarben, dazu Dreadlocks, Wuschelmähne und Undercut. Komisch, dass Ioannis sich nicht mehr um sie kümmerte, denn stilistisch passten sie perfekt zu seinem Jesuslook.

»Kann ich euch noch was bringen? Einen Nachtisch?«

»Ne, war alles super. Besser als letztes Mal, wenn ich ehrlich sein darf.«

»Klar darfst du. Nicht nur, wenn es gut war. Kritik ist willkommen. Mögt ihr noch eine Limo, einen Kurzen oder einen echten türkischen Tee? Geht auf mich.« Bestechung erschien unnötig, trotzdem konnte die Geste nicht schaden. Der Tee war ihr persönliches Highlight des Tages gewesen. Gekocht in einem echten Samowar, den Selim angeschleppt hatte, zusammen mit einem Set passender Gläser. Nun verfügte sie über eine scheinbar nie versiegende Quelle und der Stoff, den diese hervorbrachte, hatte Suchtpotenzial.

Wie erwartet verneinten alle und Miriam setzte sich, um die Rechnung zu machen. »Wenn ihr schon häufiger hier gewesen seid, kennt ihr bestimmt auch Mareike, oder?« Sie stellte die Frage ins Blaue, ohne selbst zu wissen, worauf sie hinauswollte.

»Logisch. Ihretwegen sind wir überhaupt da. Ohne Mareike gäbe es immer noch kein wirklich veganes Bistro in dieser verschnarchten Stadt.«

»Leider ist sie ja wieder ausgestiegen. Dadurch ist der ganzheitliche Ansatz irgendwie verloren gegangen, oder? Der war ja auch komplett ihre Idee.«

Volltreffer. Miriam nickte unbestimmt. »Echt schade, dass ich sie nie kennengelernt habe. Wieso hat sie denn aufgehört? Ich meine, wenn sie das Bistro aufgebaut hat, selbst gekocht und so – da muss ja etwas Gravierendes dahinterstecken, dass sie das hinschmeißt.«

»Es waren wohl vor allem private Differenzen mit ihrem Partner.«

»Ach?« Miriam hob die Augenbrauen und spekulierte weiter drauflos. »Ich habe gehört, sie sind gerade in Italien. Dann hat sie das Bistro also sausen lassen, um ihre Beziehung zu retten?«

»Nein, das mit Italien musst du falsch verstanden haben. Mareike ist echt straight in solchen Dingen. Klarer Schnitt.«

Die Zahlen tanzten auf dem Rechnungsblock. Strich drunter. Ihr Kugelschreiber drückte eine Kerbe ins Papier.

»Um hier mitzuarbeiten, hätte sie ja auch gar keine Zeit, mit ihrer Yogaschule und den ganzen Therapiestunden. Sie ist mehr auf der spirituellen Ebene unterwegs.«

Vom Spirit allein konnte ein Bistro schlecht existieren. Das brauchte zupackende Hände. Das Bild, wie Felix mit seinem Welpencharme ganz unerwartet auf Widerstand gestoßen war, stand Miriam klar vor Augen. Als die Frau mit der großen Idee ihm klargemacht hatte, dass von ihr nicht mehr als genau diese Idee zu erwarten war. Mareike ließ ihn im Regen stehen und sein Feuereifer erlosch, genau wie die brennende Leidenschaft, die sie sicher für eine Weile verbunden hatte. Schlussstrich. Das hörte sich so einfach an. Übrig geblieben war ein rot-plüschiges Schlafzimmer, ein Finanzdesaster und die Küchennotlösung mit Rolf und Samantha, deren »Spirit« auch für einen Fuffi auf die Hand nicht mal ansatzweise glühte. Ja, so passte das zusammen und ein klitzekleines bisschen tat Felix ihr sogar leid. Wie hätte er ahnen können, dass sein Augenaufschlag nicht alle Probleme aus der Welt schaffte, wenn er eine andere Frau ansah als sie?

»Unser neues Konzept braucht noch ein bisschen Anlaufzeit«, sagte Miriam. »Es würde mich freuen, wenn ihr trotzdem öfter kommt.«

»Bei dem Essen bestimmt.«

»Ja, unbedingt. Und, sorry – nicht falsch verstehen, was wir über Mareike gesagt haben. Wie ihr das jetzt macht, mit Multikulti-Touch und sozialem Einsatz, ist echt klasse.«

Das hörte sich ermutigend an, doch der weitere Verlauf des Abends machte Miriam wenig Hoffnung, dass diese Mischung Zukunft hatte.

Nicht lange nach den Studentinnen verabschiedeten sich auch die Busfahrer. Ronja horchte Miriam weiter über Selim aus, der sich in der Küche verschanzt hatte. Steffi stocherte im Rest ihres lauwarmen Essens herum, trank unmäßig viel Rotwein und schmachtete Richtung Theke. Von dort zeigte Ioannis ihr überraschend konsequent die kalte Schulter. Und kein weiterer Gast brachte das Windspiel zum Klimpern.

Der Anruf seiner Mutter warf Felix aus der Bahn. Ihm blieb kaum mehr als eine Woche – eine magere Galgenfrist. Auf die eine oder andere Art musste er zu Kreuze kriechen, um Vergebung und um Hilfe betteln. Er legte das Kühlpack beiseite und bewegte vorsichtig den Mundwinkel und die geschwollene Lippe. Sein Auge war morgen sicher knallblau.

Bei der Entscheidung, welches Übel das kleinere war, brauchte er nicht lange zu überlegen. Fragte sich nur, wie er seine Beichte geschickt verpackte, ohne gänzlich das Gesicht zu verlieren. Zum allerersten Mal kam ihm der Gedanke, er könnte damit scheitern. Womöglich hatte er den Bogen überspannt. Dann ging es nicht mehr nur um sein Gesicht. Dann ging es um seinen Hals.

Selim hörte nicht zu. Er bekam diesen Moment einfach nicht aus dem Kopf. Zwar ganz anders, aber doch fast genauso schön wie ihr Kuss. Dieser verzückte Schimmer auf Miriams Gesicht. Seinetwegen. Na gut, nicht direkt seinetwegen, aber zumindest wegen seines Essens. Dabei war sie vorher ganz schön sauer gewesen. Auf wen oder was, war ihm immer noch nicht ganz klar. Wie in Zeitlupe sah er ihre Zungenspitze die Lippen befeuchten, die sich dann für den Löffel öffneten. Ihre Wimpern senkten sich und ihre Fingernägel perforierten seine Haut. Die Einkerbungen würden eine ganze Weile sichtbar bleiben. Unwillkürlich grinste er und fing sich dafür einen Anraunzer von Ioannis ein.

»Mein Vorschlag ist ernst gemeint oder hast du einen besseren? Das ist nicht komisch!«

»Was? Nein. Hatte nichts mit dir zu tun.« Vergeblich versuchte er die letzten Sätze zu rekonstruieren. Doch er hatte völlig den Faden verloren und keinen Schimmer, wovon sein Kumpel gesprochen hatte. Dessen Gesichtsausdruck nach war es um die Schnapsidee gegangen, auf dem Bistro-Flyer Werbung für angebliche Livemusik am Freitagabend zu machen. *Stand-up livemusic*, hatte Ioannis die Sturzgeburt getauft. Ein netter Begriff, unter dem sich keiner so richtig etwas vorstellen konnte. Auch Burak nicht, der das Design mit ihnen durchgehen sollte, und garantiert eher seine Zunge verschluckt hätte, als seine Ahnungslosigkeit zuzugeben. Der platzte vor Coolness fast aus seinem T-Shirt, das die prallen Muskeln umspannte. Irgendwie waren er und Selim miteinander verwandt und so etwas Ähnliches wie Cousins.

»Wo bist du mit deinen Gedanken?«, hakte Ioannis nach.

»Bei Tante Hatice«, log er. »Ich musste sie heute anrufen und jetzt will sie unbedingt, dass ich zu Besuch komme.«

»Krass. Du weißt, was das heißt? Du fährst allein in die Türkei und kommst mit einer Frau im Gepäck zurück.« Burak schlug ihm auf die Schulter. »Bei der Aussicht würde ich auch grinsen. Glückwunsch.«

»Sicher nicht.« Selim schüttelte sich. »Da bleibe ich lieber Single.« Miriam saß mit ihren Freundinnen zusammen, die dauernd neugierig herüberguckten, was ihr sichtlich unangenehm war. Genau wie ihm. Sicher redeten sie über ihn, begutachteten ihn von Kopf bis Fuß, wie einen Gebrauchtwagen, bei dem man noch abwägt, ob er einer Probefahrt würdig ist. Ab und an kreuzten sich ihre Blicke, dann schaute Miriam hastig beiseite. Jetzt stand sie auf und kam auf ihn zu.

»Was spricht denn gegen eine arrangierte Ehe?« Vor Burak lag der Entwurf für die Flyer. Mit Marketing kannte der sich allerdings noch weniger aus als Selim. Was bedeutete, dass Ioannis sich am Ende durchsetzen würde. »Ist doch gar nicht schlecht, wenn die Eltern dir eine Frau aussuchen. Die wissen schon, was gut für dich ist. Eine aus der Türkei. Wenn sie die Sprache, also Deutsch, nicht kann, oder nur ein bisschen und nicht arbeiten geht, dann ist sie auf dich angewiesen. Sie bleibt zu Hause und sie ist treu. Genau wie es sein soll. Eine Frau, die selbstständig ist und studiert, einen Beruf hat und eigenes Geld, die kann jederzeit gehen, so eine würde ich nicht wollen.«

»Klar, wer will das schon.« Sein sarkastisches Schnauben blieb Selim im Hals stecken, als er bemerkte, wie Miriam die Stirn in Falten legte. Wie viel hatte sie gehört?

»Sag ich doch, Alter, eine Hochzeit ist schließlich eine Investition in die Zukunft.«

»Genau. Hier geht es um die Zukunft.« Selim signalisierte Burak, still zu sein, und schob einen Stuhl für Miriam heran. Er konnte nur hoffen, dass sie nicht ernsthaft annahm, er teile Buraks Meinung. »Setzt du dich zu uns?«

»Sicher. Wie weit seid ihr? Passt das, wie wir es uns vorgestellt haben, oder müssen wir noch was ändern?« Ihr Knie berührte sein Bein. Ganz zufällig. Sie legte den Arm auf die Tischplatte. Ihr Ellbogen stieß an seinen und sie zog ihn nicht weg. Wie elektrisiert hielt Selim still, wagte keine Bewegung, die ihn von ihr entfernt hätte. Aufmerksam schaute sie von einem zum anderen.

»Perfekt«, sagte er. Ihre Gegenwart umwölkte sein Bewusstsein mit einem Zuckerwattenebel. Sie war mehr als perfekt, wenn es das gab.

»Fast perfekt«, schränkte Ioannis ein und trat ihm warnend auf den Fuß.

»Ja, fast«, stimmte er schnell zu. »Aber so gut wie. Sind nur noch Kleinigkeiten.«

»Gut. Und woran hakt es noch?« Miriam drückte sich vom Stuhl hoch und beugte sich über Ioannis Skizze. »Zu viel Text, zu viele Farben oder liegt es am Preis?«

Burak musterte sie abschätzend. Fehlte nur, dass er sie wegschickte, damit sie das Geschäftliche unter Männern regeln konnten. Ioannis sagte irgendwas und sie antwortete.

Selim schluckte. Es gefiel ihm nicht, dass Burak sie

ansah. Ihre weichen Hüften, die er so nah vor sich hatte, der zarte Streifen Haut, der zwischen dem verrutschten T-Shirt und dem Hosenbund sichtbar wurde, als sie sich streckte. Zum Glück driftete Buraks Aufmerksamkeit schnell wieder ab. Ganz sicher entsprach Miriam nicht seinem eben erklärten Beuteschema.

Mit einiger Mühe schaffte Selim es, sich zu konzentrieren. Nicht zuletzt, weil er sich weiterhin vom Nebentisch beobachtet fühlte – und irgendwie auch herausgefordert. Am Ende des Abends würden Miriams Freundinnen ihre Meinung verkünden und dann wollte er ungern als komplett planloser Idiot abgestempelt werden. Den Titel durfte ein anderer haben. Die Blonde taxierte auch Ioannis und Burak völlig ungeniert. Das musste Steffi sein, die noch über ihren Nachtisch grübelte. Wenn sie sich da mal nicht verrechnete.

Bald war auch das letzte Wort für den Flyer festgelegt und Burak nannte seinen Preis.

»Ist das dein Ernst?« Miriam hob spöttisch die Augenbrauen. Unauffällig drückte sie unterm Tisch Selims Hand, dann stand sie auf. »Versuch es noch mal.« Sie verschwand hinter der Theke, holte eine weitere Flasche Rotwein und schenkte ihren Freundinnen nach.

Ioannis lachte laut über Buraks dummes Gesicht, der einen Moment brauchte, um seine Sprachlosigkeit abzuschütteln.

»Da hörst du es.« Selim verschränkte die Arme hinterm Kopf und lehnte sich zurück. »Sie ist hier der Boss. Und nun mach ein Angebot, das diesen Namen auch verdient.«

»Allah, wollt ihr, dass ich drauflege? Das ist nicht meine

Firma, ich muss für das Geschäft bei meinem Schwager geradestehen.«

»Nicht weinen, Burak. Überleg mal, wie du vor deinem Schwager dastehst, wenn eine Frau das Geschäft zum Platzen bringt, weil sie härter verhandelt als du. Außerdem bleibt es bestimmt nicht bei der einen Bestellung, wenn sie zufrieden ist.«

Daran hatte Burak zu schlucken. Finster starrte er Miriam hinterher.

Am Nebentisch durchsuchte Steffi ihre Handtasche und sagte etwas von »Nase pudern«, worüber sie sich kaum einkriegen konnte. Im Vorbeigehen rempelte sie Burak und Ioannis an – völlig unbeabsichtigt natürlich.

»Ups!« Entschuldigend klimperte sie mit den Wimpern, nahm jeden Einzelnen kurz ins Visier und verschwand kichernd Richtung Toilette.

Buraks Blick klebte an ihrem Hintern. »Mein Preis ist super, dabei bleibe ich. Aber vielleicht geht doch noch was. Extrarabatt, sagen wir einen Zwanziger für die Info, wer die Hübsche da eben war.«

»Steffi«, sagte Ioannis. »Aber die steht auf mich.«

»Auf dich?« Burak lachte leise. »Blöder Fehler. Kann nicht lange dauern, bis sie das merkt, und dann ist der liebe Burak zur Stelle und tröstet sie. Oh ja, die würde ich so was von gerne trösten! Also, Nachlass gibt es, wenn ihr mir heute noch ihre Nummer besorgt.«

»Ohne mich.« Ioannis beugte sich vor. »So was mache ich nicht. Außerdem willst du doch keine selbstbewusste Frau.«

»Wenn es ums Heiraten geht – zum Spielen dürfen sie schon wild sein.« Geräuschvoll schob Burak seinen

Stuhl zurück. »Mann, euer Bier treibt vielleicht. Ich muss pissen.«

Ioannis steckte sich andeutungsweise einen Finger in den Hals. »Was für ein Affe. Labert von Allah und braven Ehefrauen, aber säuft die ganze Zeit und gräbt alles an, was Brüste hat. Ätzend.«

»Korrekt.« Selim strich die Zahl durch, die Burak auf einen Zettel geschrieben hatte. »Aber mit dem Preis knickt der noch ein. Und alles andere ist bloß dummes Geschwätz. Du weißt, warum der keine starke Frau will? Weil er eine hat. Der ist vierundzwanzig und wohnt bei seiner Mama. Die hat ihn derart unter der Fuchtel, dass er kaum atmen kann, deshalb spielt er den Obermacho.«

»Kommt mir vage bekannt vor. Wann bist du ausgezogen?«

»Früher«, knurrte Selim. »Viel früher.« Dann grinste er. Ioannis wusste es ganz genau. Schließlich war er nach dem Krach mit seiner Mutter Aysin damals bei ihm untergeschlüpft.

Miriam und ihre andere Freundin kamen herübergehuscht.

»Und?«

»Noch kein besserer Preis. Der muss noch ein bisschen schmoren.«

»Okay.«

»Hi, ich bin übrigens Ronja. Wollte mich mal eben vorstellen.« Die Dunkelhaarige schloss sich dem halblauten Flüstern an und schüttelte ihnen mit festem Griff die Hand. »Urälteste Freundin, nicht betrunken und außerdem Grafikerin.« Sie tippte auf den Flyer. »Ich könnte ja sauer sein, dass Miri mir den Auftrag nicht gegeben hat.

Aber erstens bin ich ausgebucht und zweitens zu teuer. Nebenbei: *Stand-up livemusic* finde ich cool. Das macht neugierig.«

Ioannis hob beide Daumen. »Meine Rede. Wir verstehen uns. Siehst du, Selim? Die Frau weiß Bescheid! Nur fürs Protokoll, Ronja, weil du vermutlich schon informiert bist: Ich bin Ioannis. Urältester Freund und unbezahltes Mädchen für alles, solange es nix mit Kochen zu tun hat.«

Die Klospülung rauschte, eine Tür schlug zu. Unschlüssig nagte Miriam an ihrer Lippe. Wasser gluckerte durch alte Rohre, dann schlug eine zweite Tür. »Mist, zu spät.«

»Was ist zu spät?«

Miriam packte Ronjas Hand, die fragend die Schultern zuckte und sich wegschleppen ließ.

Als Burak breit grinsend zurückkehrte, beschlich Selim eine Ahnung, was Miriam durch den Kopf gegangen war. Ein schöner Mist war das – mit unabsehbaren Folgen.

»Euer Rabatt hat sich soeben erledigt.« Burak zeigte die Innenseite seines Unterarms. Eine schwungvolle Ziffernreihe mit Kugelschreiber, dahinter der knallrote, leicht verschmierte Abdruck eines lippenstiftbemalten Mundes.

Sekunden später schaukelte Steffi mit wiegendem Gang durch den Raum. Höchst vergnügt und mit aufgefrischtem Make-up.

»Mädels, ich bin verliebt!«, behauptete sie. »Ist der nicht zucker?«

Ronja schnitt eine Grimasse. »Könntest du die Beschreibung *der* präzisieren? Der begnadete Koch oder der Bursche mit der Supernase, den du den ganzen Abend angeschmachtet hast. Oder etwa der Bodybuilder mit dem

Prollgehabe, der dir aufs Klo nachgelaufen ist?« Bevor Steffi zum Antworten kam, winkte sie ab. »Lass es, Schätzchen, das war eine rhetorische Frage. Für dich ist heute jeder zucker, bei dem du Haare auf der Brust vermutest. Du bist nicht verliebt, nur knülle, und ich fürchte, wir sollten schleunigst aufbrechen.«

»Rattenstramm und rattenscharf«, bestätigte Steffi unverdrossen. »Und deshalb will ich noch nicht nach Hause!« Sie schob die Unterlippe vor und ließ die Wimpern flattern. »Bitte, Frau Aufpasserin, nur noch ein paar Minuten.«

»Ich ruf euch ein Taxi.« Miriam wählte und ließ jeden weiteren Einspruch an sich abprallen. Steffi musste ins Bett: und zwar allein.

Fünf Minuten später verfrachteten sie Steffi gemeinsam auf den Rücksitz des Taxis. Immer noch demonstrativ quengelnd, aber leidlich einsichtig.

»Ich ruf dich an«, sagte Ronja und drückte Miriam. »Gleich, wenn ich daheim bin. Das lief echt anders, als ich es mir vorgestellt hatte.«

Miriam schüttelte den Kopf. »Ein andermal, ja? Mir ist nicht mehr nach reden, ich will nur noch schlafen. Für heute ist Schluss. Die Kerle schmeiß ich jetzt auch raus.«

»Auch? Okay. Bis eben hatte ich mich nicht rausgeworfen gefühlt. Also noch mal: bitte nicht sauer sein, dass ich Steffi mitgeschleppt habe. Du siehst ja, wie nötig sie Zuspruch hat, und was deinen Selim angeht, jetzt mal ganz ernsthaft und vom Essen abgesehen, der ist …«

»Nicht jetzt.« Miriam legte ihr eine Hand über den Mund, aber Ronja redete weiter.

»… mir noch ein Rätsel. Wie er dich ansieht …«

Unter der zweiten Hand kamen nur noch einzelne Wörter durch, die Miriam lieber auch nicht gehört hätte.

»… undurchsichtig … verliebt? … Felix … besser.«

Das Taxi hupte und sie ließ Ronja los, der abschließend ein deutliches »Auf keinen Fall« gelang.

Der Fahrer ließ das Seitenfenster herunter und beugte sich über den Beifahrersitz. »Was ist jetzt, können wir bald?«

»Ja, Sie können.« Miriam öffnete die Wagentür für ihre Freundin. »Gute Nacht.«

»Gute Nacht.« Ronja stieg ein, sah zu ihr hoch, einen Fuß noch auf dem Asphalt. »Stimmt doch, was ich gesagt habe, meinst du nicht?«

Die roten Rücklichter verschwanden um die Straßenecke und Miriam stand noch immer auf dem Gehweg. Sie wusste nicht, was sie meinte, und sie wusste auch nicht, was Ronja meinte. Dagegen wusste sie sicher, dass Selim sich unglaublich für das Bistro engagierte, dass er geduldig war und so zuverlässig, wie sie es bei Felix nie erlebt hatte.

Die Tage flogen dahin, folgten einem neuen Takt. Bürostunden verschwammen zu einem nebulösen Brei, schattenhaft, unwirklich und bedeutungslos. Notwendiges Übel auf dem Weg zum Abend, an dem das Leben wartete. Miriams Welt bestand mit einem Mal aus Duft und Geschmack, aus Rezepten und wachsendem Wissen um die Beschaffenheit von Zutaten. Aus Konsistenz und Struktur, Kreativität, Fingerspitzengefühl und Wahrnehmung mit allen Sinnen. Und das Zentrum ihrer wundersamen neuen Welt war die kleine Küche des Bistros. Und Selim.

Am Vorratsschrank klebte, in Folie verpackt, ihre Bescheinigung vom Gesundheitsamt. Sichtbar auf den ersten Blick, für jeden, der hereinkam. War sie stolz darauf? Ja, irgendwie schon. Obwohl keine echte Leistung dahintersteckte. Es sei denn sie rechnete sich ihre ebenfalls neu gewonnene Unverfrorenheit als solche an. Ein leichtes Beben der Unterlippe vor Herrn Hebermehls Schreibtisch und der Verweis auf einen dringenden, unaufschiebbaren Privattermin hatten genügt. Keine weiteren Nachfragen, dafür ein unterschriebener Antrag zum Freizeitausgleich ihrer Überstunden, bewilligt in Sekundenschnelle. Sie spürte keinen Hauch von Reue, dass sie die Situation ausgenutzt hatte. Psychodoktor wegen Burnout, Anwaltskonsultation wegen einer Scheidung? Sollte das versammelte Büro doch Rätselraten und lästern. Sie hatte Prioritäten gesetzt und dabei nur an sich gedacht. Nicht an die Kollegen, nicht an Vorschriften, nicht an Konsequenzen. Es fühlte sich erstaunlich gut an.

Das Gas entzündete sich mit einem kleinen Knall und Miriam dimmte die Flamme zu einem sphärisch blauen Leuchten, das an der Pfannenunterseite leckte. Ihre Angst vor dem Herd war längst verflogen. Ganz anders sah es aus, wenn ihr Blick Selim streifte. Wobei Angst natürlich das falsche Wort war. Doch bei jedem Blick auf ihn wurde es heute gefährlich. Zweimal war sie beim Gemüseschneiden mit dem Messer abgerutscht, einmal war ihr fast ein Topf auf den Fuß gefallen und ihre Finger waren geradeso dem Rührgerät entkommen. Davon abgesehen lief die Arbeit tadellos. Sie hatten sich beide im Griff.

»Wie geht es jetzt weiter?« Sie schwenkte einen Löffel Öl in der Pfanne.

»Eine Kelle Teig, von der Mitte aus eingießen. Warte, ich zeige es dir.« Wie ein Chirurg vorm Einsatz im Operationssaal hielt Selim die Arme hochgereckt, nur dass die nicht frisch desinfiziert waren. An seinen Händen klebte Mangosaft. Aus den zerteilten Früchten sollte zusammen mit knusprigen Waffeln der heutige Nachtisch werden. Etwas Besonderes für die Gäste zur *Stand-up livemusic.* Wenn überhaupt welche kamen.

»Das darf nur hauchdünn den Boden bedecken.« Neben ihr stehend dirigierte Selim den Schöpflöffel. »Ja. Super. Genau aufpassen, dass du den richtigen Moment erwischst. Der Teig muss fast durch sein, aber noch elastisch. Dann kannst du die Waffel biegen, sobald sie weg vom Feuer ist, und beim Abkühlen behält sie die Form.«

Der süße Saft rann über sein Handgelenk und weiter Richtung Ellbogen.

»Zartes Goldbraun, dann ist er richtig.«

Angestrengt versuchte Miriam bei der Sache zu bleiben, aber die Saftspur auf seinem Arm brachte sie aus dem Gleichgewicht. Und erst recht die Vorstellung, dieser mit der Zunge zu folgen. »Du tropfst gleich«, krächzte sie.

»Jetzt. Hol's runter, Miriam! Runterholen. Ja, jetzt. Jetzt!« Er packte ihren Unterarm, zog die Pfanne von der Flamme und ließ die Waffel auf das vorbereitete Gitter gleiten. »Verdammt. Das war doch zu spät.«

»Besser als zu früh.« Miriam japste nach Luft. Hatten sich die letzten Sätze nur in ihrem Kopf angehört wie aus einem billigen Sexfilm? »Ich finde, die sieht gut aus.«

Selim drückte einen Spatel in die Mitte der Waffel, es knackte und bröselte. »Ist sie auch – wenn man ein Hundert-Teile-Puzzle draus machen will.« Er steckte ihr ein Bruchstück in den Mund.

»Fmeckt aba fuper.«

»Das ist doch schon mal was. Also noch mal.«

»Noch mal«, bestätigte sie und setzte die Pfanne wieder auf. »Aber du gehst nicht weg.«

»Nein. Wir machen es gemeinsam.« Selim wischte sich den Saft von den Armen und stellte sich unmittelbar hinter sie. »Teig, bitte.«

»Du willst mir ernsthaft über die Schulter gucken?«

»Ja, auch.«

Miriams Protest verpuffte augenblicklich, als seine Hand die ihre umfasste. Seine Nähe kribbelte auf ihrem Rücken und das Bewusstsein, dass in jeder Sekunde eine weitere Berührung möglich war, reizte sie. Gemeinsam drehten sie die Pfanne, in der die Waffel in Sekundenschnelle Farbe annahm. Außen etwas schneller als in der Mitte. »Jetzt?«

»Jetzt.« Die Waffel landete auf dem Gitter. Seine Wange strich rau an ihrem Hals entlang, als er den Kopf vorreckte, um besser sehen zu können. »Genau richtig. Und nun von vorne nach hinten locker aufrollen. Siehst du?«

Ihre Hand unter seiner. Seine auf ihrer. Miriam atmete flach und nickte. »Ganz einfach.«

Sie wiederholten den Vorgang ein ums andre Mal und mit jedem Versuch gelangen die Röllchen besser.

»Fantastisch!« Selim strahlte. »Hätte nicht gedacht, dass das so gut funktioniert.«

»Weil du davon ausgegangen bist, dass ich es nicht hinkriege?« Er wollte sie doch wohl nicht beleidigen? Ausgerechnet jetzt, nach ihrem Pas de deux an der Pfanne, bei dem sie sich so nahegekommen waren!

»Eigentlich vielmehr, weil es das Rezept bisher nur in der Theorie gab. Die Idee kam mir heute Morgen. Ein Mix aus Glückskeks, Pfannkuchen und indischem Chapati.«

»Das ist frei erfunden? Und du hast es mich machen lassen, damit du nicht doof dastehst, wenn es nicht klappt?« Miriam verpasste ihm einen Klaps. »Gemeinheit!«

Er wand sich in gespielter Verlegenheit. »Sag, dass du böse auf mich bist.«

»Ich bin böse auf dich!«

»Tut mir leid«, flüsterte er. Hauchte es auf ihre Haut zwischen Hals und Schulter, unter den Kragen ihrer Bluse. Seine Lippen nur einen Millimeter von ihr entfernt. Bis das Windspiel am Eingang ihn unterbrach.

Enttäuscht und erleichtert zugleich schlüpfte Miriam aus seinen Armen. Hatten sie nicht einvernehmlich beschlossen, genau das sein zu lassen, und die Küche zur flirtfreien Zone erklärt? Mit glühenden Wangen stürzte sie in die Gaststube. Konsequent zu sein war viel schwieriger, als ein Waffelröllchen zu formen. Und Inkonsequenz war so viel schöner. Sie biss sich auf die Zunge, doch das selige Lächeln wollte einfach nicht weichen.

»Da ist ja mein Patient! Wie geht es uns denn heute Abend?«

Feixend schlenderte der Doktor über die Terrasse heran und Felix stöhnte unterdrückt. Der ging ihm langsam auf die Nerven, obwohl sie sich zu Anfang gut verstanden hatten. Er fragte zu viel und kommentierte alles.

»Er ist deprimiert.« Mariella strich Felix durch die Haare und seufzte. »Aber er will nicht sagen, warum.«

»Ich bin nicht deprimiert.« Felix wich ihr aus und schüttelte die Frisur zurecht, an der er eine Viertelstunde herumgeföhnt hatte. Bis eine Strähne das blaue Auge zur Hälfte verdeckte und aussah, als wäre sie ihm zufällig ins Gesicht geweht. Missmutig blinzelte er darunter hervor. »Nur nachdenklich.«

»Und das, worüber du nachdenkst, macht dich unglücklich?« Mariella drückte ihm einen Kuss auf die freiliegende Augenbraue.

»Lass das!« Felix sprang vom Stuhl auf.

»Siehst du, Doktor, genau das meine ich.« Mariella warf die Arme in die Luft. »Als ob er ganz allein mit seinen Problemen wäre.«

»Er ist kein Doktor«, knurrte Felix und entfernte sich

ein paar Schritte. Die Luft war klar und kühl. Er stützte die Hände auf die steinerne Terrassenbrüstung. Über dem See braute sich ein Frühlingsgewitter zusammen. »Dazu habe nur ich ihn gemacht. Und ich bin weder deprimiert noch unglücklich noch habe ich …« Probleme. Er weigerte sich das Wort auszusprechen. Etwas laut zu sagen machte aus einer Idee eine Tatsache und ließ Ängste aus Löchern kriechen, in die er sie nie wieder zurückdrängen konnte. »Es gibt einfach ein paar Dinge, die ich zu regeln habe. Menschen, die auf meine Hilfe angewiesen sind. Verpflichtungen. Ein Restaurant führt sich nicht von allein.«

»Ich dachte, deine fabelhafte Miriam regelt alles für dich?«

»Dann hast du etwas falsch verstanden, Doktor.« Er drehte sich um. Machte es dem Kerl Spaß, ihn bloßzustellen? Für Mariella wollte er viel lieber weiter ein einsamer Wolf sein. Zwar witzig und charmant, aber auch geheimnisvoll und in letzter Konsequenz unnahbar. Ein Mann, der tun musste, was eben zu tun war: ein Macher. Auch wenn er sich in Wahrheit genau davor drückte, solange er irgend konnte. Jedenfalls wenn es um seine eigenen Angelegenheiten ging. »Wir sind ein Team. Keiner lässt den anderen hängen.«

»Und darum bist du seit fast zwei Wochen hier. Ja, völlig logisch.« Der Doktor setzte sich breitbeinig auf einen der Klappstühle, legte, in Psychiaterpose sinnierend, zwei Finger an die Stirn und wandte sich an Mariella. »Wie lange leidet der Mann schon unter Wahnvorstellungen?«

»Hör auf, ihn zu ärgern, Doktor!«

»Ich bin kein Doktor, nur Zahntechniker auf Urlaub«, korrigierte der gelassen. »Versteht ihr keinen Spaß mehr?

Mir kam es so vor, als hättest du längst neue Pläne. Und zwar hier.«

Im Augenblick war es Felix wirklich nicht nach Scherzen zumute und er schüttelte den Kopf. Er musste tatsächlich eine Entscheidung treffen.

Mariella legte die Hand auf seinen Arm. »Wann gehst du?«

»Bald.« Unglaublich, wie Frauen oft genau das begriffen, was ungesagt blieb. Noch glaubte er selbst nicht richtig daran, dass er es durchziehen würde. Er traute sich ja nicht mal, Miriam anzurufen. Ein Hauch von Traurigkeit trübte Mariellas Blick und es tat ihm leid, sie allein zu lassen. »Du hast gewusst, dass ich irgendwann zurückmuss.«

Etwas Seltsames lag in der Luft. Eine Spannung wie bei der Vorahnung eines Unwetters. Ioannis hibbelte hinter dem Zapfhahn herum und versuchte gleichzeitig, Miriams Nervosität zu zerstreuen.

»Das wird schon noch. Hab Geduld.«

Der vorhergesagte Ansturm neuer Gäste war bislang ein laues Lüftchen geblieben. Immerhin zählte Miriam gegen halb zehn achtzehn Besucher. Eine Steigerung, die sie tatsächlich den Flyern verdankten. Auch wenn sie eine Handvoll Busfahrer davon abziehen musste. Die kamen wegen des Essens, was letztlich schwerer wog, und wegen des Rabatts. An der Bar war ein Hocker für potenzielle Stand-up-Musiker reserviert, wie ein Pappschild mit Eddingaufschrift verriet. Die weitere Deko beschränkte sich auf ein paar Luftschlangen, die Ioannis um die Hockerbeine gewickelt und auf den Tischen verteilt hatte. Sehr Retro. Blass und ein wenig muffig, aus dem Altbestand einer der Schubladen. Ioannis hatte das Beste daraus gemacht, nachdem Miriam gar nicht erst auf die Idee gekommen war, sich darum zu kümmern. Ein bisschen schämte sie sich dafür, dass ihr der echte Glaube an sein Konzept heute abging. Das Luftschlangen-Ambiente erinnerte sie an Silvesterfeiern im Partykeller ihrer Eltern und Schulfeten in der Mittelstufe. Nur war damals die Stimmung ausgelassener gewesen.

Der Hocker stand mahnend herum. *Stand-up livemusic.* Wenn sich nicht bald etwas bewegte – jemand bewegte –, konnten sie den Ansatz sofort wieder einmotten.

»Nicht schwarzsehen«, flüsterte es neben ihr, und Selims Hand legte sich auf ihr Schulterblatt. »Zur Not musst du den Anfang machen.«

»Ich?« Ihr entsetzter Aufschrei verschaffte ihr ungewollt Aufmerksamkeit. Verkrampft lächelte sie in die Runde, dann machte sie zu ihrer eigenen Überraschung einen mutigen Schritt hinter der Theke hervor:

»Ja, also: einen wunderschönen guten Abend, Ihnen allen. Willkommen zu unserem ersten Musikevent. Äh … ich versichere Ihnen, dass die Bemerkung eben ein Scherz war: Wenn jemand heute ganz bestimmt nicht singt, dann bin ich das – in unser aller Interesse.« Die Ansprache brachte ihr Applaus ein und einige Lacher. Erwartungsvoll ruhten alle Blicke auf ihr und sie zuckte die Schultern. »Ja. Das war es schon, was ich sagen wollte. *Stand-up* heißt: spontan sein, selber machen. Also traut euch. Der Hocker ist eure Bühne. Und wer singt oder Musik macht, isst und trinkt auf meine Rechnung.« Mit glühend heißen Wangen deutete sie eine Verbeugung an und huschte zurück hinter den Tresen. Ioannis hob den Daumen und Selim streckte ihr die Arme entgegen. Ohne zu überlegen, schlüpfte sie hinein. Breite Brust, Muskeln, Wärme, kitzelnde kurze Haare an ihrer Nase. Ein wild klopfendes Herz. Ihres oder seines? Hastig riss sie die Augen auf und ließ los.

»Ioannis? Ioannis! *Eláte edó* – komm her!«

»Ihr entschuldigt mich? Mein Typ wird verlangt.« Ioannis zwinkerte und folgte gestikulierend den Rufen zum Busfahrertisch. »Was wollt ihr schon wieder von mir?«

Selim zog die Unterlippe zwischen die Zähne und schien im wahrsten Wortsinn an etwas zu knabbern.

»Sag es einfach«, bat Miriam. »Du platzt, wenn du es nicht tust, und ich will es sowieso wissen.«

Er senkte den Kopf. »Das eben gerade.« Verlegen lächelnd deutete er das Ausbreiten seiner Arme an. »Ich hab überlegt, was ich tun kann, um das möglichst bald zu wiederholen.«

Irgendwer klatschte und Stühle wurden gerückt. Aber das hatte nichts mit ihnen zu tun.

»Furchtbar, diese Ungeduld. Ich weiß.«

Ein dicker Frosch blockierte Miriams Kehle. »Absolut«, krächzte sie. »Total furchtbar.«

Das Klatschen wurde lauter, doch sie drehte sich nicht um, machte einen halben Schritt auf Selim zu. Ihre Finger schlangen sich ineinander, die Tür zur Küche schwang auf und gleich darauf hinter ihnen zu. Geschirr klapperte, Besteck ging zu Boden. Taumelnd streiften sie die Arbeitsplatte, stoppten am Kühlschrank.

»Furchtbar«, flüsterte Selim.

»Ganz schrecklich«, flüsterte Miriam zurück. Sprenkelaugenleuchten. So nah. Verführerisch wie Irrlichter in der

Dunkelheit. Doch sie wich ihnen nicht länger aus, berührte seine Lippen mit den ihren. *Ein Kuss, nur ein Kuss.* Die Lichter standen still und die Zeit mit ihnen. Keine Spur mehr von Ungeduld. Keine Wahrnehmung außer der einen: nichts außer ihm. Selim folgte ihrer Bewegung, nahm jeden Impuls auf. Sanft, nachdrücklich, verheißungsvoll. *Ein Kuss, nur ein Kuss.*

»Was sagst du?«

Sein Flüstern riss ein Loch in die Traumblase.

»Ich hab nichts gesagt«, behauptete sie. Mit jedem Wort trudelte sie tiefer herab aus der Schwerelosigkeit. Verlor den Halt, sank zu Boden. Die Umgebungsgeräusche kehrten zurück. *Nur ein Kuss.* Ganz sicher hatte sie das nicht laut gesagt und auch gedacht war es furchtbar dumm. Denn die Einschränkung »nur« hatte dieser Kuss auf keinen Fall verdient. Wieso hatte sie den Augenblick zerstört? Wieso ließ sie zu, dass die Vernunft schon wieder siegte? Vor zwei Sekunden noch wäre sie den Irrlichtern ins dunkelste Moor gefolgt. Eine Erkenntnis, die sie weniger ängstigte als erwartet. Nur das Timing war mal wieder grundfalsch. Draußen saßen Gäste. Da konnten sie nicht einfach von der Bildfläche verschwinden, knutschend wie Teenager.

Nebenan schmetterte eine Männerstimme ein melancholisches Lied in einer fremden Sprache. Konnte Griechisch sein.

»Ist das etwa Ioannis?« Unmissverständlich löste Miriam sich aus der Umarmung und Selim seufzte.

»Nein. Vielleicht Spiros.«

Nach kurzem Überlegen hatte Miriam sein Bild vor Augen. Ein großer Mann mit dunklem Haar und ausgeprägten Tränensäcken, auf dessen Schoß Steffi gesessen hatte und der gern jedem ungefragt die Welt erklärte. Ein netter Kerl und dennoch wunderbar geeignet, um ihrer Fantasie einen Riegel vorzuschieben.

»Komm schon, Selim. Wir müssen da jetzt wieder raus.«

Auf dem Weg zur Tür ließ er sich von ihr ziehen, gab erst nur die eine, dann auch ihre andere Hand frei. Sein demonstrativer Widerwille zauberte ihr ein Lächeln ins Gesicht. Er war enttäuscht, ja. Aber er war nicht beleidigt. Sie tupfte einen weiteren kleinen Kuss auf seine Nase. Das war lediglich eine Unterbrechung, kein Ende. Und vielleicht war es in Wirklichkeit ein Anfang.

Wolkig bauschte sich durchscheinender Stoff im Luftzug. Durchs offene Fenster drang noch nächtliche Kühle, doch die Helligkeit verriet den nahenden Morgen. Schattenhaftes Grau verwandelte sich in Farbe, die nach und nach das Zimmer eroberte. Miriam erwachte mit dem Gefühl tiefer Zufriedenheit. Ein Erfolg. Wer hätte das vorher geglaubt? Nachdem Spiros mit seiner Herzschmerz-Ballade das Eis gebrochen hatte, waren endlich auch andere auf den Hocker geklettert. Fast zu viele, denen sie wie versprochen die Rechnung erlassen musste. Doch wenn sich nun herumsprach, wie lustig es gewesen war und dass es dazu noch gutes Essen gegeben hatte, dann hatte es sich trotzdem gelohnt. Beim nächsten Mal würde sie eine Liste auslegen und die Anzahl der Teilnehmer begrenzen. Gestern jedenfalls hatte es viele Gewinner gegeben und sie gestand sogar Burak seinen Anteil daran zu.

Der Abend war im engsten Kreis übermütig bis euphorisch zu Ende gegangen, spät, sehr spät, als der letzte Bus längst im Depot abgestellt war. Sie blinzelte die rosarote Wand an. Eins musste sie Dilli lassen, oder vielleicht auch Mareike: das Bett, in dem sie nun schon zum zweiten Mal geschlafen hatte, war verdammt bequem. Sie räkelte sich, fühlte einen Arm, warm und schwer um ihre Taille, und blinzelte noch mal. Selim lag auf die Seite gedreht ihr gegenüber. Wie friedlich er aussah. Und männlich. Die tiefschwarzen Wimpern bildeten einen perfekten Bogen über dem Jochbein, verliehen seinem kantigen Gesicht eine unerwartete Verletzlichkeit. Vielleicht konnte man diese bei jedem Menschen erkennen, der schlief – und bei manchen ausschließlich dann. Wovon er wohl gerade träumte? Ein Kuss, nur ein Kuss. Nein, das war falsch. Zwei Küsse waren es inzwischen, die nach mehr verlangten, viel mehr. Sie lächelte und wagte noch immer kaum, sich das einzugestehen. Ein fassungsloser und zugleich verzückter Schauer brachte sie zum Frösteln. Verrückt war das! Ein wenig höher mit der bunten Decke, bis sie sich richtig einkuscheln konnte. Sie schubste den Arm beiseite, der die Decke festhielt, und zog. Über die Schulter und bis zur Nase, um dieses Grinsen zu verstecken, das sich nach fast schon schamloser Vorfreude anfühlte. Ja, das war viel besser so.

Unter der Decke bewegte sich etwas, schob sich näher, schmiegte sich an ihren Rücken. Der Arm glitt wieder über ihre Hüfte bis zum Bauch. Perplex hielt Miriam still, bis der Groschen gefallen war, dann entledigte sie sich ein zweites Mal des unerwünschten Armes, rutschte ein Stück zur Seite und drehte sich um. Hinter ihr schlummerte Ioannis, ebenso tief und unschuldig wie Selim. Ein unzertrennliches Paar. Ihr Dreamteam. Der Wecker mit dem Dudelsackpfeifer zeigte zwanzig vor sechs. Sie verschränkte die Arme hinter dem Kopf und spitzte die Lippen. Tonlos pfiff sie die schottische Nationalhymne. *Scotland the brave.* Für eine Hälfte dieses Paares war in einer Viertelstunde die Nacht vorbei und die richtige Hälfte durfte mit ihr liegen bleiben.

Der Reißverschluss verkantete beim Zuziehen, fraß sich an einem Faden fest, den er durchriss, und büßte dabei eine Zacke ein. Nach Hause. Das hätte sich besser anfühlen sollen, weniger stressig. Felix warf die Reisetasche über die Schulter und ging ohne einen letzten Blick. Er hatte nicht mehr mitgebracht, als in die Tasche passte, und in der Kammer war zu wenig Platz, um irgendwas zu übersehen oder zu vergessen. Außerdem hasste er den Gedanken, am Ende womöglich sentimental zu werden. Kompromissloses Vorwärts im Denken und im Handeln ersparte so manche Unannehmlichkeiten. Reue zum Beispiel und Entschuldigungen.

Auf Socken schlich er die Treppe runter, schlüpfte erst vor dem Haus in die Turnschuhe und stopfte die Schnürsenkel unter die Lasche. Kein Abschied. Sie würden schon merken, dass er weg war. Immerhin hatte er angedeutet, dass er an diesem Wochenende loswollte, auch wenn der genaue Zeitpunkt offengeblieben war. Den hatte er ja selbst nicht gewusst, bis gerade eben. Er rannte zum Parkplatz, warf die Tasche in den Fußraum. Wie er den Geruch von Neuwagen liebte! Gedankenverloren ließ er die Hände über das Lenkrad gleiten und hielt kurz inne. Eine Liebe auf Zeit. Alles, was gut war, schien ein Verfallsdatum zu haben.

Er klappte die Sonnenblende herunter und ließ den Motor an. Im Rückspiegel sah er Mariella auf die Straße laufen. Er trat aufs Gas, die Augen stur geradeaus gerichtet. Das Auto schoss los. Die Tankfüllung reichte für den direkten Weg, aber den würde er garantiert nicht nehmen.

Frühstück im Bett und dann langsames, gefühlvolles Herantasten. Ungestört und ohne Zeitdruck. Gemeinsam das Laken zerwühlen und sich dann in Miriams Haaren vergraben, während er sie küsste und streichelte und sie …

»Hörst du zu?«

Selim nickte benommen. »Ja. Sicher doch.«

Es hatte so gut angefangen. Sie lag neben ihm, als er aufwachte, und Ioannis war schon lange aufgebrochen. Da war dieses Lächeln in ihren Augen, diese süße Verlegenheit, weil sie ihn im Schlaf beobachtet hatte. Und wegen der Tatsache, dass sie überhaupt nebeneinanderlagen. Allein in einem Bett. Ihre Sehnsucht war ebenso deutlich zu sehen, wie er seine eigene spürte. Ein drängendes Verlangen, über dem sich zum Glück die Decke ausbreitete.

»Hast du gut geschlafen?«, fragte sie. Er hatte kaum antworten können, misstraute seiner Stimme und seiner Selbstbeherrschung. Und viel weiter als bis zum fantasielosen »Guten Morgen« war er nicht gekommen. Dann hatte sein Handy in schneller Folge mehrfach geklingelt und akustisch den Eingang von Kurznachrichten vermeldet. Lachend waren sie durchs Bett gekrabbelt, drum herum und darunter, bis sie das Telefon gefunden hatten.

Er verfluchte sich dafür, das Ding am Abend nicht ausgeschaltet zu haben. So war es unmöglich geworden, den Anruf seiner kleinen Schwester zu ignorieren. Zeynep wollte ihn treffen, und das sofort. Darum war alles anders gekommen als erhofft. Denn ihr *Sofort* war ernst gemeint. Es bedeutete: auf der Stelle – und zwar immer.

Der heiße Mocca verbrannte ihm die Zunge.

»Wir müssen uns etwas einfallen lassen, Selim. Wenn Papa aufkreuzt, kriegen wir die schönste Katastrophe.

Mama sollte das besser erst erfahren, wenn es gar nicht mehr anders geht, also direkt bei der Feier. Bei mir kann er unmöglich wohnen. Das führt zu Mord und Totschlag. Und du weißt, was passiert, wenn wir uns nicht kümmern! Wir sind Familie. Wir haben dafür zu sorgen, dass er eine Unterkunft hat.« Beim Reden wirbelten ihre Hände herum, sie hatte Temperament für drei. Als Teenager hatte er mal geglaubt, sie beschützen zu müssen, und die von ihr unerwünschten Verehrer mit Imponiergehabe verjagen wollen. Wie man das eben so machte. Aber den Zahn hatte sie ihm schnell gezogen. Sie war die Tochter einer Anwältin: selbstbewusst, scharfzüngig und emanzipiert. So was konnte sie allein, dazu brauchte sie keinen großen Bruder. Zu ihrem Glück sah Zeynep ihm kein bisschen ähnlich, sie war zierlich statt vierkantig und ihr herzförmiges Gesicht war von einer Lockenmähne umgeben, die ihr fast bis zur Taille reichte. »Denk nicht mal dran, ihm ein Hotel vorzuschlagen. Er wird sonst vor der gesamten Familie die ganze Zeit herumjammern, was für schlechte Kinder wir sind, und auf Mamas Erziehung schimpfen. Außerdem erwartet er dann, dass wir bezahlen – auch wenn er selbst bucht.«

Das hatten sie schon mal durchexerziert. Ein teurer Spaß, denn ihr Vater war Luxus durchaus nicht abgeneigt. Und er ließ keine Gelegenheit aus, gegen ihre Mutter zu stänkern, die grundsätzlich an allem die Schuld trug. Was nur logisch war, denn Aysin hatte die Scheidung gewollt und nicht er. Eine Schmach, ein Elend, und alles, was seither schiefging in seinem Leben, verbuchte Tayfun Gökay auf dem Konto seiner Exfrau.

Selim rieb sich den Nacken. Und dafür opferte er nun seinen Vormittag. Diesen besonderen Vormittag! Um einem quengelnden alten Mann ein Quartier zu beschaffen, für eine dämliche Familienfeier, die noch viele Wochen in der Zukunft lag.

»Müssen wir das unbedingt jetzt klären?«

»Ja, müssen wir. Meinst du, sonst säße ich um diese Uhrzeit mit dir hier? Morgen fahre ich mit meiner 4 d auf Klassenfahrt und muss noch packen. Außerdem liegt ein Stapel Deutschhefte zum Korrigieren auf meinem Schreibtisch. Du wirst dich kaum dran erinnern und vielleicht war das bei dir in dem Alter noch anders, aber meine Grundschüler sind echt scharf darauf, etwas zu lernen. Die drängeln und wollen ihre Arbeiten zurück. Ich habe erst gestern von Vaters Plänen erfahren, aber du kennst seine Ungeduld. Natürlich kann ich ihm sagen, dass ich mich nächste Woche darum kümmere, nur wird er bis dahin täglich anrufen. Und wenn er mich nicht erreicht, dann klingelt es bei dir, Brüderlein.« Zeynep schüttelte ihre Locken und schaute Selim über die Moccatasse hinweg an. Er überging ihre Stichelei. Sie mochte ihren Viertklässlern eine gute Pädagogin sein, ihm gegenüber war sie ausschließlich Schwester und verzichtete gern auf jedes Feingefühl. Seine verhunzte Schulzeit rieb sie ihm regelmäßig unter die Nase. Genau das war einer der Gründe, weshalb er niemandem erzählte, dass er dabei war, seinen Abschluss nachzuholen. Die Angst, vor den Menschen, die er liebte und deren Urteil ihm etwas bedeutete, zu versagen, hätte ihn völlig blockiert und sein Stolz hätte eine weitere Niederlage ihnen gegenüber nicht verkraftet. All das teilte er nur mit Ioannis. Auch Miriam würde erst davon erfahren, wenn er das Abschlusszeugnis in den Händen hielt.

»Dann schläft unser Vater eben bei mir«, sagte er mit

wenig Überzeugung. »Da ist zwar wenig Platz, ich müsste auf dem Boden campieren, aber dann steh ich vor ihm vielleicht endlich mal gut da.«

Zeynep drückte einen Kuss auf zwei Finger und diese dann auf seine Stirn. »Bester Bruder der Welt! Das gibt einen Sternencheneintrag im Kalender, für extragroße Opferbereitschaft.« Sie strahlte und ihn beschlich der leise Verdacht, dass sie es von Beginn an genau auf diese Lösung angelegt hatte. War er ihr in die Falle gegangen? Das hatte sie schon immer gut gekonnt, wie so viele Dinge. Sie war ihrer Mutter sehr ähnlich. Er bewunderte beide uneingeschränkt, beneidete sie – und gelegentlich fürchtete er sie auch. An Zeyneps Handgelenk klimperte bei jeder Bewegung ein halbes Dutzend Armreifen.

»Wenn du einverstanden bist, übernehme ich die Kommunikation. Versprochen, ich versuche zuerst, ihm auszureden, dass er überhaupt den weiten Weg aus Berlin auf sich nimmt. Diplomatisch natürlich, auch wenn ich mir keine großen Erfolgschancen ausrechne. Er geht zu gern auf Konfrontationskurs – und stell dir vor, wie viel Mitleid er bekommen wird. Das genießt er immer sehr.«

Verlassener Ehemann bis ans Lebensende. Manchmal hätte Selim ihn gern geschüttelt. Hatte er denn keinen Stolz? Im Grunde war Tayfun Gökay kein schlechter Mensch, aber auch kein einfacher. Zerrissen zwischen zwei Welten und Weltanschauungen, gefangen zwischen gestern und morgen, und dabei nie im Heute angekommen. Niemand bezweifelte, dass er seine Kinder liebte, auf eine unergründliche Weise, aber er verstand sie nicht. Wenn Selim ihm ganz persönlich etwas vorzuwerfen hatte, dann vor allem, dass er es nie wirklich versucht hatte. Es graute Selim davor, ihn in seiner kleinen Wohnung zu haben. Dort gab es nichts, womit er Eindruck machen konnte und keine Möglichkeit, einander aus dem Weg zu gehen.

»Dein Übernachtungsangebot kann er auf keinen Fall ablehnen und stattdessen auf einem Hotel bestehen. Vater und Sohn vereint, das werde ich ihm anpreisen wie einen Trip ins Paradies. Zugegeben ein enges Paradies, aber was könnte besser sein, um endlich mal in Ruhe zu reden. Nicht wahr? Von Mann zu Mann.« Zeynep lachte schallend. »Du wirst sehen, er bleibt nur eine einzige Nacht und muss morgens ganz früh los.«

Er hoffte inständig, dass sie damit recht behielt.

Ein Anruf und weg war er. Der vage Hinweis auf eine Familienangelegenheit sollte ihr anscheinend ausreichen, um das zu verstehen. Ob er das immer so machte? Springen, wenn die Familie etwas wollte? Dabei hatten sie beide gerade ganz anderes im Sinn gehabt.

Miriam drehte ein paar Runden durch Felix' Wohnung, die den Namen eigentlich gar nicht verdiente. Abstellkammer, Gerümpelbude, Kartonaufbewahrungsplatz. Wenn sie die Zeichen richtig deutete, war Mareike gar nicht erst eingezogen und mit ihrem Abgang auch die Renovierung zu den Akten gelegt worden. Bezeichnend für die Beziehung, dass die Ausdauer nur fürs Schlafzimmer gereicht hatte.

Wie konnte man nur monatelang aus Pappkisten leben, ohne eine einzige auszupacken? Selbst seine Wäsche steckte noch darin. Froschgrüne Boxershorts, Kapuzenpullis und Jogginghosen bildeten ein Knäuel. Sportsocken gab es nur als Einzelstücke. Das kam ihr sehr bekannt vor. Wenigstens schien alles sauber. Oder hatte er schon wieder gepackt, um weiterzuziehen? Die Staubschicht auf den Papptürmen gab keine eindeutige Auskunft. Nachdenklich blieb sie stehen, eine der Unterhosen noch in der Hand. Eine Spur von Waschmittelduft streifte sie, vielleicht nur eine Einbildung, rief Erinnerungen wach. Gemeinsame Hausarbeit am Wochenende, die nicht selten Uneinigkeit und Streit provozierte. Und Sex. Auch eine Wolke aus Waschpulver auf dem Boden, in ihren Haaren und tief in den Lungen konnte sie nicht aufhalten. Die Packung war abgestürzt und geplatzt, als Felix Miriam auf die Maschine hob. Da hatte sie noch geschimpft, aber Sekunden später war ihr alles egal gewesen. Keuchende, lachende Vereinigung. Und nun heulte sie auf dieses jämmerliche Wäschestück. Sie fühlte sich schuldig, weil er sein Nest verloren hatte, seinen Halt, sein Zuhause. Der Mann, für den sie einst diese Unterhose gekauft hatte, war ein Heimatloser. Und sie ebenfalls.

Sie stopfte die Boxershorts zwischen die Socken und verpasste dem Karton einen Tritt. Raus hier, auf dem schnellsten Weg! In ihren Singlehaushalt, wo alles ihr gehörte und die Welt einfach war. Single zu sein – hatte sie das nicht genießen wollen? Uneingeschränkte Freiheit und nur sich selbst verpflichtet. Stattdessen schuftete sie für ihren Ex und wartete am Sonntagmorgen auf die Rückkehr ihres plötzlich verdufteten … was eigentlich? Ihr fiel keine passende Umschreibung ein. Sie waren Freunde. Aber Selim war nicht ihr Freund im engeren Sinne. Nicht nach nur zwei Küssen. Wobei das zweite Mal durchaus als echtes Knutschen durchging. Bei dem Gedanken an ihren taumelnden Abgang aus der Gaststube wurde ihr heiß. Wie gierig sie gewesen waren. Trotzdem reichte das nicht, um von einer Beziehung auszugehen. Wie konnte sie wissen, ob er das überhaupt wollte? Sein Aufbruch am Morgen konnte ebenso gut bedeuten, dass sie sich etwas vormachte. Hatte Selim die erstbeste Gelegenheit genutzt, aus ihrem Bett zu flüchten? Miriam presste sich die Fäuste gegen die Schläfen. Seine Augen sagten anderes. Sagten: ich will dich, und ich komme zurück, so schnell ich kann. Ihre hatten gebettelt: beeil dich. Keiner von ihnen hatte es laut ausgesprochen oder ein Versprechen gegeben. Aber konnte man Blicke wirklich deuten und Gefühlen auch nur ein winziges bisschen vertrauen?

Sie streifte den Riemen ihrer Handtasche über und rannte los. Sollte Selim doch verdammt noch mal genauso im Netz der Zweifel zappeln wie sie, wenn er irgendwann wiederkam.

Sie polterte die Treppe hinunter und knallte erst die Tür, dann das Hoftor donnernd ins Schloss. Wie befreiend!

Am Kiosk erstand sie eine Tüte mit belegten Brötchen und drei Tafeln Schokolade, rang sich einige Sätze zum Wetter ab und fragte sogar nach Frau Schneiders Befinden. Gelenkschmerzen und drohende Hitze kommentierte sie mit angemessener Anteilnahme und entschied sich im letzten Moment noch für einen Heftroman aus der Nackenbeißer-Kollektion. Schöner gefährlicher Mann und ebenso schöne unbedarfte Frau. Hundertfünfzig Seiten lang rangen Vernunft und Verlangen miteinander, dann folgte die ewige Liebe. Einfach und vorhersehbar, mit Happy-End-Garantie und einer tüchtigen Portion wildem Sex. Genau das brauchte sie jetzt. Unvermittelt stieg ihr brennende Röte ins Gesicht, aber Frau Schneider bemerkte nichts davon.

Die nächsten Stunden gehörten ihr allein. Und dem heißen Typ aus dem Heft, der sie garantiert nicht enttäuschte.

Genau drei Stunden und sieben Kurznachrichten später stand Miriam wieder vor dem Bistro. Selim saß auf den Stufen und wirkte kein bisschen sauer, eher zerknirscht. Ihn so zu sehen verschaffte Miriam das erhoffte kleine Triumphgefühl, das sie noch ein wenig auszukosten gedachte. Seine Chance für heute hatte er vertan. Jetzt lag jede Menge Arbeit an. Danach würde sie weitersehen. Ihr Plan sah vor, ihn am Abend abblitzen zu lassen, freundlich, aber bestimmt. Sosehr sie ihn wollte, sie brauchte mehr Zeit und Abstand zu ihrer Vergangenheit. Das musste er akzeptieren. Sie wollte ja nur nicht sofort mit ihm ins Bett, und wenn, dann in ein anderes als ausgerechnet dieses, in dem Felix mit Mareike gelegen hatte.

Hektisch verfehlte sie das Schlüsselloch, zerrte an der Tür, stieß sie so heftig auf, dass das Windspiel einen Überschlag hinlegte. Im Vorbeigehen streifte ihre Hand Selims Hüfte und ihre Nackenhaare richteten sich auf. Sie rempelte einen Tisch an, blieb stehen, drehte sich zu ihm um. Die Goldkette im Ausschnitt seines T-Shirts fühlte sich kühl an, seine Haut dagegen heiß unter ihren Fingerspitzen, und seine Lippen schmeckten auch am Nachmittag nach sofortigem Kontrollverlust. Erschrocken ließ sie ihn los. Die Umsetzung ihres Plans fing ja vielversprechend an.

»Entschuldigung.« Wie sollte sie das erklären?

Selims Grübchen vertiefte sich. »Jederzeit.«

Aus den Nachbargärten duftete es intensiv nach Flieder. Zum ersten Mal in diesem Jahr waren Sommertemperaturen vorausgesagt. Vorder- und Hintertür standen zum Lüften offen und unter die Musik aus dem Radio mischte sich gelegentlich das Klimpern des Windspiels. Etwas rumpelte im Gastraum, wie ein Stuhl, der über die Bodenbretter geschoben wurde. Hasim vielleicht? Oder die Zugluft rüttelte an dem von Ioannis organisierten Aufsteller, den Spiros vorbeigebracht hatte und der nun an einen Tisch gelehnt darauf wartete, beschriftet zu werden. Miriam tänzelte mit einem Arm voll Gemüse an Selim vorbei und verpasste ihm per Hüftschwung einen Stoß. Er geriet nicht aus dem Gleichgewicht, nahm den Schwung stattdessen auf, gab ihn zurück, während er weiter Salbei, Rosmarin und Thymian aus den neuen Kräutertöpfen pflückte.

Wieder rumpelte es, dann flog die Schwingtür auf und in der Küche stand Felix: verspiegelte Sonnenbrille im Gesicht und ein strahlendes Grinsen. »Scheiße, ist die Brille geil. *Wham!* Ist das deine, Miri?«

»Dilli?« Das Schneidebrett fiel ihr aus der Hand und im nächsten Moment warf Miriam sich an Felix' Hals. »Dilli!«

»Hast du mich vermisst?« Übermütig packte er ihre

Taille und drehte sich mit ihr im Kreis. »Oh, Miri-Miri-Miri.«

»Stopp!« Sie trommelte auf seine Brust, um ihn zum Anhalten zu bewegen, dann stieß sie ihn weg. »Nichts da: Miri-Miri-Miri! Du Mistkerl, wieso warst du die ganze Zeit nicht erreichbar? Und was ist mit deinem Bein? Kein Gips, kein Verband, nicht mal ein Humpeln?«

»Ja, du hast mich vermisst.« Er lachte. »Gib es zu!«

Sein selbstgefälliger Ton forderte sie heraus, machte sie wütend. Doch mit einem Mal blieben ihr die Worte weg. Kein weiterer Satz ließ sich formen. Nicht ein einziger Vorwurf, den sie sich wieder und wieder ausgemalt hatte seit seinem Verschwinden. Alles war längst gesagt: als Monolog auf seiner Mailbox und via Kurznachricht getippt.

»Oh Gott, Miri, im Ernst: Ich habe dich vermisst. Ich schwöre. Und ich habe jeden Tag an dich gedacht und …«, Felix unterbrach sich. »Falscher Moment. Oder?« Mit gefalteten Händen neigte er den Kopf. »*Namaste*, ich stehe tief in deiner Schuld.«

»Worauf du Gift nehmen kannst.« Miriam holte ein scharfes Messer aus der Schublade und prüfte mit dem Daumen die Klinge.

»Wow – immer mit der Ruhe! So sauer kannst du nicht sein! Ehrlich, es sieht hier aus, als ob du alles total gut im Griff hast. Ich hätte nicht gedacht, dass du dem Bistro so schnell deine persönliche Note geben würdest. Ich bin irre beeindruckt.«

Mit einem einzelnen Hieb trennte Miriam von einer roten Paprika den Stiel samt Deckel ab. Felix zuckte zusammen. Der nächste Hieb erledigte eine gelbe, der übernächste eine grüne Schote. »Schnell? Ich hatte zwei Wochen, Dilli.«

Sie warf das Messer auf die Arbeitsplatte und stemmte die Hände in die Hüften. »Zwei Wochen!«

»Und in denen hast du dich selbst übertroffen, du wunderbare, einzigartige Zauberfrau.« Er schnipste beidseitig und richtete die Zeigefinger auf sie. »Meine Miri ist: Magic Wonderwoman!«

Miriam zischte erbost.

»Dünnes Eis«, sagte Selim mit undurchdringlicher Miene. Seine Stimme blieb ruhig. »Wie wäre es mit einem Tee zum Waffenstillstand?«

In seinen Augenwinkeln bemerkte Miriam einen Anflug von Belustigung, auf den sie sich keinen Reim machen konnte.

»Das ist übrigens meine Brille.«

»Ah, hatte mich schon gewundert. Hammer, das Teil.« Felix schob sie in Richtung Nasenspitze und lugte darüber. »Die lag herrenlos auf der Theke herum, musste ich einfach probieren.«

»Steht dir besser als mir. Du siehst damit aus wie George Michael.« Selim holte Teegläser und Zucker aus dem Schrank.

»Findest du echt?« Geschmeichelt zupfte Felix sich den Hemdkragen zurecht. »Hast du gehört, Miri?«

»Nur dumm, dass der gute George tot ist«, warf Miriam ein. Was um Himmels willen sollte dieses alberne Geplänkel? Selim wusste, wen er vor sich hatte, er wusste auch, wie sauer sie auf Felix war und warum. Und da machte er ihm auch noch Komplimente?

»Ich meinte schon den Lebenden. In jung.« Selim grinste. »Und in rothaarig.«

»Hab ich früher gehasst. Nicht George, nur die roten

Haare. Ich bin Felix.« Er schob die Brille nach oben und die beiden Männer reichten einander die Hand. »Dein Style ist wohl eher der späte George Michael mit annähernd Kahlschlag auf dem Schädel, statt Föhnwelle.«

»Selim. Und ja, den späten George mochte ich lieber, musikalisch und persönlich. Die Brille hätte ich nachher trotzdem gern wieder.«

»Logisch. Ich passe nur solange drauf auf.« Felix spuckte seinen Kaugummi aus, nahm eine Möhre, die er an der Hose abrieb, und biss hinein. »Was ist eigentlich mit Rolf?«

Miriam wiederholte das bewährte Zischen und griff wieder zum Messer. Der Samowar brodelte mit ihr um die Wette und stieß Dampf aus, als Selim die Gläser füllte.

»Und Samantha?«

Sie hackte auf eine Zucchini ein und würdigte ihn keiner Antwort.

»Komm schon, sprich mit mir, Wonderwo…« Die auf ihn gerichtete Messerspitze brachte Felix zum Verstummen, dann setzte er neu an. »Könntest du bitte, zur Entspannung meiner Nerven, für ein Weilchen das Messer weglegen? Und bitte nimm Selims Angebot mit dem Tee an. Schwarz, drei Löffel Zucker, nicht umrühren, richtig?«

Schon wieder machte er einen Versuch, sich einzuschmeicheln. Natürlich kannte er ihre Vorlieben, das war ja wohl keine Kunst nach so vielen Jahren. Erwartete er, dass sie ihm dafür die Absolution erteilte? »Du bist ein Lügner, Dilli. Und du hast dich mit Lügnern umgeben.«

»Chefin?« Selim unterbrach sie sanft. »Das solltet ihr besser unter euch klären. Ich vertrete mir so lange die Beine. Ruf mich an, wenn ihr …«

»Nichts da. Du bleibst.« Sie nahm ihm das Teeglas ab.

Ihr wütender Blick traf auf seinen und endlich begriff sie, dass er sich bemühte zu deeskalieren. Um ein Haar hätte sie ihn geküsst. Einfach so. Weil in seinen Augen wieder diese Wärme lag und das Leuchten, an dem sie sich nicht sattsehen konnte. Und um Felix eins auszuwischen. Sie schämte sich für die bloße Versuchung, Selim dafür zu benutzen.

»Meine persönliche Note ist Qualität und Ehrlichkeit, Dilli. Anständiges Essen und anständige Menschen.« Sie holte tief Luft. Was sie zu sagen hatte, musste sie sofort sagen. Das Teeglas bebte und Selims Augen weiteten sich. Ahnte er, was nun folgen würde? Sie schaute Felix an, sehr direkt und beherrscht. »Ein paar Tage nach dem Rechten sehen. Darum hast du mich gebeten. Das habe ich gemacht und noch ein bisschen mehr. Jetzt bist du wieder da. Dein Bistro, deine Entscheidung. Du kannst dein Stammpersonal sofort wieder einstellen. Sie kommen gern zurück. Das haben mir beide versichert, als sie mich im Stich gelassen haben. Nur zu. Du bist der Chef.« Sie stellte das Glas ab und fühlte sich sterbenselend, statt erleichtert zu sein. Seit Tagen hatte sie diese Tatsache verdrängt. »Ich bin hier fertig.« Das schreckliche Ende vom Neuanfang. So sah es also aus. Ihr Blick huschte zurück zu Selim. Ernüchterung und Frustration zeichneten sein Gesicht. Auf seinen Lippen las sie ein stummes Nein, bitte nicht.

Felix räusperte sich. »Leute, ich will mich ja nicht unbeliebt machen und eure irgendwie so schön depressive Stimmung zerstören, aber erstens riecht es gerade seltsam und zweitens … riecht es verdammt beißend. Brennt da was?« Er deutete zum Herd und Miriam fuhr herum.

»Oh, Scheiße!«

»Gib den Deckel rüber, Felix. Liegt hinter dir, schnell!« Selim drehte die Gasflamme ab und knallte den Deckel auf die Pfanne mit siedendem Öl, die sie schlicht vergessen hatten. Unterm Glas wallten dunkle Wolken auf.

»Schick.« Felix grinste und schaute zum Rauchmelder an der Decke. »Schätze, der bräuchte auch endlich mal wieder eine Batterie.«

»Scherz, oder?«

»Ähm, ich fürchte nein, Kumpel. Hölle laut das Teil, sag ich euch. Drum hat Samantha den stillgelegt.«

»Das ist nicht komisch. Das ging gerade knapp am Küchenbrand vorbei!«

»Knapp vorbei – du weißt schon – ist auch daneben. Murphys Gesetz schlägt eben nicht immer zu. Miri kann das bestätigen: Murphy und ich, wir stehen so miteinander!« Felix kreuzte die Finger zum Zeichen engster Verbundenheit. »Damit will ich nicht sagen, dass bei mir nichts schiefgeht. Aber, und da rufe ich wieder Miri als Zeugin, es kommt nie so schlimm, wie es eigentlich müsste. Ich bin ein Glückskeks!« Mit Elan packte er Miriam und Selim an den Schultern. »Und nun schlage ich vor, einer von euch macht noch den Backofen aus – das Teil fasse ich nicht an –, wir nehmen unsere knuffigen Teegläschen mit nach drüben an einen der Tische und dann komme ich auf meinen eigentlichen Punkt zwei zurück, den ihr gerade fast abgefackelt habt. Ist das ein Deal?«

Er zuckte mit den Augenbrauen, bis Selims Spiegelbrille aus seinen Haaren nach unten und zurück auf seine Nase rutschte. Dann verschwand er sichtlich zufrieden.

Die Schwingtür pendelte. Keiner von beiden bewegte sich.

»Das ist also dein Mann.«

»Mein Mann. So ist es.« In Gedanken fügte Miriam ein Ex hinzu. Ihr Messer zerstückelte Paprika, teilte diese in rautenförmige Stücke. Auch mit den Zucchini machte sie kurzen Prozess. Ohne weiteren Kommentar nahm sich Selim Zwiebeln und Auberginen vor, holte dann das heiße Blech aus dem Ofen, auf dem sie das Gemüse verteilten, und stellte den Timer ein. Seite an Seite brachten sie die angefangene Arbeit zu Ende.

In der Gaststube fanden sie Felix lang ausgestreckt auf einem Stuhl, in der Hand eine der Ringbuchblatt-Speisekarten. Er schüttelte den Zettel und richtete sich auf.

»Saugeil«, sagte er. »Ich habe zwar keine Ahnung, was das alles ist, was da draufsteht, aber die hatte ich bei Rolf auch nicht. Die Aufmachung der Karte finde ich jedenfalls gut. Besser, weil es außergewöhnlich ist. Puzzleprinzip und Tagestipp. Und frische Blumen auf den Tischen, das hat was.« Er zupfte an der Blüte in der Vase herum. »Die sind doch echt, oder?«

»Tu mir einen Gefallen, Dilli: lass das Süßholzraspeln.« Miriam strich sich mit dem Unterarm die Haare aus der Stirn und setzte sich ihm gegenüber. »Wie du bemerkt haben wirst, bin ich ein klitzekleines bisschen angepisst von deiner Ich-bin-dann-mal-weg-Nummer und der Kommunikationsstrategie, die du dabei gewählt hast.«

»*Mea culpa.* Wenn ich könnte, würde ich im Boden versinken.« Felix legte eine Hand aufs Herz und die Stirn in Falten. Er nahm die Brille ab, beugte sich in einer fließenden Bewegung über den Tisch und setzte sie Selim auf. »Bleibt dabei: hammergeiles Teil. Ohne Süßholz. Okay? Und nun nimm Platz, Selim. Meine fabelhafte Miri hat darauf bestanden, dass du Zeuge bist, wie sie mich beschimpft. Verdient habe ich das allemal, das gestehe ich. Und unter uns: Vielleicht kannst du mir ein bisschen beistehen, wenn sie zu grob wird. Glaub mir, das kann sie, obwohl sie einem ganz harmlos vorkommt.«

Selim verzog nur kurz das Gesicht und nippte an seinem Tee. Felix prostete ihm zu.

»Du gefällst mir, echt. Du weißt, wann es besser ist zu schweigen – im Gegensatz zu mir. Und dein Tee ist fantastisch.« Er zeigte beim Lachen sämtliche Zähne. »Und nun verrat mir, was passiert ist, als ich weg war, Miri. Wie kommt es, dass du Gemüse schnippelst? Wieso sind Rolf und Samantha abgehauen? Wer ist der dünne graue Mann, der auf dem Gehweg Moos zwischen den Platten herauskratzt und dabei gleichzeitig traurig und glücklich aussieht? Ich will alles wissen. Es scheint sich kaum etwas verändert zu haben, gleichzeitig wirkt alles irgendwie anders. Also, was genau hast du mit dem Bistro gemacht, dass ich den Eindruck habe, es sei plötzlich perfekt?«

Der Kerl war wirklich unglaublich. Sie hatte fast vergessen, wie ansteckend er lachte und wie anziehend er dabei aussah. Während seine Worte sich spielerisch über alles hinwegsetzten, fingen seine Augen sie ein. Dieses schillernde Grün war der Inbegriff von Übermut und Energie. Und darunter, gut versteckt, erahnte sie tatsächlich eine tiefe Dankbarkeit. Sie seufzte. Dieser elende Charmeur. Sie wäre ihm so verdammt gern weiter böse gewesen.

»Hör zu, ich will nicht mehr lange drum herumreden. Der Chef ist wieder da, aber ich habe nicht vor, die Zeit zurückzudrehen. Das Bistro hat eine neue Speisekarte? Okay. Es hat einen neuen Koch? Von mir aus gern, und wenn es auch noch Gäste gibt, die das Essen mögen: super. Fehlt theoretisch noch ein Ersatz für Samantha. Aber – ich will verdammt sein, wenn ich mich irre –, du hast Spaß an dem Job, Miri, nicht wahr? Du hast Spaß! Und du willst hier nicht weg, genau wie mein neuer Freund Selim. Was spricht denn dagegen, dass wir uns zusammentun? Probieren wir doch heute Abend einfach aus, wie das mit uns funktioniert. Wenn es passt, starten wir gemeinsam durch in ein neues Abenteuer!« Mit aufgerissenen Augen packte Felix Miriam am Arm. »Was sagst du, bist du dabei?«

Felix und Selim. Selim und Felix. Hier mit ihr. Gemeinsam arbeiten. Ihr Verstand mahnte zur Vorsicht, Alarmsirenen heulten, während Ronjas Stimme aus dem Off von Herz und Bauchgefühl flüsterte. Das Einzige, was sie spontan sicher wusste, war, dass sie in dieser Nacht wieder allein in ihrer Wohnung schlafen würde. Nach einer Busfahrt mit der Linie drei.

»Brauchst du einen Ouzo?«

Selims Frage ließ sie unwillkürlich lächeln. Die Lage erinnerte an jenen Abend mit Ioannis und seinem Projektordner. Alkoholgetränkte Geburtsstunde des Bistro-Rettungsplans und ihrer eingeschworenen Gemeinschaft. Was also sollte sie Felix antworten? Es war kein neues Abenteuer, sie steckte schon mittendrin. Neu dabei war nur er, eine Unbekannte in der Gleichung. Ein unberechenbarer Bekannter – fatal vertraut.

»Einen doppelten«, seufzte sie. »Mindestens.«

Für den Anfang lief die Sache gar nicht übel. Felix entspannte sich. Sein Kopf saß noch auf den Schultern und das Gemüsemesser steckte nicht zwischen seinen Rippen.

Beides verdankte er diesem Selim, da war er sich ziemlich sicher. Denn der konnte mehr als nur kochen: Er hatte auch einen wunderbar beruhigenden Einfluss auf Miriam.

Ihre Aussprache war noch nicht beendet. Bisher war er mit seinem überschwänglichen Lob durchgekommen und hatte eigene Erklärungen umgangen. Ewig würde das nicht funktionieren, und die Zeit drängte. Der Anruf seiner Mutter saß ihm im Nacken. Trotzdem hatte er nicht vor, von selbst auf das Thema zurückzukommen, jedenfalls nicht heute. Diesen einen Abend gönnte er sich die Illusion, alles sei in Ordnung. Miriams Bleiben bedeutete fast schon einen Freispruch für ihn, eine allumfassende Vergebung. Sie lachte in der Küche, summte beim Servieren, lächelte im Vorbeiwirbeln, wenn sie ihm Bestellungen zurief. Vielleicht konnte ja wirklich alles wieder gut werden – einfach so.

Nachdem er eine Weile Getränke ausgeschenkt hatte, setzte er sich neben Hasim an die Theke. Der erste Schritt war getan. Hieß es nicht, die Dosis mache das Gift? Weiteres Ungemach wollte in kleinen Häppchen verfüttert werden.

Kein Schlaf. Egal wie er sich drehte. Seit Stunden lag Selim wach, ohne einen klaren Gedanken zustande zu bringen. Morgen war Montag. Ein ganz normaler Busarbeitstag, einer ohne anschließenden Bistro-Einsatz – und ohne Treffen mit Miriam. Er hatte sie nicht danach gefragt; sie hatte ihn nicht gefragt. War das Grund genug, sich so elend zu fühlen? Wenn ja, war es peinlich und bescheuert. Es musste nicht das Geringste bedeuten. Sie hatte eben viel um die Ohren und ganz sicher viel mit Felix zu besprechen, nachdem sie heute keine Minute mit ihrem Mann allein gewesen war. Dinge, die ihn nichts angingen. Sie musste Prioritäten setzen. Das war völlig normal. Und schließlich war der Kuss gestern von ihr ausgegangen. Sie hatte ihn geküsst, nicht umgekehrt.

Zum Glück kam Ioannis erst am Dienstag von seiner Tour zurück. Das verschaffte ihm ein wenig Luft. Bis dahin würde sein Freund vergeblich versuchen, ihn anzurufen. Ihm entschlüpfte ein grimmiges Lachen. Was Felix konnte, das konnte er auch. Sein Telefon ausschalten und Nachrichten ignorieren. Das war zwar unfair, aber notwendig, denn Ioannis fühlte er sich im Augenblick nicht gewachsen. Vor ihm konnte er keine Geheimnisse haben. Ioannis war der einzige Mensch, der ihn mühelos dazu brachte, die Fassung zu verlieren. Ja, Miriam hatte ihn geküsst, weil sie es wollte. Selim presste sein Gesicht ins Kissen. Aber das war vorher gewesen. Ehe Felix Dillinger zurückgekommen war. Seine Zähne gruben sich in den Stoff. Heulen war keine Option.

Felix sah blendend aus, war witzig und sympathisch. Sonst war nichts passiert – gar nichts. Es gab keinen Grund, deprimiert zu sein. Außer der Tatsache, dass er ein Idiot war, denn genau darum war eben nichts weiter passiert.

Das hautfarbene Make-up verlieh den Ringen um ihre Augen einen zartlila Schimmer. Egal wie oft Miriam die Farbe auffrischte, das Ergebnis blieb bemitleidenswert. Der frühe Vogel hätte ein Lied davon zwitschern können, wieso. Sein Trällern erwischte sie auf dem Fensterbrett sitzend, Teetasse und Telefon in der Hand. Unzählige Nachrichten angefangen und keine abgeschickt. Auf blinkende Nummern gestarrt und keine gewählt. Dabei wäre Ronjas Beistand womöglich wirklich eine Hilfe gewesen. Egal ob nachts um eins, um drei oder früh um fünf. Wenn die überhaupt noch mit ihr redete, nachdem sie sie vor fast einer Woche so unsanft unterbrochen und ins Taxi gesteckt hatte. Viel häufiger noch war Selims Nummer in ihrem Display aufgetaucht, nur um seinen Namen neben dem winzigen Icon zu lesen und ihn vor sich hin zu flüstern. Wie eine magische Beschwörungsformel, deren Wirkung sie jedoch nicht kannte.

Der Fahrtwind blies ihr die Haare durchs Gesicht und sie kniff die Augen zusammen. Felix' Ellbogen lag im offenen Fenster, während er mit einer Hand lenkte. Hundertvierzig auf der Autobahn, runterbremsen kam nicht infrage. Gut gelaunt brüllte er gegen den Luftstrom an.

»Ruhetag heißt Ruhetag. Oberstes Gesetz als Selbstständiger, sonst drehst du ruckzuck am Rad.«

Er hatte sie nach Feierabend vor dem Versicherungsgebäude abgeholt, nachdem sie ihm am Telefon zugesagt hatte, ihn zu treffen – auf neutralem Boden, ihrem unausgesprochenen Wunsch nach einem Sicherheitsabstand geschuldet. Sie traute ihm nicht und sich selbst noch viel weniger. Zu ihrem Verdruss und ohne den leisesten Skrupel, trug er schon wieder Selims Spiegelbrille, die am Abend im Bistro liegen geblieben war. Ihren Vorschlag, sich dort zusammenzusetzen und gleich noch ein wenig zu arbeiten, hatte er abgelehnt.

»Du musst mit deinen Kräften haushalten, Miri. Einmal ausgebrannt, kriegst du den Akku nie wieder auf hundert Prozent geladen. Und mit Verlaub, mein Engel: Du kratzt jetzt schon an der eisernen Reserve. Lass dich doch einfach mal ein paar Tage krankschreiben. Die Versicherung wird es verschmerzen können.«

Wenn selbst Felix es bemerkte, musste es schlimm um sie stehen. Miriam klappte die Sonnenblende runter. Das hohläugige Etwas im Spiegel stimmte ihm unumwunden zu. Eine Woche krank, keinen Schritt vor die Tür und rund um die Uhr nur schlafen. Gelegentlich eine Lieferung vom Pizzaservice und aus der Dönerbude, so musste es im Himmel sein. Sie seufzte und drehte die Klappe wieder nach oben. »Und das Bistro schmeißt du einfach allein?«

»Klar doch.«

»Mit links, nehme ich an. Und was machst du in der Zwischenzeit mit der rechten Hand, Dilli? Elefanten jonglieren?«

Felix trat das Gaspedal bis zum Anschlag durch, schnippte gegen den Blinker und wechselte auf die mittlere Spur. »Ich übernehme Magic Wonderwomans Masterplan. Wenn dazu eine Elefantenjonglage gehört, dann krieg ich das hin!« Die Tachonadel zitterte um die Hundertfünfzigermarkierung. »Ernsthaft, Süße: Ich bin doch nicht allein. Deine türkische Küchenfee braucht keine Hilfe, den muss ich nur machen lassen. Fürs Grobe hast du einen stummen Diener akquiriert und dann habe ich noch das Gerücht im Ohr von einem Kumpel, der ein wahrer Wunderknabe sein muss. Marketingkünstler, Beschaffungstalent für alles, was von irgendeinem Laster fallen könnte, und Barboy. Mit welchem heißen Trick du all diese Kerle an Land gezogen hast, musst du mir unbedingt verraten.«

Sekundenlang blieb Miriam die Spucke weg, dann gab sie Felix ein Zeichen, den nächsten Parkplatz anzufahren. Sie schwieg, bis er den Wagen in die Haltebucht gelenkt und den Motor ausgemacht hatte.

»Du Arsch!«, schnauzte sie ihn an. »Wage es nicht noch einmal – hörst du? –, kein einziges Mal, so über meine Freunde zu sprechen! Das war an Abfälligkeit kaum zu überbieten. Und ich hoffe für dich, dass da nicht auch noch Rassismus dabei war. Selim ist keine Küchenfee, er ist ein fantastischer Koch. Hasim spricht unsere Sprache noch nicht besonders gut, aber er ist weder stumm noch dumm und schon gar kein Diener. Und Ioannis, den du noch nie gesehen hast, als Barboy zu bezeichnen und irgendwas Illegales an seinem Einsatz anzudeuten, das ist so, so, so dermaßen daneben, dass ich dir am liebsten einen Tritt verpassen und auf der Stelle aussteigen würde!« Sie löste den Gurt. »Und nimm verdammt noch mal die Brille ab.«

Felix' blasse Haut färbte sich rosa. »Das habe ich nicht

so gemeint. Nichts davon!« Mit entwaffnender Geste hob er die Hände. »Miri, du kennst mich doch. Ich wollte nur witzig sein. Das war nur …«

»Ein Scheißwitz war das! Diskriminierend, abfällig, blöd und arrogant.« Zum »heißen Trick« und dem »Kerle an Land ziehen« fehlten ihr schlicht die Worte. Was er ihr damit unterstellte, verdiente keine Reaktion.

»Du hast ja recht. Also bitte, wenn du mich treten willst: nur zu. Aber steig nicht aus. Der Nächste, der dich mitnehmen will, könnte etwas Schlimmeres sein als nur ein ignoranter Blödmann.« Auf seiner Nase tanzten die Sommersprossen, als er sie krauste. »Bitte, Miri, ich fühl mich gerade hundsmiserabel. Vor allem weil ich dir noch was viel Blöderes erzählen muss.«

Stöhnend lehnte sie den Kopf an die Nackenstütze. »Was hast du noch ausgefressen, außer dem Bistro?«

Felix hielt sich am Lenkrad fest, wischte imaginären Staub vom Mittelkreuz. »Eigentlich nichts. Es ist nur so, dass Barbara sich angekündigt hat. Ich schwöre, dafür kann ich nichts.« Seine Stimme wurde immer leiser. »Sie kommt uns besuchen und will unser neues Haus sehen.«

Das nannte er also nichts. Miriam atmete aus und wieder ein, zwiegespalten, welcher Teil des Satzes sie stärker verstörte.

»Unser neues Haus?«, wiederholte sie ungläubig. »Seit wann haben wir …? Nein, sag es nicht, Dilli. Und sag nie wieder: Ich schwöre!« Allmählich sickerte die Erkenntnis durch, welche Latte an Komplikationen hinter dieser Ankündigung lauerte. Schwiegermutterbesuch. »Wann?«

»In vier Tagen.«

»Für wie lange?«

Er hob die Schultern. »Eine Nacht, nehme ich an, bis zum Samstag. Sie will anschließend weiter an die Ostsee.«

»Du wirst es ihr sagen müssen, Dilli, diesmal gibt es kein Zurück.«

Stumm schüttelte er den Kopf, schlug die Hände vors Gesicht. Miriam wartete. Sah das Auf und Ab seiner Schluckbewegungen, die Finger, die sich schließlich in die eigenen Haare gruben. »Sie bringt mich um.«

»Du übertreibst. Und irgendwann muss endlich Schluss sein mit den Lügen.«

Er wandte sich ihr zu. »Das ist unmöglich. Gerade jetzt. Ich brauche nur noch ein bisschen Zeit … einen kleinen Aufschub … drei Monate? Das müsste ausreichen. Bis dahin läuft das Bistro wie geschmiert. Und dann werde ich …«

»Dilli!« Sie packte seine Schulter und schüttelte ihn. »Hör auf. Es ist immer der letzte Aufschub und mit jedem Mal wird es schlimmer. Was glauben deine Eltern, womit du im Moment dein Geld verdienst? Erinnerst du dich überhaupt noch an alle Lügen, die du ihnen aufgetischt hast?«

Sein Lächeln verhärtete sich. »Wir, Miriam, wir haben sie belogen. Genau wie wir deine Eltern in dem Glauben gelassen haben, alles sei in Butter. Oder kennen sie die Wahrheit? Hast du inzwischen gebeichtet?«

»Versuchst du gerade, den Spieß umzudrehen, damit ich mich verteidige, oder willst du mich etwa erpressen?«

»Nein!« Beleidigt verschränkte er die Arme vor der Brust. »Mensch, Miri: Wir sitzen im selben Boot. Ein ziemlich löchriges Ding. Und ja, ich weiß, die meisten Löcher habe ich selbst reingeschossen und wir sind nur deshalb nicht untergegangen, weil du mir geholfen hast, sie zuzuhalten. Alles worum ich dich bitte, ist, den Kahn jetzt mit mir an Land zu rudern. Ich kann das Ufer sehen, verstehst du? Nur noch ein paar Meter. Ich schwöre …«

»Nicht schwören!«

»Ich verspreche dir, das ist das letzte Mal, dass ich dich bitte, für mich zu lügen. Sobald Barbara weg ist, mache ich einen ultimativen Zeitplan für mein Geständnis. Ich schwö… Wenn ich sofort auspacke, dann stehe ich mit nichts da. Völlig nackt, mit leeren Händen … ein totaler Versager.«

Sie wussten beide, dass auch ein florierendes Bistro an dieser Einschätzung wenig ändern würde. Für seinen Vater zählten andere Werte. Allen voran akademische Titel und ein gut gefülltes Bankkonto.

Ein kleiner Wink mit dem Zeigefinger genügte und Felix sank an Miriams Schulter. Ihre Nase verschwand in seinen zerrauften Haaren. Apfelshampoo und altbekanntes Mitleid. Sie biss sich auf die Lippen. Die Situation war verfahrener als je zuvor und es stand außer Frage, dass sie soeben eine Fehlentscheidung getroffen hatte.

Mit Kopfhörern von der Welt abgeschirmt vertiefte Selim sich in seine Schulunterlagen. Die eiskalte Wasserflasche hinterließ auf dem Schreibtisch feuchte Ringe, die er mit dem Finger auseinanderzog und aus den Tropfen verschnörkelte Muster malte. Wie schön Miriam war, wenn sie sich beim Kochen unbeobachtet fühlte. Einfach ganz sie selbst. Auf dem Fußboden türmte sich Papier. In regelmäßigen Abständen kniff er sich in den Unterarm, um bei der Sache zu bleiben. Ein blauer Fleck war ihm jedenfalls sicher.

»Hier bin ich! Habe alles besorgt, was ich sollte und noch ein kleines Extra obendrauf!« Eine vollgepackte Kiste vor sich hertragend rauschte Felix durch die Schwingtür.

Nur zehn Minuten zu spät, das war besser als erwartet. Miriam rutschte von ihrem Sitzplatz am Fenster und inspizierte die Einkäufe. Kräuter und Nüsse für selbst gemachtes Pesto, großkopfige Champignons zum Füllen, Salat und Himbeerbalsamico. Die Liste musste eine echte Herausforderung für Felix gewesen sein. Sie rieb an einem Minzblatt und hielt es ihm hin. »Riech mal.«

»Sorry, dagegen kommt das Grünzeug nicht an.« Er zeigte die Zähne, zwischen denen ein Kaugummi steckte, und angelte unter dem Gemüse eine Sektflasche heraus.

»Wofür ist die?«

»Um am Ende des Tages unsere Kampfstrategie gegen Barbara zu begießen.«

»Barbara ist deine Mutter, nicht dein Feind.«

»Der Übergang ist fließend.«

Ganz falsch lag er damit nicht, wie Miriam zugeben musste. »Hast du einen Plan oder nur den Sekt?«

»Fast wasserdicht, nur bei der Umsetzung gibt es kleine Lücken. Ich habe die ganze Nacht wach gelegen.«

Dafür sah er ziemlich frisch aus. Sie hatte geschlafen wie

ein Stein, ganze acht Stunden am Stück. Was sie einzig ihrem frühzeitigen Abbruch des gestrigen Ausflugs verdankte. Wäre es nach Felix gegangen, hätte sie wieder kein Auge zugetan.

»Hey, George.« Unbemerkt war Selim eingetreten.

»Hi, Michael.«

Die beiden Männer klatschten einander um die Wette grinsend ab.

»Wenn FD89 mit dem offenen Kofferraum dein Auto ist, stehst du im Halteverbot. Ordnungsamtsvertreter nähern sich zügig. Sind gerade auf Höhe der Apotheke.«

»Shit, nicht schon wieder. Meine Knöllchensammlung ist groß genug. Da beeil ich mich besser. Danke für den Tipp.«

Selim ließ ihn durch. »Hallo, Miriam.«

»Er hat eingekauft. Alles, was wir haben wollten.« Sie streckte ihm die Minze hin und er atmete tief ein.

»Hm, tolles Aroma. Es bleibt also alles wie besprochen?«

»Ja.« Miriam nickte schnell und wünschte sich inständig, sie könnte fest daran glauben.

»Überzeugt siehst du nicht aus.« Selim stellte die Minze zu den anderen Kräutertöpfen und las dann das Etikett der Sektflasche. »Feiner Stoff. Gibt es was zu feiern?«

»Eine lange Geschichte.« Wie vertraut sie bereits waren, dass er ihre Unsicherheit sofort bemerkte. Absprachen mit Felix trugen selten das Siegel der Verbindlichkeit. Sie griff nach der Flasche, strich über Selims Finger und verharrte dort. »Bevor wir die trinken, brauchen wir einen Katastrophen-Notfallplan. Noch einen, ja.« Es beruhigte sie kein bisschen, dass Felix sich in der Nacht etwas ausgedacht hatte. »Wir heißt in letzterem Fall Dilli und ich.«

Selim zog die Hand unter ihrer weg. »Kann ich helfen?«

»Lass uns kochen«, sagte sie. Sie brauchte das leise Brodeln der Töpfe, die Düfte und den unvermeidlichen Fladenbrotteig unter den Handballen. Es erdete und entspannte sie auf unerklärliche Weise.

Selim hob fragend eine Augenbraue und sie nahm alle positive Energie, die sie aufbringen konnte, zusammen, um dem Blick seiner Sprenkelaugen zu begegnen. »Bitte lass uns einfach kochen.« Dieses neue Problem war nun ganz sicher nicht seins. Er half schon mehr als genug. Den Ärger hatten sie und Felix sich gemeinsam eingebrockt. Zu ungleichen Teilen, doch sie konnte weder ihre Mitschuld leugnen noch sich aus der Verantwortung ziehen.

Genau jetzt war sie bereit, das drohende Unheil für eine kleine Weile auszublenden, wie Felix das gern machte. Vielleicht wünschte sie sich den großen Knall sogar. Jenes ultimative Erdbeben mit nachfolgender Sintflut, das reinigte und alles Alte fortspülte.

Die nächsten Stunden standen jedoch im Zeichen eines Wirbelwinds in Gestalt von Felix, der übermotiviert durch Küche und Gaststube fegte und nach Kräften mitarbeitete. Im Plauderton berichtete er Selim nebenbei von dem, worüber Miriam beschlossen hatte noch zu schweigen.

Für einen Dienstagabend lief das Geschäft besser als gedacht. Die Stimmung entwickelte sich prächtig, Felix bespaßte die Gäste und übernahm den Getränkeservice, solange es in der Küche brummte. Über die Theke hinweg unterhielt er sich zu Miriams Verwunderung angeregt mit Hasim, und am Busfahrertisch wurde über seine Witze mindestens so laut gelacht wie bei Steffis weinseligem Flirt.

Als Ioannis eintraf, war es bereits spät.

Miriam räumte einen benutzten Teller ab und winkte.

»*Yia su,* Ioannis!«, rief einer der Fahrer und schob ein halblautes »Maláka« nach. Die anderen lachten.

»Ja, ja. Benehmt euch.« Ioannis verdrehte die Augen.

»Ist er das?«, raunte Felix ihr zu. »Der griechische Wunderknabe, den ich nicht Barboy nennen darf?«

Sie boxte ihn auf die Schulter. »Untersteh dich!«

Bevor sie Felix hindern konnte, ging er Ioannis einen Schritt entgegen und drückte ihn an seine Brust wie einen lang verlorenen Freund. »Hat dir schon mal jemand gesagt, dass du aussiehst wie Jesus? Ich habe schon total viel von dir gehört. Na ja, ich fürchte, du auch von mir. Ich bin Felix. Willst du rüber zu den Busfahrern oder setzt du dich zu Hasim und mir an die Bar? Selim sagt, du hast eine lange Tour hinter dir. Also relax. Ich habe Thekendienst. Was trinkst du? Hast du Hunger?«

Kopfschüttelnd verschwand Miriam in der Küche. »Jetzt hat er Ioannis überrollt. Der Arme weiß gar nicht wie ihm geschieht.«

Selims Mundwinkel zuckten. »Bei ihm werden Felix' Geschichten auf fruchtbaren Boden fallen. Dann sind der Fantasie keine Grenzen mehr gesetzt, vorausgesetzt, Ioannis kommt irgendwann zu Wort.«

Vorläufig sah es allerdings nicht danach aus.

Am Ende des Abends versammelten sie sich alle an der Theke und Miriam begrub die Hoffnung, heute früher schlafen gehen zu können.

»Tschüss Chef.« Hasim verabschiedete sich bei jedem einzeln per Handschlag.

»Gute Nacht, Habibi.« Selim setzte sich hinter dem

Tresen auf zwei gestapelte Getränkekisten und Ioannis übernahm Hasims Platz, den Rücken an der Wand. Neben ihm an der Ecke schaukelte Felix auf einem Hocker.

Demonstrativ schenkte Miriam Wasser aus. Schon wieder ein kleines Besäufnis mitten in der Woche konnte sich keiner von ihnen erlauben. Höchstens Felix, aber der hatte es nicht verdient. Sie haderte damit, sich wieder auf eins seiner Spielchen einzulassen, und noch viel weniger wollte sie andere mit hineinziehen. Aber genau darauf steuerte diese Runde zu.

Selim brach das Schweigen. »Eure Eltern denken also, ihr seid immer noch ein Paar. Und sie denken außerdem, ihr habt ein Haus gekauft, in dem ihr zusammen wohnt?«

»Das mit dem Haus habe ich nur meiner Mutter erzählt«, berichtigte Felix. »Vom Einzug war noch keine Rede. Es sollte für alle anderen eine Überraschung werden.«

»Für mich war es jedenfalls eine«, warf Miriam ein.

»Wozu war die Geschichte gut?«

»Cash.« Felix zuckte die Achseln. »Barbara, meine Mutter, ist einigermaßen großzügig. Bei zwanzigtausend hat sie dann aber doch gezuckt und wollte wissen, wofür ich das Geld brauche. Ich habe gesagt, die Summe fehlt uns für die Anzahlung auf ein Haus. Perfekte Lage, perfekter Schnitt …«

»Für die perfekte kleine Familie«, ergänzte Miriam. »Mit einer Horde Enkelkinder, wie sie die potenziellen Großeltern dauernd von uns haben wollen.«

»Das habe ich nicht gesagt.«

»Aber einkalkuliert, dass sie das denkt.« Barbaras Großzügigkeit hatte immer einen Preis.

»Die Gedanken sind frei, Miri. Wer bin ich, ihre Träume zu zerstören?«

»Du bist ihr Sohn, und du arbeitest seit Jahren daran.«

»Autsch!«

»Und was hast du wirklich mit dem Geld gemacht?« Selim klemmte die Fußspitzen auf die Kante der unteren Bierkiste. Seine Knie vibrierten in hoher Frequenz.

»Die Abstandszahlung fürs Bistro bezahlt, die erste Rate für mein Auto, ein bisschen renoviert und … einige Scheinchen habe ich investiert.«

Miriam zählte bis zehn, dann bis zwanzig. Niemand fragte.

»In Mareikes Yogaschule«, platzte Felix heraus. »Mann, ich konnte doch nicht ahnen, dass es so schnell aus ist. Sie brauchte dringend eine kleine Finanzspritze. Und ein paar Kröten waren noch da … also hab ich ihr geholfen.«

»Wie edel.« Miriam klatschte ihm die flache Hand vor die Stirn. Das wurde ja immer besser. Ihr graute vor den weiteren Fakten, die er ihr gegenüber bisher ebenso großzügig unerwähnt gelassen hatte. Zwanzigtausend Euro, ganz nebenbei verpulvert.

»Geschenkt oder geliehen?« Ioannis kritzelte mit einem Kugelschreiber auf ein Karoblatt. »Vermutlich ohne schriftlichen Vertrag?«

»Ohne. Wir waren ja zusammen. Das sehe ich nie wieder.«

»Auch ein mündlicher Vertrag ist bindend.«

»Witzig. Wie du das sagst, könnte man fast meinen, ich hätte eine Chance, das Geld zurückzukriegen.«

»Du meinst also, es ist einen Versuch wert, oder?« Miriam beugte sich kurz zu Ioannis, der stumm nickte und wieder mit dem Kugelschreiber herumspielte. Entgegen aller Hygienevorschriften hatte sie auf dem Ablaufbrett der Spüle Platz genommen. »Sehr gut! Du kannst es dir nämlich nicht leisten, auch nur auf einen Euro zu verzichten Dilli. Das Bistro ist, soweit mein Finanzberater das bisher überblicken konnte, nur eine Handbreit von der Pleite entfernt.«

»Finanzberater?«

»Ja. Er hier: Ioannis Ivanakis, der jetzt bitte endlich mehr zum Thema sagen soll.« So verstockt kannte sie ihn gar nicht. Wortkarg, in sich gekehrt und ohne jeden Humor. Die lange Bustour musste ihn mehr erschöpft haben, als sie angenommen hatte. Sie musste ihn dreimal anstupsen, bis er ihrer Aufforderung folgte und redete.

»Mündliche Abmachungen sind schwer einzuklagen, aber grundsätzlich rechtskräftig, wenn sich beide Parteien über die Bedingungen einig sind. Voraussetzung ist, dass dieser Mareike eindeutig klar war, dass sie das Geld nicht behalten darf. Dann lohnt es sich, mit ihr zu reden. Zum Bistro: eine Haaresbreite zum Bankrott trifft es genauer. Deine Buchführung ist ein Desaster, und wenn du dein aktuelles Personal nach Tarif bezahlen würdest, was nicht der Fall ist, weil keiner von uns überhaupt bezahlt wird, wärst du schon zwei Schritte drüber raus. Langfristig musst du das Bistro sowohl mittags öffnen als auch den Ruhetag streichen.« Ioannis legte den Kugelschreiber aufs Papier. Ganz gerade an den Kästchen ausgerichtet.

»Wow.« Felix kratzte sich den Bart. »Das waren jetzt eine Menge Sätze. Gefallen hat mir nicht viel davon.«

»Ihr wolltet es hören.« Ioannis guckte kurz zu Miriam hoch. »Wenn Felix wieder da ist und du mit ihm den Laden schmeißt, bin ich hier überflüssig. Ihr kriegt das schon hin.« Er lächelt matt. »Solange du Selim in der Küche behältst und den Projektordner anständig führst, versteht sich. Dann braucht ihr mich nicht mehr.«

»Spinnst du?« Wie kam er nur auf diesen Unsinn? Miriam fixierte ihn beschwörend. »Du bist unsere gute Seele! Der mit den besten Ideen: Schiefertafeln, Flyer, Livemusik und frische Blumen. Das warst alles du und überhaupt bist du mein Lieblingsmaláka. Und eines Tages werde ich auch noch herausfinden, was dieses Wort eigentlich bedeutet. Wir schaffen das ganz sicher nicht ohne dich!«

Selim nickte. »Dem habe ich wenig hinzuzufügen.« Er deutete auf sich und Miriam. »Wir sind das Küchenteam und du bist der Manager. Das braucht man zwingend beides.«

Felix lachte trocken auf und schubste Ioannis. »Dir ist klar, was das heißt, oder? Der Einzige, auf den problemlos verzichtet werden könnte, bin wohl ich. Reich mir die Hand, dann haben wir einen rechtskräftigen Deal. Und ich verspreche dem Finanzgenie Gehorsam.«

»Gehorsam, dass du das Wort überhaupt kennst.« Miriam zappelte aufgeregt: »Greif zu, greif zu! Dann können wir nachher den Sekt tatsächlich noch öffnen.«

»Dann … okay.« Ioannis nickte knapp.

»Klasse, hätten wir das also geklärt.« Übermütig ballte Felix die Siegerfaust und schlug ein paar Haken in die Luft. »Leider ist das im Moment nicht der dringlichste Punkt. Barbara kommt. Und die will ein Haus sehen und eine funktionierende Ehe.«

»Reicht euch ein Rohbau?« Ioannis nippte an seinem Wasser. »Dann weiß ich was.«

»Echt? Jetzt bist du wirklich mein Held!« Felix griff nach

seiner Hand. Das Wasserglas schwappte über. »Kennst du auch das Geheimnis für eine glückliche Beziehung? Dann geh ich vor dir auf die Knie, Ianni.«

»Nee. Sonst hätte ich eine.« Hastig huschte Ioannis' Blick über Felix hinweg zu Miriam. »Und ich heiße Ioannis.«

»Mit dem Vortäuschen habt ihr doch Übung.« Selim riss das letzte verbliebene Fladenbrot in Stücke. Klang da ein bisschen Schadenfreude durch? »Bisher hat das ja wohl prima funktioniert.«

Miriam angelte sich das Schälchen mit Tomatensalsa und langte in den Korb. Von diesem Fladenbrot bekam sie nie genug. »Das waren aber immer nur einzelne Abende, ein paar Stunden bei unseren Eltern zu Hause. Wenn Barbara hierherkommt, ist das anders. Die will ganztags beschäftigt werden, betreut und amüsiert. Und wir haben keine gemeinsame Wohnung mehr.«

»Aber dafür das Bistro.«

Sie wusste, was Selim meinte: mehr Verbundenheit als mit einer gemeinsam geführten Kneipe konnte man kaum zeigen. Vorausgesetzt, die Existenz derselben preiszugeben war eine Option. »Richtig, das Bistro. Darum muss sich mindestens einer abends kümmern, was sich schwer geheim halten lässt, aber auch nicht einfach mit der Wahrheit erklären.«

»Japp. Als Kneipier kann ich mich auf keinen Fall outen. Dann bin ich geliefert. Da hängt ein echter Rattenschwanz an Ärger dran. Was meinen Job angeht, steht meinen Eltern gegenüber nämlich auch noch die eine oder andere Ungenauigkeit im Raum.«

»Ach?«, sagte Selim, ohne überrascht zu klingen. »Was heißt das genau?«

»Dass ich ein hoffnungsloser Fall bin. Gelegenheitsjobber und dreifacher Studienabbrecher. Ein Abbruch ist offiziell und ein Studiengang ging komplett an allen vorbei. Zwischendurch habe ich alles Mögliche ausprobiert, was ich meinen Erzeugern meist als eine Art Praxistest verkauft habe. Ja, bevor einer fragt: Da war auch echte Arbeit dabei. Das war aber auf Dauer nicht das Wahre, daher bin ich zurück an die Uni. Studium Nummer drei habe ich angeblich fast beendet.« Felix schlug ein Bein über das andere und wippte mit dem Fuß. »Weil ich so ein toller Hecht bin, hat mich allerdings eine Firma schon vor dem Abschluss eingestellt, den ich jetzt nebenbei mache. Dauert natürlich entsprechend länger, braucht auch mal ein Freisemester. Aber was tut man nicht alles für ein ordentliches Gehalt? Ich bin eben keiner, der nur auf den akademischen Titel schielt. Schließlich soll das Haus fertig werden, bevor die Kinder kommen.«

»Man könnte fast meinen, du glaubst, was du sagst. Treusorgender Ehemann und bald fürsorglicher Vater.« Miriam steckte ihm ein Stück Brot in den Mund.

»Ich tu, was ich kann«, nuschelte er und zog eine kleine Grimasse, während er kaute und mit Wasser nachspülte. »Danke für die Fütterung, nur hätte ich lieber vorher den Kaugummi rausgenommen. Auch wenn es für euch anders aussehen mag, ich schäme mich in Grund und Boden für den Scheiß. Vor allem für all das, was ich Miriam damit angetan habe. Ich denke jedes Mal, ich habe es im Griff. Aber jetzt, das schwöre ich – Au!«

»Nicht schwören!« Mit einem Geschirrtuch verpasste sie ihm einige Schläge. Er duckte sich weg, versuchte im Sitzen auszuweichen, ohne die Balance zu verlieren.

»Au! Ja, ist gut. Es ist das letzte Mal. Die letzte Lüge, die letzte Bitte und dann nie mehr.« Er seufzte tief und ließ den Kopf hängen. »Ich weiß, ihr kennt mich nicht. Was ihr von mir wisst, spricht komplett gegen mich. Nun schneie ich hier herein, mit einem Sack voll Schwierigkeiten, hab die Hacken voller Dreck und biete euch das Ehrenwort eines Lügners. Wenn ihr mir den Vogel zeigt und verschwindet, alles klar, verstehe ich. Aber – Selim, Ianni – ich hoffe, ihr bleibt und tut es für Miriam.«

»Wartet!« Sie hob die Hand, ehe einer etwas erwidern konnte. »Ihr sagt jetzt besser nichts. Sieh mich an, Dilli. Was sollen sie tun?«

»Du bist so misstrauisch.« Felix schickte einen weiteren Seufzer hinterher, streckte dann langsam den Nacken. Schalk in den Augen und Übermut auf den Lippen. »Wie ich heute Nachmittag schon sagte: Ich habe einen Plan.«

Gerbera stand auf dem Zettel. Zum Glück waren das die gleichen Blumen, die bereits im Bistro in den Vasen standen, sonst hätte er keinen Schimmer gehabt, was er besorgen sollte. Auf den Zehenspitzen schaukelnd wartete Felix, bis er an die Reihe kam. Er hatte es nicht eilig.

Der kleine Laden quoll schier über. Auf minimaler Fläche drängten sich Schnittblumen, Topfpflanzen und Dekoartikel, wetteiferten um die Aufmerksamkeit des Betrachters. Eine Frau band mit flinken Fingern Sträuße, packte ein und beriet und war dabei überaus freundlich. Sie mochte vierzig sein, vielleicht auch knapp darüber. Brünett wie Miriam, lockig wie Mariella, unaufdringlich hübsch.

»Guten Morgen und vielen Dank für Ihre Geduld. Sie haben wirklich gerade einen ungünstigen Moment erwischt. Was kann ich denn für Sie tun?«

»Alles bestens. In einer so schönen Umgebung verfliegt die Zeit geradezu.« Sein Zwinkern kam ebenso automatisch zum Einsatz wie sein Lächeln. Wurde damit die Welt nicht sofort besser? »Mein Auftrag lautet, fünfzehn von diesen Gerbera zu besorgen. Die Hälfte rot wie meine Haare, die andere Hälfte gelb. Hoppla, das haut nicht hin. Ich denke, dann nehmen wir besser eine mehr.«

»Gerne.« Sie zupfte die Stängel aus einem Eimer. »Kommt noch etwas dazu?«

»Nein. Ich mag es pur. Und die Hübschen dürfen ungebunden bleiben. Wickeln Sie nur ein bisschen Papier drum, bitte.« Er folgte ihr zur Kasse. In einem Schälchen lagen Bonbons, daneben ein Stapel Visitenkarten. »Mir gehört das Bistro drüben auf der anderen Straßenseite, ein paar Meter rechts von hier, wir sind also sozusagen Nachbarn.«

Sie schenkte ihm ein flüchtiges Lächeln und riss einen Bogen Papier von der Rolle.

»Wissen Sie, was ich mir gerade überlege?« Er zog mit den Zähnen ein Zitronenbonbon aus der Folie, stellte eine Visitenkarte auf die Ecke und ließ sie unter seiner Fingerspitze kreiseln. »Eine Kooperation. Ihre Karten bei uns, unsere Flyer bei Ihnen.« Aus der Hemdtasche fummelte er einen leicht zerknitterten Flyer und legte ihn neben die verpackten Blumen auf den Tisch. »Neue natürlich, lasse ich gerade drucken. Und die Blümchen brauche ich ab sofort regelmäßig.« Mit der Handkante strich er die Falten glatt, dann seufzte er theatralisch. »Mal ehrlich: Ich bin unmöglich, ich habe mich gar nicht richtig vorgestellt, oder? Felix Dillinger, aber Felix genügt völlig. Ich habe sogar noch mehr Ideen. Zum Beispiel Sonderpreise für die Mitarbeiter von« – er schnappte sich erneut eine Visitenkarte – »Flora*Lee* – Grünes für Haus und Garten. Inhaberin: Mona Lee. Sind Sie das?«

»Ja, das bin ich.« Ihr Lächeln verfestigte sich, obwohl sie deutlich dagegen ankämpfte. »Tut mir leid, ich muss wirklich wieder weiterarbeiten, Felix.«

Er hob den Daumen, als sie ihn beim Namen nannte. »Es ist aber keiner da außer mir.«

»Doch, draußen ist einer, und zwar schon eine ganze Weile. Ich sollte nachsehen, was der da treibt.«

Durch das Schaufenster erspähte Felix ein Stück vom Gehweg, auf dem robustere Pflanzen sich zu einem grünen Dschungel verdichteten. Dazwischen ein dünner grauer Mann mit hochgezogenen Schultern, der hie und da ein Blättchen betastete. »Der tut nichts. Vermutlich ist er nur verliebt in einen Lavendelbusch oder eine Palme.«

»Wie bitte?«

»Das ist Hasim. Er kommt aus dem Irak und ist seit zwei Jahren auf der Flucht. Seine Frau und die vier Kinder sitzen irgendwo auf dem Balkan fest und dürfen nicht weiter. Abgesehen von seiner Familie liebt er Pflanzen über alles. Du musst dir nur unsere Buchsbäumchen vor dem Bistro ansehen. Die waren so gut wie tot. Seit etwa einer Woche gießt er sie und redet mit ihnen. Jetzt sind sie fast wie neu.« Felix verstummte. Das war Hasims Geschichte. Er hatte ihn bedrängt, alles zu erzählen, gleich am ersten Abend, und nun ließ ihn nicht los, was er gehört hatte. Zum Warten verurteilt, einsam unter Fremden und die immer gleichen trostlosen Worte am Telefon. Felix schluckte den letzten Bonbonrest und hustete. »Was ich sagen wollte: Er gehört zu mir und es kann sein, dass er in Zukunft die Blumen abholt.«

»Okay, ich merke es mir.«

»Solltest du mal Hilfe brauchen mit den schweren Töpfen oder so. Ich denke, er wäre dir sehr gern behilflich.«

»Merke ich mir auch.«

Betont langsam strich er sich durch den Bart und tippte auf den Flyer, kombinierte den Welpenblick mit dem eines tiefsinnig grübelnden schottischen Lords. »Hm?«

Mona drückte ihm das Blumenpaket in den Arm und er reichte ihr das abgezählte Geld.

»Ich denke drüber nach.«

Mehr war nicht rauszuholen.

»Du hast übrigens einen wunderschönen Namen«, rief er ihr über die Schulter zu, als er schon an der Tür war. Mona, das gefiel ihm wirklich. Der Morgen fing gut an.

In der Mittagspause hatte Miriam sich einen halben Ring Krakauer gegönnt, mit Brötchen und Senf. Ein Fest für die vereinsamten Fleischrezeptoren auf ihrer Zunge, wenn es solche denn gab. Dann hatte sie Ronja eine Kurznachricht geschickt und nun war ihr schlecht. Ob es an der zu groß geratenen Wurstportion lag oder an der Angst vor Ronjas Reaktion auf die Mitteilung, dass Felix zurück war, vermochte sie nicht zu beantworten. Eins war so wahrscheinlich wie das andere und die Kombination auf jeden Fall nicht gut. Außerdem lag ihr Felix' Plan zum Besuch seiner Mutter wie ein Stein im Magen. Sie wurde den Verdacht nicht los, dass sie kollektiv ins Verderben rannten. Einem rotbärtigen Verrückten folgend, der wie Mel Gibson in *Braveheart* vorwegstürmte. Schwert, Kilt und Kriegsbemalung ersetzte er durch Charme, Unverschämtheit und Begeisterung. Mit einem Fencheltee zur Beruhigung sämtlicher Nerven sank Miriam an ihren Platz und blätterte lustlos den Aktenstapel durch. Langweilig, langweiliger, am langweiligsten.

Jede Sekunde der Unachtsamkeit katapultierte sie in ein Paralleluniversum, erfüllt von märchenhaften Speisen. Dort tauchte sie unter, jonglierte mit Zutaten und malte sich aus, wie sie diese am Abend zubereiten würde, natürlich nach eingehender Beratung mit Selim und dann Seite an Seite am Herd. Gemeinsames Tüfteln und Abschmecken. Zwei Hände, ein Löffel. Sprenkelaugen und Lippen, die sie lieber kosten wollte als alles andere.

Ihr Kopf schlug hart auf die Schreibtischplatte und sie fuhr ruckartig hoch. Vor sich realisierte sie den Computerbildschirm, eine Wand aus aufgerichteten Ordnern, dahinter Frau Schober und Frau Möller, zum Glück in ihre Arbeit vertieft. Unauffällig rieb sie über ihre Stirn. Diese Tagträume fingen an überhandzunehmen. Sie gefährdeten ihre Gesundheit und ihren Arbeitsplatz. Miriam stützte ihr Kinn in die linke Hand, tippte mit der rechten auf die Maus. Eine Liste öffnete sich, warf ihr Buchstaben und Zahlen entgegen. Klar, eindeutig, beherrschbar, reine Fakten und somit ohne das Risiko, sich in Fantasien zu verlieren.

Frau Schober trug heute ein Halstuch in Minzgrün zu ihrer weißen Bluse. Der Cursor vollführte eine Kreisbewegung, erst links-, dann nach rechtsherum. Weiß, blütenweiß. Aus Kokosmilch ließ sich veganer Joghurt herstellen. Mit frischer Minze passte das super zu scharfem Curry. Sie ließ die Maus los, machte eine Notiz auf einem alten Kassenzettel und summte *Walking on sunshine*. Drei Stunden bis zum Feierabend. Dreieinhalb bis ins Leben.

Die Tage verflogen in aufgekratzter Harmonie, immer haarscharf an der Grenze zum Hysterischen. Keiner wagte so recht, daran zu glauben, doch die Anzeichen mehrten sich, dass ihr neues Bistro-Konzept funktionieren konnte. Felix mühte sich nach Kräften, seinen Platz zu finden. Chef und Laufbursche in Personalunion, damit kam er überraschend gut klar. Nebenbei löcherte er Ioannis, der Licht ins Dunkel seiner Bücher bringen sollte. Barbaras Besuch schwebte über ihnen wie der Schatten eines Falken über einem Kaninchen auf dem Feld. Fern, unwirklich und bedrohlich. Und dann war es plötzlich Freitag.

»Wo ist deine Frau?« Barbara Dillinger reckte den Hals aus ihrem eierschalenfarbenen Kostüm und drückte die Föhnwelle unterhalb des passenden Huts zurück in Form. Goldblond, weil sie den Rotstich hasste und Grau für indiskutabel hielt.

Wie immer war Felix' Umarmung stürmischer geraten, als es ihr behagte. Korrekter Auftritt in allen Lebenslagen, darauf legte sie Wert. Er kannte das zur Genüge. Genau wie die folgende Musterung seiner Erscheinung. Fehlte nur, dass sie ihn auf die Waage stellte, um sicherzugehen, dass er genügend aß, aber auch nicht zu viel. Seine über den Knöcheln aufgerollte Jeans mit den Rissen an den

Knien missfiel ihr garantiert. Auch das verwaschen wirkende Shirt mit dem lässig weiten Ausschnitt war die falsche Wahl. Früher hätte Miriam ihn darauf hingewiesen. Dann hätte er sie geküsst und nichts an seinem Aussehen geändert. Dafür hätte wiederum sie ihn geküsst. Das war seine Art der Anarchie.

»Dass sie dich so vor die Tür lässt!«

»Du siehst toll aus, Babs. Perfekt wie immer.« Er klemmte die Hände in die Hosentaschen. »Miriam lässt sich entschuldigen, sie muss arbeiten. Wir treffen sie heute Abend, da haben wir etwas Besonderes mit dir vor.« Es gefiel ihm, zur Abwechslung mit der Wahrheit zu beginnen. »Du wirst ein paar tolle Leute kennenlernen.«

»Sie nimmt nicht mal einen Nachmittag für mich frei?«

»Miri hat leider zu viel zu tun.« Und wäre lieber tot umgefallen, als ihren Chef ausgerechnet wegen Barbara um einen freien Nachmittag zu bitten. »Dafür hast du mich ganz für dich. Die Sonne scheint, wir sind unmittelbar am Kurpark. Führen wir dein schickes Ensemble doch ins Café. Sonnenterrasse und Hugo – wie klingt das für dich?« Er bot ihr seinen Arm zum Unterhaken. Vom Hotel Vier Jahreszeiten gab es einen direkten Spazierweg zum zentralen Springbrunnen und zur Quelle.

»Eigentlich wollte ich gleich euer Haus sehen.«

»Sorry, Babs – für eine Baustelle bist du nur bedingt passend gekleidet. Die arbeiten da unter Hochdruck, und das bringt einiges an Dreck mit sich. So ein Haus läuft ja nicht weg. Wenn alles fertig ist, ist es eh viel schöner.«

»Papperlapapp. Ich will sehen, welches Nest mein kleiner Vogel sich ausgesucht hat für die kommende Brutzeit.«

»Barbara!«

»Was denn? Ist das meinem kleinen Wildfang etwa peinlich? Ich bitte dich!« Ihr Lachen spannte die Oberlippe über das makellose Gebiss. Ein bisschen zu weiß, ein bisschen zu viel Botox. »Mit der Baustelle gebe ich dir jedoch recht. Meine Schuhe sind ungeeignet.« Sie deutete auf ihre Wildlederpumps.

Aufatmend drückte Felix ihren Arm. »Dann also Hugo?«

»Hugo«, bestätigte sie. »Vielleicht auch einen Aperol.«

Das war zu schön, um wahr zu sein.

»Und die Baustelle besichtigen wir am Sonntag. Dann wird schließlich nicht gearbeitet. Ich muss mir ohnehin noch ein paar Gummistiefel kaufen zum Wattwandern.«

»S-s-sonntag?«

»Morgens, direkt bevor ich abreise. Ich kann einen Tag länger bleiben als gedacht. Hatte ich dir das nicht gesagt?«

»Sie kommen!« Ioannis streckte den Kopf in die Küche und Miriam winkte ihn eilig herein.

»Wenn ich dran glauben würde, wäre jetzt ein guter Moment für ein Stoßgebet.« Wie ein Trainer, der vor dem Spiel seine Mannschaft einschwört, streckte sie die flache Hand aus. Selim legte seine darüber und Ioannis vollendete den Stapel. »Auf gutes Gelingen.«

»Toi, toi, toi.«

»Wie sehe ich aus?« Sie nahm die Schürze ab, checkte ihre Bluse zum fünften Mal auf Flecken, wischte Mehlstaub von der Hose. Businesslook, der im Büro gut angekommen war und sie in Zwangsjackenmanier einengte.

»Wunderschön«, sagte Selim und gab ihr einen vorsichtigen Kuss auf die erhitzte Wange. »Das klappt schon. Wir wissen alle, was zu tun ist.«

Ein ängstliches Kichern stieg in Miriam auf. Neben Barbaras einschüchternder Perfektion fühlte sie sich meist wie Aschenputtel vor dem Erscheinen der Fee.

»Ja, wunderschön verkrampft.« Ioannis hob mit einem Finger ihr Kinn an und öffnete gleichzeitig sehr schnell und geschickt ihren oberen Blusenknopf. Sein Kuss landete auf ihrer Stirn. »Atmen nicht vergessen.«

Sie schnaufte tief durch, schüttelte sich und versicherte sich nochmals Selims Zustimmung, dann durchschritt sie die Schwingtür.

»Hallo, Barbara!«

»Miriam, Liebes.«

Ihre Schwiegermutter schwebte durch den Raum, den sie gerade in der gleichen Weise taxiert hatte wie nun Miriam.

»Ein interessantes Lokal«, bemerkte sie nach einer Reihe Begrüßungsluftküsschen. »Felix tut die ganze Zeit schon so geheimnisvoll. Was hat es damit auf sich?«

Felix schaukelte vor und zurück, die Hände in den Taschen. Keine Vorarbeit also.

»Setzen wir uns doch. Wie wäre es mit dem Tisch in der Ecke. Magst du ans Fenster?« Bis auf einen einzelnen Gast und Hasim war die Gaststube noch leer. Was hoffentlich nur daran lag, dass viele erst zur *Stand-up livemusic* kommen wollten. Eine gute Stunde noch. Bald sollten sich die Plätze füllen.

Der lange Nachmittag mit Barbara hatte bereits Spuren bei Felix hinterlassen. Ein nervöses Zucken im Gesicht,

Schweißränder unter den Achseln, dennoch sah er unverschämt gut aus.

»Holst du uns was zu trinken?«, bat sie ihn laut. »Mein kleiner Rebell«, raunte sie leiser und kraulte ihm aufmunternd den Bart. Dass seine Mutter ihren Aufenthalt um einen Tag verlängern würde, hatte er ihr in einer aufgeregten Sprachnachricht mitgeteilt. Verdaut schien er es nicht zu haben. Doch jetzt straffte er die Schultern.

»Wasser Medium und einen leichten Weißwein, richtig, Barbara?« Er drehte sich auf den Fersen, dass die Turnschuhe quietschten. »Bitte gern, bitte gleich!«

»Was tut er denn hinter der Theke? Wird man hier etwa nicht bedient?«

»Doch, doch.« Aus der Küche hörte Miriam Selims Stimme, das Klappern von Besteck auf Porzellan. Sie erkannte das Geräusch: Vorspeisenhäppchen, die er auf rechteckige, schmale Schälchen drapierte. Das Mahlwerk der Pfeffermühle knarrte. Grobe Körnung. Schwarze und rote Flöckchen rieselten auf Dekorschleifen aus Balsamessig.

Freundlich, aber bestimmt dirigierte Miriam ihre Schwiegermutter vorwärts und rückte ihr den Stuhl zurecht. Komisch. Mit einem Mal war sie ganz ruhig. »Felix bedient hier und ich auch.«

Sie schaute zu ihm hoch, als er klirrend das Tablett absetzte. Schwungvoller als geplant und Panik im Blick. *What the fuck*, las sie von seinen Lippen. Die Wahrheit, die Wahrheit – wieso konnte sie nicht einfach weiterreden, ohne sich um die Folgen zu scheren?

Selim passierte die Schwingtür und sie riss sich zusammen. Immer schön den Plan befolgen. Für Felix. Ein letztes Mal. »Du wirst das bald verstehen, Barbara.«

Zuerst eine kleine Bestechung für den Gaumen, ein wenig Wein zum Einlullen, auch wenn es kein besonders edler Tropfen war. Danach die Märchen.

»Kleine Aufmerksamkeit des Hauses, für meine Freunde.« Formvollendet servierte Selim die Vorspeisen, wandte sich Barbara zu und legte eine Hand aufs Herz. »Sie sehen bezaubernd aus, Frau Dillinger.«

»Oh, das ist aber … danke.« Barbara zupfte geschmeichelt an ihren Haaren herum.

Selim deutete eine kleine Verbeugung an und trat ab.

»Was für ein netter junger Mann.«

Nein, er war viel mehr als nett. Miriam schaute ihm unauffällig nach.

Leider waren die Vorspeisen viel zu schnell aufgegessen und das erste Glas geleert. Felix beschränkte sich darauf, Belanglosigkeiten abzusondern und seine Mutter zu versorgen, deren Ungeduld kaum noch zu übersehen war.

»Es ist so«, unterbrach Miriam ihn mitten in einem angefangenen Satz. »Die Betreiber sind Freunde von uns und haben das Bistro ganz neu übernommen. Sie haben tolle Ideen, sind extrem engagiert, aber ihr Budget ist begrenzt. Darum springen wir nach Feierabend beim Service und in der Küche ein, solange sie keine zusätzliche Kraft einstellen können. Das ist eigentlich schon das ganze Geheimnis.«

»Sind wir bei der versteckten Kamera? So einen Unsinn habe ich lange nicht gehört.«

»Im Gegenzug dürfen wir über dem Bistro wohnen.«

»Wie bitte?«

»Ist nur vorübergehend«, ergänzte Felix. »Wir mussten aus der alten Wohnung raus. Das mit dem Haus sollte ja viel schneller gehen. Also helfen wir uns gegenseitig – ganz einfach.«

»Einfach. Ach ja. Und wer sind diese Freunde?«

»Selim, der Nette, der die Vorspeisen gebracht hat, und Ioannis, der Große, der jetzt hinter der Theke steht.«

»Zwei Männer?«

»Geschäftspartner, Babs.«

»Hm.« Barbara schlürfte einen Schluck Wein. »Ist dieser Johannes Deutscher? Der andere ja bestimmt nicht.«

»Ich habe mir keinen Ausweis zeigen lassen.« Felix stöhnte unterdrückt und Miriam verzichtete darauf, die Namensverwechslung aufzuklären.

»Mein Gott, hat der einen Zinken; und die Haare! Verheiratet ist der sicher nicht. Felix, du hast einfach ein zu weiches Herz! Warum hast du deinen Vater nicht um Rat gefragt? Euer Vermieter war doch ein ganz patenter Mensch, mit so einem lässt sich doch reden. Außerdem kann man für ein paar Wochen doch auch mal in ein Hotel ziehen.«

Miriam zerknüllte ihre Serviette auf dem Schoß. Wie gründlich sie doch verdrängt hatte, weshalb sie Felix' Eltern aus dem Weg gingen. Auf seiner Stirn perlten Schweißtröpfchen.

»Es ist ein Abenteuer und es macht uns Spaß. Nicht wahr, Schatz?« Sie lächelte hölzern, stapelte die Teller und flitzte damit los. Nur weg von diesem Tisch und hin zu ihren Töpfen und Pfannen, in den wohligen Dampf der Küche.

Selim mischte Salat.

»Hilf mir!«

»Was ist los?«

»Die Frau ist furchtbar«, jammerte sie.

»Ist das neu?«

»Nein. Tröste mich trotzdem.«

»Komm her.« Er nahm sie in den Arm und tätschelte ihren Kopf. »Das geht vorbei.«

»Offen gestanden zweifle ich vor allem daran, wie Dilli das überleben soll.« Sie drückte die Stirn an seinen Hals. »Dem steht alle paar Minuten der blanke Horror ins Gesicht geschrieben.«

»Muss er auch getröstet werden?«

»Besser nicht von dir.« Miriam kicherte. »Barbara bekäme einen Anfall. Milde ausgedrückt würde ich sie als konservativ bezeichnen.«

»Er hat dich zur Unterstützung, besser kann er es nicht treffen.« Mit dem Daumen strich er über ihre Wange. »Das wird schon.«

Wie gern sie ihm glauben wollte. Zur Sicherheit sollte sie Felix nicht allzu lange mit Barbara alleine lassen. »Kann ich was mitnehmen?«

»Ja, gern. Sekunde.«

Drei Handgriffe später balancierte sie Essen nach draußen, mit dem guten Gefühl, dass sie nur wenige Schritte von ihrer kleinen Oase trennten.

Bis zum Beginn der *Stand-up*-Einlagen waren sowohl Miriam als auch Felix dreimal in die Küche beziehungsweise hinter die Theke gerannt, sehr zu Barbaras Verdruss. Das Bistro insgesamt und seine Gäste, die sich zum Glück deutlich vermehrten, trafen so gar nicht ihren Geschmack. Sie bestellte einen Gin Fizz und bestand darauf, diesen von *Johannes* geliefert zu bekommen, den sie sehr genau betrachtete und ausfragte, während Felix neben ihr sitzen bleiben musste. Nur das Essen stimmte sie versöhnlich.

An Miriams Stelle übernahm Selim die kurze Ansprache, die restliche Organisation des musikalischen Teils des Abends oblag Ioannis. Der vergab Nummern, die er nach und nach aufrief. Mit Startnummer drei kletterte Spiros auf den Barhocker.

»Liebe Leute, ich habe einen besonderen Auftrag, von einem, der nicht singen kann, für eine, der er was zu sagen hat.« Bei der Betonung einzelner Worte schwang sein aparter griechischer Akzent mit. »Das ist für dich Miriam, von deinem Felix.«

Verlegen versteckte Miriam sich hinter Felix Schulter, dann küsste sie ihn kurz und trocken auf den Mund. Das brachte Applaus noch vor dem ersten Ton und hellte Barbaras Miene auf. Als Spiros dann ein altes Liebeslied schmetterte, klopfte die den Takt mit.

Miriam stupste Felix an. »Siehst du das?«

»Drück die Daumen, dass ihre Stimmung so bleibt.«

Unaufgefordert kredenzte *Johannes* einen zweiten Gin Fizz und Miriam warf ihm unauffällig eine Kusshand zu. Das Lied war seine Idee gewesen, als kleiner Liebesbeweis für eine überkritische Schwiegermutter.

Barbara hielt durch bis deutlich nach elf Uhr und bestand darauf, die Rechnung zu bezahlen.

»Keine Widerrede. Ich werde mir nicht nachsagen lassen, ich hätte es mir auf Kosten eures Sozialprojekts gut gehen lassen. Überzeugt bin ich nicht, ob das eine Zukunft hat. Johannes, dieser lange Schlacks, ist ein bisschen unzugänglich. Aber der kleine Türke und sein Essen, das passt, muss ich gestehen.« Sie pflückte einige Scheine aus ihrem

Portemonnaie und gab sie Miriam. »Erledige du das für mich. Felix, du fährst mich ins Hotel. Ich bin müde. Ach, und Miriam. Kleiner Lunch, morgen dreizehn dreißig. Vormittags habe ich spontan ein Wellnesspaket gebucht. Danach gehen wir shoppen, nur wir Mädchen. Wenigstens am Wochenende wird dir deine Versicherungsgesellschaft ja wohl freigeben, nicht?«

Es war ihnen zur Gewohnheit geworden, nach einem harten Tag zusammenzusitzen und noch einen Schluck zu trinken. Lagebesprechung und Krisenrat mit wechselseitigen Motivationsreden, die manchmal halfen und manchmal nicht. Die an diesem sehr frühen Samstagmorgen half nicht, jedenfalls nicht bei Selim. Weil Miriam und Felix ein glückliches Paar spielten. Das war zwar von Anfang an der Plan gewesen, aber es zu sehen war etwas ganz anderes. Sie hatte Felix sogar geküsst. Selim hatte es aus Ioannis herausgepresst, aber eigentlich schon vorher gewusst, dass es ein Kuss auf den Mund gewesen war. Was hätte sie in der Situation auch sonst tun sollen?

Nichts rechtfertigte das Stechen in seiner Brust, das ihn geweckt hatte.

Konnte man es auch schon als Gewohnheit bezeichnen, gemeinsam die Bistro-Treppe raufzusteigen und dort aufs Bett zu fallen? Lachend, übermütig, angetrunken. Einmal hatten sie Miriam nur hochgetragen und abgelegt, einmal hatten sie zu dritt das Bett geteilt. Und heute war es schon wieder passiert, nachdem sie etwas zu ausgiebig auf das gelungene Täuschungsmanöver angestoßen hatten. Ioannis war an seiner Seite geblieben. Ein zuverlässiger Wächter, der ihm half, seine Eifersucht zu zähmen. Selim schlug die

Augen auf, um sicherzugehen, dass er es sich nicht eingebildet hatte. Über ihm bauschte sich der Stoffhimmel. Er drehte den Kopf und blinzelte ins Dunkel, bis sich ein Gesicht ausmachen ließ. Bleich im schwachen Mondlicht. Miriam, ganz nah, und ihre Hand schmiegte sich in seine. Ein glücksseliger Seufzer rutschte über seine Lippen. Das Stechen verlor an Schärfe, obwohl es nicht ganz verschwand. Doch so ließ es sich ertragen, verwandelte sich in süßen Schmerz: Hoffnung.

Leises Schnarchen lag in der Luft, aber Miriam atmete ruhig. Zuerst erkannte er um sie herum nur undeutliche Wölbungen, eine Hügellandschaft aus Kissen, Decken und Körpern. Vorsichtig stützte er sich auf den Ellbogen. Kniff die Augen zusammen, schüttelte den Kopf, sah noch mal hin. Dann grinste er. Felix lag hinter ihr flach auf dem Rücken und Ioannis quer dazu. Die Beine über Miriam ausgestreckt, den Kopf auf Felix Bauch, dessen Hand in seinem T-Shirt steckte. Zumindest sah es so aus. Selim sank zurück auf die Matratze. Diese Gesamtkonstellation konnte am Morgen auf geteilte Begeisterung stoßen. Er grinste weiter. Mit seiner Position war er jedenfalls sehr zufrieden.

Ronja hatte ihr den Beinahe-Rauswurf längst vergeben und erwartete im Gegenzug seit Mittwoch täglich Bericht von Miriam. Eine Herausforderung, aber leistbar, wenn sie bei der Vollständigkeit gelegentlich ein Auge zudrückte. Barbara bot ein hervorragendes Ablenkungsprogramm, das kleine Auslassungen in punkto Selim kaschierte. Was hätte sie da auch erzählen sollen? Dass sie jede Gelegenheit nutzte, in seiner Nähe zu sein, ihn irgendwie zu berühren und in seinen Augen abzutauchen? Das war kindisch und kontraproduktiv und sollte zumindest für die Dauer von Barbaras Besuch tabu sein. Auch darüber hinaus, wenn es nach Ronja ging. Denn so sympathisch sie Selim auf Anhieb auch gefunden hatte, er hatte in ihren Augen einen entscheidenden Makel: Er war nicht Felix. Dessen Rückkehr löste bei Ronja kitschigste Fantasien aus. Über Einzelheiten zu seinem Trip nach Italien schwieg er sich weiter aus und Miriam hatte beschlossen, es zunächst dabei zu belassen. Der Blick zurück nutzte genauso wenig, wie mit Ronja zu streiten. Also lobte sie Felix' guten Willen, von dem sie ehrlich beeindruckt war, und wie sehr er sich um das Bistro und um ihre neuen Freunde bemühte. Was tatsächlich ebenfalls stimmte.

Sie telefonierten über Lautsprecher, während Miriam

sich im Badezimmer zurechtmachte und vor dem Kleiderschrank unentschlossen Runden drehte. Lunch mit Barbara und dann shoppen, einen schlimmeren Samstagnachmittag konnte sie sich kaum vorstellen.

»Einfarbig in Pastell, von Kopf bis Fuß«, erklärte sie Ronja. »Und diese Blicke, als ob sie jedem eine Haltungsnote gibt.« Sie hängte den Bügel mit dem dunkelblauen Rock und dem Blazer zurück auf die Stange. Damit sah sie aus wie eine Stewardess auf Landgang.

»Wie geht es eigentlich Steffi? Hat sie sich wieder erholt? Ich habe sie bisher nicht erreichen können.« Schon wieder eine Flunkerei, es sei denn, man setzte nicht können und nicht versuchen miteinander gleich.

»Laut eigener Aussage geht es ihr bestens. Der mit Vorsatz angesoffene Kater ist weg und der Liebeskummer angeblich auch. Ein bisschen zu schnell und zu glatt ist das gegangen, wenn du mich fragst.«

»Hm.« Vielleicht hatte Steffi auch nur keine Lust auf weitere gute Ratschläge. »Du, ich muss Schluss machen. Unpünktlich zum Date mit Barbara zu erscheinen führt zur sofortigen Streichung von der Freundesliste.«

»Bist du da drauf?«, frotzelte Ronja und Miriam lachte leicht gezwungen.

»Geduldet. Weil ihr Sonnenschein mich einst erwählt hat.«

»Dann hopp, hopp! Ich halte dich nicht länger auf, du Auserwählte. Und lass dich nicht ärgern.«

Miriam entschied sich für eine geblümte Tunika und eine schlichte Jeans – wer sagte eigentlich, dass sie Barbara gefallen musste? – und streckte dem Stewardessendress die Zunge heraus. Das war fast so schlimm wie Barbaras

Eierschalenkombination und sie hasste es abgrundtief. Die Aussicht, zu spät zu kommen, fühlte sich plötzlich verlockend an.

Die Küche schien Selim kleiner, wenn Felix sich darin aufhielt, was nicht nur an seiner Körpergröße lag. Er brauchte einfach mehr Platz für seine Bewegungen und stand unbeholfen im Weg, obwohl er sich anstrengte, hilfreich zu sein. Wenigstens Geschirrabtrocknen funktionierte reibungslos, wenngleich Felix' Gesprächsbedarf ihm einiges abverlangte. Denn Felix, der angeblich so spontan war, versuchte jeden Schritt der Baustellenbesichtigung durchzuplanen. Wollte am liebsten jede Geste und jedes Wort vorauszuberechnen, einschließlich jeder möglichen Reaktion seiner Mutter. Dann waren ihm auch noch die Kaugummis ausgegangen und er hatte noch keine Gelegenheit gehabt, am Kiosk für Nachschub zu sorgen.

»Sag mal, du und Miriam, seid ihr eigentlich zusammen?«

Die Frage erwischte Selim kalt. Er zögerte, zuckte die Schultern, schüttelte dann den Kopf.

»Aber ihr habt schon was miteinander, zumindest gehabt. Ausprobiert, rumgemacht …?«

»Das möchte ich mit dir lieber nicht besprechen. Ist einleuchtend, oder?«

Felix lehnte sich mit dem Hintern gegen die Arbeitsfläche und nahm Selim die nasse Salatschleuder ab. »Nein, wieso. Was ist dabei? Wir sind doch Freunde, alle drei. Ich will nur wissen, wie der Stand ist, nachdem von euch bisher keiner einen Ton dazu gesagt hat. Also, was läuft? Ich erwarte keine intimen Details. Aber ich hör sie mir gerne an, wenn du erzählen willst. Komm schon. Habt ihr euch wenigstens geküsst?«

Selim nickte stockend. Vielleicht war es ja besser, endlich mit offenen Karten zu spielen.

»Und?«

»Was und?«

»Wie war es?«

»Mann, Felix, die Fragerei ist krank. Sie ist deine Ex und ihr seid noch verheiratet. Was soll ich dazu sagen? Du weißt verdammt noch mal viel besser als ich, wie Miriam küsst!«

»Stimmt.« Felix stellte die Salatschleuder weg und stopfte das Handtuch hinein. Nachdenklich schaute er Selim an, mit einem kurzen Kopfschütteln, als wäre er über irgendetwas sehr erstaunt.

»Was denn?« Der Blick brachte Selim ins Schwitzen. Hinter dieser Stirn spielte sich Seltsames ab, so viel war klar.

»Ich weiß nicht, wie du küsst.« Felix kam näher. »Ich weiß überhaupt nicht, wie Männer küssen. Weißt du das?«

»Nein. Interessiert mich auch nicht wirklich.«

»Mich schon.« Felix ließ ihm keine Zeit auszuweichen, umfasste mit einer Hand seinen Hinterkopf.

Eine sachte Berührung steifte Selims Mund, wurde von einem Grinsen unterbrochen, und mit mehr Nachdruck wiederholt. Was um Himmels willen ging hier vor? Selim erstarrte unter Felix' Kuss. Die knallgrünen Augen vor ihm blitzten. Etwas knarrte. Nur der Wind, draußen im Hof? Oder war da jemand? Energisch presste er eine Faust zwischen sich und Felix' Brustkorb und warf den Kopf zur Seite.

»Wow.« Felix ließ ihn los, pustete durch und rieb sich den Nacken. »Das war … Wow.« Sekundenlang wirkte er unsicher, dann lachte er. »Respekt.« Gemächlich schlenderte er rückwärts zur Schwingtür, die sachte hin und her pendelte. »Miriam hat echt Geschmack. Meinst du nicht auch?«

»Du Arsch. Bist du bescheuert? Was sollte das?« Der Typ war irre, restlos übergeschnappt!

»Das sollte gar nichts. Ich wollte es nur eben wissen. Nimm es nicht persönlich.« Felix fing einen Türflügel ein. Über seine Sommersprossen breitete sich ein Hauch von Rosa. »Ähm, eins noch: Wäre ganz schön, wenn das unter uns bleibt, ja?«

Viel zu schnell erreichte die Linie 3 die Haltestelle Hartwigstraße und Miriam musste ihren Sitzplatz aufgeben. Beine ausstrecken und aus dem Fenster gucken, das hatte was. Ihre Füße sehnten sich nach einer Massage oder wenigstens einem heißen Bad und anschließender Ruhe auf einem gepolsterten Lager. Barbara hatte eine höllische Kondition, wenn es ums Shoppen ging.

Vor dem Bistro wässerte Felix die Buchsbäumchen. Ein breiter werdender Strom floss unter den Töpfen heraus und plätscherte in den Rinnstein. Gab es nichts anderes mehr zu tun, dass er sich in Hasims Angelegenheiten mischen musste?

»Sieht aus, als hätten die genug.«

Felix zuckte zusammen. Der nächste Wasserschwall erwischte ihre Füße.

»Mensch, Dilli!« Sie machte einen Satz zur Seite. »Ich hatte auch keinen Bedarf.«

»Sorry. Du hast mich erschreckt. Und, wie war es?«

Miriam schüttelte die Sandalen, dass die Tropfen gegen seine Hose spritzten. »Hast du schon mal versucht, im Frühsommer Gummistiefel zu kaufen? Größe 37, aber bitte damenhaft im Look und keinesfalls die aus der Kinderabteilung? Und weißt du, wie laut Barbara werden kann, wenn sie unzufrieden ist? Die halbe Stadt dürfte gehört haben, was sie von ihr hält und wie sehr sie sich darin bestätigt fühlt, der Provinz schon vor Jahren den Rücken gekehrt zu haben.«

Felix stellte den Eimer ab. »Meine arme Miri.«

Sie wich ihm aus, als er eine Bewegung auf sie zumachte. Bloß kein Mitleid und auch keine Umarmung. Für so was war sie gerade viel zu angespannt. »Wenigstens habe ich meinen Frondienst für heute damit erledigt. Eine gute Nachricht gibt es noch: Madame Babs lässt verkünden, wenn wir fürs Abendprogramm nicht zwingend etwas anderes geplant hätten, könnte sie sich durchaus bereitfinden, wieder hierherzukommen. Vorher braucht sie noch ein Nickerchen und ihren Mercedes will sie lieber nicht in der Nähe des Bistros parken, der steht so schön bewacht und trocken in der Hotelgarage. Daher erwartet sie von dir, dass du sie später am Hotel abholst. Pünktlich um 19 Uhr.« Sie lächelte süffisant. »Mein armer Dilli.«

»Scheiße.« Er verpasste dem fast leeren Eimer einen Tritt, der prallte gegen den Kübel und kippte um. Sein hektischer Auffangversuch tränkte seine Stoffsneaker und bescherte ihm einen Buchsbaumkratzer am Arm.

»Was hast du denn gedacht, was passiert? Das sie spontan beschließt, den Abend ohne uns zu verbringen?«

»Nein, natürlich nicht. Gehofft hab ich es vielleicht.

Wenn sie in der Stadt eine alte Bekannte trifft oder so.« Er platschte mit den Füßen in der Pfütze herum und sie sah ihm eine Weile zu. Ein Blutstropfen quoll aus dem Kratzer.

»Komm mit. Kriegst ein Pflaster.« Sie schubste ihn zur Treppe und nahm den Eimer mit. »Wie war es denn in der Küche? Alles gut gelaufen mit Selim und dir?«

Felix' nasse Schuhe glitschten über die untere Stufe und er strauchelte.

»Fuck!« Fluchend fing er sich ab. »Klar, alles super.«

Miriam lachte. »Sieht irgendwie anders aus.«

»Witzig, Miri, echt. Ich hab mich fast auf die Fresse gepackt!«

Hinterm Tresen hob Ioannis den Kopf und verschwand dann wieder. Die Zapfanlage zischte.

»Zieh die Latschen aus, Dilli. Ich stell sie im Hof in die Sonne. Und du setzt dich hier ganz artig auf einen Stuhl, bis ich mit Handtuch und Pflaster zurück bin.« Seine ungewollte Slapstick-Einlage weckte altbekannte Instinkte. Vielleicht war sie deshalb nie scharf auf Nachwuchs gewesen: ein Riesenbaby reichte ihr.

Mit den Schuhen im Eimer durchquerte sie die Gaststube. Von der Live-Music-Party waren keine Spuren übrig. Alles blitzblank, sämtliche Gläser poliert im Regal.

»Das Fass ist leer«, tönte es hohl aus dem Schrank unter der Theke, in dem Ioannis zur Hälfte steckte. Nur sein Hintern mit der verrutschten Hose und der ewigen Tüpfelunterhose ragte heraus.

»Ist das ein großes Problem?«

»Kann man so sehen oder so.« Kriechend schlängelte er sich heraus und sank im Durchgang auf seine Fersen. »Wir haben keinen Ersatz. Das ist kein Problem, solange nix los ist. Nur haben wir dann ein anderes Problem, weil nichts los ist.«

»Ausreichend Flaschenbier?«

Er hob die Achseln. »Ich gebe zu bedenken, dass morgen Sonntag ist.«

»Verstehe. Kannst du oder … Dilli?« Sie hob die Stimme. »Kannst du schnell Biernachschub besorgen?« Noch war ausreichend Zeit, in einen Getränkehandel zu fahren und trotzdem rechtzeitig bei Barbara zu sein. »Wie viel brauchen wir – eine Kiste oder zwei?« Oder besser ein Fass oder beides. Felix wackelte mit den nackten Zehen.

»Ich mach das schon.« Ioannis richtete sich auf, hielt die bierklebrigen Finger unter den Wasserhahn. »Brauche sowieso mal frische Luft.«

»Stimmt irgendwas nicht?«

»Nö, alles super.«

Miriam kramte einen Fünfziger aus ihrer Tasche. »Schau einfach, was du dafür kriegen kannst. Du bist ein Schatz.«

»Ich weiß das, aber du darfst es gerne weitersagen.«

»Okay.« Miriam lächelte zu ihm hoch und erhöhte die Lautstärke: »Alle mal herhören. Wer es noch nicht begriffen hat – Ioannis ist ein Schatz!«

Ioannis schnappte den Schein und das leere Fass und ging. Zurückgelächelt hatte er nicht.

Hasim kletterte von seinem Barhocker in der Ecke und deutete auf die vollgekleckerten Fliesen. »Mache ich sauber, Chef.«

»Danke, Hasim.« Noch so ein unbezahlbarer Schatz. Sie seufzte. Das Thema Bezahlung musste sie dringend mit Felix besprechen. Wobei der im Moment nicht den Eindruck machte, als könnte ihn irgendetwas aus seiner tranceähnlichen Betrachtung der eigenen Zehen reißen. Vermutlich nur ein kurzes Formtief, das mit Barbara zusammenhing. Wenn sie den morgigen Tag überstanden hatten, würde alles besser werden. Ganz bestimmt.

Sie überließ Hasim den Eimer und trug die immer noch tropfenden Schuhe in ein Geschirrtuch gewickelt durch die Küche.

»Hallo, Selim. Bin gleich bei dir!« Ihr Herz hüpfte. Faszinierend, wie positiv sich das Betreten der Küche jedes Mal auf sie auswirkte. Im Hof lehnte sie die Schuhe in einem Sonnenfleck aufrecht an die Wand. Felix musste warten, der würde auch ohne Pflaster nicht gleich verbluten. Zuerst wollte sie sehen, was Selim gezaubert hatte. Gelbes Zuckerschoten-Curry mit Blumenkohl sollte heute das Extra des Tages sein.

»Hey.«

»Hey-Hey.« Sie stellte sich auf die Zehen, um besser über seine Schulter schauen zu können. »Wo ist es? Darf ich schon mal probieren?«

»Nur zu. Löffel liegt neben der Kasserolle. Ich fürchte, es fehlt noch was.«

Das Wasser lief ihr im Mund zusammen, als sie den Löffel einstippte. Feine Ringe frischer Chilischoten sorgten für den besonderen Kick. Sie ließ das Curry zwischen Zunge und Gaumen kreisen. Sämige Kokosmilch, Kurkuma oder Ingwer schmeckte sie außerdem heraus. »Hmmm. Ist das lecker. Vielleicht noch eine Spur mehr Kreuzkümmel? Aber nur einen Tick.« Das leicht bittere, scharfe Gewürz war eines ihrer liebsten, seit sie das Kochen mit mehr als Salz und Pfeffer für sich entdeckt hatte.

Ohne selbst noch mal zu kosten, griff Selim eine der

Gewürzdosen, die er neben dem Herd aufgereiht hatte. Eine Prise hellrotes Pulver fiel auf die Oberfläche. Dann eine zweite und dritte.

»Stopp!« Miriam fing seine Hand ein. »Was machst du denn? Das ist erstens Chili und zweitens viel zu viel.«

»Was?« Selim ließ die Dose fallen, zog hastig mit der Schöpfkelle die obere Schicht ab. Ein Teil des Pulvers war jedoch bereits untergegangen. Verärgert warf er die Kelle ins Spülbecken. »Mann! So ein Mist!«

Miriam rührte durch, fügte die ursprünglich geplante Prise Kreuzkümmel hinzu und probierte erneut. »Ist nicht so schlimm. Hat nur ein bisschen mehr Power als beabsichtigt. Sagen wir einfach: Das gehört so. Willst du noch mal?«

Selim schüttelte knurrend den Kopf. »Verzichte.«

Wie war der denn drauf? Die Vorbereitungen waren so weit abgeschlossen. Eigentlich alles im grünen Bereich, oder? Sie schaute hoch zum Schrank, zum Backofen, in die warme Regalnische daneben. Keine Fladenbrote, weder fertig noch vor sich hin gehend und auch kein Teig. Das hatte Selim noch nie vergessen – sehr merkwürdig.

Beiläufig holte sie die Rührschüssel, Mehl und Hefe.

Auf dem Herd kochte Wasser in einem großen Topf, lief blubbernd und zischend über.

»Wie hat Felix sich denn angestellt? Hat es mit euch beiden einigermaßen geklappt?«

Ein schneller Seitenblick, dann hob Selim den Deckel. Dampfschwaden hüllten ihn ein, verbargen sein Gesicht.

»Logisch, alles super.«

Diese Antwort hatte sie irgendwie erwartet. Dreimal alles super. Das war mindestens einmal zu viel.

Barbara redete, aber Felix hörte nur mit einem Ohr zu. Solange es sich um ihren eigenen Freundeskreis drehte, konnte er sich das leisten. Die High Society rund um den Starnberger See ging ihm am Arsch vorbei. Akademiker, Führungskräfte, Unternehmer und Voralpen-Flachadel. Die wenigen, die er kannte, waren sterbenslangweilig. Natürlich kam der Vortrag nicht von ungefähr. Obwohl sie ihm mit ein paar Euro ausgeholfen hatte, wie sie es ausdrückte, und den Nestbau grundsätzlich begrüßte, fand sie sich schwer mit dem gewählten Standort ab.

»Du könntest überall arbeiten, Felix. Dir stünden alle Türen offen, wenn du nur wolltest.«

Die Anspielung war klar. Der Abschluss musste her, die Urkunde auf den antiken Schreibtisch im Arbeitszimmer seines Vaters. Dann gab es den offiziellen Segen, eine endlose Ansprache über Ernsthaftigkeit und Verantwortung, ein joviales Schulterklopfen, und die Aussicht auf einen Viehhandel, bei dem er über den Marktplatz getrieben und meistbietend verhökert werden sollte. Wie seine beiden älteren Brüder vor ihm, die sich klaglos per Vitamin B in eine anständige Position hatten vermitteln lassen.

»Uns gefällt es hier.«

»Ja, das sehe ich.« Barbara lächelte säuerlich. »Miriam geht ja ganz auf in ihrer neuen Rolle.« Sie hob die Augenbrauen. Während des Essens hatte sie ihre Schwiegertochter in den höchsten Tönen gelobt. Doch seither machte Miriam sich rar, was Barbara ihr sichtlich verübelte. Felix dagegen verstand Miriam gut. Er war dran. Seine Mutter, seine Lügen. Und irgendwie betrachtete er das Zusammensein mit Barbara als angemessene Extrastrafe für seinen Aussetzer vom Nachmittag, der ihn seither aus der Küche fernhielt. Was hatte ihn da geritten? Selim zu küssen – einen Kerl –, einfach so aus Neugier. Und das nicht nur flüchtig, sondern richtig. Seine Handflächen schwitzten.

»Ich sagte: Sie geht ganz auf in der Rolle. Mehr als du, findest du nicht?«

»Ja, schon. Sie hat Talent.«

»Ach? Bisher dachte ich, sie wäre eher keine begeisterte Hausfrau.«

»Die Küche hier ist was anderes.«

»Soso, na ja.« Barbara wischte prüfend über ihre polierten Fingernägel.

»Was, Babs?«

»Nichts.« Sie wischte weiter.

»Was?«

Von den Fingernägeln wechselte sie zum Stein in ihrem Ring. »Ich meine ja nur. Dieser Koch ist ein netter. Nicht unattraktiv in gewisser Weise, wenn man das Südländische mag.« Unvermittelt schaute sie Felix an. »Stört es dich überhaupt nicht, wie viel Zeit sie mit ihm in der Küche verbringt – allein? Da drin ist es eng, nehme ich an, und heiß. Fürchtest du dich nicht …«

»Das reicht.«

»… vor dem, was dort passieren könnte?«

Heiß und eng. Es war zu leicht, das als Anlass zu akzeptieren. Egal für wen. Und ja, verdammt noch mal: Er fürchtete sich. Vor dem, was geschehen konnte, und vor dem, was schon geschehen war.

»Hör auf, solche Dinge in die Welt zu setzen«, sagte er leise und stieß seinen Stuhl nach hinten. »Miriam ist meine Frau und ich bin ihr Mann.«

Er blieb an der Theke stehen, beobachtete Ioannis,

der Getränke in Gläser füllte, und die Schwingtür hinter ihm.

»Willst du was?«

»Eine Axt wäre gut und später ein Alibi.«

Für eine Millisekunde streifte ihn Ioannis' Blick, dann stellte der ihm ein Bier und einen Ouzo hin. Der Anisschnaps brannte.

Miriam schlüpfte aus der Küche und verteilte Desserts, dann stützte sie sich auf den Barhocker neben ihm.

»Eigentlich wollte ich eine Axt.« Er deutete auf die Flasche. »Babs wird misstrauisch, besser, du kommst mal wieder zu uns an den Tisch.«

»Okay. In der Küche ist sowieso Schluss für heute.«

Ganz selbstverständlich legte sie den Arm um ihn. Er rieb die Nase an ihrer Schläfe und atmete freier. *Meine Frau*. Ioannis hatte sich abgewandt, fuhr sich mit dem Handrücken durchs Gesicht. Was war denn mit dem los? Es sah fast aus, als ob er heulte.

»Noch was, Miri.« Es war sinnvoller, wenn sie es gleich von ihm erfuhr, als es später von Babs zu hören. »Sie besteht darauf, uns morgen abzuholen. Um halb acht, damit sie beizeiten auf der Autobahn Richtung Ostsee sein kann. Das heißt, wir müssen beide hier sein.« Mit Barbara musste man eher eine halbe Stunde früher rechnen als auch nur eine Minute später.

Miriam legte den Kopf in den Nacken und stöhnte leise. »Also werde ich wieder hier schlafen müssen?«

»Wenn es dich keine allzu große Überwindung kostet.«

»Ich würde mich schon gern umziehen, duschen und …«

»Kannst du auch bei mir. Ein paar deiner Klamotten sind noch da.«

»Du hast noch Wäsche von mir?« Sie zupfte ihn am Bart, während er nickte. »Also gut. Die eine Nacht bringen wir auch noch hinter uns. Dann ist der Spuk vorbei.«

»Ja. Zum Glück«, stimmte er zu und wiederholte es zur Sicherheit. »Zum Glück.«

»Ich hau jetzt ab.«

Überrascht sah Selim auf die Uhr. »Es ist gerade mal elf.«

»Na und?« Ioannis zog den Riemen seiner Tasche über den Kopf. »Hör zu, ich weiß, ich habe dir gesagt: Ergreife deine Chance. Aber ich bin mir nicht mehr sicher, ob es eine ist. Du schuftest immer noch unbezahlt – jeden Tag.«

»Für meine Freunde. Und für meinen Traum.« Ein Traum ließ sich nicht in Geld umrechnen. Schon gar nicht dieser. Dafür ging er regelmäßig bis ans Limit, genau wie Miriam, doch das ging nur ihn was an. Sein Unterkiefer verkrampfte beim Gedanken an Felix. »Es fühlt sich nicht wie schuften an, das hier ist mein Märchen.«

»*Mia forá ki*«, murmelte Ioannis, »*énan kairó.*«

»Was sagst du?«

»Unwichtig.«

»Du glaubst, ich lasse mich ausnutzen. Das denke ich nicht.« Was er hier machte, machte er freiwillig. Seine Lernzeiten hatte er eingeschränkt, um die Fahrtzeiten für das Busunternehmen nicht noch weiter zurückschrauben zu müssen, weil alles gleichzeitig nicht zu schaffen war. »Aber wenn du das so siehst, warum bist du dann eigentlich in jeder freien Minute hier?«

Mit Daumen und Zeigefinger rieb Ioannis sich die Augen. »Weil man dich nicht allein lassen kann.«

Dem konnte Selim schlecht widersprechen. Gerade heute. Blind tastete er seit Stunden durch dichten Nebel, der ihm die Orientierung nahm und ihn am Denken hinderte. Miriam hatte das Essen gerettet, zwischendurch das Kommando übernommen und seinen geistigen Ausfall kompensiert. Zum Dank hatte er kaum ein Wort mit ihr gewechselt und längst überwunden geglaubte Aggressionen entwickelt.

»Hau ab, Maláka«, raunzte er.

»Hasim nennst du *Habibi*, aber zu mir, deinem ältesten Freund, sagst du dauernd Maláka. Findest du das fair?«

»Ich mein das ernst, dass du abhauen sollst. Du siehst aus wie ein scheiß Zombie.«

»Allergie«, brummte Ioannis. »Keine Ahnung, wo die plötzlich herkommt.« Schniefend kramte er seinen Autoschlüssel heraus, dann schaute er Selim an. Seine Augäpfel waren rot verfärbt, die Lider angeschwollen. »Sie werden wieder gemeinsam oben übernachten, wegen der Besichtigung morgen früh. Ich denke, das interessiert dich vielleicht.«

Barfuß, nur mit Schlüpfer und BH bekleidet, wühlte Miriam im Karton nach sauberer Wäsche. »Ich finde nichts. Was soll da denn sein?« Sie hatte sich darauf verlassen, nicht mit den verschwitzten Sachen vom Abend zur Baustelle fahren zu müssen. Die Tunika ein zweites Mal vor Barbara zu tragen, obwohl sie angeblich hier wohnte, wäre ein dummer Fehler.

»Von mir aus kannst du genau so bleiben.« Felix lehnte hinter ihr im Türrahmen und pustete über den frisch aufgegossenen Tee. »Sehr hübsch.«

»Idiot.« Baumwolle weiß, in der schlichtesten Variante. Rein zweckmäßig, wie sie es am liebsten mochte. Endlich ertastete sie Stoff unter einer Katzenfigur aus Gips und diversen anderen Deko-Kleinteilen. Mit leisem Schnalzen schnellte ihr Fund aus der Kiste. Bunt und glitzernd.

»Hast du etwa das gemeint?«

»Wenn da sonst nichts drin ist.«

»Das ist ein Faschingskostüm. Biene Maja.« Die Fühler wippten auf und ab, von den Flügeln bröselte es.

Felix lachte. »Oh Mann, das war so cool damals in Köln. Weiß du noch? Ich war in Grashüpfergrün unterwegs.«

Augenrollend warf Miriam die Verkleidung nach ihm und klappte den nächsten Karton auf. Grashüpfergrün. Auf seine Boxershorts verzichtete sie. Dann behielt sie doch lieber die gebrauchten Sachen an. Immerhin war sie frisch geduscht und hatte einen Notfall-Deoroller in ihrer Handtasche. »Wo sind deine Hemden?«

»Moment, haben wir gleich.« Felix übergab ihr die Tassen und nach kurzem Suchen einen Stapel mehr oder minder zerknitterter Hemden. »*Mi camisa, es su camisa*. Oder so.«

Er sah ihr beim Anprobieren zu, ließ sie zwischendurch am Tee nippen. »Wenn du es unten verknotest, fällt nicht auf, dass es zu lang ist.«

Miriam rümpfte die Nase. Kurze Ärmel und Streifenmuster, das ging einigermaßen. Den Knoten ließ sie weg.

Barbaras Garderobe war wie üblich von Kopf bis Fuß aufeinander abgestimmt, heute in pastelligem Grün. Es harmonierte gut mit den neuen Gummistiefeln, die sie mit großer Selbstverständlichkeit zu Rock und Blazer trug. Mit der gleichen Souveränität lotste Felix sie durch die Stadt zum außerhalb gelegenen Neubaugebiet. Sperberstraße 13. Home sweet home. Windschief steckte ein improvisiertes Schild im Boden, Holzplanken überbrückten burggrabentiefe Löcher vor dem Eingang. Felix geleitete seine Mutter hinüber und zwinkerte Miriam zu, die hinterherbalancierte.

»Es fühlt sich immer noch ganz unwirklich an, das zu sagen: unser Haus. Kaum zu glauben, nicht wahr, Miri? Es ist fast, als ob ich es zum ersten Mal sähe.« Er streckte die Hand nach ihr aus und sie ließ sich in seine Arme ziehen.

»Geht mir genauso.«

Hinter ihnen seufzte Barbara vernehmlich.

Ein Kuss landete auf Miriams Nase, dann startete Felix

den Rundgang. Hand in Hand, Arm in Arm, vereint durch Lügen und gemeinsame Erinnerungen.

Miriam staunte. Traumwandlerisch sicher präsentierte Felix Details zu jedem Zimmer, ohne sich ein einziges Mal zu vertun, und spulte Erklärungen zu angeblichen Bauverzögerungen ab.

»Wie machst du das?«, wisperte sie, während Barbara verzückt aus dem ersten Stock in den künftigen Garten schaute. In Gedanken stellte sie vermutlich bereits Spielgeräte auf. Sandkasten und Schaukel für Marie und Max, deren Namen an zwei Zimmerwände gemalt waren.

»Ianni ist 'ne Wucht«, gab Felix zurück. »Den habe ich gelöchert ohne Ende und mich tausendmal abfragen lassen, bis ich ihm im Schlaf erklären konnte, wie es hier aussieht.«

Ein kühler Lufthauch wehte durch die leeren Fensteröffnungen, bewegte ihre Haare, hüllte sie in Apfelduft. Sie schnupperte an einer Strähne. Wie seltsam.

»Ach, ist das schön, euch so zu sehen. Kichernd wie Teenager, verliebt wie eh und je und nicht in der Lage, die Finger voneinander zu lassen.« Barbaras Lachen hallte schrill durch den Rohbau. »Habe ich es dir gestern nicht gesagt, Felix? Du musst dir keine Sorgen machen wegen dem kleinen Koch. Deine Frau weiß schon, wohin sie gehört.«

Miriam sah Felix kaum merklich den Kopf schütteln, seine Hand drückte die ihre fester.

»Sie blufft«, flüsterte er, ohne die Lippen zu bewegen.

»Natürlich weiß ich das«, erwiderte Miriam und lächelte zuckersüß. »Ich gehöre genauso sehr in dieses Haus, wie ich zu Dilli gehöre.« Sie spürte ihn zusammenzucken und zugleich einen wohlbekannten kleinen Stich. Das durfte sie keinesfalls zulassen. Es war vorbei, vorbei, vorbei. Dieses Haus war nicht ihr Haus und würde es nie sein, wie auch kein anderes. Es gab kein Wir mehr und kein Unser und das war gut, verdammt noch mal, das war gut! Erst als Felix leise fiepte, merkte sie, wie heftig sie seine Finger umklammerte. Da musste er durch. Hauptsache, Barbara schluckte die Show. Und das tat sie. Mit jedem entzückten Laut ihrer Schwiegermutter wuchs Miriams schlechtes Gewissen. Sie trieben ein mieses Spiel.

Am Ende ihrer Tour setzte Barbara sie wieder vor dem Bistro ab. Sie hielt mitten auf der Straße und ließ den Motor laufen.

»Schön, dass du da warst.« Noch auf dem Beifahrersitz küsste Felix seine Mutter auf beide Wangen und ertrug ihr abschließendes Tätscheln mit Gelassenheit.

»Ja, ja, ich weiß. Aber schöner, dass ich wieder gehe! Nicht abstreiten, ich bin nicht dumm. Nun steig schon aus, du bist entlassen, und gib mir noch eine Minute unter vier Augen mit deiner zauberhaften Gattin.«

Ihre Blicke kreuzten sich stumm und Barbara rang die Hände. »Nun tu nicht so, als wollte ich sie fressen. Husch, raus mit dir, Junge.«

Miriam hielt krampfhaft den Rücken gerade und fühlte sich, als hätte sie versehentlich von der ominösen Flüssigkeit getrunken, die Alice im Wunderland schrumpfen ließ.

Barbara wartete, bis Felix sich drei Schritte vom Wagen entfernt hatte, dann drehte sie sich zur Rückbank um.

»Was hält dich eigentlich bei ihm, Miriam? Ich an deiner Stelle hätte ihn wahrscheinlich längst zum Teufel gejagt.

Versteh mich nicht falsch: Ich liebe ihn, aber ich bin ja auch seine Mutter, ich kann nicht anders.«

Die Klimaanlage wälzte surrend die Luft im Wagen um. Barbaras Frage machte Miriam sprachlos. Worauf wollte sie hinaus?

»Du hättest durchaus Möglichkeiten, es in mancherlei Hinsicht besser zu treffen. Nimm beispielsweise diesen Selim: Was für ein netter, höflicher Mann – und zuverlässig. Hab ich recht?«

Miriam schluckte. Ein besseres Stichwort hätte Barbara ihr nicht liefern können, um endlich reinen Tisch zu machen. War das eine Falle oder eine Chance? Sie stierte die Gummistiefel im Fußraum an. Blassgrün mit Strasssteinchen über schwarzem Ethnolookmuster. »Barbara, das ist wirklich …«

»Nein, nein, schon gut, Miriam. Das ist eure Sache, ich mische mich nicht ein. Wo die Liebe hinfällt … dagegen kann man nicht an. Ich werde dir meinen Sohn garantiert nicht ausreden. Meine kleine Spitze vorhin bezüglich des Kochs sollte Felix nur ein wenig erschrecken und wachrütteln. Er zweifelt nicht an dir. Aber hin und wieder kann ein kleiner Zweifel an der eigenen Sicherheit Wunder bewirken. Was ich eigentlich sagen wollte, wenn er Ärger macht, dann melde dich. Für dich habe ich immer ein offenes Ohr. Er hat mich wieder belogen, weil er ein gewohnheitsmäßiger Lügner ist. Das weiß ich, auch wenn ich nie genau weiß, an welcher Stelle er schwindelt. Und ich werde dich nicht zum Verrat anstiften. Gott bewahre! Nein, ich werde dir ewig dankbar sein, dass du zu meinem kleinen Filou stehst, egal was kommt und welche verrückte Idee er ausbrütet.« Langsam und wohlwollend glitt Barbaras Blick an Miriam herunter. Das zu große gestreifte Hemd warf Falten, bauschte sich über dem Hosenbund. »Ich muss los. Und du denk dran: Probleme mit Felix? Hörer nehmen und Schwiegermama anrufen.«

Ihre Bauchkontrolle gab Miriam den Rest. Am liebsten hätte sie Barbara die Wahrheit ins Gesicht geschleudert: Marie und Max sind ein Hirngespinst. Ein Traum, den jemand anders träumt: von Kinderlachen unterm Apfelbaum.

Vor dem Bistro trat Felix unruhig auf der Stelle. Ein Sonnenstrahl fing sich im Kupferrot seiner Haare, die jäh aufleuchteten. Ein glühender Flächenbrand, der ihn mit einem Strahlenkranz aus Licht umgab.

»Danke für dein Verständnis, Barbara«, hörte sie sich sagen. Dann stand sie plötzlich auf dem Gehweg neben Felix und winkte dem Wagen nach, bis er um die Ecke bog.

»Wie siehst du denn aus?« Felix blieb der Mund offen stehen. Der Löffel klapperte auf dem Porzellan, seine Espressotasse landete achtlos auf dem Tresen, und er trat hinter der Theke heraus.

»Stimmt was nicht?« Verunsichert sah Ioannis an sich herunter. »Ist meine Dienstkleidung.«

Schwarze Hose, Jackett, himbeerrotes Hemd und glänzende Schnürschuhe statt der ausgetretenen Latschen. »Saugeil. So haust du reihenweise Mädels um, Ianni.«

»Welche Mädels?« Die Stühle waren noch alle hochgestellt und Ioannis ließ seine Tasche auf einen Barhocker fallen.

»Na alle, die du willst. Sie werden dir zu Füßen liegen.«

»Du weißt schon, dass ich … ähm, dass ich einen Bus mit Rentnern zur Tulpenblüte kutschiere?«

»Oh, blöd gelaufen.« Felix grinste breit. »Aber die Damen stehen bestimmt auch auf dich. Farblich passt du vor Ort jedenfalls total ins Bild.« Er schnippte gegen die Spitze des bunten Hemdkragens. »Bist ein besonders hübsches Blümchen.«

Ioannis zog eine Grimasse und wandte sich ab. »Eigentlich wollte ich nur schnell fragen, wie es mit deiner Mutter auf der Baustelle war.«

»Super. Dank deinem Coaching hatte ich den Bauplan komplett im Kopf und Miri hat sich tapfer geschlagen, sogar beim Thema Max und Marie.« Herausfordernd boxte er gegen Ioannis' Oberarm. »Von denen hast vermutlich nicht mal du gewusst, gib es zu, aber sie hat cool improvisiert.«

»Wer sind Max und Marie?«

»Ha, siehste! Zwei Namen mit dem Pinsel auf Beton gemalt und für Barbara ab jetzt unsere zukünftigen Sprösslinge.«

»Verstehe. Dann Glückwunsch zum gelungenen Bluff.«

»Danke.«

Ioannis rieb sich die Nase und guckte auf den Boden. »Die anderen sind nicht da?«

»Nope. Die Küche ist noch leer.«

»Okay, also … Grüß Miriam von mir. Bis Donnerstag dann.«

»Donnerstag?«

»Tulpenblüte. Holland. Der Trip dauert vier Tage.« Ioannis warf sich seine Reisetasche über die Schulter und schon war er draußen. Seine langen Haare flatterten, als er am Fenster vorüberging, obwohl kein Lüftchen wehte. Er hatte es offenbar verdammt eilig.

Vier Tage. Felix legte beide Hände in den Nacken, drückte die Ellbogen nach vorn und streckte sich dann. Wie konnte Ioannis immer so nett sein – sogar, wenn man ihn ärgerte oder er unangenehme Wahrheiten wie einen bevorstehenden Bankrott aussprach? Er war immer da, wenn man ihn brauchte, völlig uneigennützig. Vier Tage auf ihn zu verzichten war nicht leicht.

Felix setzte sich, die Knie an der Tischkante und kippelte vor und zurück, bis er abrutschte und mit einem Schlag auf den Füßen landete. Was war er bloß für ein Idiot! Von wegen uneigennützig! *Grüß Miriam von mir*. Das konnte man kaum missverstehen. Es sei denn, man wollte. Also machte auch Ianni alles nur ihretwegen. Die Vorstellung stach merkwürdigerweise fast noch mehr als der Gedanke an Selim und Miriam. Sein Herz raste. Und es kam nicht zur Ruhe, egal wie er sich abzulenken versuchte.

Vordergründig war alles gut, die Täuschung gelungen und Barbara beruhigt wieder abgereist. Den Sonntagabend im Bistro verbrachten sie einträchtig und harmonisch. Drei Verrückte, ein Ziel. Sie arbeiteten, lachten, träumten und schwelgten in Zukunftsfantasien. Doch darunter schwang etwas Unbekanntes und Beängstigendes mit. Wie das erste Vibrieren eines Erdbebens, das sich in großer Tiefe zusammenbraut und Tiere unruhig im Kreis laufen lässt.

Miriam seufzte in ihre Teetasse und spähte aus dem Fenster. Hatte sie gestern tatsächlich etwas gespürt? Ein heißes Kribbeln bestätigte ihren Eindruck. Ja, sie hatte. Aber das war mitnichten eine Vorahnung von Unheil gewesen. Ihre Blicke suchten im Garten nach dem kleinen Vogel, dessen Zwitschern sie an diesem Morgen wahrhaftig genossen hatte. Kaum zu glauben, dass seitdem schon wieder eine Büroschicht hinter ihr lag. Sie war im eigenen Bett aufgewacht, in dem sie erstaunlich gut geschlafen hatte. Ganz allein und entspannt, nach dem erfolgreichen Theater und überraschenderweise komplett frei von Reue, was sie auf Barbaras Bekenntnis zurückführte, dass diese sich wissentlich von Felix belügen ließ. War das noch Mutterliebe oder schon Dummheit?

Sie pustete in die Tasse.

Das Gefühl jedenfalls, das sie am Abend unter Strom gesetzt hatte, hing unmittelbar mit den beiden anwesenden Männern zusammen, die um die Wette wunderbar waren. Jeder auf seine Weise, und dabei waren sie auch noch drauf und dran, richtige Freunde zu werden.

Langsam trank sie den nächsten bittersüßen Schluck.

Die heutige Erschütterung ihrer Welt hatte sich rückblickend natürlich durchaus angekündigt. Sehr deutlich sogar, unverhüllt und profan. Doch sie hatte die Warnungen ignoriert, bis sie gerade eben beim Nachhausekommen ihren Briefkasten geöffnet hatte, vor etwas mehr als fünf Minuten. Die Abmahnung von Herrn Hebermehl – offiziell per Post zugestellt –, kassierte sie möglicherweise sogar zu Recht. Das Schreiben zitterte in ihrer Hand, doch die erwarteten Tränen blieben aus. War ihr der Job bei der Versicherung inzwischen so egal? Vielleicht war es ein Wink des Schicksals und eine Aufforderung zum Aufbruch.

Als es an ihrer Wohnungstür klingelte, ließ sie das Blatt einfach zu Boden segeln und rannte nach draußen.

»Fahr los!«, rief sie atemlos und fiel auf den Beifahrersitz des Minis. »Egal wohin.«

»Aye, aye Käpten.« Selim spähte über den Rand der Spiegelbrille. »Sind wir auf der Flucht?«

»Und wenn es so wäre?«

Er ließ den Motor aufheulen. »Würde ich erst anhalten, wenn der Sprit alle ist.«

Seine Haut duftete wunderbar frisch, wie ein klarer Wildbach, der kühl über bunte Kiesel springt. Sie küsste das Grübchen und lehnte sich mit geschlossenen Augen zurück, als er Gas gab.

»Wie schlimm ist es?«, fragte Selim einige Minuten später und wischte ihr nun doch eine Träne aus dem Augenwinkel.

»Nicht so schlimm, wie es aussieht.« Sie zwang sich zu lächeln. »Mein Chef hat mich auf die Abschussliste gesetzt. Ich muss mich nur ein bisschen zusammenreißen, dann krieg ich das geregelt.« Keine Fehltritte mehr, Pünktlichkeit, Konzentration, Selbstorganisation. Frau Schober und Frau Möller wachten über ihr Schicksal.

»Fuck. Bist du wieder eingeschlafen?«

»Letzte Woche gleich zweimal. Da dachte ich noch, es hätte keiner gemerkt.« Sie zuckte die Achseln. »Hat eine der alten Krähen aber wohl doch. Und dann habe ich bei den Kundenakten Mist gebaut und zwei durcheinandergeheftet. Das kann jedem mal passieren, nur ich darf mir vorläufig keinen Ausrutscher mehr erlauben.«

»Höchste Zeit, dass Felix dich entlastet, bevor du umkippst oder rausfliegst. Du musst dringend mit ihm reden oder ich mache das.«

»Untersteh dich!« Wie sollte sie ihm klarmachen, dass Felix kein Wort davon erfahren durfte? Der verbannte sie womöglich aus der Küche und fühlte sich auch noch bestätigt, weil er ihr einen Zusammenbruch prophezeit hatte. »Pack jetzt bloß nicht den Beschützer aus. Ich bin erwachsen und kann selbst auf mich aufpassen«, sagte sie entschlossen.

»Supergirl, ich weiß. Oder wie Felix dich nennt: Magic Wonderwoman.« Selim nahm ihren Klaps aufs Bein gelassen hin.

»Außerdem habe ich gerade frei. Ich kann mich erholen und hatte mich auf einen schönen Abend mit dir gefreut.

Darum möchte ich die Arbeit einfach vergessen. Wenn du natürlich lieber mit Felix plaudern möchtest, schlage ich vor, du lässt mich aussteigen und holst ihn stattdessen ab.«

»Puh, das ist ein verlockendes Angebot.« Selim setzte den Blinker und bog ab.

»Wo sind wir?« Neugierig sah Miriam sich um. Sie hatte nicht auf die Strecke geachtet und war überrascht, dass sie die Stadt bereits hinter sich gelassen hatten. Es folgten ein kurzes Stück Schotterpiste und Wirtschaftswege aus brüchigem Beton entlang weiter Felder, auf denen dünne zartgrüne Triebe in dichten Reihen sprossen, bis sie den Waldrand erreichten.

Hinter den ersten Bäumen hielt Selim an und schulterte einen Rucksack.

»Und jetzt?«

»Kleines Geheimnis.«

Stille hüllte sie ein. Hin und wieder meldeten unterschiedliche Vogelstimmen die Eindringlinge, die im Schatten von Buchen und Haselsträuchern tiefer in den Wald vordrangen. Ein Specht hämmerte, Insekten summten, gelegentlich raschelte es im Unterholz. Die Reifen eines Geländewagens hatten den Boden nach dem letzten Regen durchgepflügt. Sie balancierten am Rande der Rillen, in denen noch Pfützenreste standen. Dichte Baumkronen tauchten die schmaler werdenden Pfade in magisch grünes Zwielicht. Selims Hand umschloss die ihre warm und fest.

Der Weg endete an einer kleinen Lichtung mit einem noch viel kleineren Teich. Ein Tümpel, über dem im Hochsommer sicher Heerscharen von Mücken tanzten.

»Wir sind da.«

In zwei bis drei Stunden würde der Mond die Szenerie in einen verwunschenen Ort für Romantiker verwandeln.

»Komm. Oder hast du Höhenangst?«

Erst als Selim den ersten Fuß auf die Leitersprosse setzte, bemerkte Miriam den durch einen Busch gut getarnten Hochsitz. Kritisch begutachtete sie die stelzbeinige Konstruktion in luftiger Höhe.

»Bist du sicher, dass dieses Ding uns beide aushält?«

»Na klar.« Er schaukelte und hüpfte auf der Leiter. »Da wackelt nichts. Ich war schon oft hier. Da oben ist es toll, du wirst sehen – und absolut sicher.«

War das etwa sein erprobtes Liebesnest, in das er sich mit jeder neuen Freundin zurückzog?

»Mit Ioannis«, erklärte er ungefragt. »Schon als Kinder waren wir dauernd im Wald unterwegs. Sind mit den Rädern hergefahren, wenn einer von uns Stress hatte, dann da raufgeklettert und haben geredet. Es passt aber auch, wenn jemand nicht reden will.« Den letzten Satz ergänzte er schnell, ehe sie auch nur an einen Einwand denken konnte.

»Gut. Unter der Voraussetzung nehme ich deine Einladung in die Kummerkastenhöhle an.« Sie packte die grob behauenen Leiterholme und folgte ihm.

Auf einer Grundfläche von kaum zwei Quadratmetern bereitete Selim ihnen ein erstaunlich gemütliches Lager mit einer Fleecedecke, Käse, Crackern und Rotwein. Sogar eine Kerze zauberte er aus dem Rucksack und zum guten Schluss ein aufblasbares Kissen, an das Miriam sich lehnen konnte. Sie schob es stattdessen ihm hinter den Rücken, legte sich seinen Arm um die Schultern und ihren Kopf an seine Brust. Durch die schmale Öffnung gegenüber konnte sie den Himmel sehen.

Sie saßen da und schwiegen, fütterten einander mit salzigen Keksen, tranken abwechselnd aus der Flasche und ignorierten die kleinen Unbequemlichkeiten. Draußen verlor das Blau an Leuchtkraft, löste sich auf in beginnender Dunkelheit, doch sie machten die Kerze nicht an. Durch die Ritzen zwischen den Brettern kroch die Nacht. Bald würde es kalt werden und stockfinster. Sie konnten nicht ewig bleiben. Unter ihrer Hand fühlte Miriam Haut, kurze Haare, Herzschlag. Die Zeit stand still. Miriam fühlte weiter, einmal, zweimal, mit ihren Lippen und ihrer Zunge. Umkreiste sich kräuselnde Brustwarzen und einen kitzligen Nabel, küsste Selims Körper dann in umgekehrter Reihenfolge aufwärts, bis sie seinen Mund erreichte. In seinen Augen glitzerte Mondlicht. Seine Lippen schmeckten nach Wein und berauschend nach mehr. Dieser Moment war perfekt.

Die Blumentöpfe waren zu klein. Felix fluchte. Die konnte er morgen mit Hasim wieder rüber in Monas Laden tragen, genau wie sie es prophezeit hatte. Mickrig sah das aus, in dem großen Fenster zur Straße. Das kam davon, dass er sich eingebildet hatte, etwas kaufen zu müssen, wenn er zwischen ihrem Grünzeug herumstand und sie von der Arbeit abhielt. Wobei er genau genommen sich selbst am Arbeiten hinderte, während sie weiter ihre Kundschaft bediente. Er brachte Kaffee mit, quasselte ihr die Ohren voll und flirtete sie an. Sie amüsierte sich und ließ ihn reden. Das hatte Stil, wie die ganze Frau. Was heute nur eine Übersprungshandlung gewesen war, konnte sich durchaus wiederholen.

Er arrangierte die Pflanzen um, aber das änderte nichts. Seine Unruhe wuchs. Aber er wusste nichts mit sich anzufangen. Der Einkauf war erledigt und die Belege in Ioannis' Superordner abgelegt. Sogar die Gläser waren poliert, ehe er zu FloraLee geflüchtet war und Hasim das Feld zum Tische vorbereiten überlassen hatte. Der brauchte keine Aufsicht und war jetzt wieder irgendwohin verschwunden, vermutlich bis zum Abend.

Zehn vor fünf. Dass Selim vor Miriam eintraf, versetzte ihm einen neuerlichen Adrenalinschub. Seit dem Zwischenfall in der Küche war er ungern mit ihm allein. Auch wenn keiner mehr ein Wort darüber verloren hatte. Felix hätte viel darum gegeben, die Aktion ungeschehen machen zu können oder sie wenigstens zu vergessen. Verrückter Scheiß. Er stand ganz sicher nicht auf Selim, trotzdem ging ihm der Kuss nicht aus dem Kopf. Ein Kerl, verdammt, und ihm hatten danach die Knie gezittert! Damit kam er nicht klar. Und das war längst nicht alles. Sämtliche Gefühle spielten verrückt.

»Hey, George.«

»Hey, Michael.« Ihr albernes Begrüßungsritual stellte ihm die Nackenhaare auf. Nur das Abklatschen fiel heute aus.

»Miriam hat eine SMS geschickt, dass es bei ihr ein paar Minuten später wird. Weißt du was Genaueres? Das klang irgendwie seltsam.«

»Seit wann *klingen* denn Kurznachrichten überhaupt?« Felix hakte die Daumen im Hosenbund ein. Unnötig, vor Selim zu erwähnen, dass er keine SMS erhalten hatte. »Frauen kommen oft mit Verzögerung, das weiß man doch.« Der zweideutige Spruch fühlte sich weniger witzig an als erhofft und verfehlte seine Wirkung.

»Das gilt aber nicht für Miriam.«

Entweder hatte Selim ihn nicht kapiert oder ihm einen trockenen Konter verpasst. Hatten sie sich gestern getroffen und dabei neue Tatsachen geschaffen? Miriam war abends nicht erreichbar gewesen. Felix biss sich auf die Zunge.

»Hat Hasim die neuen Pflanzen besorgt?«

»Nein, hab ich ausgesucht. Wieso?« Er bereute die Rückfrage sofort. Er wollte keinen Kommentar.

»Schau dir das mal von außen an, da sieht man sie kaum.«

»Na und?« Vielleicht lag es nur an den Übertöpfen und es reichte, die auszutauschen. Weiß gegen dunkelgrün oder so.

»Dachte nur, die könnten gut doppelt so groß sein.«

»Könntest du auch. Bist du aber nicht.« Es kam nicht auf die Größe an. Weder bei Pflanzen noch sonst. Das sollte Selim aus eigener Erfahrung bekannt sein. »Und die wachsen noch.« Im Gegensatz zu Selim. Er würde sie behalten. Jetzt erst recht. Ihre himbeerroten Blüten hatten es Felix sofort angetan. Auf jeden Fall war es besser, das Thema zu wechseln.

»Ich habe mir was überlegt«, warf er in den Raum, ohne zu wissen, wie der Satz genau enden würde. »Was das Konzept angeht, unsere Zielgruppe und so. Wir müssen an verschiedenen Stellen nachbessern.« Er folgte Selim in die Küche, der vor dem Besenschrank sein Hemd gegen ein T-Shirt tauschte. Ein hygienisches No-Go, wie Felix von Miriam vorgehalten worden war. Es fehlte ein Spind fürs Personal, der irgendwo anders hätte untergebracht werden müssen.

»Wieso? Es funktioniert doch ganz gut.«

Selim schraubte den Kopf durch den Ausschnitt, seine Muskeln wölbten sich beeindruckend und blieben auch unter dem Stoff deutlich sichtbar.

Hatte Miriam ihn angefasst? Oder er sie?

»Wir brauchen mehr als nur *ganz gut.*«

»Das wird schon. Bis alle neuen Maßnahmen greifen, dauert es eben seine Zeit. Der aktuelle Plan ist gerade mal zwei Wochen alt. Wenn du mich fragst, macht es wenig Sinn, daran gleich wieder zu rütteln.«

»Siehst du, das ist der Punkt: Ich frage nicht. Dein

griechisches Finanzgenie hat einen ehrgeizigen Plan zur Entschuldung aufgestellt. Der Junge hat echt was im Kopf. Damit das hinhaut, reicht nur lässig vor sich hin kochen nicht aus.«

»Wie kommst du mir denn jetzt plötzlich? Klemmt dir irgendwas quer? Dann raus damit und Klartext bitte.«

»Kannst du haben. Wo fang ich an? Vielleicht damit, dass sich jeder wieder auf seinen Kernbereich konzentrieren sollte, statt die Finger überall reinzustecken. Ich rede dir nicht in den Küchenkram rein, wie du kochst, ist deine Sache.«

»Lässig vor mich hin?«, schnappte Selim zurück. »Das hätte ich gern von dir konkretisiert, *Chef*. Vielleicht habe ich ja nicht genug im Kopf, um das zu verstehen.«

»Jetzt, wo du es ansprichst: Ich helfe, wo ich kann.« Na bitte, die Nachricht hatte den Empfänger erreicht. Felix ignorierte das Rumoren in seinem Bauch und verschränkte die Arme. »Lässig vor dich hin kochen meint: Du ziehst in der Küche dein ganz eigenes Ding durch. Erst dachte ich, du machst das alles wirklich, um Miri zu beeindrucken. Zaubertricks mit Knoblauchknolle – du hast sogar damit jongliert, hat sie erzählt – bis sie dir klargemacht hat, dass sie das Zeug hasst. Seitdem gibt es immer auch was ohne Knoblauch. Sehr süß und sehr rücksichtsvoll. Aber sie ist ja auch die Chefin. Und mit der Chefin muss man sich gut stellen, wenn man was erreichen will. Und das willst du. Deine Küche, dein Revier. Der Rest ist dir im Grunde egal.« Sein Monolog lief völlig aus dem Ruder, aber er schaffte es nicht, den Mund zu halten. »Du nutzt ihre Hilflosigkeit, um dich unentbehrlich zu machen, und nistest dich aus völlig egoistischen Gründen im Bistro ein, weil du sonst nichts auf die Reihe kriegst. Du bist Busfahrer, Mann! Das ist wie LKW mit Arschkarte. Immer die gleiche Strecke, keinerlei Selbstbestimmung, und wenn du die Nerven verlierst und einem Fahrgast die Meinung geigst, hat dich dein Boss an den Eiern. Dein Traumjob sieht anders aus, hab ich recht? Aber hier im Bistro kannst du langfristig nur gewinnen.«

An Selims Schläfe schwoll eine Ader. Er presste seine Lippen aufeinander, drückte sich die geballten Fäuste gegen die Oberschenkel. »Fertig?«

Es machte Felix nervös, wie Selims Fäuste pumpten. Der letzte Hieb ins Gesicht war ihm noch sehr präsent. Wenn er gleich den nächsten kassierte, durfte er sich nicht wundern. Er schlug mit Worten um sich und zielte absichtlich unter die Gürtellinie, um die Lücken in seiner Argumentation zu kaschieren. »Ich will das nur klarstellen: Ich durchschaue dich. Verkrachte Existenz, dafür habe ich logischerweise Verständnis. Schwamm drüber. Von mir aus kann alles bleiben, wie es ist. Vorausgesetzt du akzeptierst, wer hier wie viel zu sagen hat. Wo dein Platz ist und deine Grenze.« Er zog die Augenbrauen hoch und legte größtmögliche Überheblichkeit in seinen Blick, die er nicht im Mindesten empfand. Äußerlich blieb er gelassen, während ihm lähmende Angst über den Rücken kroch. Sie war seine Miri. Er konnte sie nicht kampflos aufgeben. Egal, was in den letzten Jahren schiefgelaufen war. Seit seiner Rückkehr näherten sie sich einander auf wundersame Art wieder an. Das musste Selim akzeptieren und in die zweite Reihe treten. *Grüß Miriam von mir.* Sein Puls beschleunigte. Ob Selim ahnte, dass ausgerechnet mit seinem besten Kumpel Ioannis ein weiterer Konkurrent in Stellung ging?

»Wo kommen denn die Pflanzen her?« Miriams Stimme in der Gaststube unterbrach ihn. »Das sind Azaleen, oder? Sind die nicht ein bisschen klein geraten?«

Felix legte einen Finger an die Lippen, dann deutete er auf Selim. »Wir klären das später. Nur wir beide. Ja?«

»Keine Ahnung, was dich gebissen hat«, quetschte Selim heraus. »Bilde dir bloß nicht ein, dass ich dir zustimme. Dass ich bleibe – und vor Miriam schweige –, hat nichts mit dir oder deiner Ansprache zu tun.«

»Hey-hey!« Miriam polterte herein und strahlte. »Bin ich froh, hier zu sein! Ging leider nicht früher. Mein Chef war zickig. Wollte noch schnell dies und das. Bevor ich da anfange zu diskutieren, habe ich es eben noch gemacht.« Ihr Blick flog zwischen den Männern hin und her. »Gibt es Ärger?«

»Zickiger Chef? Mein Beileid.« Selim machte sich an einem Schrank zu schaffen. »Ich kümmere mich dann mal um meinen Küchenkram.«

»Dilli?«

Er schob die Unterlippe vor. »Nichts, Miri. Und das Grünzeug ist von mir. Das steht nicht zur Diskussion.«

»Ihr habt es nicht getan?«

»Nein, Ronja.« In einem Sonnenfleck auf dem Hof hockend flüsterte Miriam in ihr Telefon und behielt die offene Küchentür im Blick.

»Obwohl ihr es beide wollt und du ihn angefummelt hast?«

Angefummelt. Aufstöhnend drückte Miriam ihre Stirn gegen die angewinkelten Knie. Wie sich das anhörte! Auch wenn es im Grunde der Wahrheit entsprach. Sie hatte den ersten Schritt gemacht – aber auch den letzten. Beziehungsweise dafür gesorgt, dass es zu diesem nicht gekommen war.

»Ich weiß nicht, was ich will. Ich weiß es einfach nicht.« Gestern Abend auf dem Hochsitz nicht und heute genauso wenig.

»Es wäre aber Zeit, endlich dahinterzukommen.« Ronja hatte ihr eingestanden, zuerst eine heiße Wiedervereinigung mit Felix im Sinn gehabt zu haben, als Miriam etwas von einem erotischen Abenteuer in den Hörer gestammelt hatte. »Da du die Sache mit dem Bauch und dem Herz nicht draufhast, versuch es mit Logik. Mach eine Pro- und Contra-Liste. Auch wenn ich persönlich das idiotisch finde, aber vielleicht hilft es dir.«

Drinnen lief leise das Radio. Miriam hatte es eingeschaltet, nachdem Felix die Küche verlassen hatte. Die greifbare Spannung zwischen ihm und Selim war nicht zu übersehen gewesen, obwohl sie jede Unstimmigkeit leugneten. Und die Spannung zwischen ihr und Selim konnte kein Radio dieser Welt übertönen.

»Ich hatte noch nie einen anderen Mann als Dilli. Keinen einzigen. Was, wenn es nur das ist, was mich an Selim anzieht, das Neue, das Fremde?« Seine gesprenkelten Augen, sein Duft, seine kräftigen und zugleich so zärtlichen Hände. Wie sehr hatte sie sich gesehnt, ihrem Verlangen nachzugeben. Doch dann war ihr plötzlich Dilli dazwischengekommen. Ein grünäugiger Flaschengeist, der sich in ihre Gedanken gedrängt hatte, und statt drei Wünsche zu erfüllen, einen nach dem anderen platzen ließ, indem er Erinnerungen und Zweifel streute. »Und was, wenn ich, na ja, wenn ich einfach nicht …« Sie stockte, hätte es fast geschrien: »Wenn ich nicht gut bin im Bett? Ich habe so wenig Erfahrung und vielleicht ist meine Ehe ja auch daran kaputtgegangen.«

»Jetzt mach aber einen Punkt. So was Blödes fällt echt nur dir ein. Ich bin ja durchaus dafür, dass du Felix weiter als Option für die Zukunft betrachtest. Aber bitte nicht, indem du dich kleinmachst, dir Schuld auflädst – auch noch so eine idiotische – und ihm hinterherkriechst. Ganz ehrlich, Miriam, deine Situation ist kompliziert, das sehe ich ein. Aber wenn es Selim ernst ist, dann quälst du ihn furchtbar. Und nicht nur damit, ihn heiß zu machen und immer wieder eine Rolle rückwärts hinzulegen. Das ist, wie einen Hummer regelmäßig ins kochende Wasser zu werfen und kurz vorm Exitus mit Eiswürfeln zu reanimieren.«

Miriam schluchzte auf. So falsch es auch war, das Bild würde nie mehr aus ihrem Kopf verschwinden.

»So was sag ich dir nicht gern. Sorry, Süße, aber du musst das jetzt klären, und zwar so bald wie möglich. Im Interesse aller Beteiligten. Du kannst nur einen haben und die Entscheidung kann dir niemand abnehmen.«

Selim sprach nur das Nötigste. Weder sang noch summte er, obwohl Miriam mehrfach versuchte ihn dazu anzustiften, indem sie es tat. Schaurig schräg und im vollen Bewusstsein, dass sie keinerlei Talent besaß. Mehr als ein kleines Grinsen war ihm nicht zu entlocken und auch das reichte nur von einem Mundwinkel zum anderen, ohne seine Augen zu erreichen. Trug er ihr den Rückzieher vom Hochsitz doch nach? Seine Reserviertheit ließ kaum einen anderen Schluss zu, dabei hatte er gestern behauptet, das sei kein Problem. War das eine Art Retourkutsche? Von Spaß bei der Arbeit konnte bei ihm heute jedenfalls keine Rede sein. Im Gegensatz dazu wuselte Felix pfeifend durchs Bistro und haute einen lockeren Spruch nach dem anderen raus. Den Busfahrern gefiel es, was den Ouzo-Konsum in die Höhe trieb. Er machte Ioannis' Abwesenheit durch doppelte Geschwindigkeit wett. Ein leichter Schweißfilm stand ihm auf der Stirn, aber er zwinkerte bei jedem Vorbeistreifen, das er mal mit einer kurzen Berührung, mal mit einem leisen »Hallo, meine Schöne« und einmal mit einem zarten Nackenkuss garnierte. Miriam verbiss sich ein allzu auffälliges Lächeln. Wie sehr er sich anstrengte und wie aufmerksam er war! Kein Gast musste warten, keiner ging, ohne sich persönlich betreut zu fühlen, und jeder steckte am Ende einen Flyer ein mit dem Versprechen, das Bistro weiterzuempfehlen.

Um halb elf saßen nur noch zwei Griechen beim letzten Bier. Ein ruhiger, aber erfolgreicher Abend, mit einem seltsamen Beigeschmack.

»Wir sind wirklich auf einem guten Weg.« Miriam räumte Teller in die Spülmaschine. »Wir müssen unbedingt daran denken, Ioannis dafür zu danken. Ohne seine *Stand-up livemusic* hätte sich unsere Existenz wahrscheinlich noch lange nicht so herumgesprochen.« Die Anzahl der Studenten war geradezu explodiert.

»Da geht noch mehr.« Selim drehte den Heißwasserhahn auf und weichte in der Spüle einen Topf ein. »Oder, Boss?« Er deutete mit dem Kinn Richtung Felix. »Ich hab mir das überlegt, was du heute Nachmittag gesagt hast.«

»Woher der Sinneswandel?« Felix rupfte ein Stück aus dem letzten Fladenbrot.

»Wie gesagt: Ich habe nachgedacht. Wir sollten Gas geben, am besten sofort. Das hast du doch gemeint, Felix. Richtig in die Vollen.«

Miriam kniff sich unauffällig in den Arm. Träumte sie oder war sie im falschen Film? Gas geben und in die Vollen klang zwar hundertprozentig nach Felix, aber kein bisschen nach Selim.

»Mach mal weiter«, forderte Felix. »Ich kann noch nicht ganz folgen.«

»Ein Lieferservice wäre cool, das macht heute jeder. Oder wir ziehen die Sache mit dem Mittagsangebot vor. Am besten beides. Nicht kleckern: klotzen.« Selim schrubbte den Topfboden mit wahrer Hingabe.

Das musste ein Scherz sein. »Moment mal, das hast du vorgeschlagen, Dilli?«

»Nein. Wäre auch ein bisschen überhastet, finde ich.«

»Du hast aber gesagt, wir müssen das Konzept nachbessern. Und ich stimme jetzt zu. Wenn man irgendwo ankommen will, darf man nicht ewig mit zwei Füßen auf der Bremse bleiben.« Selims Blick flog über Miriam hinweg und sie zuckte zusammen. Wie war das?

»Na ja, schon«, erwiderte Felix, »aber so pauschal kann man das nicht sagen.«

»Ach nein? Ich dachte, du siehst das genauso: Lieber volles Risiko, als immer nur abzuwarten, ob die Dinge von selbst in Schwung kommen.«

Miriam zitterte. »Ganz sicher nicht in diesem Fall! Lieferservice – wie kommst du denn auf so was? Das lässt sich unmöglich finanzieren. Wenn wir das jetzt versuchen, wäre das unser sicheres Aus.« Ihre Hände wurden eiskalt. Was bezweckte Selim mit diesem Unsinn?

»Ist noch nicht lange her, da hast du alles auf eine Karte gesetzt, Miriam. Du warst echt mutig.«

Sie schüttelte den Kopf. »Ich versteh dich nicht.« Und das, was sie verstand, gefiel ihr nicht.

»Das vermute ich auch.« Selim packte wieder den Topfschwamm. Schaum spritze ihm bis zum Ellbogen.

Hatte sie sich so getäuscht? Wo war ihr blindes Verständnis füreinander, die Euphorie und Leidenschaft, mit der sie beide für diese Küche brannten? Wo die Schmetterlinge? Diese viel zitierten Tierchen, deren Flügelschlag in den letzten Tagen einen wahren Sturm in ihren Eingeweiden ausgelöst hatte, sobald Selim in ihrer Nähe war.

»Tja, der Boss hat auch gesagt, ich soll mich um meinen Kram kümmern.« Mit Schwung kippte er das Wasser aus, stellte den Topf umgedreht auf die Ablage und rieb die Hände an einem Tuch trocken. »Mit dem bin ich für heute fertig. Wenn dann sonst nichts mehr anliegt, bin ich weg.«

»Selim.« Felix legte ihm kurz die Hand auf die Schulter, aber Selim schaute nicht mehr hoch.

Das Windspiel schepperte hinter ihm und klang lange nach.

Wenig später schloss Felix die Vordertür ab und löschte die Lichter. Den Abend ohne eine Thekenrunde zu beenden machte ihn unvollständig. Miriam kramte nach einem Taschentuch und schnäuzte sich. Zu albern. Was war denn schon passiert? Eine kleine Unstimmigkeit. Kleine Nadelstiche, die sie von Selim allerdings so nicht erwartet hätte.

»Hey, meine Schöne.« Felix' Stimme flüsterte warm an ihrem Hinterkopf. »Sag mir, wie ich dich aufmuntern kann.«

»Musst du nicht, mir geht es gut.«

»Versuche nie, einen Lügner zu belügen.« Seine Nase streichelte ihr Ohrläppchen. Langsam umrundete er sie, ohne die Berührung abreißen zu lassen, bis er vor ihr stand. Sein Flüstern wanderte über ihre Schläfe zur Stirn. »Ich kenne dich doch, Miri.«

Seine Wärme flutete ihre Sinne und sie legte die Arme um seine Mitte. Es war so einfach, wie auf der Baustelle seine Hand zu halten. So wunderbar vertraut, wie der Kaugummigeschmack beim Küssen. Himmel, sie küsste ihn! Oder er sie? Sie küssten sich. Seine linke Hand tastete über ihren Po zum Oberschenkel, hob ihr Bein leicht an. Die rechte Hand folgte.

»Nicht, lass das!« Sie stieß einen erschreckten Schrei aus, während er sie auf seine Hüfte hievte. Dann lachte sie, beunruhigt und verwirrt. »Dilli, was machst du denn?«

»Ich bringe dich in Sicherheit.«

»Nein, ich …« Ihr Satz versiegte auf halber Strecke. In Felix' Gesicht erahnte sie etwas lang Vermisstes. Sehnsucht überrollte sie. Gestern hatte sie schon einmal geglaubt, es zu sehen – im Mondlicht, glühend, in der Dunkelheit. Aber das musste eine Täuschung gewesen sein.

Miriam klammerte sich fest.

Sie umkreisten einander wie Planeten auf weit entfernten Umlaufbahnen. Im Mittelpunkt ihres Sonnensystems kochten eine Minestrone und ein mediterranes Ragout. In der Distanz dazwischen schwebten Schweigen, unausgesprochene Worte, die nichts mit glitzerndem Sternenstaub zu tun hatten.

Selim arbeitete konzentriert und wenn möglich noch schneller als sonst, seine Ansagen an Miriam waren knapp und präzise. Felix ließ sich nicht in der Küche blicken.

Statt des üblichen Fladenbrots sollte es heute Focaccia geben, mit Meersalz und Rosmarin, und einen ebenfalls italienischen Nachtisch. Miriam träumte vom Lago Maggiore, wobei sie ein wenig Gewalt anwenden musste, um ihre Gedanken darauf zu konzentrieren. Felix war ohne sie dort gewesen und sie hatte ihn noch immer nicht gefragt, was dort wirklich passiert war. Vielleicht, weil sie es instinktiv gar nicht wissen wollte. Doch nach der letzten Nacht spielte die Vergangenheit ohnehin eine untergeordnete Rolle. Blauer Himmel über Italien und Zypressen am See. Das Bild nahm einfach keine festen Konturen an. Selim geriet ihr dazwischen: sein Lachen, sein Singen, sein Grübchen … Bloß nicht noch mehr Details! Sie kniff die Augen zusammen. Die Realität sah anders aus; von Lachen und Singen konnte heute keine Rede sein.

Ihre Fingerspitzen kniffen kleine Kuhlen in den ausgerollten Hefeteig. Sie musste es ihm endlich sagen. Gleich, sobald sie mit der Focaccia fertig war. Auf dem Weg zum Rosmarintopf streifte sie ihn um ein Haar, wechselte abrupt die Richtung, griff sich den Löffel neben der Pfanne und testete das Ragout. Es schmeckte anders als sonst. Sie träufelte ein zweites Mal Soße auf den Probierlöffel, vergaß für einige Sekunden, was ihr auf der Seele brannte. Irgendwie schmeckte es spannender und noch besser, mit einer scharfen, zwiebelähnlichen Note.

»Du hast einen Fehler gemacht, Miriam.«

Sie zuckte zusammen, schaute Selim jäh ins Gesicht.

»W-was?« Das konnte er unmöglich wissen.

»Und ich auch.« Er nahm ihr den Löffel aus der Hand.

»Aber …« Was meinte er damit?

»Das Ragout«, sagte Selim, »da ist Knoblauch drin. Habe ich vergessen, dir zu sagen.«

Beinahe hätte sie gelacht. Sie hielt die Hand vor ihren Mund, spürte das nervöse Beben nun doppelt deutlich.

»Kein Problem«, versicherte sie nach kurzem Zögern, »das zumindest nicht.« Ihr nächster Atemzug füllte ihre Lungen bis ganz in die Tiefe, verursachte leichten Schwindel. »Ich muss dir auch etwas sagen.«

Geschäftig prüfte er die Konsistenz der Minestrone.

Natürlich war es einfacher, wenn sie einander nicht ansahen. Aber auch feige. »Es ist wichtig, Selim. Und, na ja …« Sie schwieg, bis sein Blick sie traf.

»Ich höre.« Auffordernd verschränkte er die Arme.

»Felix und ich, wir haben beschlossen, es noch mal miteinander zu versuchen.« Verunsichert hob Miriam die Schultern. »Das war so nicht geplant, denn eigentlich waren wir ja getrennt und alles war vorbei. Aber wir waren vorher so lange zusammen und jetzt läuft es plötzlich wieder ganz anders, viel besser und …« Auf unerklärliche Art intensiver und neu. Die Trennung hatte sie beide verändert. Sollte sie sagen, es tut mir leid?

»Okay.« Selim zeigte keine erkennbare Regung. Nicht mal seine Augenbraue zuckte. Er wartete, sah ihr ohne ein Blinzeln in die Augen. »Was sagst du zum Ragout? Du scheinst den Knoblauch darin zu überleben. Schmeckst du es sehr raus?«

Miriam befeuchtete sich die Lippen, schluckte mühsam. Ihr Mund war wie ausgedörrt. War das alles? Für ihn war es also einfach okay. Hatte sie erwartet, dass er zusammenbrach oder bettelte? Auf jeden Fall etwas mehr als nur dieses eine Wort. Dieses eine lächerliche Wort, das sie nun fast zwanghaft wiederholte.

»Okay. Das Ragout ist total okay. Auch nicht zu viel Knoblauch. Wirklich nicht. Echt – okay. Ganz wunderbar.«

»Fein.« Selim widmete seine Aufmerksamkeit wieder der Minestrone. »Dann ist ja alles geklärt.«

Er hatte gespielt und verloren. Zu spät, irgendetwas klarstellen zu wollen. Es tat Selim längst leid, wie er Miriam und Felix gestern attackiert hatte: doppelbödig, ironisch und bösartig. Das entsprach eigentlich nicht seiner Art. Doch der erste Angriff war von Felix gekommen und kein bisschen besser gewesen. Ein Schlag, der ihn fast unmittelbar ausgeknockt hätte. War er ein Niemand, ein Schmarotzer? Felix hatte keine Ahnung, wie nah er der Wahrheit damit gekommen war, ihn eine verkrachte Existenz zu nennen. Er hatte ihn in die Enge getrieben und keinen Zweifel an seinem Anspruch auf Miriam gelassen. Und dann gnadenlos seine Chance genutzt, während Selim noch an einer Strategie gebastelt hatte. Eine Strategie! Für so was gab es keine. Schon gar nicht, wenn man fair sein wollte. Aber das hatte er dann eben auch aufgegeben. Wer ließ sich schon gern verarschen? Er hätte blind sein müssen, um nicht mitzukriegen, wie Felix Miriam umgarnte und ihren Nacken küsste. Also hatte er versucht ihm eine Falle zu stellen, damit Felix sich in seinen eigenen blöden Ideen verhedderte. Was hätte er sonst tun sollen, einen Faustkampf anzetteln? Der Ausgang wäre ebenso ungewiss gewesen.

Zischend sog er Luft durch die zusammengebissenen Zähne.

»Ja, eine schmerzhafte Angelegenheit. Aber da kann ich wenig machen, Herr Gökay.« Der Arzt in der Notaufnahme rollte auf seinem Stuhl von der Liege zum Arzneischrank. »Der kleine Zeh dürfte angebrochen sein. Was bedeutet, dass er in den kommenden Tagen sehr dekorativ die Farbe wechseln wird und dabei an Volumen zulegt. Mehr als einen Tapeverband anlegen ist da nicht angesagt. Bequeme Schuhe tragen und Augen auf beim Laufen. Dass jeder weitere Stoß Ihnen keine Freude bereiten wird, versteht sich von selbst.«

Selim verzog das Gesicht.

»Sie haben im Übrigen noch Glück gehabt, junger Mann, und einen guten Zeitpunkt erwischt, um hier hereinzuschneien. Nichts los heute Nacht. Normalerweise hätten die Kollegen an der Anmeldung Sie mit einer solchen Lappalie wegschicken müssen. Die Dringlichkeit hält sich in Grenzen.«

»Danke«, murmelte Selim. »Tut mir leid. Ich dachte echt, es ist mehr kaputt.« Sein ganzer Fuß pochte.

»Jetzt mal unter uns.« Vertraulich stützte der Arzt sich auf Selims Unterschenkel. »Ihr Unfall, das war doch keiner oder zumindest nur bedingt. Brauchen Sie ein Attest, um ein paar Tage zu Hause bleiben zu können? So was geht auch einfacher. Was haben Sie gemacht?«

»Gegen eine Wand getreten. Und ich will kein Attest.«

»Aber der Tritt war Absicht?«

»Ja.«

»Hat es geholfen?«

»Nein.«

»Dachte ich mir.« Der Arzt klebte ihm den Verband auf und grinste. »Nur gut, dass Sie den Durchbruch nicht mit dem Kopf versucht haben. Kleiner Tipp am Rande: Tapeverband hilft nicht bei gebrochenem Herzen. Und die Notaufnahme ist der falsche Ort, um Liebeskummer zu heilen. Wenn Sie das nächste Mal ein ähnliches Bedürfnis verspüren, lassen Sie die Wand in Ruhe und besuchen Sie einen Freund.«

Vorsichtig streifte Selim die Socke über. »Danke, Doc.« Es gelang ihm nicht, das Grinsen zu erwidern.

Jeder Blick auf Miriam brannte wie Feuer. Und das Schlimmste daran war, dass er Felix nicht mal böse sein konnte. Von dessen Arroganz, die er am Dienstag vor sich her getragen hatte, war nichts mehr übrig. Beinahe wirkte er bedrückt. Der Sieger litt unter akutem Mitleid, was Selim zusätzlich demütigte.

»Sie sind wieder zusammen?« Ioannis' gute Laune beim Hereinkommen fiel schlagartig in sich zusammen. Fassungslos zupfte er an seinem Stirnband herum. »Warum hast du nicht angerufen?«

»Hätte nichts geändert und dich nur sinnlos genervt.« Er sah Ioannis an, dass der seine Meinung nicht teilte.

»Du bist ganz sicher, dass es wieder was Festes ist?«

»Sieh doch hin!« Hielt Ioannis ihn für blöd? Als ob er sich das nur einbildete. Er schlug mit dem Schneebesen auf die Soße ein. »Außerdem hat Miriam es mir gesagt. Persönlich.«

»Mist.« Ioannis ließ die Schultern hängen, guckte betreten auf seine Reisemitbringsel: holländische Kekse für Miriam, Käse für Selim und Kaugummi für Felix. »Kann ich was für dich tun?«

Selim stützte sich auf die Arbeitsplatte, bis seine Handgelenke schmerzten, dann nickte er. »Halt ihn mir vom Hals, ja? Sorg dafür, dass Felix nicht in die Küche kommt und Miriam besser auch nicht. Ich komm damit klar, aber …«

Langsam rollte Ioannis die Hemdsärmel hoch. Er hatte sich nicht mal umgezogen nach der Hollandtour. »Schon kapiert, ich tu mein Bestes.«

Und das tat er.

Zwei Stunden später betrat Selim erstmals an diesem Abend die Gaststube, lehnte sich im hintersten Winkel an den Tresen, begrüßte Hasim mit Handschlag, der eine mitleidige Grimasse schnitt. Selbst er hatte also das Drama vor seiner Nase wahrgenommen und begriffen. Trotz eigener Probleme und Sprachbarriere.

»Ich dachte wirklich, sie wäre mit ihm durch.« Ioannis schob ihm ein Bier hin. In seinem bunten Hemd wirkte er ungewöhnlich blass. Die Anspielung, die Selim zu der Farbe durch den Kopf huschte, schaffte es nicht über seine Lippen. Sie passte genau zu den von Felix angeschleppten zu klein geratenen Pflanzen. Es war so verdammt egal. Alles war egal und nach Lachen war ihm beim besten Willen nicht zumute.

»Miriam weiß nicht, was sie will und was sie braucht.« Auf das Bier hatte er auch keine Lust.

»*Mia forá ki énan kairó.*«, seufzte Ioannis.

»Was soll das heißen?« Er knurrte unwirsch. »Dass ich es auch nicht weiß?«

»Eigentlich heißt es: Es war einmal. Und ja, ich habe meine Zweifel, dass du weißt, was gut für dich ist. Aber wer von uns weiß das schon? Außerdem geht ein Gefühl davon ja nicht weg.« Ioannis legte die Hand auf Selims Arm. »Weißt du: Viele Märchen beginnen mit ›Es war einmal‹, aber die weitaus größere Anzahl endet mit dieser

Erkenntnis. Die Kunst besteht darin herauszufinden, an welchem Punkt der Geschichte du gerade stehst.«

»Oh, der Philosoph verbreitet mal wieder seine großen Weisheiten.« Wütend schüttelte Selim seine Hand ab. »Mir bleibt immer noch die Küche, darum bin ich hier. Weil mir irgendein griechischer Maláka gesagt hat, ich solle kein Feigling sein.«

»Nein, Mann, Feigling hab ich nie gesagt. Ich habe dich gefragt, wovor du Angst hast, und du hast von deinem Busfahrerjob gelabert. Dann hab ich dir erklärt, dass du da kein großes Risiko eingehst. Ein simpler Job gegen einen Traum – da muss man nicht überlegen. Die Sache mit der Angst ist immer noch offen. Ich kenne die Antwort, nur bis zu dir ist sie wohl noch nicht vorgedrungen.«

»Du bist so ein …«

»Maláka?«, half Ioannis aus. »Schon wieder? Oder wolltest du zur Abwechslung sagen: so ein verdammt guter Freund, der mich – Selim den Trottel – besser kennt als ich mich selbst.«

»Großartig. Wenn du die Antwort kennst, brauch ich sie dir ja nicht zu geben. Und dann weißt du auch, dass ich vollkommen recht hatte.«

»Einen Scheiß hast du. Und nichts verstanden.«

Was gab es an »Es war einmal« noch falsch zu verstehen? Er wich Ioannis' Blick aus. Sein Märchen mit Supergirl war vorbei. Denn er war nichts weiter als ein Busfahrer. Und ein Volldepp, ja, das wohl auch.

Felix führte den staunenden Gästen Taschenspielertricks vor, während Miriam am Nebentisch Gläser auf ein Tablett lud und ihn beobachtete. In ihren Zügen las Selim zärtliche Bewunderung.

»Die Küche hat geschlossen«, sagte er und nahm die Spülschürze ab. In seinem Hals kratzte es. »Die Küche hat geschlossen.«

Den Blick seines verdammt guten Freundes im Nacken, schlüpfte Selim durch die Schwingtür. Sie federte nach, knarrte. Das Geräusch begleitete ihn hinaus auf den Hof, hallte in seinem Kopf wider, als er über das verschlossene Tor kletterte und auf die Straße sprang. Sein Zeh nahm es ihm übel, doch das kümmerte ihn nicht.

Morgen früh würde er Schulkinder durch die Stadt chauffieren. Rentner und Pendler, Einkaufslustige. Er würde freundlich sein und Scherze machen, vielleicht ein Liedchen singen und dabei lässig aussehen mit seiner Spiegelbrille, die ihn davor bewahrte, jemandem in die Augen sehen zu müssen. Das sollte ab sofort wieder sein Lebensinhalt sein. Das und die Vorbereitung auf seine Abschlussprüfung, die er zuletzt so sträflich vernachlässigt hatte. Er konnte Kress anbieten, wieder eine andere Schicht zu übernehmen, völlig unabhängig zu welcher Tages- oder Nachtzeit, und ihn auf jeder beliebigen Linie einzuteilen, mit Ausnahme der Linie drei. Seine Angst, für Miriam nicht gut genug zu sein, hatte sich bewahrheitet. Und damit die grundsätzliche Angst vor seinen Gefühlen für sie, die Ioannis von Anfang an gesehen hatte, die so tief gingen, wie er es nie für möglich gehalten hätte. Es war einmal, es war einmal … Vielleicht lagen Burak und seine Mutter ja doch richtig und eine arrangierte Ehe war eine gute Lösung. Ohne falsche Hoffnungen und die Illusion von Liebe.

Miriam zählte die Sekunden von Song zu Song. Jedes Windspielklimpern ließ sie aufhorchen, doch die Schwingtür bewegte sich nicht. Und mit jeder Zeitansage im Radio schwand ihre Hoffnung. Sie stand allein am Herd und sie blieb es.

Felix wuselte um sie herum, verbreitete gute Laune, überschüttete sie mit Küssen und Liebesgeflüster, bis sie ihr Lächeln wiederfand. Nach und nach beruhigte sich ihr aufgewühltes Gewissen. Selim war ohne Aussprache gegangen. Es war seine Entscheidung und gut möglich, dass sie an seiner Stelle ähnlich reagiert hätte. Letztlich würde er sie verstehen, doch das brauchte sicher etwas Zeit. Vielleicht war es sogar besser, wenn sie sich eine Weile nicht begegneten. Aber irgendwann … Sie seufzte. Vielleicht war es auch besser, wenn es kein Irgendwann für sie gab.

Zuverlässig wie gewohnt fand sich dagegen Ioannis hinter der Theke ein, machte weiter wie bisher, organisierte das Musikevent am Freitag, kümmerte sich um die Dekoration. So leise und unauffällig, dass es scheinbar wie von selbst geschah. Nur über Selim verweigerte er jedes Gespräch.

Felix überschlug sich förmlich vor Einsatzwillen, und seine Aufmerksamkeit Miriam gegenüber kannte keine

Grenzen. Er brachte sie morgens zur Arbeit und holte sie am Nachmittag dort ab. Zwischendurch kaufte er ein und räumte das Bistro auf, hielt sich an sämtliche Absprachen. Er versuchte sich sogar als ihre Küchenhilfe. Zwei Tage und fünf Pflaster später mussten sie allerdings einsehen, dass die Kombination aus Küchendienst und Felix einfach nicht funktionierte. Mal schnitt er sich an einer Glasscherbe, mal rammte er sich eine Gabel unter einen Fingernagel, dann schälte er statt einer Möhre Hautfetzen von seinem Daumen. Seine komische Verzweiflung, wenn sie wieder eine seiner Wunden versorgte, brachte Miriam zum Lachen, genau wie sein spezieller Sinn für Romantik. Blütenblätter im Bett, auf seinem Rücken Biene-Maja-Flügel – und Mettbrötchen zum Frühstück. Dieser verrückte Kindskopf! Er kannte sie und sie kannte ihn. Alles war gut.

Eine Woche schon. Miriam formte Brote, rührte, schmeckte ab. In der Küche brannte Licht. Den ganzen Tag war es kaum richtig hell geworden. Seit Stunden fiel ein sanfter Nieselregen, der nun zu einem kräftigen Landregen anschwoll und in Böen gegen die Fenster klatschte. Sie starrte in den dunklen Wasservorhang. Bei dem Wetter würde sich kaum ein Gast ins Bistro verirren. Wer jetzt nach draußen ging, brauchte einen guten Grund. Der Hof lag in trostlosem Grau. Gurgelnd drehte sich ein Strudel im Gulli. Unter dem überstehenden Dach des Schuppens standen ein paar alte Tontöpfe herum, in denen schwarze Erde aufschäumte. Auf der Fensterbank bildete sich eine kleine Pfütze. Daneben lag etwas. Sie drückte die Stirn an die Scheibe, fühlte das Trommeln der einschlagenden Tropfen, die vor ihr herunterliefen. Ihr Atem schlug sich auf dem Glas nieder, versperrte die Sicht. Dort lag etwas, weiß und rundlich – ihr Herz schlug schneller.

Zwei Schritte zur Hintertür, ein Sprint zur Fensterbank. *Ohne die Zauberknolle geht gar nichts.* Ein weiterer Sprint zum Schuppen, wo sie den überquellenden Blumentopf packte, Tür wieder zu. *Meine Geheimwaffe für gutes Essen.* Der tröpfelnde Topf hinterließ eine erdige Spur auf den Fliesen. Sie stellte ihn in der Kompostschüssel ab, wischte sich mit dem Ärmel übers Gesicht und putzte mit einem Lappen den gröbsten Schmutz auf. Die Knoblauchknolle war zum Glück nur an einer Seite ein wenig feucht geworden. Mit trockenem Rascheln bröselten die äußeren Blätter ab. Miriam löste Zehe für Zehe und drückte sie einzeln in die Erde, bis keine mehr zu sehen war. Dann säuberte sie sorgfältig den Topf und stellte ihn in einer flachen Schale ans Fenster.

An ihren Fingern klebte Knoblauchsaft, sickerte ihr unter die Haut, mischte sich mit dem Dreck unter den Fingernägeln. Der Geruch würde ihr mindestens für den Rest des Tages bleiben, egal wie viel Seife sie benutzte. Sie schnupperte daran, schloss die Augen, schnupperte noch mal und drehte sich um.

Hinter ihr in der Tür stand Felix.

Die Hände in den Hosentaschen verließ Felix das Verwaltungsbüro von »Karakasis Reisen«, umrundete das Gebäude und stapfte über den Parkplatz. Nach dem heftigen Regen vom Vortag brannte die Sonne umso kräftiger, verbreitete frühsommerliche Hitze.

In kurzer Hose und mit nacktem Oberkörper kniete Ioannis vor einem Bus. An seiner Seite ein aufgeklappter Werkzeugkasten, in seinen Ohren Kopfhörerstöpsel, deren dünne Kabel zu seinem Handy in der Hosentasche führten. Aus einem Schlauch lief stetig ein feiner Wasserstrahl. Mit einer Bürste schäumte er das Nummernschild ein und griff ins Leere, als er es abspülen wollte. Er drehte den Kopf, beschattete seine Augen, nahm die Kopfhörer raus.

»*Yia sou*, hallo.«

»Wo steckt er, Ianni? Wieso krieg ich Selim nie ans Telefon?«

»Gib mir den Schlauch.«

Felix drehte die Düse zu. Diesmal würde er Ioannis' Schweigen nicht akzeptieren. Er war extra hergekommen, statt ihn im Bistro zur Rede zu stellen – an Miri vorbei. »Das bleibt unter uns.«

»Er hat eine neue Nummer und er will nicht, dass ich sie euch gebe. Und ich hab zu arbeiten.«

Stur behielt Felix den Schlauch in der Hand und schüttelte den Kopf. »Erklär es mir.«

Ioannis knurrte etwas zwischen zusammengebissenen Zähnen, dann kam er mit Schwung auf die Füße. Braunschwarze Ölflecken auf Brust und Armen zeugten davon, dass er vor Kurzem noch in den Eingeweiden des Fahrzeugs herumgewerkelt hatte. »Was gibt es da zu erklären? Er ist Busfahrer, genau wie ich, und er fährt wieder Vollzeit. Euer Laden ist gerettet, eure Ehe auch, er hat seine Schuldigkeit getan.«

»Aber das ist doch …«

Ioannis warf die Bürste in den Eimer. »Mal ehrlich, Felix, kapierst du nicht, wie sehr ihr ihn verletzt habt?«

»Das hab ich – haben wir – nicht gewollt.« Das Eingeständnis schnürte ihm die Kehle zu.

»Soll ich dir was verraten: Das glaube ich dir sogar. Ändert aber nichts daran, dass es passiert ist. Er hat geträumt, jetzt ist er wieder wach.« Angestrengt schaute Ioannis auf seine Hände, dann an Felix vorbei in die Ferne. »Lasst ihn in Ruhe.«

»Bitte, Ianni. Kannst du ihm wenigstens sagen …« Hilflos seufzend verstummte er.

»Was denn: Es tut mir leid? Lass uns Freunde bleiben? Willst du wieder für mich kochen? Vergiss es. Ich bin froh, dass er sich einigermaßen eingekriegt hat, darum werde ich ihm ganz sicher nichts ausrichten. Hast du wirklich keine Ahnung, wie weh es tut, euch beim Glücklichsein zuzusehen? Ich werde nicht zulassen, dass ihm noch mal das Herz gebrochen wird. Hörst du? Und jetzt geh. Geh einfach.«

Felix nickte. Es war eine blöde Idee gewesen. Und wahrscheinlich war es wirklich besser, wenn niemand davon erfuhr, dass er hier gewesen war. Er drückte Ioannis den Schlauch in die Hand und ging ohne ein weiteres Wort.

Zwei Wochen schon. Wieder ein guter Abend mit zufriedenen Gästen, an dem es fast nichts auszusetzen gab. Bis auf die viele Kraft, die es Miriam kostete, praktisch rund um die Uhr zu arbeiten. Ihre Hände zitterten, und das schon seit Tagen. Es hörte nicht auf. Ronja war deshalb besorgt, aber Miriam hatte es sofort wieder heruntergespielt. Über dreißig setzten eben die ersten Alterserscheinungen ein, und große Mengen Gemüse zu schälen war besonders anstrengend für Finger und Gelenke. Dazu kam noch der psychologische Effekt. Ihre jahrelange Ablehnung gesunder Ernährung verursachte sicherlich noch immer unterschwellige Verkrampfungen. Ein flauer Scherz, über den nur sie lachte.

»Pass auf dich auf«, mahnte Ronja zum Abschied. »Sonst hängt bei euch über dem Eingang bald ein Schild: Willkommen im Bistro Burnout.« Darüber hatte Miriam noch viel lauter gelacht. Hätte sie ihr erzählen sollen, dass sie Knoblauch inzwischen nicht nur verwendete, sondern auch aß? Dass sie tatsächlich reif war für die Zwangsjacke und die Einlieferung in eine Anstalt?

Jetzt lachte sie wieder, während sie die Arbeitsfläche abwischte und die Kräutertöpfe zurück an ihren Platz stellte. Sie lachte, bis die Tränen kamen.

»Was hast du, Miri?« Felix ließ den mühevoll ausbalancierten Tellerstapel achtlos auf die Spüle fallen. Verschmiertes Besteck klirrte auf die Fliesen und Miriam zuckte zusammen. Noch mehr Dreck, noch mehr Arbeit.

»Sie sind weg«, sagte sie leise. »Alle. Hast du das überhaupt bemerkt? Ioannis und sogar Hasim.«

Hasim hatte wenig geredet und nur selten gelächelt. Aber er hatte ihr Fotos von seinen Kindern gezeigt, allerlei Kleinigkeiten für sie erledigt, mit ihr gegessen und sie Chef genannt. Und irgendwann hatte er beim Hinsetzen sogar seinen Parka abgelegt, als ob er nicht mehr fürchtete, jeden Moment weglaufen zu müssen.

»Komm her.« Sanft drehte Felix sie zu sich um, nahm sie in die Arme. »Hasim hat jetzt einen Job bei Mona, hab ich dir das nicht erzählt?«

»Wer ist Mona?« Der Name war ihr neu. »Kenn ich die?«

»Die Besitzerin von FloraLee, dem Blumenladen gegenüber. Hasim arbeitet in ihrer Gärtnerei.«

Miriam nickte zerstreut. In einer Gärtnerei zu arbeiten, das passte natürlich zu Hasim. Sie sollte sich für ihn freuen. Das war gut und richtig. Und Ioannis konnte sie es auch nicht verübeln, dass er sich rargemacht hatte. Heute war ihr urplötzlich bewusst geworden, dass er nicht hinter ihrer Theke stand. Sie wusste nicht einmal, wann er zuletzt da gewesen war. Ganz selbstverständlich, an jedem seiner freien Abende. Vorbei. Alles änderte sich, löste sich auf.

Felix zog sie fester an seine Brust. »Wir brauchen sie nicht«, sagte er. Trockene Küsse bedeckten ihr Haar. »Keinen von ihnen. Wir brauchen nur uns. Hörst du? Nur uns!«

Ein Hauch von Bitterkeit schwang in seiner Stimme mit.

Im Knoblauchtopf am Fenster reckten sich dreizehn

grüne Spitzen in die Höhe, die Millimeter für Millimeter größer wurden. Miriam wusste, dass Felix täglich heimlich davorstand, dass er auf den Moment gelauert hatte, in dem die Erde endlich aufbrach, und nun die Pflänzchen beim Wachsen beobachtete – genau wie sie. Nur warum sie beide das machten, wusste sie nicht.

»Lass uns schlafen gehen, Miri. Ums Aufräumen kümmere ich mich morgen. Wie versprochen.«

Ein stetiges Brennen in der Sehne hatte das Zittern abgelöst. Miriams rechtes Handgelenk steckte in einer provisorischen Bandage. Sie verbrauchte große Mengen einer entzündungshemmenden Salbe und schwitzte beim Kochen zusätzlich in einem Gummihandschuh. Es machte sie unbeweglich und langsam, und es wirkte sich negativ auf ihre Geschicklichkeit aus. Jegliche Kreativität blieb auf der Strecke.

»Schmeiß bei der Versicherung doch einfach hin. Dein Chef geht dir auf den Keks und deine Kolleginnen lassen keine Gelegenheit aus, dich zu piesacken. Was hält dich dort?«

Krakelig beschriftete sie die Schiefertafeln neu. Gemüsecurry mit Quinoa. Zum dritten Mal innerhalb einer Woche. Ihr fiel einfach nichts Neues ein.

»Bei dir ist immer alles ganz einfach, Dilli. Schon klar. Damit verlieren wir unsere einzige sichere Einnahmequelle. Falls es dir entgangen ist, ich habe seit vorgestern Urlaub und seitdem im Bistro praktisch durchgearbeitet. Während du zwischendurch immer wieder wer weiß wo gewesen bist oder am Computer gesessen hast. Was du tust? Dein Geheimnis. Wann du fertig bist? Gleich. Und gleich heißt alles Mögliche, nur nicht jetzt sofort.« Sein Browserverlauf hatte ihr mehr verraten, als sie zugeben wollte. Er vertrieb sich die Zeit mit Onlinespielen, trieb sich in Foren herum und klickte sich quer durchs Netz, wobei der Themenvielfalt keine Grenzen gesetzt waren. Motorräder, Urlaubsreisen, Ebay, Auswanderergeschichten. Die Pornoseiten erschienen ihr vergleichsweise harmlos. Seine regelmäßigen Besuche im Blumenladen nicht. Monas Gesellschaft zog ihn offenbar magisch an, aber sie ersparte sich die Frage. War sie längst am gleichen Punkt wie seine Mutter und schloss lieber die Augen, wenn sie eine Lüge befürchtete? »Die Anzahl unserer Gäste geht zurück. Das liegt auch daran, dass wir unseren Level nicht halten können. Weder bei der Qualität noch im Service. Wir brauchen Verstärkung. Nur du und ich, das ist zu wenig.«

»Hatten wir das nicht schon?« Felix hob einen Mundwinkel. Ein schiefes, freudloses Lächeln. »Du und ich, wir sind ein Ganzes, das kann gar nicht zu wenig sein.« Er fasste sie an beiden Schultern. »Wenn du willst, rufe ich Samantha an und Rolf als Unterstützung. Wenigstens für die Wochenenden. Dir waren sie zwar nicht korrekt genug, aber ich kam mit ihnen gut klar. Einen zweiten Versuch wäre es wert, zumindest vorübergehend.«

Überrascht erkannte Miriam, dass hinter dem Vorschlag keine Provokation steckte. Er klang nicht mal gereizt oder wütend, ganz im Gegenteil. Felix wurde immer leiser. »Oder willst du behaupten, wir schaffen es nicht ohne die beiden Clowns, die sich beleidigt verpisst haben? Willst du ihnen nachlaufen, ist es das? Sieh mich an, Miri. Das ist kein Scherz, sondern eine ernsthafte Frage: Willst du Selim zurück?«

Die Worte schnitten ihr mitten ins Herz.

»Sei nicht albern.« Abrupt machte sie sich los. Wie konnte er das fragen und sie dabei so ansehen? Gequält und so verzweifelt, dass es schien, als erwartete er ein Ja. Oder als wollte er es hören.

»Es tut weh, das einzugestehen, Miri. So leicht findet man wohl doch keine echten Freunde.« Die Azaleen am Fenster waren immer noch mickrig, doch blühten sie unermüdlich in leuchtendem Himbeerrot. Felix nahm einen Topf auf den Schoß, rupfte eine trockene Blüte ab und zerrieb sie zwischen den Fingern. »Im Nachhinein betrachtet bin ich sicher, dass zumindest Ianni mich von Anfang an nicht leiden konnte.«

Miriam legte die Kreide beiseite. »Wie kommst du denn darauf? Er hat sich um dein betriebliches Chaos gekümmert, deine Finanzen geordnet, deinen Papierkram sortiert und stundenlang mit dir über Kontoauszügen und Plänen gebrütet.« Sogar den peinlichen Gang zu seiner Ex-Flamme Mareike hatte Ioannis ihm abgenommen. Ob es seinem milden Jesusblick, den chilligen Klamotten oder einfach seinem Charme zu verdanken gewesen war, blieb sein Geheimnis – fest stand, dass er mit ihr eine Rückzahlung ausgehandelt hatte. »Ohne ihn wären wir untergegangen. Und sein Baustellentraining für Barbara hast du wohl auch schon vergessen?«

Felix bewegte nachdrücklich den Kopf von rechts nach links und wieder zurück. »Nein, habe ich nicht vergessen. Aber wahrscheinlich verachtet er mich genau dafür. Ich bin ein Chaot und bei allem, was passiert ist, war ich Teil des Problems. Ist dir nie aufgefallen, dass er nur mit mir geredet hat, wenn ich ihn angesprochen habe? Von selbst kam kein Ton und er ist mir immer ausgewichen, um mir nicht in die Augen sehen zu müssen. Dabei mochte ich ihn. Ich mochte Ianni wirklich.«

Da war was dran. Miriam erinnerte sich, dass Ioannis seit Felix Rückkehr immer stiller geworden war. Aber das konnte alles Mögliche bedeuten.

»Gib es zu, Miri, sie haben uns hängen lassen. Alle beide.«

Damit machte er es sich zu leicht. »Und alle beide haben für ihren Einsatz keinen Cent bekommen. Sie waren aus freien Stücken hier – wie Freunde. Was glaubst du, warum sie das sonst getan haben? Ioannis ist am Ende gegangen, weil Selim fort war. Und Selim ist weg, weil ihr gestritten habt.«

»Das heißt, ich bin schuld, richtig? Ich allein.« Felix knallte den Blumentopf zwischen die Deko vorm Fenster. »Dass du vorher mit Selim rumgemacht hast, hatte damit natürlich nichts zu tun. Sorry, aber das ist mir echt zu blöd. Ich muss raus hier.« Er zerrte an der abgeschlossenen Eingangstür, drehte dann den Schlüssel und knallte sie mit Wucht gegen die Wand. Die Glasscheibe klirrte im Rahmen, das Windspiel riss vom Haken, schlug auf und verstummte.

Blindlings stürmte Felix über die Straße und vor ein Auto, schlug mit der flachen Hand auf die Motorhaube, ohne anzuhalten, und zeigte dem hupenden Fahrer den Mittelfinger. Er kriegte keine Luft mehr in diesem Bistro! Sehnte sich immer häufiger weit weg. Wieso nur stritten sie dauernd miteinander? Er liebte sie doch. Sie war seine Miri: Geliebte, Seelenverwandte und beste Freundin in einem. Die Einzige, bei der er je etwas gefühlt hatte. Keine der

Frauen, mit denen er während ihrer Trennung zusammen gewesen war, hatte ihm etwas bedeutet. Von Liebe war er meilenweit entfernt gewesen. Wenn er ehrlich war, sogar von Begehren. Er konnte nur einfach nicht allein sein und hatte sich wahllos von einem Bett ins nächste gestürzt, ohne zu finden, was seine Sehnsucht zu stillen vermochte. Wie auch, wenn er gar nicht wusste, wonach er suchte.

Miriam war sein Anker, sein Hafen, sein Ort zum Ausruhen und schenkte ihm grenzenlose Geborgenheit. Doch er konnte ihr nichts davon zurückgeben. Er hatte sie schon einmal verloren und war drauf und dran, schon wieder alles falsch zu machen. Im Grunde brauchte er einen Aufpasser, der sein Leben für ihn ordnete. Das war deprimierend und beschämend und er hatte keinen Schimmer, wie er daran etwas ändern sollte.

Rosen, die Blumen der Liebe. Und der Inbegriff von Schuld und Reue. Felix brachte Miriam gleich ein Dutzend davon mit, in unschuldigem Weiß, entwirrte das Windspiel und hängte es wieder an seinen Platz. Keiner von beiden verlor ein Wort über den Streit und seinen zornigen Abgang. Sie schwiegen einander an, öffneten das Lokal, schlossen es wieder und gingen miteinander nach oben. Im Bett lagen sie Seite an Seite. Miriam sagte noch immer nichts, obwohl sie nicht weniger Grund für eine Entschuldigung gehabt hätte. Minutenlang lauschte sie auf Felix' Atem. Wach und rastlos wie ihr eigener. Dann streckte sie den Arm aus und streichelte ihm durchs Haar. Er rollte sich zu ihr, kroch in die Wärme unter ihrer Decke. Kein Sex, kein Kuss, nur liegen und halten, mit dem Gesicht in der Kuhle am Hals des anderen.

Stracciatellahaut, dachte Miriam noch, wie Milch und Schokolade, dann glitt sie hinüber in unruhigen Schlaf voll Sommersprossensprenkelaugen.

Der Lieferwagen vor dem Bistro blockierte die komplette Straße. Ein Mann sprang heraus, diskutierte lautstark via Headset und stieß dabei Verwünschungen aus. Den Motor ließ er laufen, dann flog die rückwärtige Tür auf und mit infernalischem Quietschen klappte eine Rampe aus. Miriam beobachtete das Treiben zwischen den hochgestellten Stühlen hindurch. Nach dem Durchfegen war gleich noch Putzen an der Reihe. Den Job hätte sie Felix gern abgetreten, doch der hatte per Zettel auf der Theke mitgeteilt, dass er schon zum Einkaufen unterwegs sei und noch einige Erledigungen zu machen habe. Sein Mobiltelefon lag neben dem Samowar in der Küche, der einsam vor sich hin köchelte. Das war der Preis, den sie dafür zahlte, eine Nacht allein in ihrer eigenen Wohnung verbracht zu haben. Immerhin schmeckte seine Teemischung einigermaßen.

Der Fahrer rumorte im Innern des Wagens und kam mit einer schwer beladenen Sackkarre wieder zum Vorschein. Ihre Blicke trafen sich, dann stapfte er mit dem Lieferschein die Stufen herauf.

»Tach. Ich hab da was für Dillinger. Adresse vom Bistro. Unterschreiben Sie mir das?«

»Wenn Sie mir verraten, was es ist?«

»Bin ich Hellseher? Das haben Sie doch bestellt.«

»Nicht, dass ich wüsste.« Miriam ging an ihm vorbei. Was auch immer da drin war, musste eine Fehllieferung sein. Die einzige Bestellung der letzten Wochen waren die Flyer gewesen. Ein kleiner Karton, persönlich übergeben. Sämtliche größeren Anschaffungen lagen auf Eis. »Das ist sicher ein Irrtum.«

Das Ding musste einen Absender haben. Sie ließ ihn stehen, umrundete draußen die Kiste, die ihr bis zum Kinn reichte, und entzifferte einen handschriftlichen Aufkleber mit der Adresse des Auftraggebers. Eine ihr unbekannte Privatanschrift.

»Kein Irrtum.« Der Lieferant bohrte seinen Zeigefinger auf den Namen des Empfängers: Felix Dillinger. »Steht so in meiner Frachtliste, steht auf dem Karton und dort am Briefkasten.«

»Das kann schon sein. Trotzdem unterschreib ich nicht, solange ich nicht weiß, was da drin ist.« Miriam pulte an der dreifach gewickelten Folienschicht herum. Darunter schimmerte ein vertikaler Aufdruck durch. Egal, was da drin war, es war zu groß für ihr kleines Bistro. Das Ding durfte keinesfalls über die Schwelle. Auf der anderen Straßenseite nahm sie am Rande eine Frau im Sommerkleid wahr, die langsam vorüberging und dann stehen blieb.

»Wenn Sie das Paket aufreißen, haben Sie es auch angenommen.«

»Hab ich nicht. Und ohne Unterschrift haben Sie ein Problem.«

»Hm.« Der Fahrer guckte auf sein elektronisches Handgerät und tippte. »Haken ist gesetzt bei Frau Dillinger«, sagte er und hielt ihr den Stift hin. »Es ist Samstag und ich hab nicht ewig Zeit. Was ist jetzt? In den Hof schieb ich es noch. Aber die Treppe hoch müssen Sie selber machen.«

Knirschend gab die Folie ihrem Fingernagel nach. Miriam legte den Kopf schräg. »Softeismaschine«, las sie laut.

»Das war es. Jetzt haben Sie es aufgerissen.«

Investitionen auf Eis. Erdbeere oder Vanille? *Ein echtes Schnäppchen, Miri. Das wird der Renner.* Dillis Begeisterung stand ihr lebhaft vor Augen.

»Annahme verweigert«, keuchte sie. Dann brüllte sie den Fahrer an. »Annahme verweigert! Hören Sie? Schreiben Sie das in Ihr Dingsda. Wir brauchen keine Softeismaschine und wir wollen auch keine. Packen Sie dieses Monstrum wieder in ihren Wagen und bringen Sie es zurück!«

»Nun ist es aber gut! Ehrlich. Hören Sie auf, mich anzuschreien. Hysterisch oder was?« Er krakelte mit dem Stift einen unleserlichen Schnörkel ins Sichtfenster des Buchungsmoduls. »Bestellt und abgeliefert. Fertig. Kann eh nie einer lesen.«

»Das können Sie nicht machen!«

»Doch.« Der Fahrer kippte die Sackkarre leicht nach vorn und zog sie unter der Kiste heraus. »Schönen Tag auch.«

»Nein, bitte!« Von einer Sekunde zur anderen ging Miriam die Puste aus. Statt weiter wie eine Furie herumzutanzen, sackte sie in sich zusammen, sah zu, wie die Verladerampe im Lieferwagen verschwand und dieser kurz darauf am Ende der Straße um die Ecke bog.

Sie drückte mit beiden Händen, dann mit der Schulter. Die Kiste bewegte sich nicht. Außer dem Gehweg blockierte sie nun auch zwei Drittel des Bistro-Eingangs. Sie zog die Nase hoch und blinzelte. Etwas Buntes geriet in ihr Blickfeld. Die Frau in dem Sommerkleid hatte die Straßenseite gewechselt und hielt ihr ein Taschentuch hin.

Abweisend schüttelte Miriam den Kopf und benutzte lieber den Handrücken. Na toll. Sie war vor Publikum ausgeflippt.

»Entschuldigung.« Die Stimme, die zum Sommerkleid gehörte, klang leicht verunsichert. »Ich suche ein Restaurant. Fliederweg Nummer acht – ist das wirklich hier?«

»Ja.« Miriam schniefte noch mal und schaute hoch. Um ein zartes Gesicht wippten weiche Locken, harmonierten perfekt mit ihrem niedlichen südländischen Akzent. Die Frau stellte einen kleinen Koffer neben sich ab.

»Mariella Mangione«, sagte sie und ließ den Blick über die Hausfassade gleiten. »Sind Sie ganz sicher? Ich meine das Restaurant von Felix Dillinger. Dort möchte ich hin – zu Felix Dillinger.« Zweifelnd drehte sie sich erst nach links, dann nach rechts und spähte die Straße entlang.

»Sie können drinnen auf ihn warten.« Aus Miriams Kehle löste sich ein merkwürdiger Laut, zwischen Knurren und Kichern. Vielleicht hatte der Lieferwagenfahrer ja recht und sie wurde langsam hysterisch. Oder sie kam endlich wieder zu Verstand. »Ihr Anliegen ist eher privat, nehme ich an?«

Mariella Mangione zögerte mit ihrer Antwort, aber die interessierte Miriam ohnehin nicht. Der Name war zu schön um wahr zu sein und die Silhouette der hübschen Italienerin zu wohlgerundet um die Mitte, um sie zu missdeuten. So war das also.

Miriam ging mit dem Koffer voraus und holte für die Besucherin einen der hochgestellten Stühle vom Tisch.

»Sie haben Felix am Lago Maggiore kennengelernt?«

»Nein, meine Eltern betreiben einen Campingplatz am See in Klein-Olpen bei Castrop-Rauxel. Felix hat sich bei uns erholt, nach seinem Beinahe-Burnout. Den Lago Maggiore hat er mal erwähnt, aber er sagte, er ist noch nie dort gewesen.«

Bedächtig drehte Miriam den Kopf hin und her. Das ergab doch keinen Sinn. »Wann war das?«

»Vor ungefähr sechs Wochen.«

»Nehmen Sie Platz.« Miriam holte eine Flasche Wasser und ein Glas. An der Geschichte war etwas faul. Sie widersprach komplett Felix' Erzählung von seinem Spontantrip nach Italien und dem Unfall. Andererseits harmonierte sie hervorragend mit den nicht vorhandenen Unfallfolgen. Kein Gips, kein Verband und kein Kratzer auf der Haut. Wie die Wahrheit auch aussehen mochte, sie war es leid. Endgültig leid. »Machen Sie es sich gemütlich. Felix wird Sie warten lassen, aber das kennen Sie ja sicher von ihm.«

Wehmütig sah sie sich um. Das Bistro würde ihr fehlen. Viel mehr, als sie es je für möglich gehalten hätte. Es gab nur noch eins zu tun. Sie schluckte beim vertrauten Knarren der Küchentür, sah nicht nach links oder rechts, um beim Anblick von Gewürzen, Kräutern und Pfannen nicht die Nerven zu verlieren. Den Tontopf an sich gepresst, machte sie kehrt.

»Alles Gute, Mariella«, sagte sie. »Alles, alles Gute.« In einem entfernten Winkel ihres Herzens wusste sie, dass sie es tatsächlich so meinte. Sollte diese Frau glücklich werden mit Felix und dem Baby in ihrem Bauch. Ja, das sollte sie.

Sie fühlte keinen Funken Eifersucht, höchstens einen Anflug von Mitleid und eine große Portion Ärger.

Ihr eigenes Glück war ihr davongerannt, weil sie es zugelassen hatte. Aus purer Feigheit – und weil sie sich bereitwillig von Felix hatte einlullen lassen. Damit war nun Schluss, und zwar unwiderruflich: Sie wollte Selim zurück. Sofort und ganz, ohne jegliche Einschränkung.

Ihre Füße klatschten hart auf das Pflaster, trugen sie in Windeseile zur Bushaltestelle am Friedensplatz, wo sie sich an den Unterstand lehnte, hilflos nach Luft schnappend. Supergirl konnte noch immer nicht fliegen. Sie wählte Selims Nummer und war fast erleichtert, dass unmittelbar nach der letzten Ziffer eine Bandansage mit Fehlermeldung ertönte. Sein Anschluss existierte nicht mehr. Es war ohnehin besser, direkt zu ihm zu fahren, als womöglich am Telefon abgewimmelt zu werden. Wenn sie nur erst vor seiner Tür wäre, wenn er öffnete und sie einander in die Augen sähen, dann … dann … dann würde ihr hoffentlich irgendetwas einfallen. Etwas, das weniger peinlich war, als sofort loszuheulen oder all die schwülstigen Worte auszusprechen, die ihr durch den Kopf schwirrten.

Fast zu schnell erreichte der Bus sein Ziel. Noch eine Straße, ein unverschlossener Eingang. Sie kletterte Stockwerk für Stockwerk nach oben, immer langsamer, hörte Gespräche aus fremden Wohnungen und das Rauschen ihres steigenden Blutdrucks. Das Geräusch der Klingel drang gedämpft durch die Tür. Lang und länger. Sonst regte sich nichts. Sie morste mit der Klingel SOS. Aber drinnen blieb es still.

Was nun? An der Haltestelle stieg sie in den erstbesten Bus und zückte ihre Monatskarte.

»Stopp.« Der Mann hinter dem Lenkrad hinderte sie weiterzugehen. »Die ist abgelaufen.«

»Was? Oh! Tschuldigung, das habe ich übersehen. Jetzt weiß ich gar nicht …«

Argwöhnisch beäugte er den Blumentopf. »Wohin wollen Sie denn?«

»Zu Selim Gökay«, antwortete sie wahrheitsgemäß. »Er ist ein Kollege von Ihnen. Wenn Sie mir sagen können, wo ich ihn finde, kann ich Ihnen sagen, welches Ticket ich brauche.«

Ihr Gegenüber verzog keine Miene. Im Bistro hatte sie den noch nie gesehen.

»Einmal City komplett macht drei Euro.« Er schloss die Tür hinter ihr und fuhr los. »Wenn es geht, passend und dann hinsetzen.«

»Also wissen Sie nichts?«

»Nein.«

»Ein Tagesticket, bitte«, seufzte Miriam. Die erste Kurve kostete sie fast das Gleichgewicht. Es konnte ewig dauern, Selim zu finden, zumal sie keine Ahnung hatte, wo sie ihre Suche fortsetzen sollte. Sie stemmte sich gegen das Ruckeln, als stünde sie auf einem Surfbrett, und platzierte den Topf zwischen ihren Füßen. »Selim Gökay«, wiederholte sie, während sie Münzen aus ihrer Börse klaubte. »Ungefähr so groß wie ich, trägt meistens eine verspiegelte Sonnenbrille. Ist bis vor ein paar Wochen abends auf der Linie drei gefahren und dann in die Frühschicht gewechselt.«

»Sie sind ja verdammt hartnäckig.« Der Bus bremste an einer roten Ampel, schaukelte nach.

»Es geht um alles. Das ganz große Glück.« Sie nahm den

Topf mit den dünnen Knoblauchstängeln wieder in den Arm.

»Jetzt setzen Sie sich endlich«, raunzte der Fahrer und starrte auf die Straße. »In die Reihe hinter mir und dann die Augen geradeaus.«

Was war das denn für einer? Feldwebel am Steuer. Nett ging anders, dennoch folgte Miriam seiner Anweisung und setzte sich. Augen geradeaus. Auf dem Plakat vor ihrer Nase suchte der Busbetreiber nach neuen Mitarbeitern. Erst eine Haltestelle später erkannte Miriam die angegebene Ziffernfolge als das, was sie war: die Durchwahl des Büros. Personalsachbearbeitung. Eine neue Chance. Sie rutschte im Sitz zur Seite und beugte sich so weit wie möglich nach vorn.

»Danke!«, flüsterte sie laut. Und diesmal glaubte sie unter dem grimmigen Blick ein kleines Schmunzeln zu sehen.

Wie hoch war die Wahrscheinlichkeit, am Samstag jemanden an den Apparat zu bekommen, der ihr eine Auskunft geben konnte? »Bitte, liebes Universum«, murmelte sie. »Bitte, bitte.« Der Bus passierte den Abzweig zum Kurpark. Ein alter Mann schob einen Einkaufswagen mit Pfandflaschen vorbei, zuckelte im Schneckentempo über einen Zebrastreifen, und gleichzeitig nahm ein junger Mann das Gespräch entgegen. Endlich! Es fühlte sich an wie ein kleiner Sieg. Miriams Freude währte allerdings nur kurz, denn bei dem Herrn in der Verwaltung biss sie auf Granit. Datenschutz stach Liebe um Längen. Sie rutschte tiefer in ihren Sitz, drückte den Kopf an die Scheibe und spürte die Vibrationen des Motors. Bei jeder Bodenwelle schlug sie hart gegen das Glas.

Dann würde sie eben nacheinander alle Orte und sämtliche Bekannten abklappern, die Selim je erwähnt hatte. Oder fast alle. Ioannis musste sie auslassen. Er war der treuste Freund, den ein Mensch sich wünschen konnte. Im Nachhinein war ihr klar, wie sehr sie ihn durch ihre Entscheidung für Felix in die Bredouille gebracht hatte. Seine Loyalität gehörte Selim, ihn schon wieder in ihren Schlamassel zu verwickeln wäre nicht fair.

Als Nächste fiel ihr Buraks Adresse ein, die Ioannis im Projektordner vermerkt hatte. Und diese war, wie sie kurz darauf feststellte, auch die Adresse seiner Mutter. Es kostete Miriam mehrere Minuten und all ihr diplomatisches Geschick, bis sich der Türspalt weiter als zehn Zentimeter öffnete. Eine glückliche Fügung, dass in ihrer Tasche noch ein Bistro-Flyer steckte. Den zeigte sie zum Beweis ihrer ehrlichen – und rein geschäftlichen – Absichten vor und hielt ihn der skeptischen Mutter unmittelbar vor die Nase. Ein dringender Notfall, und ohne Burak, den fabelhaften, war sie aufgeschmissen.

»Sehen Sie? Den Flyer hat Burak gemacht. Ganz, ganz toll. Ich habe einen neuen Auftrag, aber der ist supereilig, sonst würde ich ja nicht am Samstag stören. Das muss sofort besprochen werden. Da ist Buraks Hilfe unverzichtbar.« Hatte sie bei ihrer Lobeshymne auf seine Tüchtigkeit zu dick aufgetragen? Oder nicht dick genug? »Mein Mann ist wirklich begeistert«, schob sie nach und setzte ihr charmantestes Lächeln auf. »Er sagt, mit Burak Geschäfte zu machen ist eine Freude! Sie müssen mächtig stolz auf ihn sein.«

Mit einem Mal wendete sich das Blatt, das Mutterherz schmolz.

Burak hatte seit Kurzem eine eigene Wohnung und Miriam somit ein neues Ziel. In Schrittgeschwindigkeit schaukelte sie wieder quer durch die Stadt. Wenn ihre Suche in dem Tempo weiterging, war sie noch am Abend mit irgendeinem Bus unterwegs, dabei wurde sie das Gefühl nicht los, sich beeilen zu müssen.

»Keine Ahnung, wo Selim steckt. Und wenn, würde ich es nicht sagen, hab ich versprochen.«

Die Angewohnheit, eine Tür nur auf Sehschlitzbreite zu öffnen, lag offenbar in der Familie. Im Unterschied zu seiner Mutter wirkte Burak jedoch weniger misstrauisch. In seinem Gesicht lag eine Mischung aus Peinlichkeit und Panik. Fürchtete er, dass sie in seiner frisch bezogenen Bude Unordnung oder Schmuddelhefte entdeckte? An seinen Bodybuilderschultern vorbei war ohnehin nichts zu erkennen. Über der kurzen Sporthose trug er ein auf links gedrehtes T-Shirt. Nervös rieb er seinen Fuß an der muskulösen Wade und unter dem Fuß hindurch sah Miriam an der Wand eine Handtasche liegen. Schrankkoffergroß.

»Steffi?«

Burak schnappte nach Luft und wich überrumpelt aus, als Miriam sich vorbeidrängte. Kein Zweifel, die Tasche gehörte ihrer Freundin, wie auch die verstreute Wäsche und der Autoschlüssel mit dem Einhornanhänger. Nebenan föhnte sich jemand.

»Steffi?«

Der Föhn verstummte.

»Hast du gerufen, Hase?« Die Badezimmertür flog auf und gleich wieder zu. »Oh Scheiße!« Ein Handtuch vor der Brust lugte Steffi ein zweites Mal heraus, knallrot im Gesicht.

»Ich suche Selim, Steffi. Es ist megadringend und der falsche Moment für so ein Männer-Bruderschaft-Gelöbnis-Ding. Wenn ihr irgendwas wisst oder auch nur eine Idee habt, wo ich ihn finde, dann sagt es mir. Bitte!«

Steffi nagte an einem Fingernagel und zuckte die nackten Schultern. »Sorry, aber, du, äh, das hier …«

Miriam winkte ab. »Wo steht dein Auto?« Sie hob den Schlüssel auf. »Wo, Steffi?«

»Um die Ecke, aber …«

»Das leih ich mir aus. Du bist in den nächsten Stunden sicher anderweitig beschäftigt. Ich melde mich.« Sie wandte sich Burak zu. »Letzte Worte, *Hase*?«

»I-i-ist das Knoblauch in deinem Topf?«

Miriam verdrehte die Augen und war weg.

Tattooaufkleber schmückten die Heckscheibe des kleinen Flitzers, am Rückspiegel baumelten ein Traumfänger und ein Vanille-Duftbaum. Miriam stellte die Pflänzchen auf den Beifahrersitz und schnallte sich an. »Los geht's!« Sie ließ den Motor an. Nur wohin? Das Einhorn schaukelte an ihr Knie, guckte aus großen schwarzen Augen in die Welt. Freundlich und sanft. Ihr fiel partout niemand Neues mehr ein, an den sie sich wenden konnte.

»Tut mir leid«, seufzte sie. Dann also doch Ioannis. Der wohnte ein wenig außerhalb am Stadtrand, unweit des Industriegebiets. Direkter Weg oder Umgehungsstraße? Unschlüssig rollte sie auf die Ampel zu, fummelte dabei am Radio herum, das ohrenbetäubend laut eingestellt war. Über Steffis Beziehung würde sie ein andermal nachdenken, die sprengte gerade ihr Vorstellungsvermögen. Es sei denn, es ging beiden nur um Sex. Mit einem Auge schielte sie zur Ampel. Die Sendereinstellung klemmte.

Oder drückte sie die falsche Taste? Steffi und ihr Hase. Dazu wollte sie ganz sicher keine Bilder in ihrem Kopf. Immer noch rot. Und immer noch wummernde Hip-Hop-Beats, die sie Buraks Einfluss zuschrieb. Ein Bus kreuzte: »Karakasis Reisen«.

»Halt!« Miriam stieß einen kleinen Schrei aus. »Grün! Bitte, bitte grün!« Ihr Fuß zuckte. Orange. Und los! Zu blöd, dass sie den Fahrer nicht erkannt hatte. Aber wenn es nicht Ioannis selbst war, dann einer seiner Kumpels vom griechischen Stammtisch. Letztendlich war ihr jeder recht. Sie alle kannten Selim und konnten somit mehr wissen als sie.

»Maláka!«, rief sie und legte den dritten Gang ein. »Dich krieg ich!«

Nur zwei Autos zwischen ihr und dem Bus. Der Abstand verringerte sich schnell. Auto eins bog nach rechts ab und sie kroch Auto zwei fast in den Kofferraum, bis dieses ebenfalls den Weg freimachte. Rückspiegelcheck und Schulterblick, der linke Vorderreifen touchierte den Mittelstreifen. Kein Gegenverkehr. Sie scherte zur Seite aus, gab ein wenig Gas, bis sie mit dem Reisebus gleichauf war und versuchte den Fahrer zu erkennen. Ein hoffnungsloses Unterfangen, wollte sie sich nicht quer über den Beifahrersitz legen, und selbst dann war es fraglich, ob der Winkel für die Sicht nach oben stimmte.

»Verdammt.« Im vollen Bewusstsein, weitere Verkehrsregeln zu brechen, drückte sie auf die Hupe, schaltete den Warnblinker ein und setzte Steffis Auto vor den Bus. In Actionfilmen sah das deutlich cooler aus, als es sich jetzt anfühlte. Ihr Nacken verkrampfte. Sie fuhr leichte Schlangenlinien, wurde langsamer und hielt schließlich an. Der

Bus im Rückspiegel wurde größer und größer, der Schriftzug mit dem Namen des Busunternehmens füllte die gesamte Heckscheibe aus, schrumpfte auf fünf Buchstaben. RAKAS. Griechisch Blau auf Weiß. In Erwartung des Aufpralls duckte sie sich, doch nichts passierte. Ein hydraulischer Seufzer mischte sich mit ihrem eigenen. Erleichtert schlug sie die Augen auf und tätschelte den Knoblauchtopf. »Geschafft.«

Begleitet von einem wütenden Wortschwall trommelte jemand auf das Wagendach.

»Was soll das, he? Maláka! Mich überholen und ausbremsen, mit Warnblinker – bist du bescheuert oder besoffen?«

Das bekannte kleine Lispeln ließ Miriam frohlocken. Sie stieß die Tür auf und sprang auf die Straße.

»Miriam? Hast du den Verstand verloren?«

»Kann sein, Spiros, kann sein. Bitte, du musst mir helfen! Wo ist Selim? Versteckt er sich vor mir?«

Im Bus bildete sich eine Menschentraube zwischen den Vordersitzen. Hälse reckten sich. »Du musst doch etwas wissen – irgendwas. Hat Ioannis nichts erzählt? Ich muss ihn finden, unbedingt.«

»Das gibt Ärger, Miriam.« Spiros stöhnte und drehte sich zur Seite. »Alles in Ordnung! Bleiben Sie sitzen, es geht gleich weiter«, rief er über die Schulter und gab entsprechende Zeichen.

»Komm schon, Spiros!«

Er rieb sich das wettergegerbte Gesicht und tastete dann über die Schachtel in seiner Hemdtasche. Verlangen kämpfte gegen Vernunft. Er ließ die Zigaretten stecken. »In Ordnung, Mädchen, ich sag dir jetzt was. Aber nur, weil ich es eilig habe und weil ich dich mag. Wenn einer fragt, das hast du nicht von mir.«

»Nicht von dir. Versprochen.« Andächtig wartete Miriam, bis er seine Kunstpause beendete.

»Ich hab was gehört von einer Hochzeit. Heute.«

Auf dem Bürgersteig stand eine riesige Kiste und blockierte die Treppe. Felix ballte die Faust. Die Eismaschine! Nur blöd, dass er bei der Anlieferung nicht da gewesen war. Eigentlich hatte er sie auspacken und sofort in Betrieb nehmen wollen, um Miriam damit zu überraschen. Ja, er hatte dafür mehr als die ersten beiden Rückzahlungsraten von Mareike rausgehauen, statt mit dem Geld eigene Schulden abzuzahlen, wie er es Ianni und ihr versprochen hatte. Aber die Maschine war ein Schnäppchen und ein Knaller. Perfekt für den Sommer.

»Miriam?« Die Bistro-Tür stand offen. Einer der Buchsbaumtöpfe war zur Seite verschoben, sodass er sich gerade eben durchquetschen konnte. Der Busch verlor einige Blätter. Noch von der Sonne geblendet sah er im Innern des Bistros jemanden sitzen, erkannte einen Fuß mit Sandale, darüber ein eindeutig weibliches Bein und ein buntes Kleid.

»Sie ist weg.«

»Mariella!« Verblüfft blieb er stehen. »Was machst du denn hier?«

»Mir hat ein Restaurantbesitzer einen Job angeboten. Nach dem Mann habe ich gesucht.«

Felix sog zischend den Atem ein und zeigte ein betroffenes Grinsen. »Damit habe ich nicht gerechnet.«

»Das sehe ich jetzt auch.«

»Wie geht es dir?«

»Den Umständen entsprechend.« Sie legte die Hand auf ihren gewölbten Bauch. »Die Verlobung ist geplatzt, ich habe ihn verlassen.«

»Das war richtig.« Irgendwann kapierte das sicher sogar Claudio, ihr dämlicher kleiner Bruder. Felix nagte an seiner Unterlippe. Er würde sich um sie kümmern, auch das hatte er ihr versprochen und dazu würde er stehen. Nur gerade jetzt war ein verflucht schlechter Zeitpunkt.

»Wo ist Miriam hin?«

»Weg«, wiederholte Mariella. »Gesagt hat sie nichts, aber sie sah nicht aus, als ob sie wiederkommt. Und sie hat einen Topf mitgenommen.«

»Welchen Topf?« Felix erstarrte für eine Sekunde, dann stürzte er in die Küche. »Fuck!« Suchend kreiselte er um sich selbst. Er war so ein Idiot. Und jetzt bekam er die Quittung. »Fuckfuckfuck!«

Neugierig beobachtete Mariella seinen wilden Tanz. »Was ist hier eigentlich los?«

Miriams Gesundheitszeugnis klebte am Schrank; im Regal frische Kräuter, bunte Gewürzdosen, sogar das Radio dudelte leise. Alles unverändert. Bis auf den fehlenden Knoblauchtopf. Die Küche wirkte fremd und leer. Seelenlos. Mit einem Mal verstand er, was zu tun war.

»Erkläre ich dir später. Du musst mir einen Gefallen tun. Hast du ein Telefon dabei? Kann ich das haben? Bitte! Nur für einen Anruf, okay?« Er tippte eine Nummer ein und reichte ihr den Apparat. »Wenn jemand abhebt, sag ihm deinen Namen und dass er zuhören soll. Nur einen Moment zuhören und nicht sofort auflegen, wenn ich mit ihm rede. Ich schwöre dir, Mariella, ich bring das alles in

Ordnung. Jetzt bringe ich wirklich alles in Ordnung.« Sein ganzes Leben und das aller anderen auch.

Gemeinsam lauschten sie dem Tuten.

»Parakalo?«

Mariella runzelte die Stirn und Felix nickte heftig. Sein Herz krampfte sich vor Aufregung zusammen.

»Hallo. Ich bin Mariella und ich habe eine wichtige Nachricht für Sie. Jemand muss Sie dringend sprechen. Bitte hören Sie zu. So wie ich es verstanden habe, geht es«, ein Lächeln schlich sich in ihren Blick, »um Leben und Tod. Hören Sie ihn bis zum Ende an, bitte.« Auffordernd überreichte sie Felix das Telefon.

»Ich brauche deine Hilfe, Ianni.« Sein Atem zitterte. »Nicht für mich, für Selim und Miriam.«

Wie betäubt saß sie im Wagen. Spiros und sein Bus waren weg. Stürzte Selim sich etwa in eine arrangierte Ehe, wie sie ausgerechnet Burak für richtig hielt? Spiros hatte dazu weder Ja noch Nein gesagt und war dabei geblieben, nicht mehr Informationen als das Datum und den Ort aufgeschnappt zu haben. Heute. Dann war bereits alles zu spät.

In ihrer Tasche summte es. Automatisch ging sie ans Telefon. »Ja?«, sagte sie dumpf.

»Miriam, mein Augenstern.«

»Ach, Papa.« Ihr Kopf senkte sich zum Lenkrad, zu schwer, um oben zu bleiben, legte sich auf das Lederimitat.

»Zwei Worte, mein Mädchen, und so viel Traurigkeit darin? Mir scheint, als hätte ich genau im richtigen Moment angerufen. Was kann ich tun?«

Seine Wärme tat gut und zugleich weh.

»Deinem alten Papa kannst du alles sagen. Hm? Ich bin auf deiner Seite, selbst wenn das bedeutet, dass ich mich gegen die Frau meines Herzens stellen muss.« Er gluckste. »Sie versieht ihren Traumschwiegersohn zu gern mit einem Heiligenschein, den er nur selten verdient.«

»Er kann nichts dafür.« Sie biss sich auf die Zunge. Vielleicht doch. Zumindest war er nicht unschuldig. Reine Gewohnheit, ihn zu verteidigen.

»Macht er dich glücklich, Augenstern? Wirklich und wahrhaftig glücklich?«

Eine Träne rollte zu ihrer Nasenspitze, tropfte auf ihr Bein, versickerte in der Jeans.

»Barbara hat uns angerufen und unter dem Siegel der Verschwiegenheit geplaudert. Deine Mutter ist seitdem völlig aus dem Häuschen. Ich habe zur Vorsicht geraten, und nun schimpft sie mich Schwarzseher. Eine so große Neuigkeit, die du uns vorenthältst, aber Barbara erzählst? Das kommt mir komisch vor.«

»Eine große Lüge«, seufzte sie, »das ist die echte Neuigkeit.«

»Deine Mutter wird mich hassen, weil ich recht hatte. Für fünf Minuten, dann ist sie mir wieder gut.«

Solange Miriam denken konnte, hatte keine Unstimmigkeit je länger gedauert.

»Macht Felix dich glücklich?«

Im Grunde war seine Frage überflüssig und Miriam hätte sich um eine Antwort drücken können. Sie musste es nicht aussprechen und doch tat sie es. »Der Mann, der mich glücklich macht - glücklich machen könnte –, heißt Selim.«

»Demnach wird es nichts mit Max und Marie.«

Ein Lachen mischte sich in Miriams unterdrücktes Schluchzen. Seinen Pragmatismus hatte er an sie vererbt.

»Nein. Wohl nicht.«

»Murat und Melek? Das hätte durchaus auch Charme. Deine Mutter wird sich schon an die Situation gewöhnen. Keine Eile, Augenstern. Es ist dein Leben. Sag es ihr, wenn du so weit bist. Und nun erklär mir die Einschränkung: er könnte dich glücklich machen. Warum tut er es nicht?«

»Weil ich es vermasselt habe. Selim ist weg. Und vielleicht heiratet er gerade jetzt eine andere.«

»Aber du willst ihn?«

»Ja.«

»Und du liebst ihn?«

»Ja.«

»Worauf wartest du dann? Mit deinem Papa kannst du morgen noch telefonieren!«

Miriam setzte sich auf. Auf ihren Wangen klebten tränennasse Haarsträhnen, die sie mit der Faust beiseitewischte. »Du findest es richtig, dass ich ihm nachlaufe?«

»Natürlich! Wenn es die wahre Liebe ist, dann pfeif auf alles, was dich von ihm fernhält.«

»Danke, Papa.« Sie schniefte und lächelte gleichzeitig. »Dann fahre ich jetzt los.«

Das Einhorn startete die Zündung, die Musik plärrte und Miriam trat aufs Gas.

Die letzten Vorbereitungen waren abgeschlossen. Nur in Schale werfen musste er sich noch. Selim zog das T-Shirt aus. Ein fremdes Zimmer diente als Umkleide. Aus dem Erdgeschoss schallte Gelächter herauf, die ersten Gäste trafen ein. An den aufgeklappten Schranktüren hingen

Kleidungsstücke bereit. Schwarze Hose, weißes Hemd und Krawatte. Die musste Ioannis gleich für ihn binden. Er kriegte das nie anständig hin. Anbehalten würde er sie nur so lange, wie unbedingt nötig, egal, was seine Mutter sagte. Seit seiner letzten Begegnung mit Miriam schlief er schlecht, war unkonzentriert und ernährte sich von Fastfood. Er hatte kein einziges Mal gekocht.

Leise kam Ioannis herein, mit schleppenden Schritten.

»Ist irgendwas?« Selim sah ihm zu, wie er nach einer Socke griff und mitten in der Bewegung innehielt.

»Ioannis?«

Geistesabwesend ließ der die Socke wieder los und knöpfte das Hemd auf, das er vor wenigen Minuten angezogen hatte, ehe er halb angezogen mit dem Telefon auf den Flur verschwunden war.

»Das war er«, sagte Ioannis schließlich. »Er hat wieder nach dir gefragt.«

»Du meinst Felix?«

Ioannis sackte auf die Bettkante und nickte.

»Was wollte er?«

»Nichts von mir. Nur von dir.«

In Zeitlupe sickerte die Bedeutung zu Selim durch, die jenseits der Worte lag. Felix hatte nach ihm gefragt – nur nach ihm. Was war er für ein Freund, dass er erst jetzt kapierte? Dabei war Ioannis für ihn im Bistro geblieben, um zu beobachten, ob Miriam ihren Irrtum mit Felix doch noch bemerkte. Es musste ihm unfassbar schwergefallen sein. Er setzte sich zu ihm. »Tut mir so leid.« Felix war kein schlechter Kerl und er konnte nachvollziehen, was Miriam an ihm mochte – und sogar, was Ioannis anzog. Nur wieso hatte der sich ihm nicht anvertraut?

Durch seine Erinnerung wehte ein lauer Wind, etwas knarrte, eine Schwingtür pendelte und auf seinen Lippen fühlte er die Nachwirkungen eines Kusses. Verflucht. Da hatte er seine Erklärung. Ioannis musste ihn und Felix gesehen haben. »Ich habe das nicht gewollt. Und warum er das gemacht hat, kann ich bis heute nicht verstehen.«

»Schon klar.« Ioannis kippte zur Seite gegen ihn. »Diese Sommersprossen, diese scheißblöden süßen Sommersprossen. Die krieg ich einfach nicht aus meinem Kopf. Dumm, oder?«

Armer Hund, den hatte es schlimm erwischt. Wie gut er sein Elend nachfühlen konnte. Sie hätten besser beide niemals einen Fuß in das Bistro gesetzt. »Das ist nicht dumm. Du bist nur genauso ein Träumer wie ich.« Er knöpfte ihm das Hemd wieder zu. »Behalt das an, die Farbe steht dir. Und dann verrat mir, was Felix eben genau wollte.«

»Wissen, wo du bist – wie immer.« Ioannis ging zur Kommode, auf der seine Socken lagen, und drehte sich weg. »Das war alles.«

War es nicht. Bei allem Mitgefühl hätte Selim ihm gerne spontan irgendwas an den Kopf geworfen. Ein Schimpfwort oder einen Stuhl. *Maláka.* In ihm klaffte seit Wochen ein tiefes dunkles Loch, das jeglichen klaren Gedanken verschluckte. Aber das drang selbst in sein Bewusstsein durch: Sein bester Freund vertraute ihm nicht mehr und er log ihn an.

Die Knoblauchpflanze auf dem Beifahrersitz hopste bei jedem Überholmanöver. Miriam raste mit Vollgas über die Autobahn. Wieso musste diese Hochzeit am Ende der Welt in einem Kaff am Neckar stattfinden? Das kostete sie mindestens eine Stunde! Und wieso hatte diese dämliche Karre kein Navi, keine Klimaanlage und nur maximal hundertdreißig Sachen drauf? Wenigstens das Radio funktionierte nun, wie es sollte. Ihr Lieblingssender konkurrierte mit dem Klappern der Karosserie und dem Windsausen durch das offene Fenster. Flussromantik und Burgenkulisse, spießiger ging es kaum. Eine türkische Hochzeit hatte sie sich anders vorgestellt. Sie sang jedes Lied mit, brüllte es heraus, um die Angst zu übertönen. Garantiert kam sie heiser an, krächzend oder ganz ohne Stimme. Was womöglich nicht die schlechteste Lösung wäre, denn wer nicht reden konnte, sagte auch nichts Falsches.

Im Rückspiegel sah sie ein Blinken und wechselte auf die rechte Fahrbahn. Kurz darauf forderten unmittelbar vor ihr Leuchtbuchstaben zum Folgen auf. Die Tachonadel bewegte sich nach unten, näherte sich der Geschwindigkeit auf den Schildern, die sie vor geraumer Zeit ignoriert hatte. Wenn ihr heute noch etwas gefehlt hatte, dann das. Noch zwei Kilometer bis zur Ausfahrt und fünfzehn weitere bis zum Ziel. Was für ein fieser kleiner Seitenhieb des Schicksals, sie jetzt noch aufzuhalten.

»Ich gestehe. Ich war zu schnell, dafür gibt es keine Entschuldigung und ich werde nicht diskutieren. Schicken Sie mir einen Strafzettel, den zahle ich. Egal wie hoch. Aber lassen Sie mich weiterfahren. Bitte, bitte! Ich hab es irre eilig.« Aufgeregt gestikulierte sie herum. »Was ich meine, ist: Ich fahre nicht wieder zu schnell, aber ich muss ganz schnell los. Wissen Sie, es ist wegen einer Hochzeit und der großen Liebe. Kennen Sie den Film *Die Reifeprüfung*? So ist das. Ganz ähnlich jedenfalls. Und wenn er die andere heiratet, bin ich verloren!«

Die beiden Polizisten, die sie auf dem Parkplatz in Empfang genommen hatten, hörten ihr ruhig zu. Sehr, sehr ruhig. Miriam beschlich eine dunkle Vorahnung.

»Führerschein und Fahrzeugpapiere, bitte.« Einer hatte die Arme verschränkt, der andere eine Hand locker auf dem Griff der Waffe. »Was ist das da auf Ihrem Beifahrersitz?«

Ein ungesicherter Knoblauchtopf, der im Falle eines Unfalls zum Geschoss werden konnte, ein fehlender Fahrzeugschein und eine wirre Story von einer optisch in Auflösung befindlichen Fahrerin: Das war es dann.

Der Alkohol- und Drogenschnelltest verschlang inklusive aller weiteren Formalitäten gute zwanzig Minuten. Miriam biss die Zähne zusammen. Von wegen schnell. Aber immerhin durfte sie anschließend weiterfahren.

Sie verabschiedete die Knoblauchpflänzchen in den Kofferraum. Den Rest der Strecke musste sie ohne deren Gesellschaft bewältigen. Ab sofort vorsorglich immer knapp unterhalb der zulässigen Höchstgeschwindigkeit, zuckelte sie durch die malerische Landschaft. Im Radio lief ein herzzerreißend melancholischer Song und sie schaltete ab. Bloß keinen neuen Tränenkloß im Hals riskieren. Wenn sie sich blamierte, dann lieber aufrecht als heulend auf den Knien. Fragte sich nur, ob sie eine Wahl hatte, wenn sie vor Selim stand.

Über Kopfsteinpflaster holperte sie die Altstadtgassen entlang, die mit jeder Kurve enger wurden, folgte der mittelalterlichen Stadtmauer, die hier und da einen Blick auf den Fluss gewährte. Dreimal hielt sie an und fragte sich durch. Und dann war sie plötzlich da und fand sogar auf Anhieb einen Parkplatz. »Gasthof zum Anker« mit getönten Butzenscheiben in den Fenstern und einem Wegweiser zur Sonnenterrasse mit Aussicht.

Ein Aufsteller verwies auf die heutige geschlossene Gesellschaft. Miriam klemmte den Topf in die Armbeuge. Ohne den konnte sie keinen Schritt weitergehen. Sie folgte den Stimmen an der dunklen Gaststube vorbei zum Eingang des Saales. Auf einmal fühlte sie sich lächerlich mit ihrem Anliegen. Von ihrer Aufmachung ganz zu schweigen.

An der Tür drehte sich eine zierliche junge Frau mit Wuschelmähne zu ihr um und lächelte.

»Hallo, *Merhaba* und *Kalí méra*! Wir kennen uns nicht, oder? Braut oder Bräutigam? Also Antonakis- oder Gökay-Sippe?«

Der ältere Herr an ihrer Seite, schaute verkniffen drein. »Zeynep, was ist das für ein Benehmen?«

»Eine Hochzeit ist ein fröhliches Fest, *Baba*.« Vergnügt hängte sie sich an seinen Arm. »Oder etwa nicht?«

Miriam nickte, duckte sich unter dem finsteren Blick des Mannes und stammelte Selims Namen.

»Oh, du bist eine Bekannte von Selim! Ich darf doch Du sagen? Willst du dich erst umziehen, dann geh ich mit dir nach oben? Über dem Lokal haben wir zwei Zimmer zur Umkleide umfunktioniert. Bleibt ja alles in der Familie. Schon praktisch, so ein Onkel, bei dem man die ganze Gesellschaft unterbringen kann.«

»Nein, das ist ein Missverständnis, ich bleibe nicht. Nur, wenn das möglich ist, würde ich gern kurz mit Selim reden. Ich weiß, das ist ein echt blöder Zeitpunkt.«

»Quatsch, kein Ding«, wehrte Zeynep ab. Ihr tiefblaues Kleid saß hauteng und endete knapp oberhalb der Knie.

»Er muss in der Nähe sein, denn da drüben ist Ioannis. Wenn du mit meinem Bruder befreundet bist, kennst du seinen ewigen Schatten garantiert auch.« Sie hob den Arm und winkte.

Der alte Herr brummte missbilligend.

»Entschuldige, ich muss weiter. Quetsch dich einfach durch und frag ihn, ja?«

Die Hochzeitsgesellschaft verschluckte Zeynep und ihren *Baba*, der demnach Selims Vater war. Miriams Herz hämmerte wild. Hoffentlich vergaß der ihre Begegnung ganz schnell, falls es je eine zweite geben sollte. Beim ersten Eindruck war sie definitiv durchgefallen.

Miriam stellte sich auf die Zehenspitzen, um über die Köpfe zu spähen. Festlich eingedeckte Tische, rechter Hand eine Bühne und ein üppiges Büffet und auf der gegenüberliegenden Seite große Glastüren zur Terrasse. Ein wenig links davon in einer Ecke entdeckte sie Ioannis. Der sah sie sekundenlang an, wurde fahl und drehte ab. Eine Silhouette in einem Durchgang, dann war er weg, wie eben schon Zeynep.

»Hi, Miri.«

Sie schnellte herum. Litt sie unter Wahnvorstellungen? Was wollte Felix hier? Und dann schleppte er auch noch diese Mariella mit. Das war zu viel. Einfach zu viel. Sie legte einen Finger an die Lippen, schüttelte den Kopf und ging rückwärts. Nein. Jetzt nicht. Nicht er.

»Warte, Miri!«

Drei Schritte, dann tauchte sie in der Menge unter und nahm Ioannis' Verfolgung auf.

Den Topf voran schlängelte sie sich durch, registrierte beiläufig die inhomogene Gästeschar und eine vielstimmige Sprachenmischung. Lange Abendkleider und Anzüge, Rüschen und Pailletten, modern und traditionell – alles reichlich vertreten. Mit ihrer versifften Putzjeans war sie jedoch allein auf weiter Flur.

Sie schlüpfte durch die verheißungsvolle Tür am anderen Ende des Saales und schloss sie eilig, in der vagen Hoffnung, Felix könne sie aus den Augen verloren haben, und fand sich im Freien wieder. Ein kleiner verwinkelter Schattengarten lag auf zwei unterschiedlichen Ebenen eingekeilt zwischen hohen Wänden. Dort, wo die Sonne den Boden wieder erreichte, führten Stufen zur höher gelegenen Aussichtsterrasse. Inmitten von Farnbüscheln und blühenden Klettergewächsen stand Ioannis. Er sah gut aus mit seinem himbeerroten Hemd und den am Hinterkopf zum Knoten geschlungenen Haaren, aber auch alles andere als begeistert.

»Ich weiß, ich sollte nicht hier sein. Schon gar nicht heute. Aber ich halte es nicht mehr aus. Kannst du …«

Hinter ihr polterte Felix nach draußen, Mariella immer noch an seiner Hand, die sich sichtlich unwohl fühlte.

»Mensch, Miri!« Er schnaufte. »Wieso rennst du vor mir weg? Wir müssen reden. Ich muss reden, und das hat keinen Aufschub.« Er legte kurz die Hand aufs Herz und nickte Ioannis zu. »Danke, Bruder, ich schulde dir was.«

Ioannis Miene versteinerte.

»Folgendes, Miri, ich glaube, du hast da was in den falschen Hals gekriegt, und das will ich zuerst aufklären, auch wenn das wenig ändert. Ich mag ein Scheißkerl sein, aber so scheiße, wie du gerade denkst, bin ich nicht. Denn ich habe Mariella etwas versprochen und ich will verdammt sein, wenn ich sie enttäusche. Hergekommen bin ich aber aus einem anderen Grund. Du hast die Reißleine gezogen und ich bin froh, denn wenn du und Selim …«

Schon wieder ging die Tür auf: Selim. Als hätte er auf seinen Auftritt gewartet. Miriam hielt den Atem an. Wie fremd er ihr plötzlich vorkam. Elegant in der schwarzen Stoffhose … und abweisend. Keine Regung in seinem Gesicht. Zum ersten Mal wünschte sie, er hätte die Spiegelbrille auf. Dann wäre ihr wenigstens die Illusion geblieben, dass seine Augen dahinter lächelten. Sein Schweigen legte sich kalt um ihr Herz. Millisekunden dehnten sich zur Ewigkeit. Sie war dran, das war ihre Chance. Vielleicht ihre letzte, für die sie einen absurden Roadtrip mit Linienbus, geliehenem Auto und diversen Regelübertretungen hinter sich gebracht hatte. Diesen Moment hatte sie sich anders gewünscht – mit weniger negativen Schwingungen und weniger Publikum zum Beispiel. Aber es war eben so, wie es war.

»Tu das nicht, was du vorhast, Selim«, sagte sie rau.

»Was habe ich denn vor?«

»Irgendeine Frau heiraten, die dir nichts bedeutet, die jemand anderes ausgesucht hat. Das ist falsch.«

Selim hob eine Augenbraue. »Mal angenommen, es interessierte mich, was du denkst, dann wäre mir ›das ist falsch‹ als Argument zu wenig. Um eine Hochzeit mitten in der Feier platzen zu lassen, bräuchte ich schon einen besseren Grund.«

Ioannis räusperte sich, aber Selim bremste ihn mit einer knappen Handbewegung.

»Wartet mal, stopp! Das ist *deine* Hochzeit, Selim?« Entsetzt fasste Felix sich an den Kopf. »Dann seid ihr doch schon auf dem Standesamt gewesen, oder? Und die Sache ist amtlich. Das darf nicht wahr sein!«

Selims Blick ruhte auf Miriam. Er wartete.

»Ianni, ist das sein Ernst?« Felix wurde lauter. »Wie kann er denn so was Bescheuertes tun?«

Mit einem Mal fühlte Miriam das Gewicht des Tontopfs in ihrem Arm, die Schwere der Erde und sogar das allmähliche Wachstum der Wurzeln. Ihre Wahrnehmung spielte völlig verrückt. *Gib ihm einen besseren Grund.* Warum auch immer Selim diesen Weg gewählt hatte, sie konnte nicht zulassen, dass er ihn weiterging. Sie streckte ihm den Topf entgegen. »Würziger Geschmack im Essen geht am besten mit Knoblauch. Und glücklich sein geht für mich nur mit dir.«

»Ja!« Felix ballte die Faust. »Genauso ist es. Darum habe ich Ianni bequatscht, mir zu sagen, wo ich Selim finde, und ihn angebettelt, keinen Ton davon zu verraten. Weil mir klar war, dass Miri dich sucht. Was bedeutet, dass ich sie finde, wenn ich dich finde. Und wenn es perfekt läuft, euch beide auf einmal. Es tut mir wahnsinnig leid, dass ich mich zwischen euch gedrängt habe, denn ihr gehört einfach zusammen. Das ist so. Und wenn sogar ich das begreife und akzeptiere, dann müsst ihr das auch! Darum bin ich hier, damit ihr es nicht noch mal versemmelt.«

Miriam kämpfte damit, den Knoblauchtopf weiter in den ausgestreckten Armen zu halten. Ein Kraftakt wie ihr stummer Augenkontakt mit Selim. Sie würde nicht als Erste wegsehen.

In die Stille hinein ergriff Ioannis das Wort. »Eigentlich müsste ich dich total scheiße finden, Felix, weil du dich dauernd total scheiße benimmst.«

»Wo ein eigentlich ist, ist auch ein aber, hoffe ich?«

»Ja, denn diesmal liegst du richtig. Aber wenn du einem der beiden noch mal wehtust – egal, ob Selim oder Miriam –, dann kriegst du es mit mir zu tun, klar? Ich werde dir deine rothaarigen Eier rasieren. Mit einem rostigen Klappmesser, haben wir uns verstanden?«

»Absolut. Du hast mein Wort. Und das hat nichts mit meinen Eiern zu tun.«

»Gut. Sehr gut. Und jetzt sag es ihr, Selim. Bitte.«

Den Tonfall hatte Miriam lange nicht von Ioannis gehört. Herausfordernd und unmissverständlich. Bitte, echote Miriam stumm. Was auch immer es zu sagen gab. Auf Selims Wange bewegte sich das Grübchen: ein gutes Zeichen.

»Die Party da drinnen steigt für Eleftheria Antonakis und Orhan Gökay, meinen Cousin und Ioannis' Cousine.«

»Dann heiratest du also nicht?«

»Nein.«

Miriam fing ein winziges Lächeln ein.

»Nicht heute.«

Er hatte sie reingelegt und leiden lassen. Genau wie Spiros, dem sie die Ahnungslosigkeit von Anfang an nicht abgenommen hatte. Sie hätte wütend sein können, gekränkt und beleidigt, aber es war ihr einfach nur egal. Vollkommen und total egal.

Das Lächeln entfachte die Funken in Selims Augen, breitete sich über sein ganzes Gesicht aus.

Im Vorbeigehen übergab Miriam den Blumentopf an Felix. Zwei schnelle Schritte, dann fiel sie Selim um den Hals.

»Du Idiot. Du gemeiner fieser Idiot.«

»Ja.« Selim schlang die Arme um sie. »Ja, ich dich auch.« Sein Atem streifte ihre Wange, ihren Mund. Zärtlich, spielerisch, nur einen Millimeter entfernt. Nah, ganz nah!

»Jetzt küss mich schon.« Ungeduldig fing sie seine Unterlippe mit den Zähnen ein. Keine Sekunde länger hielt sie das Warten aus.

»Ich habe dich vermisst, so sehr vermisst«, nuschelte er und erwiderte ihr sanftes Beißen. Sein Bart kratzte ein wenig, trotzdem genoss sie jede Berührung. Ihr Wunsch erfüllte sich. Nur Felix zu überhören, der permanent weiterredete, fiel ihr schwer.

»Weißt du, Ianni, ich kann mir gar nicht vorstellen, dass du richtig wütend werden kannst. Aber hey, keine Sorge, ich werde nichts riskieren.«

»Ich habe den Eindruck, dass Dilli doch ein bisschen überfordert ist«, flüsterte sie Selim zu.

»Das wäre ich an seiner Stelle auch. Du hast dich für mich entschieden. Das ist hart für ihn. Außerdem hat er Angst um seine Eier. Rothaarig, echt?«

»Pscht!« Miriam dämpfte ihr Lachen an seinem Hals und nickte dann.

»Mein Baby ist übrigens nicht von Felix«, warf Mariella dazwischen. »Nur falls das jemanden interessiert.«

»Richtig, wir sind Freunde«, pflichtete Felix ihr bei. »Ohne Extras. Ich habe ihr Hilfe mit dem Baby versprochen. Und einen Job, bis sie weiß, wie es weitergeht.«

Selim rieb seufzend die Nase an Miriams Ohr. »Ich fürchte, sein Text ist nicht ausschließlich für Ioannis bestimmt. Wir sollten ihm zuhören.«

Zögerlich gab Miriam nach und drehte sich aus der Umarmung zu den anderen um. »Das ist ein ziemlich gutes Stichwort. Wie geht es denn nun weiter, für dich, für das Bistro, für uns alle?«

Felix zog die Nase kraus. »Wenn ich mir was wünschen dürfte, dann würde ich die Uhr zurückdrehen. Ihr seid ein perfektes Team gewesen, bis ich aufgekreuzt bin. Das Beste fürs Bistro, und genau so sollte es weiterlaufen. Na ja, vielleicht sollte ich also einfach wieder verschwinden.«

»Nein!«

»Wie verschwinden?«

»Blödsinn!«

Felix atmete hörbar aus. Der kollektive Widerspruch erleichterte ihn sichtlich. »Hab ich nicht verdient, aber danke, Leute. Fakt ist, dass der Laden ein weiteres Mal umgekrempelt werden muss. Dass er Fachleute braucht, die anständig bezahlt werden. Und dass die Kohle noch eine ganze Weile knapp sein wird. Hab ich das korrekt wiedergegeben, Ianni?«

Ioannis nickte. Er hielt sich immer noch abseits, kratzte mit einem Finger an der bemoosten Sandsteinmauer herum. »Den Papierkram und die Finanzen kann ich weiter übernehmen. Bezahlung in Form von Curry und Co. Das reicht mir.«

Aufgeregt drückte Miriam Selims Arm. Wenn es bedeutete, wieder mit ihm kochen zu können, dann war sie zu Experimenten aller Art bereit. Finanzielle Abstriche, Arbeitszeiten jenseits jeder Vernunft. Ihre Kündigung bei der Versicherung lag seit Wochen abgespeichert auf dem Computer, nur einen Tastendruck entfernt.

»Ich lasse euch freie Hand.« Felix seufzte.

»Abgesehen von Ioannis bist du echt der verrückteste Typ, der mir je untergekommen ist.« Selim lockerte sich die Krawatte. »Du willst mich ernsthaft dabeihaben? Dann bin ich dabei. Wir ziehen das durch.«

»Und ich sage euch, wie wir das machen.« Miriam konnte es bereits vor sich sehen. »Wir erweitern das Angebot. Vegan behalten wir grundsätzlich bei, aber wir bieten zusätzlich auch vegetarische Gerichte an und eins mit Fleisch. Toleranz und Vielfalt passen nämlich viel besser zu uns. Dazu wie gehabt griechischen Ouzo und türkisches Fladenbrot. Wie wäre es mit italienischem Eis?«

»Aber bitte nicht aus dieser Maschine, die euch heute geliefert wurde.« Mariella schüttelte sich.

»Also, was sagst du dazu, Felix? Freie Hand hin oder her, es ist dein Bistro.« Miriam lauschte ihrer eigenen Stimme nach. Ihre Pupillen weiteten sich, als sie sah, wie seine Nasenflügel bebten. Irrtum ausgeschlossen. Sie hatte es gesagt und er hatte es gehört. Es war, als zerplatzte etwas in der Luft zwischen ihnen. Eine kleine feine Splitterkaskade regnete herab. Noch nie zuvor hatte sie ihn mit seinem Namen angesprochen: Felix. Ein minimales Nicken, unter dem sie eine neue Ernsthaftigkeit erahnte, ein stummes Verstehen. Miriam und Dilli waren endgültig und unwiederbringlich Geschichte.

»Ich würde wirklich gern weitermachen …«, sagte er langsam, »mit euch. Nur wäre es wohl besser, ich ziehe mich vorläufig ein bisschen zurück und … keine Ahnung … suche mir woanders einen Job, verdiene dazu, als Querfinanzierung sozusagen.«

Und, um dem Anblick ihrer neuen Liebe für eine Weile aus dem Weg zu gehen.

Ioannis rieb sich die Nase. »Ich habe eine große Tour zugesagt, zwei Wochen unterwegs.« Er räusperte sich. »Du könntest mitkommen, als eine Art Reisebegleiter oder Animateur. Ist nur so eine Idee, ich will dich zu nichts überreden.«

»Wow, das wäre … wohin?«

»Griechenland.«

Miriam schmiegte sich enger an Selim. »Das Land der großen Abenteuer. Odysseus zum Beispiel …«

»Der hat eine verdammt lange Rundreise gemacht und soweit ich weiß, verlief die alles andere als planmäßig.« Felix wirkte unsicher. »Und wie war das mit Sisyphos und seinem Felsbrocken oder dem anderen, der an einen Felsen gefesselt und von einem Adler attackiert wurde?«

»Prometheus«, half Miriam aus. »Die zwei waren keine Helden, sondern Schlitzohren.«

»Siehst du! Die griechische Mythologie geht nicht gerade zimperlich mit Kerlen wie mir um. Mir wäre ein Abenteuer mit richtig gutem Ausgang lieber, Ianni.«

»Griechische Märchen mit Happy End gibt es auch.«

»Das denkt er sich gerade aus«, erklärte Selim halblaut. »Jede Wette.«

»*Mia forá ki énan kairó* – es war einmal, eine fast unendliche Irrfahrt, die …«

Schwungvoll ging die Saaltür auf und unterbrach Ioannis.

»Hier steckt ihr! Was soll das denn? Kommt gefälligst rein zum Feiern.« Eleftheria, die Braut, füllte in ihrem weißen Tüllwolkenkleid die gesamte Türöffnung aus und stemmte die Arme in die Hüften.

»Entschuldigt, Schönste der Schönen.« Mit einer kleinen Verneigung preschte Felix vor, überspielte mit gewohnter Lässigkeit, was ihn bedrückte. »Wir sind nicht eingeladen und es liegt uns fern, die Feier zu stören. Bitte, nehmt dieses kleine Geschenk von uns an.« Er wischte rasch über den Rand des Blumentopfs, um ihn von Schmutz zu befreien. »Möge eure Liebe wachsen und gedeihen wie diese unersetzlichen Zauberknollen!«

»Ja«, ergänzte Miriam. »In ihnen steckt pure Magie. Ohne sie geht gar nichts. Und ein bisschen Magie kann jede Ehe vertragen.«

»Na dann, her damit!« Eleftheria kicherte, küsste Felix auf beide Wangen und schnappte sich den Topf. »Und nun kommt mit, ihr alle, ganz egal wer ihr seid. Da drinnen sind rund zweihundert Leute, da fallen drei mehr nicht auf. Aber eure beiden Nasen wurden schon vermisst.« Sie deutete auf Ioannis und Selim. »Schließlich habt ihr einander angeschleppt und die Familien zusammengebracht. Dein *Baba* wird dir das nie vollkommen verzeihen, Selim – ein Türke mit einem griechischen besten Freund. Und jetzt wird auch noch kreuz und quer geheiratet.« Ihr ausgestreckter Arm wies ihnen eindeutig die Richtung, dann raffte sie ihre Tüllwolke und schwebte davon.

»Sie ist die Braut, ihr widerspricht man nicht.« Felix hakte Mariella unter. Sein zähnefletschendes Grinsen sah schon beinahe wieder normal aus. »Auf dein Märchen kommen wir später zurück, Ianni. Fast unendliche Irrfahrt, das will ich unbedingt hören, okay?«

Miriam zupfte Selim am Ärmel. »Ich kann da unmöglich reingehen. Für eine Hochzeit bin ich absolut unangemessen gekleidet … und ich rieche auch etwas streng.«

»Einspruch: Du könntest niemals schöner sein. So wie du bist, bist du vollkommen.« Er legte die Stirn an ihre und küsste sie auf die Nasenspitze. »Und etwas streng ist untertrieben.«

Miriam klappte das Kinn runter und er lachte laut auf.

»Ein bisschen, als hättest du in Knoblauch und Essigwasser gebadet. Ist aber nicht schlimm, im Saal riecht es nach Parfum, Haarspray und Essen. Orhan, der Bräutigam, hatte vorhin eine Zigarre an, bis Eleftheria durchgegriffen hat, und irgendwer hat ganz schamlos Gras geraucht. In der Mischung fällst du geruchlich also gar nicht auf.«

Ioannis kam endlich aus seinem Mauerwinkel und schlug Selim im Vorbeigehen auf den Oberarm. »Das mit dem Charme und den Komplimenten üben wir irgendwann noch mal.« Um seine Augen lag ein melancholischer Schatten.

»Was hat er?«, fragte Miriam leise.

»Kein Glück in der Liebe.« Selim küsste sie ein weiteres Mal, nahm seine Krawatte ab, zog sie ihr über und richtete den Knoten. »Perfekt!«

Unter der Saaldecke schwebten Luftballons und die prophezeite Dunstglocke, trotz weit geöffneter Terrassentüren.

»Warte.« Kurz bevor sie bei Ioannis ankamen, hielt Miriam abrupt an. Selims Worte wirkten nach. »Sag bitte nicht, dass Ioannis sich in mich verknallt hat, das wäre ja furchtbar.« Seine Veränderung war ihr aufgefallen, ohne dass sie versucht hatte, diese zu ergründen.

»Keine Sorge. Obwohl ich nie begreifen werde, wie dich jemand nicht lieben kann.« Selim knabberte an ihrem Hals.

»Du bist so süß«, schnurrte sie zurück. Und so gerissen.

Sie durchschaute seinen Ablenkungsversuch, und sie war nicht bereit, das Thema fallen zu lassen. »Ist Ioannis nur deprimiert, weil er allein ist, oder gibt es einen konkreten Anlass – eine bestimmte Frau?« Am Ende hatte ihm Steffi doch gefallen und er sich nur nicht rangetraut.

»Wie soll ich sagen?« Selim druckste weiter herum. »Er steht derzeit ganz gewaltig auf … Rothaarige.«

Miriam gluckste und atmete auf, also weder sie noch Steffi oder Ronja. »Dann wird er Felix demnächst ein Märchen mit einer rothaarigen Prinzessin in der Hauptrolle erzählen?«

»Nein, eher mit einem rothaarigen Prinzen.« Selim deutete auf Felix, dessen Bart und Haare von einem Deckenstrahler leuchtend in Szene gesetzt wurden. »Verdammt, er wird mich hassen, wenn du verrätst, dass ich es dir gesagt habe.«

Miriam stutzte. Dann endlich fügten sich all die kleinen Hinweise zu einem neuen Bild. Sein Ioannis wollte ihren Felix? Was für eine verrückte Vorstellung. Aber Selim sah nicht aus, als scherzte er. »Und in seinem Märchen kommt auch ein griechischer Busfahrer vor?«, hakte sie zur Sicherheit nach.

»Japp. Der vom ersten Augenblick in den Prinzen verschossen war.«

Miriam rang ein wenig mit ihrer Fassung, als Ioannis sich ausgerechnet jetzt zu ihnen umdrehte.

»Hört ihr das? Die Band spielt den Sirtaki. Das machen die nur für die Türken und die Deutschen«, behauptete er. »Damit ihr nicht über eure Füße fallt.«

Er breitete die Arme aus und reihte sich zwischen den Tänzern ein, die bereits eine lange Kette bildeten. Aus sämtlichen Ecken strömten die Gäste auf die Tanzfläche. Von überall lachte, plapperte und schob es.

Zwei Mädchen nahmen Mariella mit, die sich ohne Gegenwehr davonziehen ließ. Felix schaute sich kurz nach Miriam und Selim um, dann schlidderte er übers Parkett zur Mitte und schlüpfte unter Ioannis' linken Arm. Selbstverständlich und vertrauensvoll, trotz dessen Rasiermesserdrohung. Seine Zurückhaltung ergab nun einen ganz anderen Sinn, genau wie seine ausweichenden Blicke, über die Felix sich bei ihr beklagt hatte. Ja: beklagt! Lächelnd schüttelte Miriam den Kopf. Felix und Ioannis, den er immer nur Ianni nannte. Irre und doch … vielleicht konnte er tatsächlich Felix' rastloses Herz erobern und ihm Ruhe schenken. Wenn sie es recht bedachte, fühlte sich die Vorstellung gut an.

»Komm!« Selim und Miriam rannten hinterher und reihten sich ebenfalls ein. Aufgeteilt in zahlreiche kleine und große Menschenkreise wogte der ganze Saal im Gleichklang seitwärts, erst langsam, bis alle die Schritte einigermaßen verstanden hatten, dann schneller und schneller. Der Rhythmus steckte an.

Miriam lachte und schnaufte und lachte wieder. Mal tauchte Zeyneps Gesicht aus der Menge auf, oder das der Braut, dann Mariella, die der Zufall an die Seite von Selims Vater gespült hatte, der plötzlich nur noch halb so verbiestert guckte. Einmal glaubte sie Burak zu sehen und sogar Steffi. Aber das konnte auch Einbildung sein oder eine Halluzination, hervorgerufen durch Sauerstoffmangel. Denn vor lauter tanzen, hüpfen und lachen ging ihr ziemlich die Puste aus. Als endlich die letzten Töne des Sirtaki verklangen und die Reihen sich lichteten, blieb ein kleines

Grüppchen beisammen. Arm in Arm, eng umschlugen, vier Köpfe dicht an dicht, vier Menschen, immer noch im gleichen Takt atmend.

Selims Sprenkelaugen spiegelten pures Glück.

»Ich liebe dich«, sagte sie. Ein wohliges Gefühl von Geborgenheit hüllte Miriam ein, versorgte sie mit Kraft und Mut. Ihr Herz war groß genug für die ganze Welt. Ihre Welt und seine, in die nicht nur sie beide gehörten, sondern auch Felix und Ioannis, was auch immer passieren mochte.

»Und ich liebe euch.« Sie wusste, das Selim sie verstand. Sie war Supergirl und von heute an würde sie mit ihm zusammen fliegen. »Mia forá ki énan kairó. Unser Märchen beginnt genau jetzt!«

Zum Schluss

möchte ich Danke sagen.

Eine Autorin und eine Idee allein machen noch kein Buch, darum danke ich dem Verlag, meiner Lektorin Esther Böminghaus und meinem Agenten Michael Wenzel – denn für die Umsetzung braucht es Teamarbeit.

In Erinnerung an mein Lieblingslokal, das wir insgeheim manchmal »Bistro Burnout« nannten, und die wunderbaren – verrückten – einzigartigen Stunden dort, möchte ich mich außerdem bei den vielen lieben Menschen bedanken, die mich – mehr oder weniger freiwillig und oft unwissentlich – inspirierten, die mit mir gelacht, getanzt, gefeiert, gegessen und getrunken, ihre Sorgen und Ansichten geteilt und somit zum Gelingen dieses Romans beigetragen haben. Wir haben das Jetzt zelebriert und das Hier, international, multi-kulturell, respektvoll und sprachlich oft ziemlich babylonisch – Fremde und Freunde miteinander. Denn Selim hat recht: »Das Leben fühlt sich so viel leichter und besser an, wenn man den Menschen positiv begegnet. Auch wenn es manchmal trotzdem schwer ist.«

Der größte Dank gebührt allezeit meinem Mann:

Für mich bist du der beste Koch, denn ohne dich schmeckt alles fad!

Herzlichst Ihre/Eure
Brigitte Pons

MEHR VON DORA HELDT